ROMAN
KRIMINALROMAN
RAUSCH

# *tiepolos fehler*

KOMMISSAR KILIAN ERMITTELT

*rowohlt taschenbuch verlag*

Einmalige Sonderausgabe Oktober 2004
Veröffentlicht im Rowohlt Taschenbuch Verlag,
Reinbek bei Hamburg, Dezember 2003

Umschlaggestaltung: any.way, Cordula Schmidt
(Foto: zefa/P. Freytag)
Druck und Bindung Clausen & Bosse, Leck
Printed in Germany
ISBN 3 499 23726 1

Für Bernd, Tina und Blanka

Oh unsterbliche Erinnerung an jenen Augenblick
der Illusion, des Rauschs und der Bezauberung.
Niemals, niemals sollst du in meiner Seele
erlöschen!

*

Jean-Jacques Rousseau

# 1

Unmerklich legte sich ein kühler Schleier über die Stadt.

Ein Montag ging zu Ende, so feurig heiß wie die zwei vorangegangenen Wochen, in denen keine einzige Wolke auf einen erlösenden Regenschauer hatte hoffen lassen. Schatten war knapp und die Lust, hinaus ins Freie zu gehen, verschwunden. Zu Beginn der Hitzewelle hatten Biergärten und Cafés noch gute Geschäfte gemacht. Doch nun mussten sie schon klimatisierte Plätze bieten, um Gäste zu locken.

Die Straßen vor der barocken Residenz zu Würzburg waren zu dieser späten Stunde menschenleer. Eine lähmende Schwüle machte den abendlichen Spaziergang zur Qual. Von Westen her zog Wind auf. Auf den Terrassen spürte man ihn auf schweißnasser Haut. In den Bäumen raschelten durstende Blätter, und ein Wetterhahn knarrte in seinem Lauf. Schwarze Wolken brauten sich am Horizont beunruhigend schnell zusammen. Ein Blitz schnitt den Himmel entzwei.

Der dicke Wachmann hastete schnaubend über das unebene Kopfsteinpflaster geradewegs auf das klaffende Maul der imposanten Residenz zu. Die Außenbeleuchtung war bereits abgeschaltet, sodass sie, einer Trutzburg gleich, im Sternenlicht zu schlafen schien.

Das Hemd klebte ihm am Rücken, und bei jedem Schritt drohten die Beine der ausgeleierten Sporthose ihn zu Fall zu bringen. Von Stirn und Schläfen rann ihm der Schweiß hinab und vermengte sich mit den Resten Spinat, die noch an seinem Kinn klebten.

«Verdammt», keuchte er, als er schon von weitem sah, dass die Tür am Seitenportal offen stand. Gehetzt schaute er sich um, ob noch jemand seine Fahrlässigkeit entdeckt hatte. Doch niemand schien sich für die vergessene Tür zu interessieren, die ins Innere der Residenz führte. Auch auf dem Parkplatz, der sich über eine Fläche so groß wie drei Fußballfelder erstreckte, herrschte Leere. Lediglich ein paar Autos standen verwaist am Eingang zur Residenz-Gaststätte.

Aus der nahe gelegenen Musikhochschule waren klassische Klänge zu hören. Hinter sperrangelweit geöffneten Fenstern übten Musiker die Kleine Nachtmusik ein. Es waren die Bamberger Symphoniker, die am kommenden Samstag das alljährliche Mozartfest im Hofgarten eröffnen sollten.

Der Wachmann schleppte sich auf die verglaste Eingangstür zu. Am Türstock angekommen, sackte er erschöpft zu Boden.

«Kreuzverreck», röchelte er, als wollte er sich auf der Stelle übergeben. «Lang mach ich des fei nimmer mit.»

Er japste nach Luft und wischte sich den Schweiß von der Stirn. Er holte den schweren Schlüsselbund hervor und suchte im silbern scheinenden Mondlicht, das allmählich von den aufziehenden Wolken verdeckt wurde, nach dem passenden Schlüssel.

Im dunklen Gang hinter ihm schlug plötzlich Metall auf Metall. Der Wachmann erschrak.

«Ist da jemand?», rief er vorsichtig aus.

Er wartete, bis der Hall seiner Stimme verklungen war, um seine Frage zu wiederholen. Erneut bekam er keine Antwort.

«Wenn da jemand ist, dann raus! Sofort! Das ist meine letzte Warnung», donnerte es nun aus seiner geschwellten

Brust. Doch auch jetzt wollte sich nichts und niemand ergeben.

Der Wachmann zögerte. Er konnte sich nicht entscheiden. Sollte er hineingehen und herausfinden, was sich dort tat, oder war ein kontrollierter Rückzug angebrachter? Er dachte an sein schmales Gehalt und an seine Rolle als Ernährer und Familienoberhaupt.

So ergriff er die Türklinke, um die Tür wieder zu schließen. Noch bevor sie zufiel, quetschte sich ein dumpfer Knall heraus, so, als wäre ein Eimer zu Boden gefallen und hätte seinen Inhalt verstreut.

Dieses Geräusch kannte er nur zu gut, um es übergehen zu dürfen. In den vergangenen zwei Monaten hatten die Restaurateure unter dem Deckenfresko einen beträchtlichen Steinbruch aufgerichtet, und der grobkörnige Dreck verteilte sich über die wertvollen Holzböden. Mit Engelszungen hatte er auf sie eingeredet, damit sie Acht gaben und Respekt hatten vor einem Bauwerk, das einzigartig war.

Nun fest entschlossen, schob er die Tür auf, brummte voller Missmut und tastete sich an der Wand entlang.

Im weiten Treppenhaus baumelte eine verdreckte Glühbirne von einem der beiden Gerüste herab und warf ihr schwaches Licht auf die vornehmen Statuen aus dem 18. Jahrhundert. Von der rechteckigen Galerie führten an den Längsseiten zwei Treppen ins Erdgeschoss hinab, die sich auf halber Höhe zu einer vereinigten. Unten am Treppenaufgang türmten sich Bauschutt und Holzlatten. Über allem thronte das rotundenförmige Deckengewölbe.

Die Restaurierungsarbeiten am Deckenfresko von Giambattista Tiepolo standen unmittelbar vor dem Abschluss. Nur noch eines der Gerüste, mittig in luftiger Höhe an der Decke verankert, war voll verschalt. Allein an dieser Stelle konnte das Fresko nicht eingesehen werden.

Die Fassung der Glühbirne hatte sich in einer tief gelegenen Leitersprosse verfangen und drohte durch das ruckartige Zerren am Kabel zu zerspringen. Die Verschalung am Gerüst wurde zur Seite geschoben, und eine Gestalt stieg vorsichtig die Leiter herunter. Sie trug weiße Strümpfe, die von einer rubinroten Kniebundhose gehalten wurden. Darüber schloss sich ein ebenso farbiges Wams an, ein weißer Schal um den Hals und auf dem Kopf eine rote Kappe. Von ihr ging in weitem Bogen eine weiße, zirka fünfzig Zentimeter lange Feder ab, die von der Spitze her farbverschmiert war.

Beim Herabsteigen fiel ein Gipsbrocken vom Gerüstplateau herab, schlug hart auf der schweren Steintreppe auf und kullerte bis zum Bauschutthaufen hinunter. Dort kam er neben einem Brett mit aufragenden Nägeln zum Liegen.

«*Porco dio*», zischte die Gestalt mit zusammengekniffenen Zähnen. Sie verharrte ein paar Sekunden unbeweglich, horchte in den dunklen Treppenaufgang unter ihr.

Alles schien ruhig. Sie stieg weiter Sprosse für Sprosse herab, löste die Fassung der Glühbirne aus der Leiter, nahm sie mitsamt dem Kabel in die Hand und stieg zurück nach oben.

«Hallo, ist da jemand?», tönte ein Echo aus der Eingangshalle empor. Die Gestalt fuhr erschrocken zusammen, drehte sich langsam um, und hastige Augen suchten nach der Gefahr im weiten Treppenhaus.

Der Wachmann tastete vergebens nach dem Lichtschalter. Tausendmal hatte er ihn schon ein- und ausgeschaltet, aber gerade jetzt konnte er ihn nicht finden. Mit ausgestreckten Armen trippelte er weiter, bis er an der letzten Säule am Treppenaufgang angekommen war. Ein schwacher Lichtschein fiel vom Obergeschoss auf den Schutthaufen, der sich zwischen der ersten Stufe und der Treppenumkehr befand.

Konzentriert nahm er Stufe um Stufe und sinnierte, wer zu jener späten Stunde noch im Haus sein konnte.

Als er den Bauschutthaufen erreicht hatte, blickte er empor, um die Quelle des Lichts auszumachen. Verlassen baumelte die Glühbirne zwanzig Meter über ihm am Gerüst, von dem eine Leiter zur Balustrade führte.

«Wer ist da oben?», rief er streng. Er erwartete eine sofortige Antwort.

Stattdessen erlosch der karge Schein. Die Leiter knarrte.

«Kruzifix. Stellt das Licht wieder an, oder soll ich mir alle Knochen brechen?», brüllte er zum Baugerüst hinauf.

Da noch immer nichts geschah, trieben ihn Pflicht und Stolz die Treppe hoch. Im Obergeschoss angekommen, fand er die Leiter vor, die noch immer an der Balustrade lehnte, und rief nach dem Handwerker der späten Stunde. Keine Reaktion.

Hinter ihm standen die hohen Flügeltüren zum Weißen Saal offen. Er trat hindurch, stapfte weiter in den Kaisersaal und fand auch dort niemanden.

«Jetzt reicht's mir aber. Ich bin doch net euer Depp!»

Hundertfach verhöhnte ihn das Echo. Wutentbrannt stürmte er zur Balustrade zurück und rüttelte an der Leiter.

Sie führte hoch zum Gerüst, das mit Hilfe von Stangen auf dem Handlauf der Treppe abgestützt war. Im Halbschatten wirkte es wie eine riesige Spinne, die zum Angriff bereit war. Über einer Leitersprosse hing das Kabel samt erloschener Glühbirne. Er musste sich weit hinauslehnen, um sie zu fassen. Auf den Zehenspitzen hangelte er danach, bis er sie endlich schnappen und mit einem Ruck an sich heranziehen konnte. Mit einem jähen Aufschrei gab er sie jedoch sofort wieder frei. Die heiße Birne knallte gegen die Leiter und zerbarst mit einem dumpfen Knall.

«Kruzitürken», fluchte er.

Instinktiv drückte er die Hand auf die Marmorbrüstung,

die trotz der Hitze der letzten Wochen erstaunlich kühl geblieben war. Langsam linderte der Stein den Schmerz, und der Wachmann entspannte sich.

Hinter der Flügeltür zum Weißen Saal trat leise jemand hervor und näherte sich dem Wachmann, der sich erleichtert umdrehte.

«Na endlich, wie lange soll ich …», konnte er noch sagen, bis er stockte, da er sich einer seltsamen Gestalt gegenübersah. Ungläubig musterte er sie im schwachen Schein des einfallenden Lichts.

Auf dem Kopf schien die Gestalt eine seltsame Kappe zu tragen, darunter einen für die Jahreszeit mörderisch warmen Frack, Kniebundhosen und zu guter Letzt Schuhe, die sich spitz nach oben kringelten. Ein Blitz von draußen erhellte die bizarre Szenerie schlagartig. Er starrte für einen Moment in die schmalen Gesichtszüge eines jungen Mannes. Seine dünnen Lippen waren zu einem wirren Lächeln verzogen, die schmale Nase führte zu einem Augenpaar, das durch zwei dünne, für einen Mann außergewöhnlich gepflegte Augenbrauen eingerahmt war.

«*Che cosa c'è?*», fragte der junge Mann übertrieben freundlich. Dabei zog er das *è* gekünstelt in die Höhe. Die Lippen versprachen dem Wachmann Hilfe, doch die Augen blieben kalt.

«Wer … wer sind Sie?», wollte der Wachmann wissen.

«*Sono il maestro.*»

Dieses Mal veränderte er die vorher helle Stimme zu einem dunklen Bass. Er legte seine von einem farbverschmierten Handschuh verhüllte Hand auf die Schulter des Wachmannes und hielt sie umklammert.

Der Wachmann schaute verdutzt der noch immer lächelnden Gestalt ins Gesicht, wartend, was als Nächstes geschehen würde.

Langsam erhob sich die andere Hand. Sie hielt etwas Gebogenes, Helles, mit einer scharfen Spitze. Eine Feder. Als der Arm ganz ausgestreckt war, schoss er herab. Die Feder bohrte sich in den Hals des Wachmannes. Durch die Wucht des Stoßes drohte dieser über die Balustrade zu fallen. Seine Augen waren weit aufgerissen, aus seinem Mund traten schaumiges Blut und ein kehliges Röcheln, das im aufstoßenden Blutschwall schnell erstickte. Der dünne Faden verlor sich im fahlen Lichtschein hinab ins Dunkel, mit einem Ruck folgte der schwammige Körper. Der Aufschlag war dumpf. Eine Holzlatte brach.

Oben an der Balustrade hielt die Gestalt die Feder in das einfallende Straßenlicht. Einem Thermometer gleich, sog sich das Blut am Schaft entlang in die Höhe und verteilte sich nach außen in die Federn. Das Rot begann die Gestalt zu begeistern, und die Bewunderung wuchs im Tempo des aufsteigenden Saftes.

«*Che rosso!*», rief sie aus, als ein Blitz das Treppenhaus in gleißendes Blau tauchte und der Donner des Gewitters die Fenster erschütterte.

# 2

Sie zu warnen wäre sinnlos gewesen. Ihre selbstgerechte Überheblichkeit ließ es nicht zu. Jeder wusste, was hier vor sich ging. Dass man nicht den Hauch einer Chance hatte. Dafür waren die Jungs zu gut. Ihr System war einfach, beruhte auf Menschenkenntnis und einem sicheren Auge. Es gab keinen Trick im Spiel der drei Scheiben. Nichts geschah jemals verdeckt. Alles passierte direkt vor ihren Augen. Jede Bewegung konnte eingesehen werden. Den einzigen Vorwurf, den man ihnen machen konnte, war, dass sie unbarmherzig mit den Geldtaschen umgingen. So nannten sie sie. Nicht *Monsieur, Mister* oder *Mein Herr,* sondern einfach nur Geldtaschen. Denn mehr waren sie in ihren Augen nicht wert.

Kilian hegte eine fast selbstverständliche Sympathie für sie. Nicht, dass er es nach außen gutheißen konnte, was sie da mit den Müller-Lüdenscheids, Smiths und Le Grands anstellten. Das verbot ihm sein Auftrag als Gesetzeshüter. Aber er schätzte ihr Können. Die Kunst, das Auge zu verführen. Es in eine Richtung zu lenken, es zu täuschen und zu unterhalten. Reihenweise ließen sie sich unter der Sonne Genuas von den Scheibenspielern ausnehmen. Jeder wettete, dass er zwischen weiß und schwarz unterscheiden konnte. Doch am Ende mussten sie zahlen und fortan schweigen.

Genuas Porto Vecchio lebte nach einer einfachen Regel. Sie basierte auf dem kollektiven Einverständnis, die Kuh zu melken, solange sie sich auf der Weide befand. Das war legitim. Jeder machte das. Auch er, wenn er in seine zahllosen Masken schlüpfen musste, um die entscheidende Information zu bekommen, die Quelle des Verrats auszumachen oder einfach nur, um sich zu schützen.

Es war kurz nach 22.00 Uhr. Die Schiffe spuckten ihre Ladung aus. Tagesausflügler prahlten mit dem Tand, den sie bei fliegenden Händlern erstanden hatten. Deutsche und englische Touristen schoben sich an ihm vorbei. Ab und zu ein Schweizer. Doch in der Hauptsache deutsche Geldtaschen, prall gefüllt mit Weitwinkelobjektiven, surrenden Videokameras und Portemonnaies.

Ein Deutscher – Kilian schätzte ihn auf fünfzig Jahre –, Berliner, hatte sich in der weit verzweigten Altstadt mit unzähligen kleinen Fluchtgassen verloren und schrie nun verzweifelt nach den Carabinieri. Aus seinem Mund sprudelten Flüche und Verwünschungen, schließlich Niedergeschlagenheit, da er einsehen musste, dass sich niemand für ihn interessierte. Genovesen und Carabinieri hatten nur mitleidiges Kopfschütteln für einen übrig, der seine Haut freiwillig zu Markte trug. In diesem Fall in der Via di Pré, wo er schon nach zwanzig Metern am ersten Stand in seinen aufgeschlitzten Bauchbeutel griff.

Die Sonne war seit einer Viertelstunde hinter dem Porto Vecchio untergegangen. Der rote Streif verlor sich am Horizont, und der Gestank von Diesel und Salzwasser verflog allmählich. An der Hafenmole reihten sich vergammelte Fischerboote aneinander, die zusammengeschusterten Netze waren zum Trocknen aufgespannt. Aus den Kajüten drang fetter, fauliger Dunst, eine Mischung aus Tabak, Fischinnereien, Pesto und gebratenem Gemüse.

Kilian hätte tausendmal lieber über den Dächern der Stadt vor einer Flasche Tignanello und einem Teller Scampi gesessen, als sich im neuen Armani-Anzug an der Via di Gramsci die Beine in den Bauch zu stehen. Er lauerte Galina auf. Sie war der Schlüssel zu Sergej und der Lohn für ein Jahr aufreibender Ermittlungsarbeit. Nur über sie konnte er an ihn herankommen – das Phantom Sergej. Sein Gesicht, das in keinem Computer von Interpol gespeichert war und das man nur aus Erzählungen kannte, sein Einfluss, der hohe Regierungsbeamte aus der Mittagsruhe holte, und sein Geld, das über Sein oder Nichtsein entschied. Was Sergej sagte, war Gesetz. Für viele vernichtend, sofern sie nicht gehorchten. Galina war sein Fleisch gewordener Wille. Wenn sie sprach, befahl der Herr.

Ein einziges Mal hatte Kilian sie bisher zu Gesicht bekommen. Nur kurz, vor wenigen Tagen, als sie mit zwei Leibwächtern durch die engen Gassen der Altstadt flanierte. Wie Kegel stoben die meckernden Touristen auseinander, wenn sie den Weg für Galina freimachten. Es war ihr Terrain, und daran ließ sie keinen Zweifel.

Selbst die Carabinieri respektierten sie als feste Größe im Hafenviertel. Kein Wunder, denn Galina sorgte für Ordnung, wo sie keinen Einfluss mehr hatten. Sie half, wo der Staatssäckel verebbte, und sie entschied, wenn sich die mächtigen Familien in den Haaren lagen. Sie war das Regularium, wenn niemand mehr helfen wollte und die Vendetta drohte. Dafür durfte sie ihren Geschäften nachgehen, ohne ernsthafte Verfolgung befürchten zu müssen. Jedoch gab es auch für sie eine Grenze. Kein Carabiniere durfte sein Leben verlieren. Kilian konnte das akzeptieren. Ohne die andere Seite ging auf Dauer nun einmal nichts.

Es war aber sein Job, den Galinas und Sergejs das Handwerk zu legen. Dafür war er ausgebildet worden, dafür hatte Europol ihn nach Barcelona, Marseille und schließlich nach Genua geschickt. Immer auf der Spur Sergejs und Galinas. Sie hatten ihr Verteilernetz über den ganzen Mittelmeerraum gespannt. Gespeist wurde es von Sewastopol aus. Sergejs Familie genoss dort vor und nach der Oktoberrevolution die besten Geschäftskontakte. Und das änderte sich nicht, auch nicht nach Glasnost und Perestroika mit den neuen Genossen, die Geschmack am Westen und an der Marktwirtschaft gefunden hatten. Die Krim war seine Burg, sein Hafen, aber auch heilige Erde. Denn er war stolzer Tatare.

Nie zuvor war Kilian ihm so nahe gekommen. Heute Nacht würde er sich ihm zeigen. Sergej hatte einen Schatz im Angebot. Einen vergoldeten und mit Edelsteinen besetzten Schrein aus dem Grab eines ägyptischen Königs, der im Sturm auf Berlin in die Hände der einmarschierenden Roten Armee gefallen war und über Asien, Südamerika und Europa schließlich wieder in Sergejs Fänge geraten war. Amerikaner, Araber oder Japaner würden jede erdenkliche Summe dafür zahlen. Aber Sergej musste sich beeilen. Der Schrein war nur schwer vor den Augen seiner Helfer zu verbergen. Lagerung und Transport waren ein zusätzliches Problem. Das Ding wog gut eine Tonne.

Kilian sollte im Auftrag von Europol und des LKA München den Schrein für die Europäer sicherstellen, bevor ihn die anderen in die Finger bekamen und er auf immer in einer privaten Sammlung verschwinden würde.

Kilian nahm einen letzten tiefen Zug von seinem Zigarillo. Es war bereits halb elf. Galina hätte sich schon längst zeigen müssen. Sein Informant war sicher, dass sie an diesem Abend ins La Gondola kommen würde. Nur wie sicher war «sicher» nach Genoveser Definition? Pendini riet zum Abwarten. Er war sein Kontaktmann vor Ort und Leiter der italienischen Sondereinheit für organisierte Kriminalität. Im Einsatzzentrum wartete das Sonderkommando auf Kilians Zeichen, wenn ihn Galina zum Schrein und somit zu Sergej führte. Doch zuvor musste sie sich erst mal zeigen. Vorher wollte Pendini die Pferde nicht scheu machen.

Kilian wurde unruhig. Er ging an der Hafenmole entlang

und überprüfte die in die Altstadt abzweigenden kleinen Straßen, vielleicht würde Galina aus dieser Richtung kommen. Außer Händlern, Taschendieben und Geldtaschen war jedoch nichts zu sehen. Vielleicht war sie aber auch gewarnt worden? Keiner konnte hier den Mund halten. Obwohl das oft der Gesundheit zuträglicher war.

Er ging auf einen Fischer zu, der gerade sein Boot für die Nacht klarmachte. Es war einer von der Sorte, die wusste, was in ihrem Viertel, im Hafen vor sich ging. Seine Augen waren stets überall, die Ohren weit geöffnet, und sein siebter Sinn schlug Alarm, wenn Gefahr im Anzug war. In diesem Moment war es so weit. Er zog eilends den schmalen Holzsteig von der Hafenmauer zurück auf sein Boot.

«*Scusi, signore!*», rief ihm Kilian zu.

«*Non capisco*», kam es zurück, und der Fischer ging unter Deck.

Mist. Sogar ein dahergelaufener Fischer hatte ihn erkannt. Zumindest ahnte er etwas. Kein Wunder, dass Galina nicht auftauchen würde. Sie hatte den Braten bestimmt schon von weitem gerochen und ahnte, dass hier jemand anderes als ein Käufer auf sie wartete.

Kilian beschloss, die Sache abzubrechen und Pendini zu informieren. Er kramte in seiner Hosentasche nach dem Schlüssel für die Harley, die wenige Meter weiter im Schutze eines Carabiniere stand. Kilian hatte ihm erlaubt, sie zu bewachen. Und das machte er gut. Zwei schwarzhaarige Fraschette belagerten ihn, während er von seinen Touren durch die Alpen und nach Spanien prahlte.

Kilian ging auf ihn zu, als eine grüne Jaguar-Limousine in die Via di Gramsci einbog und vor dem Eingang zur Altstadt hielt.

Ein Hüne in schwarzem Anzug stieg auf der Beifahrerseite aus und öffnete die Hintertür. Anmutig trat Galina auf das schmierige Trottoir. Allem Anschein nach war sie Kubanerin. Kaffeebraune Haut, hoch gewachsen, mit schwarzem Kurzhaarschnitt. Ein weißes, eng anliegendes, rückenfreies Kleid schwebte respektvoll um ihren Körper. Sie drehte ihren Kopf zur Seite und deutete den Weg. Touristen und Einheimische traten ehrfurchtsvoll zur Seite. Der Fahrer lief eilfertig um den Wagen und steuerte zusammen mit dem Hünen auf die Via di Pré zu. Bevor sich die Gasse, die die Leibwächter für sie freigemacht hatten, hinter Galina wieder schloss, bestaunte Kilian, was er da vor sich sah. Galina war mehr als nur eine Kriminelle, die er dingfest machen sollte. Sie war eine von diesen Frauen, für die man sich wider besseres Wissen ins Unglück stürzte, um einen Traum Wirklichkeit werden zu lassen.

Er war gefährdet wie jeder andere Mann an seiner Stelle auch. Das wusste er, als er seinen Armani-Anzug zurechtzupfte, die schulterlangen braunen Haare zurückstreifte und sich auf den Weg ins La Gondola machte, um in die Rolle des Hubertus von Schönborn zu schlüpfen – dem Abgesandten eines Konsortiums finanzkräftiger Investoren.

# 3

In der Bischofsstadt mit den 99 Kirchen tobte indes ein Gewitter, dass es selbst dem frömmsten Katholiken angst und bange um sein Seelenheil wurde. Das Unwetter hatte sich im Kessel, in den sich die Mainstadt schmiegte, festgesetzt. Der Himmel entlud sich zornig zwischen den drei Haupterhebungen der mainfränkischen Metropole, dem Steinberg, Festungsberg und Galgenberg. Der Sturm peitschte den Regen durch das Tal und wusch die wertvollen Weinböden aus. Die Straßen im Frauenland und in Grombühl waren Sturzbächen gewichen, die herrenlose Fahrräder und Mülltonnen mit sich rissen. Die Blaulichter ausrückender Feuerwehren tanzten über den Autodächern, und der Klang der Martinshörner vermischte sich mit dem Heulen des Sturms und dem Bersten und Grollen des Gewitters.

Ungeachtet dessen fand im obersten Stockwerk der Polizeidirektion eine kleine, förmliche Abschiedsfeier statt. Rund dreißig uniformierte Beamte harrten seit einer geschlagenen halben Stunde in Habtachtstellung aus, um den gesalbten Worten ihres Polizeidirektors Ferdinand Oberhammer zu lauschen. Oberhammer war ein stämmiger, nicht allzu großer, grobschlächtiger Typ. Im runden und gut durchbluteten Gesicht thronte ein beträchtliches Riechorgan, das er hin und wieder mit weißem mentholhaltigem Schnupftabak füllte. Darüber prangten zwei buschige Augenbrauen, die ihn in die Nähe des früheren Wirtschaftsministers rückten. Seine Hände waren kräftig und an den Knöcheln so behaart, dass er kalte Finger im Winter nicht zu fürchten brauchte. Doch all das unterschied ihn nicht sonderlich von den Kollegen vor ihm. Sein Aussehen war zweitrangig. An erster Stelle, und das ließ er jeden möglichen Zweifler wissen, stand der Umstand, dass er Oberbayer war. Gebürtiger und stolzer Sohn eines Ortsvorstandes aus Oberpframmern, südwestlich seines Shangrilas gelegen – München, Hauptstadt und Ziel seines Strebens.

Oberhammer kämpfte derweil nicht nur mit seiner Rede, die seine Sekretärin Uschi fein säuberlich auf zwölf Seiten getippt hatte, sondern auch mit der Wahl des richtigen Tons. Sein polternder oberbayerischer Dialekt stand im Gegensatz zum verschmitzt heiteren, nicht immer leicht verständlichen Mainfränkischen.

An seiner Seite stand entspannt der Ehrengast des Abends, der scheidende Kriminalhauptkommissar Erwin Schömig. Geduldig ließ er die Erinnerungen an seinen Dienst als Leiter des K1, des Kommissariats für Tötungsdelikte und Sexual- und Brandsachen mit Todesfolge, über sich ergehen. Wie sehr hatte er den heutigen Tag seit dem Amtsantritt Oberhammers herbeigesehnt. Schömig konnte sich beim Anblick des um jedes Wort ringenden Oberhammer ein Schmunzeln nicht verkneifen.

«Kriminalhauptkommissar Schömig», sprach Oberhammer eindringlich und mit einer unüberhörbaren Drohung ausgestattet, «hat sich nie mit der einfachsten Lösung zufrieden gegeben. Es woar sei …, na ja, auch sei Verdienst», verbesserte er sich, «dass euer …», er räusperte sich auffällig laut und nachhaltig, um den vermeintlichen Versprecher zu überspielen, «dass unser Würzburg in derer Kriminalstatistik unseres ehrwürdigen Freistaates so guat dasteht.»

Um seine Aussage zu untermauern, kramte Oberhammer im Bündel der verknitterten Schreibmaschinenseiten nach der Statistik und wippte unruhig, als er sie auf Anhieb nicht finden konnte. Aus dem Hintergrund trat eilends Uschi hervor, um ihn auf die richtige Spur zu bringen.

«Wenn ihn doch endlich mol der Schlag treff dät», zischte Heinlein an die Schulter seines Kollegen.

«Dafür würd i gladd a Sau schlacht», kam es prompt zurück.

Heinleins Kopf schoss zur Seite. «Werkli?»

Uschi und Oberhammer fieselten inzwischen die Seiten auseinander, doch die kriminalistische Hitliste des Freistaates blieb unauffindbar.

Schömig machte nicht im geringsten Anstalten, seinem Vorgesetzten und Erzfeind aus der Klemme zu helfen. Er stand einfach da und genoss. Dabei stützte er sich auf einen Gehstock, den er seit zwei Jahren immer öfter brauchte und in den letzten Monaten einfach nicht mehr versteckt halten konnte.

Seinem Kollegen und eigentlichen Nachfolger Kriminaloberkommissar Georg Heinlein hatte er es zu verdanken, dass die Gehhilfe nicht schon weit früher aufgefallen war. Heinlein hatte ihm den Rücken freigehalten. Die gefährlichen Einsätze, bei denen es um Sekunden ging und körperliche Fitness über Kopf und Kragen entschied, hatte sein Freund Schorsch geleitet. Das rettete Schömig die karge Rente und den letzten Rest Ehre für eine bedeutungslose Zukunft.

«Zweiundvierzig Dienstjahre. Und, was hat er jetzt davon?», raunte es an Schorsch Heinleins Schulter.

«Mageng'schwür, zerschossene Knie und 'ne G'schiedene», antwortete Heinlein. «Aber er hat's wenigstens hinter sich.»

Heinlein schaute sich noch einmal an, wie sich Schömig nur mühselig auf den Beinen hielt. Ob es ihm auch mal so ergehen würde? Wann würde ihn die Kugel treffen? Würde er überhaupt so lange durchhalten? Mit Mitte dreißig gewannen diese Fragen an Bedeutung.

Schömig hatte ihn vor acht Jahren aus dem Streifenwagen in seine Abteilung geholt und ihm alles beigebracht, was er als Kriminaler wissen musste – Spuren auswerten, taktisches Verhalten bei den Ermittlungen, Umgang mit Staatsanwaltschaften und Richtern. Und mehr als alles andere: wie man Oberhammer aus dem Weg gehen konnte. Wenn es nach dem feisten Oberbayern gegangen wäre, würde Heinlein immer noch mit Blaulicht um die Häuser fahren und sich von besoffenen Randalierern voll kotzen lassen. Er war für Oberhammer ein rotes Tuch. Ein Eisenbahnerbub, der nichts in seinem Kommissariat zu suchen hatte. Dort wollte er nur *Spürhunde mit Format*, wie er sich ausdrückte. Ermittler, die Erfolge einfuhren. Aufklärungsrate, Statistik, *zero tolerance*. Das war die Voraussetzung für eine glorreiche Rückkehr Oberhammers ins Münchner Präsidium. Heinlein, ein Franke, konnte in den Augen des Oberbayern dafür nicht taugen.

Oberhammer hatte inzwischen die Suche nach dem Dokument aufgegeben und rang um einen neuerlichen Einstieg. Jetzt in freier Rede.

«Ein vorbildlicher Polizist», giftete Heinlein vorausahnend.

«Unser liaber Kollege Schömig», setzte Oberhammer an, «a vorbildlicher Polizist, geht heit in sei wohlverdiente Pension. Wer mi kennt, woas, dass i des Kompliment nur selten soag …»

Ein verächtliches Räuspern aus der zweiten Reihe brachte den Redefluss Oberhammers ins Stocken. Seine buschigen Augenbrauen krümmten sich nach innen und bildeten mit der grobporigen Nase ein unansehnliches Fadenkreuz, das die Quelle des Widerstandes auszumachen suchte. Aber wie so oft seit der Übernahme des Amtes, das er gar nicht haben wollte, gab sich niemand aus der feigen Bande zu erkennen. Das ging nun schon die ganzen drei Jahre so.

«Kollege Schömig verlässt uns heit», führte Oberhammer zum wiederholten Male aus, «und i soll ... derf Äna im Namen von uns oin viel Glück und oan beschaulichen Lebensabend wünschen. Liaber Kollege, wenn i jetzt zum Abschluss unserer net immer ganz fruchtbaren Zusammenarbeit a persönliches Wort an di richten derf ...»

Das *persönliche Wort* riss dreißig Augenpaare aus der Lethargie. Selbst Schömig erschrak. Er verlagerte sein Gewicht auf den Gehstock und ging auf Sicherheitsabstand zu Oberhammer.

«Gehabt di wohl und denk a amol an uns, wie wir a an di denken. Amen.»

Oberhammer war heilfroh, am Ende dieser unangenehmen Pflichtübung angekommen zu sein, und wedelte Uschi mit den Seiten seines Manuskriptes herbei.

Uschi schleppte sich an einem Fresskorb, der mit Bocksbeuteln, Salami und Knabberzeugs prall gefüllt war, fast zu Tode und stellte ihn Oberhammer vor die Füße.

Uschi war eine zierliche Person. Kolleginnen beschrieben sie als zickig. Sie trug ihr schwarzes Haar hochgesteckt, und auf ihrer Stupsnase suchte eine schwarze Hornbrille verzweifelt Halt. Es machte sie einen guten Schuss intellektueller, wenn sie bei einer Frage absichtlich erst einmal das Gestell zurechtrückte und die Nachdenkliche mimte.

Oberhammer machte sich nicht die Mühe, den Fresskorb hochzunehmen und ihn Schömig zu überreichen. Stattdessen schüttelte er ihm mit einem gezwungenen Lächeln die Hand und entließ ihn in den Stand eines Privatiers. Der falsche Gesichtsausdruck Oberhammers verriet jedoch jedem im Raum: «Schleich di und lass di nimmer seng.»

Schömig nahm es hin und wandte sich seinen Kollegen zu.

«Ich will net viel Worte verlier», sagte er und schielte zur Seite, wo ein Buffet auf die hungrigen Beamten wartete. «Es war a lange Zeit, die ich bei euch war. Viele, die jetzt vor mir stehen, hab ich noch als Buben gekannt oder ...», dabei deutete er schmunzelnd auf immerhin sieben Beamtinnen, «als kleine Mädle mit Zöpfen und Gummibändern. Jetzt seid ihr alles gstandene Polizisten worn, und ich bin a bissle stolz darauf, dass ich euch hab helf könn. So, des war's. Macht's gut und bleibt sauber. Das Buffet wartet.»

Die Ehrenformation hob geschlossen die Hand zum Polizistengruß. Schömig erwiderte den Gruß zum letzten Mal. Dann löste sich die Formation auf und stürmte geschlossen das Buffet.

Heinlein ging auf Schömig zu. Er hatte Tränen in den Augen und mühte sich redlich, sie zu unterdrücken. Schömig nahm ihn in die Arme und drückte ihn an sich.

«Schorsch», sagte er, «altes Haus. Jetzt heul mir bloß keinen vor, sonst fang ich auch noch an.»

Heinlein gehorchte, auch wenn es ihm verdammt schwer fiel. Schömig löste die Umarmung und fasste ihn bei der Schulter.

«Du wirst es schon hinkriegen», ermutigte er Heinlein. «Und wenn du mal nicht weiterweißt, bin ich auch noch da. Ruf mich einfach an. Okay?»

Heinlein nickte und streifte sich mit dem Ärmel die Wangen trocken.

«Abschiedsschmerz?», frotzelte Oberhammer, der sich genüsslich neben den beiden aufbaute und mit einiger Mühe seinen randvoll geladenen Teller festhielt.

Heinlein bemühte sich, die aufsteigende Wut zu unterdrücken und Oberhammer nicht auf der Stelle eine zu verpassen. «Lang hat's gedauert», sagte Heinlein, «aber jetzt hamses ja gschafft.»

«Machen Sie sich bloß keine Hoffnungen», konterte

Oberhammer, der mit einem Wurstbrötchen kämpfte. Der Schinken hatte sich zwischen Zähnen und Gaumen verfangen. Er würgte und schnappte nach Luft.

«Wer wird denn nun mein Nachfolger?», fragte Schömig neugierig. «Nachdem Ihnen der Kollege Heinlein nicht gut genug ist, muss es ja schon ein ganz besonderes Kaliber sein.»

«Lassen Sie ... das ... nur meine ... Sorge sein», röchelte es unverständlich aus Oberhammer heraus. «Ich hab schon jemand aus München angefordert. Der wird den Laden wieder auf Vordermann bringen.»

Der Brocken wollte sich nicht lösen. Oberhammer ließ den Teller fallen und rannte zur Toilette. Das mainfränkische Wurstbrötchen hatte seinen Dienst getan.

«Hoffentlich erstickt er dran», raunzte Heinlein ihm hinterher.

«Lass gut sein, Schorsch», besänftigte Schömig. «Du hast noch über zwanzig Dienstjahre vor dir.»

«Ich weiß nicht, wie ich das durchhalten soll. Vielleicht sollte ich ihn bei einem Einsatz ...», sinnierte Heinlein. Er trommelte erwartungsvoll mit den Fingern auf seiner Waffe.

Schömig lachte und zog Heinlein Richtung Buffet. Die Kollegen hatten bereits ganze Arbeit geleistet. Die Schlachtplatte verdiente nur noch den ersten Teil ihres Namens.

Der Regen hämmerte wie Maschinengewehrfeuer an die Fensterscheiben. Draußen tobte der Sturm über dem Marienberg. Von der Festung war nicht mehr viel zu sehen. Nur noch ein schwacher Lichtschein ließ im Regengrau erahnen, dass sie da oben stand. Ein Blitz erhellte den obersten Stock des Polizeigebäudes, und das Klingeln des Telefons ging nahezu im darauf folgenden Donner unter.

Ein Beamter nahm das Gespräch entgegen und rief nach Oberhammer.

«Herr Polizeidirektor, Ihre Frau. Sie sagt, der Keller ist schon voll gelaufen, und die König-Ludwig-Statuen treibt's die Straß nunter.»

Schallendes Gelächter und Gejohle brach über Oberhammer herein, der aus der Toilette zum Telefon hastete.

«Himmiherrgottsakrament!», schrie er in den Hörer. «Holse zruck. I bin glei do.»

Wie von der Tarantel gestochen, rannte Oberhammer die Treppe hinunter, um zu retten, was ihm in der Ferne Heimat war.

Einige Beamten stießen auf die schicksalhafte Fügung und Rettung des Abends an. Das Radio wurde laut gestellt, und Discomusik hallte durch den Stock. Ein Beamter räumte die Bierbänke zur Seite und zog die sich wehrende Uschi auf die Tanzfläche.

«Franz, lass des. Ich bin doch gar net richtig in Stimmung», wehrte sie sich vergebens.

«Wart's ab, Uschi, gleich bist so weit», versprach ihr Franz.

Im Hintergrund tobte das Unwetter weiter. Feuerwehrautos, Sanitäter und Polizeifahrzeuge lieferten sich ein Wettrennen entlang des Mains, der soeben über seine Ufer trat.

«Ein Kaliber aus München», sagte Heinlein trostlos vor sich hin, «den Laden auf Vordermann bringen ...»

# 4

Kilian duckte sich am Eingang hinter den schweren Damastvorhängen, die in dem italienischen Hafenrestaurant völlig deplatziert wirkten. Das Lokal bot an rund zwanzig Tischen Platz und besaß eine Bar, hinter der allerlei Seemannskitsch an der Wand hing. Die Kellner trugen ihre üblichen weißen Schürzen. In ihren unrasierten Gesichtern spiegelte sich jahrelange Erfahrung mit unterschiedlichen Gästen. Egal, welches Lokal gerade angesagt war oder auf der definitiven No-Liste stand, das La Gondola hatte alle Moden überstanden. Die Kellner konnten einem viel erzählen, wenn man sie auf einen Schnaps einlud.

Kilian beobachtete Galina und ihre beiden Begleiter, die sich hinter Sonnenbrillen verschanzten und neben ihr Wache standen. Sie hatte den besten Tisch gleich gegenüber der Bar und keine drei Schritte vom Hinterausgang entfernt, der als Fluchttüre nur mit einem abgewetzten *«In caso di pericolo»* gekennzeichnet war. Das Lokal war für die Uhrzeit noch gut besucht. Fischer, Händler und Nachbarn nahmen einen Drink, bevor sie von der jungen Genoveser Schickeria nach Mitternacht vertrieben wurden.

Kilian steckte seinen Dienstausweis und die Waffe, die ihm Pendini entgegen allen Vorschriften zugeschoben hatte, zwischen eine Ausgabe des *Corriere dello Sport* und ließ sie in einer Amphore verschwinden, die hinter der Eingangstür keine Beachtung fand.

«Na dann», ermutigte er sich und ging auf Galina zu.

Die Hünen nahmen ihn bereits beim ersten Schritt ins Visier. Als er auf Galinas Tisch zuhielt, kam ihm der linke entgegen und forderte ihn mit einer Handbewegung auf, stehen zu bleiben. Der andere schob vorbeugend seine Hand unter das Jackett.

Kilian machte Halt und schaute am Hünen hoch.

«*Scusi, signore,* aber ich habe eine Verabredung mit ihrer Chefin.»

Der Hüne verzog keine Miene und versperrte ihm weiterhin den Weg.

«*Scusi*», wiederholte Kilian und wollte sich an dem stummen Berg vorbeischieben. Doch der Hüne wich nicht zurück.

Galina musterte Kilian eingehend.

«Check ihn», befahl sie schließlich, und der Berg bewegte sich. Er tastete Kilian nach Waffen ab, danach nickte er ihr zu. Erst jetzt durfte Kilian sich dem Tisch nähern. Der zweite Hüne behielt die Hand im Jackett.

«Hubertus von Schönborn», stellte sich Kilian mit einer leichten Verbeugung vor und reichte ihr die Hand. «Man sagte mir, dass ich Sie hier finde.»

«Wer sagt das?», fragte Galina und schlug die Hand aus.

«Jemand, der meint, dass Sie ein gutes Geschäft zu schätzen wissen.»

«Haben Sie etwas anzubieten?»

«Ich bin hier, um zu kaufen.»

Galina wies ihm den Platz neben ihr zu. Kilian folgte der Aufforderung.

«Es freut mich, Sie kennen zu lernen, Herr von Schönborn», eröffnete Galina in akzentfreiem Deutsch die Verhandlungen.

«Wie kommt es, dass Sie so gut Deutsch sprechen?», fragte Kilian, obgleich er die Antwort wusste.

«Mein Vater lebte eine Zeit lang in Deutschland.»

«Interessant. Wo, wenn ich fragen darf?»
«Potsdam.»
«Potsdam bei Berlin?», fragte Kilian überrascht.
«Potsdam.»
«Wer hätte das gedacht», fuhr er fort, doch Galinas Miene zeigte, dass der Smalltalk beendet war.
«Ich kenne Sie nicht», setzte sie an, «obwohl mir Ihre Familie durchaus bekannt ist.»
«Ich arbeite unauffällig. Dieser Umstand hat sich bei schwierigen Verhandlungen als durchaus förderlich erwiesen.»
«Wie geht es der Verwandtschaft?», fragte Galina, «dem Grafen von …»
«Den Fürsten zu Castell meinen Sie?», führte Kilian den Satz weiter. «Gut. Er erfreut sich bester Gesundheit in seinen alten Tagen. Erst letzte Woche waren wir zusammen und …»
«Schon gut», unterbrach ihn Galina.
Sie befahl den Ober herbei, der ein zweites Glas mit Champagner füllte.
Galina hob ihres, Kilian nahm das seine. Beide prosteten sich zu. Ihre Blicke trafen sich. Kilian schaute in smaragdgrüne Augen, und ihr Lächeln verbannte jeden Ernst, den sie ihm bisher gezeigt hatte.
«Kommen wir nun zum Eigentlichen, zum Grund, wieso Sie mich sprechen wollten», sagte Galina und setzte ihr Glas ab. «Wofür interessieren Sie sich?»
«Für etwas ganz Besonderes, dass nur Sie mir geben können.»
Galina schien geschmeichelt. «Wie kommen Sie darauf?»
Diese Frage war keine. Sie war die Eröffnung. Der erste Schritt zum Schrein.
Kilian ging in die Offensive. «Ich habe meine Quellen und die Partner, für die ich spreche, auch.»

«Partner?»

«Geldsäcke, Verrückte, Golf spielende Langeweiler. Genau in der Reihenfolge.»

Galina lachte. «Eine interessante Mischung. Zu welcher Gruppe gehören Sie?»

«Von jedem etwas, deshalb kann ich für alle sprechen.»

«Nach einem Langeweiler sehen Sie aber nicht aus. Zumindest verstehen Sie sich zu kleiden.»

«Giorgio ist mir behilflich.»

Galina schien Gefallen an Kilian gefunden zu haben. Ihr aufmerksames Lächeln verriet ihm, dass sie eine amüsante Unterhaltung zu schätzen wusste.

«Sie kennen Giò?», fragte sie erstaunt.

«Ich sehe ihn selten. Die Arbeit nimmt ihn sehr in Anspruch.»

«Wie geht es ihm? Ich habe lange nichts mehr von ihm gehört?»

«Er reist viel. Wie Sie offensichtlich auch.»

Kilian musste schnellstens das Thema wechseln. Was er über Giorgio wusste, hatte er aus der Presse, und was man sich sonst über den Modezaren erzählte.

Galina setzte zum geschäftlichen Teil an. «Meine Geschäfte sind nicht auf eine Stadt oder auf ein Land konzentriert. Doch jetzt zu Ihnen. Was suchen Sie genau?»

«Etwas, wovon ich hörte, dass es in Ihrem Besitz sei.»

«Und was, glauben Sie, ist das?»

Jetzt musste Kilian schmunzeln. Er hatte lange geübt, glaubhaft aus dem Stand ein befreiendes und ablenkendes Lächeln zu spielen.

«Etwas, für das es sich lohnt, um die Welt zu reisen. Immer auf der Suche nach dem sagenhaften Glanz, den die erlesenen Steine selbst im Dunkeln ausstrahlen», übertrieb er.

«Auch noch ein Dichter. Sie werden mir immer sympathischer», schmunzelte Galina und nahm einen Schluck

Champagner. Sie schaute ihm dabei tief in die Augen. Kilian spürte ihren Blick in sein Innerstes eindringen. Er fuhr sich nervös am Kragen entlang.

«Heiß?», fragte Galina, wohl wissend, welche Wirkung sie auf ihn ausübte.

«Ungemütlich stickig hier drin», rettete sich Kilian auf seichtes Terrain.

«Möchten Sie lieber ein Glas Wasser?»

«Nein, nein. Es geht schon. Aber diese Temperaturen ...»

«Mit Hitze muss man in Genua rechnen», sagte sie mitleidig, ohne es ernst zu meinen. Kilian entging nicht, wie sie provokativ ihre Beine übereinander schlug. Er räusperte sich und lehnte sich vor, um einen klaren Kopf zu behalten.

«Sie haben ihn hier? In Genua?», fragte er.

«Wen, ihn?»

«Den Schrein.»

Galina nahm ohne Hast eine Zigarette aus einem flachen silbernen Etui und hielt sie an ihre Lippen. Kilians Blick folgte dieser Geste. Erst als sie ihn auffordernd anlächelte, verstand er und gab ihr Feuer. Galina inhalierte tief und stieß den Rauch genüsslich in den Raum. Dabei lehnte sie sich lasziv auf der ledernen Couch nach hinten. Er konnte wiederum nicht umhin, den Blick dorthin zu richten, wohin sie es ihm befahl: auf ihre Brüste. Wie an einem Faden aufgehängt, rutschte er näher an sie heran. Der Hüne hinter ihm drückte ihn entschieden zurück.

«Ja, ich habe von einem Schrein gehört», sagte sie schließlich. «Allerdings bin ich mir nicht sicher, ob Sie dazu die notwendigen Mittel aufbringen können. Er soll sehr kostbar sein, und die Angebote der Interessenten übertreffen sich stündlich. So hat man es mir berichtet.»

Kilian nahm einen Zigarillo aus seiner Reverstasche und steckte ihn an.

«Am Geld soll es nicht scheitern», versicherte er und

zückte ein Scheckheft, auf dem das Signet der Castell'schen Bank zu erkennen war. «Meine Partner haben mich ermächtigt, jeden Preis einzutragen, auf den wir uns einigen. Doch bevor ich das tue, möchte ich das Objekt der Begierde sehen und anfassen.»

Kilian lehnte sich zurück und wartete ab. Galinas Blick haftete am Scheckheft. Doch sie fasste sich schnell.

«Papier», sagte sie abfällig.

«Mit meiner Unterschrift können Sie in jeder Bank zwischen Monte Carlo und Hongkong die eingetragene Summe bar abheben. Das Haus steht für mehr als nur Geld», antwortete er selbstbewusst.

Galina taxierte ihn. Jetzt musste es sich entscheiden. Entweder stieg sie auf die Finte ein, oder er würde Bekanntschaft mit den toten Fischen im Porto Vecchio machen.

Kilian zog am Zigarillo und schaute wie beiläufig auf seine Uhr. Das Surren eines Handys brach die Stille. Kilian griff in seine Tasche.

«Ja, hallo», sagte er und wartete. Dann: «Ciao, Paolo, kann ich dich in ein paar Minuten zurückrufen, es ist gerade ungünstig ... oder warte mal ...», er hielt Galina das Handy hin, sodass der Anrufer hörte, wer er zu sein hatte. «Ein Freund vom Bankhaus Pictet aus Genf. Sie können sich gerne über mich erkundigen.»

Galina zögerte kurz, doch dann winkte sie mit einem Blick ab. Kilian führte das Handy wieder an sein Ohr.

«Es bleibt dabei, ich rufe dich zurück. Schöne Grüße noch an deine Frau.»

Er drückte das Gespräch ab und wandte sich Galina zu. «Nun, ich denke, Sie sollten eine Entscheidung treffen. Es ist spät und ...»

Galina drückte ihre Zigarette im Ascher aus und stand auf.

«*Andiamo*», sagte sie und wies dem Hünen zu ihrer Rechten den Weg. Er schritt vor und machte den Weg frei. Der andere wartete, bis sich Kilian erhoben hatte, und folgte ihm.

Als sie an der Eingangstür vorbeikamen, blickte Kilian auf die Amphore, die seine Waffe versteckt hielt. Ein Versuch wäre es wert gewesen, doch der Hüne hinter ihm wies ihn an, weiterzugehen.

Im Jaguar warteten Galinas lockende Beine bereits darauf, dass Kilian neben ihnen auf dem Rücksitz Platz nahm. Bevor er zustieg, schaute er sich Hilfe suchend um und sah den Carabiniere, der auf seiner Harley Hof hielt. Ihm zurufen ging nicht. Der Hüne hinter ihm drängte ihn in den Wagen. Kilian schoss herum und brüllte ihn an: «*Diavolo!* Willst du mich umbringen?»

Der Hüne zeigte keine Regung. Doch der Carabiniere wurde aufmerksam. Er verstand und startete die Maschine. Kilian stieg erleichtert ein, und der Hüne schloss die Tür.

«Ein kleiner Schluck gefällig?», fragte Galina, als die Limousine sich in Bewegung setzte.

«Warum nicht?», antwortete Kilian und schaute aus dem Rückfenster. Der Carabiniere folgte ihnen.

Galina reichte ihm ein Glas. «Auf ein gutes Geschäft», sagte sie und stieß mit ihm an.

Dann stellte sie die Gläser auf der Ablage ab und legte einen kleinen Hebel um. Eine milchige Trennwand trennte den Fahrerraum zum Rücksitz ab. Kilian verfolgte es mit einem mulmigen Gefühl, wohl wissend, was jetzt geschehen würde.

«Wir sollten uns ein wenig die Zeit vertreiben», sagte sie.

Bevor er sich versah, fanden sich ihre Lippen auf den seinen wieder. Ihr Kuss war zart, doch voller Entschiedenheit.

Kilian rutschte weg. Er musste einen klaren Kopf behalten.

«Schüchtern?», schnurrte sie und schlug ihr Bein über seines.

«Was wird Sergej dazu sagen?», antwortete er.

Galina nahm sein Kinn zwischen die Finger, riss es herum.

«Was weißt du über Sergej?!», fuhr sie ihn an.

«Was jeder weiß.»

«Red keinen Unsinn.»

«Ich habe meine Recherchen gemacht. Man sagt, dass der Schrein in Sergejs Besitz sei.»

«Und?!»

«Dass nur er ihn verkaufen könne und nicht du.»

Galina musterte ihn. Dann ließ sie los und rutschte von ihm weg.

«Lass Sergej meine Sorge sein», sagte sie ernst und nahm einen Schluck aus dem Champagnerglas.

Kilian versicherte sich im Rückfenster, dass der Carabiniere noch hinter ihnen war. Ein Lichtkegel folgte ihnen in sicherem Abstand. Er erkannte Straßenschilder, die auf den Containerhafen Genuas hinwiesen.

«Ich wusste nicht, dass Sergej ein Problem für dich darstellt», sagte er.

«Sergej tut, was Sergej tut. Galina, was Galina tut.»

Ihr Deutsch klang plötzlich holprig, und die Grammatik schien sie zu verlassen. Kilian hatte also ins Schwarze getroffen. Sergej war sein Mann, und Galina würde ihn zu ihm führen.

Kilians Mut kehrte zurück. Er beugte sich zu ihr.

«Dann ist ja alles wunderbar», sagte er und führte sein Gesicht an ihres heran.

Doch Galina blieb stur. Bevor er einen weiteren Versuch starten konnte, hielt der Wagen, und die Tür wurde geöffnet.

Vor ihnen ragte die Bordwand eines unter Jamaika beflaggten und verrosteten Seelenverkäufers auf. Löcher, so groß wie Autos, waren nur unzureichend mit Blechen und Farbe verdeckt.

Der Fahrer reichte Galina die Hand und geleitete sie die Gangway hoch. Der Beifahrer wies Kilian an, ihnen zu folgen. Während sie die klapperige Brücke hochstiegen, bemerkte er, wie der Carabiniere sie hinter einem Container beobachtete. Kilian kratzte sich unübersehbar am Ohr und machte ein Zeichen, dass ihm deuten sollte, Hilfe zu rufen. Der Carabiniere nickte und nahm sein Funksprechgerät zur Hand.

Die Leute vom Sonderkommando wussten Bescheid. Paolo Pendini hatte sie über einen möglichen Hilferuf des Deutschen *Kiliano*, wie sie ihn nannten, informiert. Pendini und seine Männer würden innerhalb von wenigen Minuten hier sein. Sofern alles gut ging.

Als sie in den Bauch des Kolosses hinunterstiegen und in einen großen leeren Frachtraum kamen, bemerkte Kilian am Ende des Raums ein Schnellboot, auf dem eine Kiste, mit Seilen festgezurrt, stand. In der Bordwand klafften mannshohe Löcher, durch die das Mondlicht hereinschien. Das Boot selbst lag auf einem Bock, von dem zwei Schienen auf die Außenwand des Frachtraumes zuliefen. Auf Überraschungsgäste oder auf die Zollbehörden sollte wohl mit einer schnellen Flucht reagiert werden.

Galina ging geradewegs auf das Boot zu, während einer der beiden Hünen einen Lichtschalter betätigte, der andere ging aufs Deck zurück. Der schwache Schein reichte aus, um zu erkennen, dass die Kiste und das Boot einen langen Weg zurückgelegt haben mussten. An der Seite war die Kiste aufgeschlagen, und das Dämmmaterial hing zwischen den Sparren heraus. Darüber schützte eine Plane vor neugierigen Blicken. Galina wies den Hünen an, die Fracht freizulegen.

Als die Dämmung beiseite geräumt war, funkelte und blitzte es golden auf. Der freigelegte Schrein verschlug Kilian die Sprache. Auf einer massiv goldenen Tafel zeigte es einen jungen machtvollen König, Kriegsfürst und Quell der Stellung des alten Ägyptens über die damalige Welt. Der Schrein war übersät mit funkelnden Edelsteinen.

Kilian strich sanft über die Hieroglyphen. Er musste sich beherrschen, dass er Galina nicht vorschlug, gemeinsam zu flüchten und die Beute zu teilen.

«Beeindruckend», sagte er, «wirklich beeindruckend.»

«Gut. Das wissen wir jetzt», antwortete Galina ungeduldig. «Dann können wir über den Preis sprechen.»

«Der Preis ist völlig nebensächlich», stammelte Kilian, der sich noch immer nicht auf seine eigentliche Mission besinnen mochte. «Was wollen Sie dafür haben?»

Eine Spur Unsicherheit konnte Galina nicht verbergen. «Ich warte auf Ihr Angebot.»

«Gut. Dann holen Sie Sergej her.»

«Wie bitte?»

«Ich will Sergej sehen. Vorher glaube ich nicht, dass der Schrein echt ist.»

«Sind Sie blind? Wieso sollte Sergej Ihnen das sagen können?»

«Nur er gibt mir die Sicherheit, die ich brauche. Nur Sergej hat den Namen, der zählt.»

Galina dachte nach. Der Hüne drehte sich zu ihr um, als wartete er nur darauf, ihn zu rufen.

«Wir brauchen Sergej nicht», setzte sie an, «weil Sergej ...»

Schüsse vom Oberdeck schnitten ihr den Satz ab. Der Hüne rannte zur Treppe, um zu sehen, was draußen los war. Galina wurde unruhig und drängte auf einen schnellen Abschluss. «Also, was ist jetzt? Wollen Sie kaufen?»

Kilian überlegte. Wieso brauchen wir Sergej nicht? Ohne ihn war bisher kein Deal über die Bühne gegangen. Oder hatte Pendini ihm veraltete Informationen gegeben?

«Kaufen oder nicht?», drängte Galina.

Langsam ging ihm ein Licht auf. Sergej, Krim, Potsdam, Ingenieur, Raketen, Kuba, Galina.

«Klar. Wir brauchen Sergej nicht zu rufen», kombinierte er und ging auf sie zu, «weil Sergej schon da ist.»

Er zeigte mit dem Finger auf sie und schüttelte verwundert den Kopf.

«Dass ich das nicht schon früher geschnallt habe ...»

Galina starrte in seine Augen. Die Legende Sergej war tot. Alle würden sie jetzt jagen. Und Kilian wusste das.

Der Hüne fiel rücklings die Treppe herunter. Schüsse folgten ihm und fanden ihren tausendfachen Hall in den kahlen Wänden aus verrostetem Stahl. Aus seiner Brust rann Blut. Dennoch besaß er so viel Kraft, um Galina etwas auf Russisch zuzurufen.

Galina legte ihre Arme um Kilian und flüsterte ihm ins Ohr: «Es hätte schön werden können mit uns beiden.»

Kilian erhoffte sich einen letzten Kuss, bevor der anrückende Pendini sie trennen würde. Er bekam ihn auch. Und ein zweites Abschiedsgeschenk noch dazu. Ein Tritt zwischen die Beine schickte ihn zu Boden.

«Du mieses Stück Scheiße!», schrie sie ihn an. «Ich werde dich zermalmen wie eine dreckige Laus. Verlass dich drauf. Du bist tot.»

Sie unterschrieb das Versprechen mit einem weiteren Fußtritt und noch einem, bis er zusammengekrümmt keine Angriffsfläche mehr bot.

Galina schwang sich auf das Boot, zündete die Motoren und eine vorbereitete Ladung am Ende der Rampe, auf der das Boot stand. Zeitgleich rissen mehrere Explosionen ein Loch in die Außenwand des Containerraumes. Der Motor heulte auf, und das Boot wurde auf die gesprengte Öffnung geschleudert und verschwand dahinter.

Kilian rappelte sich hoch. Er hörte das Aufklatschen des Bootes im Wasser und sah, wie Galina es am Pier vorbei aufs offene Meer zusteuerte. Pendini und zwei Carabinieri kamen hinzu.

«Kiliano? *Cos' è succeso?*», fragte ihn Pendini aufgeregt.

Kilian antwortete nicht. Er stand an der Öffnung in der Außenwand und verfolgte mit seinem Blick, wie Galina, am Steuer stehend, auf die Hafeneinmündung zuhielt. Vielleicht noch fünfzig Meter, dann wäre sie in Sicherheit. Er entriss dem Carabiniere das Gewehr und suchte in der Zieleinrichtung.

Wellen, Boote, Mondlicht. Da hatte er sie. Galina. Genau im Fadenkreuz. Noch wenige Meter, dann wäre sie weg, hinter der Hafenabgrenzung verschwunden.

Sein Finger suchte den Widerstand am Abzugshebel. Er drückte leicht durch, bis er ihn fühlte. Jetzt Ruhe bewahren und leicht durchziehen. Er hatte Galinas Rücken, ihre braunen Schulterblätter genau im Fadenkreuz. Sie war bereits an der Hafenmauer, schlug das Steuer ein und drehte ab.

«Los, drück ab!», schrie ihn Pendini an.

Sein Finger ruhte noch immer am Widerstand des Abzughebels. Jetzt war es so weit.

Unerwartet drehte sich Galina um. Sie schien ihm direkt ins Auge zu schauen und lächelte.

«Drück endlich ab!», hörte er Pendini von weit entfernt rufen.

✻

Schröder und Pendini stritten laut miteinander. Stühle fielen zu Boden, Fäuste krachten auf den Tisch, Türen schlugen. Bis in die Dusche konnte Kilian es hören. Alles, was Pendini für seinen Freund vorbringen konnte, Schröder tat es ab. Irgendwann gingen Pendini die mühseligen Erklärungen aus, und es wurde still.

Kilian trat aus der Dusche und rubbelte sich trocken. Entlang seiner Seite, an Hüfte und Brust hatten sich Blutergüsse gebildet. Sein linker Oberarm war angeschwollen. Er hob ihn vorsichtig an, um zu prüfen, ob er sich etwas gerissen hatte. Bis auf Höhe der Schulter gelang es ihm, dann wurde der Schmerz zu groß, und er senkte ihn wieder. Nettes Abschiedsgeschenk, dachte Kilian. Erstaunlich, welche Kraft eine so zierliche Person entwickeln kann, wenn sie sich hintergangen fühlt. Was für eine Kraft würde Galina erst entwickeln, wenn sie Gelegenheit hatte, ihr Versprechen einzulösen? Kilian wollte lieber nicht daran denken. Er nahm den ölverschmierten Armani und steckte ihn in den Abfall.

Aus dem Raum am Ende des langen Ganges eines ehemaligen Bürogebäudes, das Pendini und Schröder eigens für den Einsatz in Beschlag genommen hatten, hörte er ein gepresstes «Ja, es ist dringend!», dann ein aufgebrachtes «Wecken Sie ihn!».

Es dauerte eine Weile, bis das Gespräch zugestellt werden konnte. Schröder klang jetzt ruhiger, bemühter, wie Pendini zuvor. Er murmelte etwas, das nach «München» und «sofort» klang. Dann wurde es erneut still.

Kilian schlüpfte in bequemere Sachen. Pendini hatte ihm ein T-Shirt und eine Jeans geliehen, nachdem er Kilian geraten hatte, seine Wohnung nicht mehr zu betreten. Galina fackelte nicht lange.

Das Telefon klingelte. Schröder nahm ab und empfing Order. «Alles klar. So machen wir's, bis gleich», hörte er ihn durch den langen Schlauch, nun versöhnlicher.

Kilian klemmte sich den Vecchia Romagna und die Zigarillos unter den Arm und schlurfte auf das kleine Kabuff zu, das Pendini «Brücke» nannte. Er betrat die Brücke, ohne anzuklopfen, und ließ sich auf einem Stuhl nieder. Schröders Blicke bedeuteten nichts Gutes. Gift und Galle schien er ihm ins Gedärm zu wünschen. Kilian wusste und spürte es. Wenn sein Boss vom LKA in dieser Laune war, war es besser, zu schweigen. Schröder hätte es als Herausforderung und

Angriff auf seine Autorität empfunden. Pendini saß hinter seinem Schreibtisch und wachte über das Telefon. Sein Blick war aufmerksam auf Kilian gerichtet. Er schien abzuwarten, ob sich Kilian an seinen Rat halten würde. Und der war schlicht – «Klappe halten und Schröder abreagieren lassen».

Kilian schenkte sich ein Glas ein und steckte ein Zigarillo an. Schröder lief indes nervös zwischen Kühlschrank und Schreibtisch hin und her. Die Stühle waren bereits aus dem Weg geworfen worden. Nichts sollte ihm auf seinem Parcours in die Quere kommen. Schon gar nicht ein Wort Kilians.

«Gibt's was Neues von der Küstenwache?», fragte Kilian unschuldig.

Schröder ging in die Eisen, sein Schlachtschiff war im Nu in Position und feuerte: «Halt deine verdammte Klappe!»

Kilian schwieg und vergrub sein Gesicht in seinem Glas. Pendini schüttelte verständnislos den Kopf und stocherte mit einem Bleistift im Aschenbecher herum.

Schröder war beim Fenster angelangt, das auf den tiefer gelegenen und rund einen Kilometer weit entfernten Porto Vecchio zeigte.

«Und die Hafenmeistereien?», fragte er Pendini.

«Wissen alle Bescheid», antwortete dieser. «Ich kann mir nur nicht vorstellen, dass sie so blöd ist, einen Hafen anzulaufen.»

«Aber die kann doch nicht einfach im Nichts verschwinden», hakte Kilian ungefragt nach.

«O doch, das kann sie», fuhr ihn Schröder erneut an. «Ungefähr tausend kleine Buchten liegen zwischen Genua und Livorno und mindestens genauso viele in die andere Richtung.»

«*Piano*», schlichtete Pendini. «Vielleicht hat ein Fischer sie gesehen, oder ihr geht der Sprit aus, und sie muss …» Pendini brach ab. Er glaubte seinen Worten selbst nicht.

«Seit einem Jahr schick ich dich durch halb Europa», setzte Schröder an. Er würdigte Kilian keines Blickes. «Ein ganzes Jahr Ermittlungen, Geld, Genehmigungen und der ganze Scheißapparat. Und jetzt das. Ich kann's nicht glauben.»

«Es war dunkel, sie war weit weg, ein schnelles, bewegliches Ziel», rechtfertigte sich Kilian.

Pendini und Schröder schauten ihn ungläubig an.

«Und wieso ballerst du dann auf dem Schießplatz alles kurz und klein?», herrschte ihn Schröder an.

Kilian schwieg. Er spielte nervös mit seinem Zippo, ließ die Klappe auf- und zuschnappen.

«Auf jeden Fall musst du schleunigst verschwinden», sagte Pendini. «Galina wird nicht lange auf sich warten lassen. Ich wette, deine Bude ist bereits vermint. Wenn du überhaupt so weit kommst.»

«Lass das mal meine Sorge sein», schnitt ihm Schröder das Wort ab. «Für den Herrn Macho werden wir schon das Richtige finden.»

«Jetzt mach mal halblang …», rechtfertigte sich Kilian.

«Nein, jetzt machst du mal halblang!», schrie Schröder ihn an und baute sich vor ihm auf. «Du hast die ganze Sache vergeigt. Du und niemand anderes. Noch vor einer Stunde hatten wir sie und den Schrein. Und jetzt?! Jetzt haben wir nichts. *Nada. Niente.* Außer verbrannter Erde und einem unfähigen Ermittler. Du hast deine Eier da, wo dein Kopf sein sollte, und umgekehrt. Ist es das, was ich dir beigebracht habe? Ist es das?!»

Kilian schwieg. Schröder kannte seine Stärken und Schwächen genau, aber attraktive Frauen hinterrücks zu erschießen gehörte auf gar keinen Fall zu seinen Stärken. Ärger verspürte er darüber nicht, wenngleich diese Schwäche ihn für bestimmte Einsätze unbrauchbar machte. Das war für einen, der Karriere in der internationalen Verbrecherbekämpfung machen wollte, einer Kapitulation gleichzusetzen, die ultimative Untauglichkeitsbestätigung. Er hatte es bisher niemanden offen eingestanden, bis heute.

«Wozu habe ich dich aus dem Kaff herausgeholt? Sag mir, wozu?», legte Schröder nach.

Kilian schwieg weiter.

«Ich hätte gute Lust, dich ...»

Das Telefon unterbrach Schröders Kanonade und ersparte Kilian weitere Peinlichkeiten.

«*Pronto*», sagte Pendini in den Hörer. «*Sì*, einen Moment, bitte.» Er reichte Schröder wortlos den Hörer.

Schröder hörte aufmerksam zu und nickte mehrmals, ohne auch nur den Versuch zu unternehmen, den Sprecher auf der anderen Seite zu unterbrechen. Schließlich: «Ich teile Ihre Meinung, Herr Staatssekretär. So werden wir es machen. Es ist das Beste so. Vielen Dank, und entschuldigen Sie die späte Störung.»

Schröder legte auf und wandte sich Kilian zu. «Pack deine Sachen. Das Nötigste. Den Rest schicken wir dir zu. Morgen früh mit der ersten Maschine fliegst du.»

Kilian nickte. Es war nicht ungewöhnlich, dass er Hals über Kopf verreisen musste. Die Frage war nur, wohin dieses Mal die Reise ging.

«Wofür pack ich?», fragte er zufrieden. «London?»

«Nein», antwortete Schröder.

«Lissabon?»

«Nein.»

Kilian hob erwartungsvoll die Stimme. «Berlin?»

Schröder schüttelte den Kopf und lächelte.

«München?», fragte Kilian ungeduldig.

«Besser», sagte Schröder schadenfroh. «Viel, viel besser. Wo du in aller Ruhe arbeiten und abwarten kannst.»

Kilian war gespannt. «Na, sag schon.»

«Die Stelle war eigentlich bereits besetzt, aber ich konnte

da noch was drehen. Du nimmst morgen früh den Flieger nach Frankfurt.»

«Frankfurt? Was soll ich in Frankfurt? Tote Hose. Ein paar korrupten Bankern und Beamten in die Aktentaschen schauen?»

«Nein.»

«Na, was dann?»

«Du fliegst nach Frankfurt und wirst dort von deinem neuen Kollegen abgeholt. Er heißt Heinlein oder so. Der bringt dich dann nach Würzburg.»

«Würzburg?», schrie Kilian entsetzt auf. «Was, zum Henker, such ich in Würzburg?»

«Untertauchen und Maul halten!», schrie Schröder zurück. «Das ist genau der richtige Platz, um abzuwarten. Geht das in deinen blöden Schädel nicht rein?»

Kilian sprang auf, warf seinen Stuhl um und lief aufgeregt im Zimmer umher.

«Du willst mich verarschen. Oder?»

«Pack deine Sachen. Diskussion beendet.»

Schröder wies Pendini an, alles Nötige zu veranlassen. Kilian war nicht mehr zu halten und stellte sich Schröder in den Weg.

«Ralf, das kannst du nicht machen», bettelte er. «Schick mich in die Schweiz, nach Brüssel oder ...» Kilian suchte verzweifelt nach einer Rettung, «... nach Wien. Ich bin doch immer gut ...»

«Halt die Klappe, Jo», würgte Schröder jede weitere Diskussion ab. «Würzburg. Du fliegst morgen früh. Basta.»

Schröder schob ihn zur Seite und ging ohne ein weiteres Wort hinaus. Kilian sackte auf den Stuhl und starrte ins Leere.

«Was ist so schlecht an Würzburg?», fragte Pendini. «Ich dachte, du kommst ...»

«Eben!», schrie Kilian zurück. «Genau deswegen!»

Er steckte sich ein Zigarillo an und versuchte, sich unter Kontrolle zu bringen.

«Fünf Jahre», beschwor er Pendini, «ganze fünf Jahre hab ich geackert, damit ich dort wegkomme. Dann hab ich's endlich geschafft, und jetzt soll ich ... *Never ever!*»

Pendini trat an ihn heran. «*Scusa*, Jo», sagte er, «das ist deine Sache, ich weiß, aber was ist so schlimm? Es ist doch nur für ein paar Monate, vielleicht Wochen.»

«Jeder Tag ist zu viel. Verstehst du? Jeder einzelne, verdammte Tag ist zu viel.»

Kilian rief sich seine früheren Kollegen in Erinnerung, die sich hämisch freuen würden, dass der «Jo» wieder da ist: «Na, wieder im Lande? Hat wohl nicht geklappt? Tut uns aber Leid.»

«Der Jo ist wohl was Besseres? Wir sind ihm nicht gut genug», hieß es, als ihn Schröder vor zehn Jahren nach München holte. Müde hatte er sie angelächelt und sich gedacht, was für arme, beschränkte Luschis sie doch waren. Er hatte das große Los gezogen, und diese Chance wollte er sich nicht entgehen lassen.

«Ein Freund von mir, Daniele, der aus Greve, hat mir erzählt, dass Würzburg ein ganz nettes Städtchen sei und ...», Pendini wollte ihn auf Biegen und Brechen aufmuntern.

«Es reicht, Paolo», schnauzte Kilian ihn an. «Ein nettes Städtchen ... Da kann ich Parksündern nachstellen, Besoffene von der Straße lesen, Omas die Handtasche zurückbringen. Da werden um halb zehn die Bürgersteige hochgeklappt. Verstehst du? Glotze, Bierchen, Bettchen. Das war's. Und die Frauen ... mein Gott! Welche Frauen?»

*

Uschi war nicht wieder zu erkennen. Wie ein Derwisch tanzte sie auf dem Tisch mit Franz. Im Rhythmus des Sambas warf sie ihren Kopf hin und her. Durch ihre schwarzen Haare sahen die umstehenden, vormals korrekt gekleideten, jetzt der Uniformen fast entledigten Beamten das Weiß in Uschis Augen aufblitzen. Sie riss sich die Bluse aus dem Rock, und die Knöpfe flogen im weiten Bogen. Die Pumps folgten ihnen. Franz kniete breitbeinig zu ihren Füßen. Uschi packte ihn an den Schultern und riss ihm das Hemd vom Leib. Dann drehte sie seinen Kopf so, dass er ihr ins Gesicht sehen musste, schlängelte sich rhythmisch zu ihm in die Hocke und vergrub sein Gesicht zwischen ihren Brüsten.

«Los, mach ihn fertig!», rief ihr eine Kollegin zu.

«Zeig's uns!», rief ein anderer.

Uschi gehorchte. Sie erhob sich, ließ ihr Becken kreisen, zog den Rock hoch und ging einen Schritt vorwärts, sodass Franz zwischen ihren Beinen und unter dem Rock verschwand. Sie presste die Beine zusammen, ließ sie, den Kopf von Franz eingekeilt, kreisen und wirbelte mit den Armen in der Luft, als ritte sie einen wild gewordenen Bullen.

Franz suchte sich aus dem Schraubstock zu befreien, indem er seine Hände gegen ihre Hüften stemmte. Es gelang ihm, und er tauchte aus der Klemme mit hochrotem Kopf hervor. Er schnaufte wie ein Stier nach Luft. Aber das schien ihm nicht viel auszumachen. Im Gegenteil, er war angestachelt. Mit einem Ruck zog er Uschi am Nacken an sich heran. Nase an Nase ging er im Takt der Musik mit ihr in die Knie nach unten, nach oben, nach unten und so fort. Uschi warf ihren Kopf nach hinten, zeigte ihre Kehle als Zeichen der Aufgabe und ließ sich von Franz auf dem Tisch herumwirbeln.

Heinlein stand an der Fensterfront und schaute auf den Main hinunter. Dem Gewitter ging allmählich die Munition aus, und der Regen verebbte. Ein paar Gestalten versuchten, ein Boot, das sich losgerissen hatte, aus der Fahrrinne zu bekommen. Andere hielten die Arbeiter mit Seilen fest, damit sie nicht fortgespült wurden. Auf dem Marienberg erkannte er Lichter, die sich durch die verschlammten Weinbergstraßen wanden. Winzer mit Taschenlampen wahrscheinlich, die retten wollten, was nicht mehr zu retten war.

Schömig war bereits gegangen. Er hatte sich nicht mehr länger auf den Beinen halten können.

Heinlein schaute auf die Uhr. Halb zwei. Claudia wartete bestimmt noch auf ihn. Er hatte ihr zwar gesagt, dass es länger dauern könnte, aber sie widersprach, dass sie nicht eher ruhig schlafen könnte, bis er nach Hause gekommen war. Wie ginge es jetzt weiter, fragte er sich. Was würde kommen, und – viel entscheidender – wer würde Schömig ersetzen und sein neuer Partner oder vielmehr Boss werden? Wieder einer dieser gelackten Affen aus München? Ein besonderes Kaliber, das ihm Oberhammer versprochen oder eher angedroht hatte? Heinlein wollte nicht länger nachdenken, er hatte die Nase voll. Er würde mit Claudia über die Zukunft sprechen müssen, denn so ging es nicht weiter. Auf gar keinen Fall würde er sich länger zum Deppen machen lassen. Es müsste doch für einen kerngesunden Mann wie ihn etwas geben, was die Familie ernährte und die Nerven schonte.

Er ging ohne eine Wort an Uschi, Franz und dem Kreis der johlenden Kollegen vorbei nach unten.

Als Heinlein aus der Polizeidirektion kam, hörte er ein einstimmiges «Ausziehen! Ausziehen!» von oben. Er nahm es kaum wahr. Seine Gedanken kreisten um das Morgen. Was würde der Morgen ihm bringen?

✻

Ein farbverschmierter Baumwollhandschuh tauchte den Pinsel in eine kleine Plastikschale und führte ihn an die Decke. Die rostbraune Farbe wurde schnell vom frischen Putz aufgesogen. Sie grenzte die Erde von einem Blau ab, dessen Ränder weiße aufgeschäumte Wellen zeigten. Daneben waren Fugen in den Putz gezogen, die Umrisse von tropischen

Pflanzen vermuten ließen. Palmen ragten aus einem undurchlässigen Gestrüpp empor und bogen sich zur Seite. Die Wedel berührten knapp das Blau. Ein beigefarbenes Tier, auf seltsam starken Hinterbeinen, blickte sich zur Seite um. Aus dem Gebüsch starrten es zwei Augen an, die keine runden Pupillen besaßen, sondern geschlitzt waren wie die einer Katze oder eines Reptils.

Schweißtropfen standen wie milchige Perlen auf der Stirn der Gestalt im rubinroten Wams. Sie sammelten sich bei jeder Bewegung und flossen an den Schläfen entlang auf den nassen weißen Schal. Sie lag auf dem Rücken und betrachtete eine ferne Landschaft, die über ihren Händen entstand. Die blutgetränkte Feder lag neben ihr, und an der Spitze klebte verhärteter Putz.

# 5

«Schaaatz!», rief Claudia zum wiederholten Mal aus der Küche herauf. «Jetzt mach. Es ist schon halb acht durch. Du kommst eh schon zu spät zum Dienst.»

Heinlein zog das Kopfkissen über den Kopf. Er wollte nichts hören oder sehen, geschweige denn aufstehen. Und am allerwenigsten hatte er Lust auf diesen Tag. Er würde anrufen und sich krankmelden. Besser, er würde Claudia anrufen lassen. Einer besorgten Ehefrau nahm man alles ab. Ein Seufzer hier, ein Schniefen da, und schon war die Sache geritzt. Welcher Mann könnte da noch dumme, neugierige Fragen stellen?

«Schatz! Komm endlich, das Frühstück ist fertig», rief Claudia erneut.

Ihre Aufforderung wurde dringlicher, das maß er an der Aussprache des Wortes «Schatz». War es lang gezogen und mit der ihr eigenen tiefen Wärme ausgestattet, war die Welt in Ordnung. Je kürzer «Schatz» jedoch ausfiel und je mehr die Tonlage anhob, desto bedrohlicher wurde die Lage. Der Gipfel war noch nicht erreicht, sie stand erst an der Treppe zum Obergeschoss. Er hatte also Zeit.

Claudia setzte ihre Geheimwaffe ein. Die Kassetten-CD-Radio-Maschine in der Küche spielte die neueste Marie Boine. Die Klänge stammten aus Lappland und hatten den Rhythmus nordamerikanischer Indianertänze, vermischt mit einem Gurren und Ächzen, das Heinlein binnen einer Minute zum Krieger machte. Er konnte das Weibsstück nicht ausstehen. Bekäme er sie mal in die Finger, würde er sie häuten, garen und den Wölfen vorwerfen. Aber nicht jetzt. Später, wenn er ausgeschlafen hatte und der Tag zum Abend geworden war, würde er das Beil ausgraben und auf die Jagd gehen.

Heinlein stülpte sich zusätzlich Claudias Kissen über den Kopf. Aber es half nichts. Das Gejammer drang ihm durch Mark und Bein.

Er tastete nach dem Radiowecker auf dem Nachtschränkchen. Als Erstes erwischte er das Hochzeitsfoto im silbernen Zierrahmen, dann die Mineralwasserflasche und zum Schluss den Wecker selbst. Alle drei stürzten zu Boden, aber das Radio sprang an und spielte *Strada del sole* von Fendrich.

«Ja, das ist Musik», gurrte Heinlein und gab sich ganz der Reise nach Italien hin.

Er überquerte soeben den Brenner mit seinem offenen Alfa Spider. Die Straße war frei, er konnte mühelos in den Vierten hoch schalten, und die Nadel zeigte nach einem Kilometer bereits auf die zweihundert. Der warme Wind blies sein Haar aus dem Gesicht, die Sonne hatte nichts gegen die neue Sonnenbrille auszurichten, sein Blick war ungetrübt, alle Grenzen hinter ihm. Ein verrostetes Hinweisschild zeigte eine Tanke in fünfhundert Meter Entfernung. Er schaltete erst auf der Abzweigspur herunter und drosselte den Motor, ohne die Bremsen zu betätigen. Bremsen war etwas für Anfänger. Sein fliegender Teppich landete exakt vor der Zapfsäule. Er blieb sitzen und wartete. Aus der Tür trat der Tankmeister im ölverschmierten Overall. Doch irgendetwas stimmte nicht an ihm. Der Overall war bis zum Nabel offen, zeigte braune, zarte Haut, und zwei Wölbungen hüpften bei jedem seiner Schritte. Sein Haar war nicht schwarz, sondern blond, lang und nicht kurz. Die Lippen voll und rot, die Augen dunkel und geheimnisvoll, die Zähne strahlender als der

Schnee auf der Zugspitze. Er ging zwischen den Zapfsäulen hindurch, lehnte sich auf die Beifahrertür und ließ den Blick bis unter den Nabel zu. Ein Höschen sah Heinlein nicht.

«*Prego.* Was wünschst du, *Giorgio?*», fragte die atemberaubendste Frau, die er auf all seinen Reisen je zu sehen bekommen hatte.

Giorgio lehnte sich hinüber, legte seine Hand um ihren Hals und führte ihre Lippen an seine. Sie glühten wie Feuer und suchten das Nass, das nur diese Frau ihm geben konnte. Er schloss die Augen und war bereit, Kontakt aufzunehmen.

«Schorsch!», donnerte es schrill über ihn herab. «Wenn du deinen Arsch nicht gleich in die Küche bewegst, dann kannst du was erleben.»

Heinlein riss die Augen auf.

Die Frau im Overall war verschwunden, der Spider geklaut, die Sonne hinter den Gardinen versunken. Heinlein richtete sich auf und setzte sich auf die Bettkante. Seine Füße standen zwischen Scherben und Mineralwasser. Das Radio ersoff im Schmäh des Herzblatt-Königs.

Claudia stand im knöchellangen Nachthemd vor ihm. Es war übersät mit Halbmonden und funkelnden Sternen, die eine tiefblaue, endlose Galaxis darstellten. Ihr brünettes Haar hatte sie in einem Dutt mit zwei Holzspießen nach oben gesteckt. An ihren Enden stierte jeweils eine indianische Fratze auf Heinlein herab, die, laut Claudia, ihr Karma positiv beeinflussen sollten.

«Was hast du da wieder angestellt?», fragte sie, ohne wirklich eine Antwort zu erwarten.

«Bin hängen geblieben», erwiderte Heinlein schuldbewusst. Er beugte sich nach vorne und sammelte Foto und Wecker ein.

«Schorsch», sagte sie und schüttelte besorgt den Kopf, «ich weiß nicht, wie das mit dir weitergehen soll.»

Er stand auf, tapste vorsichtig an ihr vorbei und wollte

schon im Badezimmer verschwinden. Dann aber drehte er sich um und zog sie an sich heran, spürte erneut das Glühen seiner Lippen und küsste sie. Claudia war überrumpelt. Sie ließ es geschehen und erwiderte die Küsse ihres Schorsch, der, wenn er wollte, alle anderen in den Schatten stellte.

Während Claudias Nachthemd höher rutschte, schnitt eine Violine die Szene entzwei. Vera war wach. Sie pflegte gleich nach dem Aufwachen jeden Morgen mindestens eine halbe Stunde zu üben, denn zu diesem Zeitpunkt waren die *vibes* aus ihren Träumen noch präsent, und die musste sie «schwingen» lassen, bevor der Alltag sie ihr raubte. Für sie gab es da nichts zu diskutieren, wenngleich Claudia und Schorsch sie um eine Verlagerung der *vibes* in die Nachmittagsstunden gebeten hatten. Aber wenn ein Wunderkind, das sie zweifellos in den Augen ihres stolzen Papas war, seinen Gefühlen Ausdruck geben musste, dann war Zeit kein Argument.

Claudia schob Giorgio von sich. Nicht ohne Widerstand, denn er war gerade erst in Fahrt gekommen.

«Schorsch, jetzt hör auf. Die Vera ist wach.»

Das war das definitive Ende der Fahrt auf der *Straße unter der Sonne.* Schorsch gehorchte schweren Herzens, ließ sie los und folgte ihr die Treppe hinunter in die Küche.

Claudia machte sich über die Vollkornbrote her und bestrich sie mit Bergkäse aus garantiert biologisch kontrollierter Tierhaltung. Heinlein setzte sich an den Tisch und goss sich aus der Kanne ein. Doch nicht Kaffee, sondern eine dünne, grünliche Flüssigkeit füllte seine Tasse.

«Mensch, Claudia», sagte er angewidert, «was ist das schon wieder für ein Zeugs?»

«Grüner Tee. Hab ich erst gestern unten im Naturkost gekauft. Die Bärbel schwärmt davon. Sie sagt …»

«Das interessiert mich nicht, was die Bärbel sagt. Ich will einfach nur einen Kaffee. Ist das zu viel verlangt?»

«Schorsch», begann sie mit weiser Stimme.

Sie war vorbereitet, hatte sich alles genau von Bärbel erklären lassen, denn sie ahnte, was ihr Schorsch sagen würde.

«Kaffee ist das reine Gift. Echt. Der haut dir auf Dauer absolut den Blutdruck so weit nach oben, dass du irgendwann aus den Latschen kippst und 'nen Herzinfarkt bekommst. Bestimmt. Des is so sicher wie des Amen in der Kirch.»

Gegen die Kirche kam Heinlein natürlich nicht an. Seine Claudia bemühte sich so um ihn, dass er sich nicht erwehren konnte, selbst wenn er das lätscherte grüne Zeugs am liebsten in den Ausguss gegossen und nochmals nachgespült hätte. Er musste also auf seinen Kaffee warten, bis er im Büro war. Sabine, seine Assistentin, kochte ihn so, wie er ihn liebte – mittel, mit einem Löffel Kaba. Das gab dem Kaffee eine gewisse Rundung.

Heinlein hob die Tasse, nippte, schluckte und setzte sie ab. Claudia erwartete ungeduldig sein Urteil. Er wusste das.

«Mmh», log er, «gar nicht so schlecht.»

«Siehst du? Einfach erst mal probieren.»

Heinlein sagte nichts mehr. Er lächelte sie an, gab ihr einen Kuss und griff in den Brotkorb. Doch er fand kein frisches Brötchen, sondern eine zerbrechliche, furztrockene Scheibe Wasa. Er setzte erneut zur Revolution an, unterließ es aber, da Claudia bestimmt bereits eine Erklärung und einen Warnhinweis über verseuchtes und genmanipuliertes Korn auf den Lippen hatte. Er nahm die rechteckige Scheibe, bestrich sie mit Butter – auf die konnte selbst Claudia noch nicht verzichten, da es ihr bisher an einer Alternative fehlte – und biss hinein. Krachend zerfiel das Brett in seinem Mund. Während er knirschend die Stücke mit den Zähnen zermalmte und hinunterwürgte, brauchte er jetzt wirklich etwas Flüssiges, damit es ihm nicht im Halse stecken blieb. Hastig griff er nach der Tasse und spülte das Zeugs weg.

Claudia beobachtete ihn und schlussfolgerte aus seiner Ungeduld, dass es ihm letztlich schmeckte.

«Du wirst sehen», prophezeite sie ihm, «in ein paar Wochen haben wir dich völlig entgiftet. Bärbel hat mir versprochen, mich in den Ayurveda-Kurs reinzukriegen. Der ist normalerweise seit Monaten ausgebucht, aber eine von den Frauen ist ausgefallen und ...»

Heinlein horchte auf und unterbrach sie. «Wenn der Kurs so begehrt ist, dann steigt man doch nicht einfach so aus?»

Claudia stand unversehens auf und widmete sich den Vollkornscheiben, die sie für Thomas und Vera als Pausenbrot vorbereitete.

«Sag schon», drängte Heinlein, «wieso ist die Frau ausgestiegen?»

«Ich weiß nicht», wehrte sie ab. «Gab irgendwie Streit», murmelte sie vor sich hin.

Aha, dachte Heinlein, daher weht der Wind. Streit. Kein Wunder, den würde sie auch kriegen, wenn er nicht bald wieder was Anständiges auf den Teller bekäme. Noch bevor er nachsetzen konnte, kam Thomas die Treppe herunter in die Küche. Beim Anblick seines Stammhalters blieb Heinlein die Spucke weg.

«Morgen, mein Schatz», trällerte Claudia, während sie die Brote in Papier wickelte und ihrem Sohn einen Kuss gab. Er ließ es über sich ergehen und traute sich nicht, sich an den Tisch zu setzen.

Claudia stupste ihn an und murmelte etwas wie: «Mach schon. Los.»

Thomas setzte sich an die andere Ecke des Tisches, ohne seinen Vater anzusehen. Heinlein saß sprachlos da und versuchte zu verstehen, was er da sah.

Um seinem Lieblingsspieler Giovane Elber möglichst nahe zu kommen, hatte sich Thomas tags zuvor seine blonden, glatten Haare von Claudia schwarz färben und bis auf fünf Millimeter Länge scheren lassen. Für Heinlein sah sein Sohn aus wie ein verhungerter Straßenjunge aus den Slums von Rio de Janeiro. Obendrein trug er das Trikot des verhassten FC Bayern München. Die Frisur hätte er ihm vielleicht noch durchgehen lassen, aber nicht das Trikot des Erzfeindes. Er, Heinlein, ein stolzer Franke, war treu ergebener «Clubberer» – nicht nur Fan, sondern eine Säule des Traditionsclubs 1. FC Nürnberg, des einzigen wahren Fußballvereins neben Schalke.

«Des därf doch net wahr sei», fluchte Heinlein und schlug mit der Faust auf den Tisch, dass das Frühstück tanzte. «Wie schaust du denn aus? Und was ist des für a Fetzen, den du da anhast?»

«Ich wollte es dir eigentlich gestern Abend noch sagen», kam Claudia ihrem Sohn zur Hilfe und nahm ihn schützend in den Arm. «Aber …»

Weiter kam sie nicht. Heinlein sah rot – die Farbe des Feindes.

«Mit dem Ding gehst du mir net aus dem Haus. Ich schäm mich ja vor allen Leuten zu Tod. Raus damit und gleich nein Ofen damit. Mein Sohn in Bayernlumpen. Ich fass es nicht», klagte Heinlein.

«Aber der Opa hat's mir doch geschenkt», wehrte sich Thomas.

«Was? Der Opa?»

Jetzt war alles klar. Sein Schwiegervater stand hinter dem Anschlag. Keine Gelegenheit hatte er bisher ausgelassen, ihn zu ärgern. Nicht einmal vor seinem eigenen Fleisch und Blut machte er Halt, der Tagdieb, der greißliche. Aber er durfte ja nichts dagegen unternehmen. Er war der Vater seiner Frau, der Opa seiner Kinder. Das würde er ihm heimzahlen. Eines Tages würde die Gelegenheit kommen.

Noch bevor Heinlein auf seinen Sohn weiter einwirken konnte, kam Vera in die Küche. Sie war ein hübsches vierzehnjähriges Mädchen mit Eigenart und Bestimmtheit. Ihre Moden wechselten schneller, als Heinlein sie aufzählen konnte. Sie reichten von klassisch bis punkig. Zurzeit war feminines Selbstverständnis à la Emma Peel angesagt.

Vera spielte Violine und Klavier. Zum Ausgleich nahm sie Ballettunterricht. Ihr Ziel war das Studium der Theater- und Musikwissenschaften. Nur in der Kunst sah sie Sinn für ihr Dasein. Die zurzeit aktuelle Weltformel war die Philosophie der australischen Aborigines: Der Traum sei das eigentliche Leben. Und das Leben an sich ein Traum.

Heinlein hatte keine Ahnung, wovon sie da sprach, wenn er sie danach fragte. Aber das war egal. Vera war seine Tochter.

«Morgen», sagte sie fröhlich in die Runde.

Sie öffnete den Kühlschrank, nahm die Karaffe mit frisch gepresstem Orangensaft heraus und goss sich ein Glas ein. Heinleins Kummer war verflogen.

«Morgen, mein Schatz», strahlte er und nahm sie auf seinen Schoß.

Vera ließ es geschehen und trank aus ihrem Glas. Sie meinte, spontaner körperlicher Kontakt des Vaters zum Kind und dass sie ihm dazu die Erlaubnis gibt, sei die essenzielle Grundvoraussetzung für das väterliche seelische Gleichgewicht, um damit seine Rolle als Oberhaupt und Beschützer der sozialen Gruppe, ergo der Familie, zu festigen. Das wäre wichtig in der heutigen Zeit, in der Männer sich neu finden mussten.

Claudia hörte ihr dabei immer aufmerksam zu.

«Und? Schon nervös?», fragte Heinlein Vera.

«Nervosität begründet sich in der Angst des Versagens oder zumindest in der Furcht, dem Geforderten nicht entsprechen zu können. Wie du siehst, mein Erzeuger und unbestrittener Herrscher dieser Behausung und dieses Clans, ich bin die Ruhe selbst.»

Heinlein, Claudia und Thomas starrten sie an. Keiner wusste, wovon sie sprach, und keiner wagte nachzufragen. Die Angst vor einer Antwort war größer.

«Wenn du am Samstag bei der Nachtmusik zwischen all den berühmten Musikern sitzt, denkst du dann auch mal an deinen alten Vater, der dich gezeugt, aufgezogen und ernährt hat?», fragte er.

In seiner irrwitzigen Frage stand das Bedürfnis nach Bestätigung und Hoffnung. Hoffnung darauf, dass auch er vielleicht eines Tages eine Begabung an sich feststellen konnte, die ihn vom Rest der Welt abhob.

Jetzt reichte es Vera. Die Stunde auf der Couch war beendet, den Sockel, auf dem er sich wähnte, galt es wieder niederzureißen.

«Wenn ich neben diesen berühmten Musikern spiele, dann werde ich daran denken, dass es nur Männer sind», sagte sie, gab ihm einen Kuss und verschwand durch die Tür.

Ahnungslose Stille kehrte abermals ein. Was mochte sie nur damit gemeint haben, tickte es in den Köpfen der Familie Heinlein. Niemand schien eine Antwort zu finden. Vera war anders, das war klar. Doch von wem hatte sie das?

«Einen schönen Tag», rief Heinlein ihr noch nach.

Thomas ahnte, dass es nun wieder an ihm war, und kam seinem Vater zuvor. Er schnappte sich den Schulranzen.

«Wir sprechen uns noch», drohte ihm Heinlein und ließ ihn ziehen.

Die Kinder waren aus dem Haus. Claudia legte ihre Hand auf Heinleins.

«Also, jetzt erzähl. Wie war's gestern Abend bei der Verabschiedung?», fragte sie.

«Frag nicht», wehrte er mutlos ab.

«So schlimm?»

«Schlimmer. Dass ich den Job vom Erwin nicht bekomme, war eh klar. Aber jetzt kommt einer aus München. Ein Kaliber, hat der Oberhammer g'sagt, der den Laden wieder auf Vordermann bringen soll.»

«Wart's doch mal ab, vielleicht ...»

«Vielleicht macht der Oberhammer auch 'nen Kopfstand, fällt mir um den Hals und will mein Freund sein.»

«Jetzt übertreib nicht. Vielleicht ist er auch ganz in Ordnung, der Neue.»

«Bestimmt. Wenn er der Wunschkandidat vom Oberhammer ist, dann wird er ganz sicher nicht mein Freund sein. Vergiss es.»

Heinlein nahm einen Schluck vom Tee. Selbst die giftgrüne Lauge konnte ihm heute nichts mehr anhaben. «Wie wär's, wenn ich mal rumhorche, was es für 'nen Bullen sonst noch für Möglichkeiten gibt?»

«Wie meinst du das? Willst du kündigen?»

«Erst mal horchen und schauen.»

«Schorsch, jetzt wart's doch mal ab.»

Zu einer Antwort kam Heinlein nicht mehr. Das Telefon klingelte. Er ging in den Flur und nahm das Gespräch entgegen. Es war Uschi. Sie klang unüberhörbar mitgenommen.

«Du sollst gleich nach Frankfurt fahren und den Neuen abholen», sagte sie mit heiserer Stimme.

Heinlein hatte ein gespaltenes Verhältnis zur Assistentin Oberhammers. «Wieso ich? Bin ich jetzt auch noch Taxifahrer für euch? Und wieso überhaupt Frankfurt? Ich denk, der Neue kommt aus München?»

«Frag net. Heut Morgen kam ein Anruf aus dem Ministerium. Er kommt mit der Alitalia aus Genua. Heißt Kilian.»

«Kilian? Seit wann haben die Italiener fränkische Namen?»

«Isser auch nich. Muss irgend so ein Fuzzi aus München sein, der für das LKA im Ausland unterwegs war.»

Das ist also das Kaliber, dachte Heinlein. Ein Edelbulle, der auf Staatskosten Urlaub machte.

«Noch was, heute Morgen ist ein Toter in der Residenz gemeldet worden. Die Kollegen vom KDD sind bereits vor Ort. Der Chef lässt dir ausrichten, dass du mit dem Neuen nachkommen sollst.»

Aha, die Jungs vom Kriminaldauerdienst waren also schon da. Gut, dass seine Tage im Bereitschaftsdienst vorbei waren.

✱

«Ihr Gate ist D 28, Signor Kilian», sagte die hübsche junge Dame der Alitalia und reichte ihm seinen Flugschein.

Kilian nahm ihn entgegen, blieb aber stehen und wollte die Bekanntschaft vertiefen.

«*Andiamo*», sagte Pendini nervös und zog ihn vom Flugschalter weg.

«*Piano*», beruhigte Kilian ihn.

Doch Pendini war alles andere als *piano*. Auf dem Weg zum Sicherheitscheck schaute er sich um, ob er etwas Verdächtiges ausmachen konnte. Alles schien normal. Touristen standen in nicht enden wollenden Reihen an den Schaltern, Kinder vertrieben sich die Zeit mit Gameboys, die Flughafenpolizei ging Streife. Pendini kannte sie nicht. Und wen er nicht kannte, dem traute er nicht.

«Du leidest unter Verfolgungswahn», amüsierte sich Kilian über ihn und steckte sich ein Zigarillo an.

«Und du unter sträflicher Sorglosigkeit, *amico*. Es würde mich wundern, wenn das hier glatt über die Bühne geht.»

«Was soll denn passieren? Ich geh durch den Sicherheitscheck, steig in meine Maschine, und schon bist du mich los.»

«Es wäre mir lieber, du wärst schon drin.»

«*Grazie*, mein Freund», raunzte Kilian zurück, als er vor dem Sicherheitsbogen stand und seine Taschen in das Körbchen leerte.

«Stell dich nicht so an», kam es von Pendini zurück, «du weißt genau, wie ich das meine.»

Kilian ging durch die Sicherheitsschranke. Ein Piepsen ertönte. Die beiden Flughafenpolizisten wurden aufmerksam. Mit ihren Händen an den Maschinenpistolen, richteten sie ihren Blick auf Kilian. Der Sicherheitsbeamte führte den Detektor an seinem Körper entlang. Bei der Gürtelschnalle surrte es. Der Sicherheitsmann winkte ihn durch, die beiden Polizisten entspannten sich.

Pendini zeigte seinen Ausweis und ging um die Schranke herum. In der Hand hatte er ein kleines Paket, in dem er Kilians Dienstwaffe in Verwahrung hielt. Wenn Kilian die Maschine besteigen würde, dann würde er sie ihm aushändigen. Vorher nicht. Das war Vorschrift.

Sie gingen einen langen Schlauch entlang, von dem die jeweiligen Gates abzweigten.

«Willst du mir meine Knarre bis ins Flugzeug nachtragen?», fragte Kilian spöttisch.

«*Sì*», antwortete Pendini trocken.

Entgegenkommende Touristen ließ er nicht aus dem Auge. Jeder Einzelne von ihnen konnte ein Mann Galinas sein. Aber auch Frauen. Schlimmer, Kinder. Für ein paar Euro könnte sie jeden Halbwüchsigen bekommen, der auch nur halbwegs wusste, wie man eine Waffe bedienen konnte.

«Paolo, du brauchst einen Psychiater. Dringend.»

«Und du eine Mama, die auf dich aufpasst.»

Kilian stockte und überlegte, was Pendini gemeint haben könnte. Schließlich lachte er und legte seinen Arm um den Freund.

«Willst du nicht meine Mama sein?»

Pendini schob ihn weg. «Lass den Scheiß, Jo, und schalt endlich deinen Kopf wieder ein. Glaubst du im Ernst, dass Galina dich einfach so in eine Maschine steigen lässt? Ich wette, sie oder einer ihrer Handlanger wartet hier auf dich.»

Pendini schaute sich nach allen Seiten um.

«Gib mir endlich meine Knarre und mach dir keine Sorgen», antwortete Kilian genervt.

«Erst wenn du in der Maschine sitzt. Basta.»

Eine Gruppe amerikanischer Touristen kam ihnen aus einem Seitengang entgegen. Sie waren orientierungslos wie viele ihrer Brüder und Schwestern aus dem gelobten Land der Tapferen und Freien. Vor den Hinweisschildern, die auf weitere Gates zeigten, blieben sie stehen und diskutierten ob ihrer Bedeutung.

In dem Pulk, der sich nicht für rechts oder links entscheiden konnte, tauchte ein weißer Trenchcoat auf. War da wieder einer der Amis völlig übergeschnappt, fragte sich Kilian. Im Hochsommer einen Trenchcoat? Die Person, die ihn trug, musste eine Frau sein. Der Gürtel umfasste eine schmale Taille. Die Hände waren in den Taschen vergraben. Das Gesicht konnte er nicht erkennen. Die Haare waren unter einem Kopftuch versteckt, die Augen hinter einer Sonnenbrille.

Zwischen all den Karos, Jeans und Golfhemden blickte sie ihn unversehens an.

«Zum Teufel», rief er Pendini zu, der nach dem Gate schaute, «da ist sie.»

«Wer?»

«Galina!», rief Kilian und lief auf sie zu.

Pendini zog seine Waffe. «Jo, bleib stehen!»

Ein dumpfer Laut zwang ihn in die Knie. Ein Fuß stieß das Päckchen mit der Waffe auf die Gangway. Bevor er ganz zu Boden sacken konnte, wurde er von einem Touristen in sommerlich bunter Kleidung aufgefangen und zu einer Bank geschleppt.

Kilian drehte sich um und sah seinen toten Freund Pendini, dessen Blut auf den gewienerten Boden tropfte. Seine Hand ging zum leeren Gurt.

«*Buon giorno,* Herr von Schönborn oder wie Sie sonst noch heißen», sagte eine Stimme plötzlich hinter ihm. «Sie wollen uns schon verlassen?»

Galina nahm die Sonnenbrille ab. Ihre Augen funkelten hasserfüllt.

Kilian musste weg, schnell, bevor Galina das benutzte, was er mit der Hand fest umgriffen in der Tasche ihres Trenchcoat vermutete.

«Das wäre aber nicht nötig gewesen», sagte er kaltschnäuzig, umarmte und küsste sie. Er hielt sie so lange fest, bis die vorbeiziehenden amerikanischen Touristen sie ganz umschlossen hatten.

«*That's amore*», flüsterte einer. «*How cute*», seufzte eine andere.

Galina wehrte sich mit aller Kraft, griff nach der Waffe in ihrer Tasche. Ein Schuss krachte los und schlug zu ihren Füßen in den Boden ein.

Die Amis stoben auseinander. Nur ein paar wenige suchten nach dem Ursprung des Schusses. Im Mann mit dem sommerlichen Outfit, der ein paar Meter entfernt die Waffe auf Kilian richtete, fanden sie ihn. Zwei warfen sich beherzt auf ihn.

Ein Kopfstoß streckte Galina nieder. «Du verdammtes Miststück», sagte Kilian und ließ sie zu Boden gleiten. Hastig suchte er nach ihrer Waffe. Die linke Tasche musste es sein, war es aber nicht.

Noch einmal krachte ein Schuss. Schreie und Hilferufe hallten durch die nackten Gänge. Ein Amerikaner fiel regungslos zur Seite, der andere robbte weg.

Der Mann erhob sich, ging auf Kilian zu und feuerte. Flirrend zog die Kugel an seinem Kopf vorbei. Kilian warf sich der Länge nach hin und suchte Schutz entlang der Gangway.

Der zweite und der dritte Schuss kamen kurz hintereinander aus einer automatischen Waffe. Ein Flughafenpolizist näherte sich geduckt von der anderen Seite.

Kilian schaffte es bis zur Ecke eines Seitenganges. Hinter ihm schwirrten Querschläger durch die Luft. Er blickte zurück und sah, wie der Mann im bunten Hemd Galina aus der Schusslinie bugsierte – genau in seine Richtung.

Kilian raffte sich auf und stürzte in den nächstgelegenen Raum, an jemandem vorbei, der sein Heil außerhalb einer Toilette in der Flucht nach vorne suchte. Er schloss die Tür und stemmte den hüfthohen Kasten für die Papierhandtücher gegen den Knauf. Ein viel zu früher Schlag gegen die Tür machte ihm klar, dass er noch lange nicht in Sicherheit war.

Sirenengeheul setzte ein, und Schritte von mehr als einer Person entfernten sich.

Er musste sich was einfallen lassen. Galina und ihr Helfer würden nicht so schnell aufgeben. In dem Chaos konnte man leicht untertauchen, aber genauso schnell zuschlagen.

Zudem hatten ihn die Flughafenpolizisten am Sicherheitscheck mit Pendini zusammen gesehen. Pendini ... er sah ihn plötzlich vor sich, wie er zusammengesackt auf der Bank ausblutete. Es würde lange dauern, ihnen zu erklären, was wirklich vorgefallen war. In der Zeit, die er auf einer Wache verbrachte, bot er ein treffsicheres Ziel.

Kilian stemmte sich am Waschbecken ab und schaute in sein Spiegelbild. Es musste ihm schnell etwas einfallen, bevor sie alle über ihn herfielen. In der Toilettenkammer hinter ihm erspähte er einen Koffer. Er öffnete ihn und fand Klamotten, Rasierzeug und einen Pass mit dem amerikanischen Weißkopfadler darauf. Der Mann auf dem Foto trug kürzere Haare als er, hieß John, hatte aber ungefähr sein Alter.

❋

Heinlein trat auf die Bremse. Die kurvige Autobahn durch den Spessart war dreispurig mit LKWs verstopft. Vor ihm gackerte und flatterte es aus einem holländischen Geflügeltransporter, hinter ihm schoben sich immer mehr Fahrzeuge zu einem Stau zusammen. Die Sonne stand hoch und brannte auf das Dach seines A6. Er ließ das Fenster herunter, lehnte sich hinaus und schaute nach vorne. Kein Durchkommen. Alle Spuren waren dicht. Heinlein fuhr das Sonnendach zurück und lehnte sich in den Sitz.

«Dann warten wir eben ein Weilchen», sagte er und schloss die Augen.

Das Radio dudelte einen Hit aus den Achtzigern von den Rodgau Monotones: *Erbarmen, die Hesse komme!*

«Bloß net», zischte Heinlein und schob eine Kassette hinein.

Peter Maffay mit *Sonne in der Nacht* erklang. Er schloss erneut die Augen und lehnte sich zurück. Das war Musik nach seinem Geschmack. Maffay hatte es drauf. Ein echter Rocker.

Die Sonne tauchte in einem satten Rot ins Meer. Georges ging am Strand entlang. Es war seine Zeit. Nach der aufreibenden Arbeit an seinem neuen Gedichtband vertrat er sich gerne die Beine am einsamen Strand. Die wenigen Touristen, die sich hierher verloren, waren bereits unter der Dusche. Er genoss die Ruhe, die mit einer sanften Brise einher ging. Aus dem fernen kleinen Dorf am Ende der Bucht kam ihm eine junge Frau entgegen. Es war Chantal. Er erkannte sie an ihrem Gang und an den langen blonden Haaren, die der Wind wie eine Fahne mit sich nahm. Chantal servierte ihm jeden Morgen Café au lait und Croissants in der kleinen Pension, in der er ein Zimmer mit Balkon und Blick aufs Meer bezogen hatte. Sie war seine Inspiration und seine heimliche Liebe.

Ein junger Bursche, Jacques oder Jack, holte sie jeden Abend mit seinem Motorrad ab. Er war ein ungehobelter Klotz aus einer Autowerkstatt. Er kommandierte sie herum, und wenn sie ein Wort mit Georges sprach, dann stellte er sie zur Rede. Georges hatte sich vorgenommen, sich den Burschen das nächste Mal vorzuknöpfen und ihm Manieren beizubringen.

Chantal erkannte ihn und winkte ihm zu. Sie trug ein dünnes Kleid aus Baumwolle, das ihre Formen selbst auf die Entfernung hin exakt abbildete. Georges erwiderte den Gruß. Sie war allein. Kein Jacques oder Jack weit und breit.

«Hallo, *ma chère. Ça va?*», begrüßte er sie.

Ohne eine Antwort gab sie ihm einen Kuss auf die Wange. Sie wirkte verlegen, als wollte sie etwas sagen, doch traute sich nicht.

«Was ist?», fragte er.

Sie schaute aufs Meer hinaus. Eine Welle schwappte heran und umspülte ihre nackten Füße.

«Hat er dir etwas getan?», fragte Georges besorgt.

Sie schüttelte den Kopf und folgte der Welle, die soeben ins Meer zurückfloss. Eine neue war gerade im Anrollen. Chantal machte keine Anstalten, ihr auszuweichen. Sie ließ sich in das Wasser fallen und war für einen Moment nicht mehr zu sehen. Als die Welle sich zurückzog, lag sie vor ihm. Auf dem Rücken, den Kopf nach hinten gelehnt, die Haare im Sand. Die nasse Baumwolle schmiegte sich an ihren Körper wie eine zweite Haut. Ihre kleinen Brüste, die schmale Taille und die langen Beine machten sie einer Nixe gleich, die soeben dem Meer entstiegen war, um ihn in ihr Reich zu entführen. Georges legte sich an ihre Seite.

Sie wandte sich ihm zu und sagte schüchtern: «Ich 'abe mich von Schack getrännt. Er war ein schlächter Mann. Nicht gut für mich.»

Georges Herzschlag schnellte in die Höhe.

«Ich …», führte sie fort.

«Sag schon. Was liegt dir auf dem Herzen», ermutigte er sie, ihr kleines Geheimnis preiszugeben. Dabei sah er genau, was ihr auf dem Herzen lag – ein dünner, nasser Stoff. Noch.

«Es ist mir peinlich», sagte sie und sah verstohlen weg.

Heinlein führte ihr Gesicht zärtlich an seines heran. Seine Stimme war zuckersüß. «Du musst dich vor mir wegen, nichts schämen. Sag es mir.»

Chantal blickte auf, ihm direkt in die ungeduldigen Augen, und sagte: «Ich glaube, ich 'abe mich in dir verliebt.»

Georges traf es wie einen Blitz. Seine Chantal, die ihm jeden Morgen einen Grund zum Aufstehen gab? Seine Chantal, deren unschuldiges Lächeln ihn erschütterte, als bebte die Erde?

Und sie bebte. Gerade eben. Georges lehnte sich hinüber, um sie zu küssen, als ein Geschrei, Gegacker und Fluchen vom Himmel auf ihn herunterfuhren.

Heinlein riss die Augen auf. Die Schnauze seines A6 hatte sich in die Hinterachse des LKWs vor ihm gerammt. Die Ladung mit den Hühnerkäfigen ergoss sich auf die Straße und über seinen Wagen. Das aufgeschreckte Federvieh humpelte gackernd über die blutigen Kameraden. Die, die noch wegflattern konnten, machten sich in alle Richtungen davon. Andere fanden ihr Ende unter den nachfolgenden Autos, wenige brachten sich auf den Rücksitzen der Cabrios in Sicherheit.

«Verdammter Mist!», schrie Heinlein.

Ein stechender Schmerz fuhr ihm durchs Knie. Auf der Haube plusterte sich ein Hahn auf und stakste aufgeregt umher. An der Windschutzscheibe glitschte eine tote Henne vom Dach herunter und zog eine Blutspur nach sich.

Der LKW-Fahrer stieg aus und kam auf ihn zu. Er trug keine Schuhe, war barfuß, aber trotzdem zwei Meter groß. Sein nackter Oberkörper war mit Tätowierungen übersät.

Eine Sonnenbrille trug er nicht. Die schwarzen Augen lagen in tiefen Höhlen. Er blieb an der Fahrerseite stehen, bückte sich herunter und schaute Heinlein zornig an.

✷

Kilian kam aus der Toilette und ging mit dem Koffer in der Hand auf Gate D 28 zu, als wäre nichts passiert. Um ihn herum schafften Sanitäter Verletzte weg, Polizisten hantierten nervös mit ihren Maschinenpistolen, schrien sich Anweisungen zu, die sie durch den Sprechfunk erhielten. Zuckende Blaulichter flackerten durch die Fenster herein.

«*Documenti!*», schnauzte ihn ein Polizist mit vorgehaltener Maschinenpistole an.

Kilian reichte ihm den Pass. Der Polizist blätterte ihn auf.

«*Glasses*», befahl er.

Kilian nahm die Sonnenbrille ab und lächelte ihn an.

«*Hat.*»

Mit dem Stetson verfuhr er genauso.

Der Polizist verglich das Foto mit Kilian, gab ihm den Pass zurück und schickte ihn weiter.

Kilian steuerte auf die Flughelferin am Eincheckschalter D 28 «Genova–Francoforte» zu. Der Wartesaal war bereits leer. Die Flughelferin sprach ins Mikrofon die letzte Aufforderung zum Besteigen der Maschine nach Frankfurt. Gleich danach folgte der Aufruf an den Passagier Johannes Kilian, gebucht nach Frankfurt. Er wurde dringend gebeten, sich am Gate D 28 einzufinden. Spätestens jetzt wusste Galina, wo er zu finden war.

Hinter der nächsten Ecke stellte er den Koffer ab und holte das Ticket von John Brennan heraus. Brennan war gebucht nach Dublin, Irland. Verdammt, dachte Kilian, wieso nicht gleich Reykjavík? Aber es half nichts. An seinen Flug kam er nicht mehr heran. Er nahm den Koffer und machte sich auf dem Weg zur Airline.

Rund um den Schalter der United herrschte Chaos. Jeder suchte den anderen, fragte, ob er verletzt sei, ob er diesen und jenen gesehen habe. Das Personal der United hatte alle Hände voll damit zu tun, die aufgebrachten Passagiere zu beruhigen. Das war seine Chance.

Er ging an einen Schalter, reichte dem Steward das Ticket und wünschte eine sofortige Umbuchung nach Frankfurt. Der Steward, am Ende seiner Nerven wie jeder seiner Kollegen, checkte den Flugplan und verschaffte ihm einen Flug bei der deutschen Partnerlinie.

# 6

Der A6 bog in die Auffahrt zu den Ankunft-Terminals ein. Im eingedellten Kühlerrost klebten blutige Hühnerfedern. Heinlein parkte den Wagen im absoluten Halteverbot und humpelte in die Flughalle.

«Oberhammer wird mir den Kopf abreißen», keuchte er und griff sich ans Knie.

Die Hose war aufgerissen, und Blut schlängelte sich aus einer kleinen Platzwunde knapp unter der Kniescheibe das Bein hinab.

Am Info-Schalter fragte er nach der Maschine aus Genua. Die junge Frau antwortete ihm in breitem Hessisch, dass die Passagiere soeben am Gate *Cee fuchzehn* ausstiegen.

Heinlein bedankte sich nicht und lief los. Auf dem Weg zu den C-Gates kamen ihm bereits deutsche Geschäftsleute und Italiener entgegen. Er musterte jeden genau, der nur annähernd wie ein Kriminalbeamter aussah. Doch vergebens. Als er das Gate C 15 erreichte, saß ein Mann auf einer Bank, der geschäftig in sein Mobiltelefon sprach. Das musste der Neue sein, kaum gelandet und schon voll beschäftigt. Was für ein unangenehmer Charakterzug, dachte Heinlein.

Er ging auf den Telefonierer zu und bemühte sich um eine Entschuldigung: «Tut mir Leid, Herr Kilian, aber es ist leider was dazwischengekommen.»

Heinlein setzte sich neben den Mann und erzählte ihm vom Stau, von den LKWs, die die Straßen verstopften, und dem gefährlichen Wildwechsel entlang der Autobahn.

Der Mann sprach weiter in sein Handy und vermied, dem Sonderling an seiner Seite Beachtung zu schenken.

«Wenn dieser blöde Stau nicht gewesen wäre, dann hätt ich den LKW auch eher sehen können und ...», fuhr Heinlein fort, während er sich über sein Knie beugte und die Wunde inspizierte.

Der Mann mit dem Handy stand plötzlich auf, ging ein paar Schritte weiter und setzte sich auf eine andere Bank. Heinlein blickte hoch und verzog ärgerlich das Gesicht.

«Okay, okay!», rief er ihm nach. «Es tut mir Leid mit der Verspätung. Ist Ihnen das noch nie passiert?»

Heinlein war stinkig. So ein eingebildeter Fatzke, dieser Kilian.

Der Mann unterbrach sein Telefonat und wandte sich Heinlein zu, der mit einem Taschentuch das Blut an der Wunde abtrocknete.

«Was wollen Sie eigentlich von mir?», fragte er Heinlein und begutachtete ihn missbilligend von Kopf bis Fuß.

«Ich bin das Taxi. Mein Name ist Heinlein. Kriminaloberkommissar Georg Heinlein.»

Er kramte in seiner Tasche und zeigte ihm seinen Dienstausweis. Der Mann griff nun auch in seine Tasche und holte seinen Personalausweis heraus.

«Und ich bin Wagner. Dr. Frank Wagner. Psychotherapeut. Alle Kassen. Sprechstunde Montag bis Freitags von 9 bis 17 Uhr. An den Wochenenden nur nach Vereinbarung. Kann ich Ihnen helfen?»

«Sie sind nicht Kilian?»

«Nein.»

«Ehrlich? Kein Trick oder Test oder so was?»

Dr. Wagner steckte den Ausweis zurück, zückte eine Visitenkarte und reichte sie Heinlein.

«Rufen Sie mich an. Ich kann Ihnen helfen. Vertrauen Sie mir.»

Heinlein nahm die Karte und las: «Dr. Frank Wagner».
«Wieso sagen Sie das nicht gleich?», motzte Heinlein ihn an und humpelte davon.

Am Gate E 12 verließen die Passagiere aus Genua den Ankunftsschalter. Kilian rückte den Stetson zurecht, setzte die Sonnenbrille auf und ging auf den Info-Schalter zu. Die Schlangenlederstiefel drückten ein wenig, eine Nummer größer wäre bequemer gewesen. Auf dem Weg dorthin musterte er alle, die auf ihn zukamen, wie es zuvor Pendini in Genua gemacht hatte. Doch niemand schien sich für ihn zu interessieren. Cowboys am Frankfurter Flughafen waren nichts Ungewöhnliches.

Kilian kam in die große Halle und hielt nach einem möglichen Empfangskommando Ausschau. Doch außer ein paar Japanern und einer Polizeistreife fiel ihm nichts auf. Er ging auf den Info-Schalter zu und wurde kurz davor von Heinlein geschnitten. Er würdigte Kilian keines Blickes.

«In der Alitalia war er nicht», keuchte Heinlein der Hessin entgegen. «Ist noch 'ne Maschine aus Genua angekommen?»

Kilian stand hinter Heinlein und musterte ihn argwöhnisch. An seinen Händen klebte Blut, die Hose war wie nach einem Kampf zerrissen, und dann fragte der Kerl noch nach seiner Maschine aus Genua.

«Gate E 12», antwortete die Hessin schnippisch. «Aber die sind alle schon ausgestiegen.»

Heinlein hörte nicht mehr zu. Er war schon auf dem Weg. Kilian schaute ihm verständnislos hinterher. Was für eine Gestalt, dachte er.

«Guten Tag», sagte er zur Frau hinter dem Schalter. «Hat jemand nach mir gefragt? Mein Name ist Kilian.»

«Nein, leider nicht», antwortete sie freundlich. «Soll ich jemanden Bestimmten ausrufen lassen?»

«Um Gottes willen, nein», beschwichtigte er sie und schaute sich prüfend um. «Sagen Sie mir einfach, wo es zu den Zügen geht, und … vergessen Sie meinen Namen.»

Die Frau grinste und wies ihm den Weg. Kilian bedankte sich mit einem Griff an den Stetson und einem Kopfnicken.

Er ging die Treppen zum Bahnhof hinunter und schaute auf die Anzeige. Der ICE *König Ludwig* sollte in fünf Minuten kommen und einen Stopp in Würzburg machen. Er ging ein paar Schritte weiter und lehnte sich an eine Säule.

Auf der Treppe hörte er plötzlich Tumult und sah, wie Heinlein die Treppe heruntergestürzt kam, das blutende Bein nach sich zog und jeden Mann, den er auf dem Bahnsteig traf, nach seinem Namen fragte.

Als er vor Kilian stand, setzte er zur Frage an, brach aber kopfschüttelnd ab und hastete ins Schaffnerhäuschen.

Kilian beobachtete ihn, wie er etwas aus seiner Tasche zog, es dem Schaffner zeigte.

«Achtung, eine Durchsage», hallte es anschließend aus den Lautsprechern über den Bahnsteig. Die Köpfe richteten sich auf die Lautsprecher aus.

«Ein Herr Kilian wird dringend gesucht. Ich wiederhole: ein Herr Kilian. Er möchte sich bitte beim Informationsschalter einfinden.»

Als Kilian seinen Namen über den Bahnsteig hinweg hörte, trat er hinter die Säule zurück und wartete ab. Hatte Galina es geschafft, seinen Weg bis hierher zu verfolgen? Hinter welchem Gesicht verbarg sich einer ihrer Helfer? Kilian wartete auf eine Reaktion, doch nichts geschah.

Als Heinlein auf seiner Höhe war, packte er ihn, zog ihn nach hinten und drückte ihn gegen die Säule.

«Was willst du?», drohte ihm Kilian. «Wer bist du?»

«Verdammt. Lassen Sie mich los», japste Heinlein.

«Noch einmal. Wer bist du?», wollte Kilian von ihm wissen und drückte fester zu.

Heinlein bekam keine Luft mehr und versuchte sich freizumachen. Doch er hatte keine Chance.

An Kilians Seite kam eine blutige Hand mit einem grünen blutverschmierten Ausweis hoch. Auf diesem las er «Dienstausweis» und erkannte Heinleins Foto. Kilian löste den Griff. Heinlein sackte nach vorne und holte tief Luft.

«Mann, sind Sie verrückt geworden?», keuchte Heinlein, der zum Gegenschlag ausholte. Doch Kilian war bereits an der Treppe. Heinlein folgte ihm.

«Bleiben Sie stehen. Polizei!», befahl er ihm.

Kilian reagierte nicht und ging weiter.

«Sind Sie taub? Polizei!»

Am Ende der Treppe deutete ihm Kilian, dass er ruhig sein und ihm folgen sollte. In der Empfangshalle stellte er sich Kilian schließlich in den Weg.

«Jetzt reicht's mir aber. Stehen bleiben und ...»

Kilian nahm die Brille ab und schrie ihn an: «Ich bin Kilian! Das weiß mittlerweile der ganze Flughafen, Mann!»

Er setzte die Brille wieder auf und machte sich auf den Weg zu den Parkplätzen.

Heinlein riss den Strafzettel von den Wischerblättern und feuerte ihn auf die Straße. Kilian staunte beim Anblick des A6 nicht schlecht und wartete, bis er ihm die Tür aufgesperrt hatte. «Werden die Dienstfahrzeuge neuerdings mit Kriegsbemalung und eingedrückter Schnauze auf die Straße geschickt?»

Du kriegst gleich eins auf die Schnauze, dachte Heinlein und startete den Wagen.

Die Fahrt auf der Autobahn verlief bis zur bayerischen Landesgrenze frostig. Kilian überprüfte sein neues Aussehen im Spiegel, und Heinlein sinnierte schweigend. So ein Idiot. Nur weil er aus München kommt, glaubt er wohl, was Besseres zu sein. Und dann läuft er noch wie ein Rodeo-

Cowboy durch die Gegend. Na ja, Oberhammer würde ihm die Pflenzchen schon austreiben. Oberhammer! Mein Gott, der wird ihm die Reparaturkosten des Wagens vom nächsten Gehalt abziehen lassen. Verdammt! Das Geld hatte er bereits für den nächsten Urlaub eingeplant. Claudia würde ihm die Leviten lesen, und dann noch die Kinder. Und das alles wegen dem Heini neben ihm, diesem Cowboy. Nein, ein Sheriff. Er war ja Polizeibeamter. Heinlein konnte es nicht glauben.

Kilian musterte indes Heinlein. Meine Güte, was für eine traurige Gestalt, sagte er sich. Wenn sie jetzt schon solche Pfeifen in den Dienst übernehmen, was für ein Haufen würde ihn dann erst in Würzburg erwarten? Dumpfe Bauernbubis? Rotbäckige Möchtegernpolizisten? Seine Befürchtungen hatten sich also bestätigt. Wieso hatte er sich nur auf den Vorschlag von Schröder eingelassen? Er hätte ihm gleich beim ersten Wort den Dienstausweis vor die Füße werfen und bei Pendini bleiben sollen. Pendini? Verdammt, Pendini. Wieso hast du nicht besser aufgepasst? Du Idiot! Die Camorra hast du überlebt, die bis an die Zähne bewaffneten Schmuggler hast du geschafft, die Anschläge korrupter Kollegen überstanden. Und jetzt das. Dieses Elend von Kollege neben ihm. Nein. Auf gar keinen Fall würde er in Würzburg bleiben und darauf warten, dass er versauerte. Gleich nach seiner Ankunft würde er sich den Polizeidirektor schnappen und ihm erklären, dass alles ein Missverständnis war. Oder noch besser: Schröder. Genau, Schröder würde er anrufen und ihm sagen, dass er lieber den Dienst quittiere, als mit so einer Pfeife Dienst zu schieben. *Never ever.*

Kilian schaute rüber zu Heinlein, und Heinlein schaute zurück.

«Was ich ...», sagten beide gleichzeitig.

«Sie zuerst», sagte Kilian.

«Nein, Sie zuerst», konterte Heinlein.

Verdammt, kriegt der sein Maul jetzt schon nicht mehr zu, dachte Kilian.

Eingebildeter Fatzke, neigschmeckter Batzi, ging es Heinlein durch den Kopf.

«Na gut, dann ich zuerst», brach Kilian das Schweigen. «Es tut mir Leid, wenn ich Sie vorhin etwas hart angefasst habe, aber ich …»

«Schon gut», unterbrach ihn Heinlein. «Wahrscheinlich hatten Sie Ihre Gründe.»

«Ich wusste einfach nicht, wer Sie sind. Ich dachte, Sie seien mir gefolgt.»

«Bin ich auch», lachte Heinlein unwillkürlich.

«Ja, stimmt. Und Sie haben nicht lockergelassen», lobte ihn Kilian.

«Gelernt ist gelernt», aalte er sich im unerwarteten Lob des Batzis. «Bei uns auf dem Revier muss man sich eben festbeißen, wenn man nicht …»

Heinlein stockte. Gerade wollte er über Oberhammer herziehen.

«Wenn man nicht …?», ermunterte ihn Kilian.

«Vergessen Sie's, war nur 'n Witz.»

Heinlein schnaufte durch. Gerade nochmal die Kurve gekriegt. Das fehlte noch. Vor einem Batzi über einen anderen herziehen. Dann wär das Kraut fett gewesen.

«Bevor ich's vergesse, besten Dank, dass Sie mich abgeholt haben», sagte Kilian. «Ich weiß es zu schätzen.»

«Schon okay. Wenigstens bin ich wieder mal rausgekommen.»

«Ist es so ungemütlich auf dem Revier?»

«Nein, es ist schon in Ordnung», redete sich Heinlein heraus. «Sie werden sich wohl fühlen. Unser Direktor ist ja ein richtiger Bayer. Genauso wie Sie. Sie werden sich bestimmt viel zu erzählen haben.»

«Wie kommen Sie auf die Idee, dass ich ein Bayer bin?»

Heinlein stockte. Was wollte der Kerl jetzt? Ihn aufs Glatteis führen?

«Schmarrn, ich mein, Bayern sind wir ja alle. Oder?», sagte er und lächelte Kilian zu.

«Ich bin Franke. Mainfranke, um genau zu sein», sagte Kilian.

Heinlein war wie vom Blitz getroffen: «Sie sind kein Bayer? Schmarrn, Oberbayer mein ich.»

«Haben Sie schon mal einen Bayern mit dem Namen Kilian getroffen?»

«Ich weiß nicht. Geben tut's bestimmt welche.»

«Ich bin auf jeden Fall keiner.»

Kilian konnte nicht glauben, was für einen Unsinn er da gerade verzapfte. Da saß diese Lusche von einem Kollegen neben ihm und faselte irgendwas von seiner Herkunft.

Heinlein konnte noch immer nicht fassen, dass sein neuer Kollege keiner von den Batzis war. Hey, dann war ja alles gut. Sein neuer Boss war einer von ihnen. Ein Franke. Und dann noch einer vom Main.

«Entschuldigung», sagte Heinlein, der seine Aufregung kaum noch unter Kontrolle halten konnte. «Angehen tut's mich ja nichts, ist ja Privatsache, aber wo kommen Sie vom Main dann her?»

«Ich bin gebürtiger Dettelbacher. In der Bamberger Straße aufgewachsen und später nach Würzburg umgezogen.»

«Wo in Würzburg?»

«Unten am Main. Pleidenturm. Aber das ist lange her. Vergessen Sie's einfach.»

Kilian wollte nicht mehr erzählen. Zu viele Erinnerungen waren damit verbunden. Doch Heinlein war jetzt nicht mehr zu halten. Er kratzte sich aufgeregt an seiner Wunde und hakte nach.

«Am Pleidenturm? Welche Nummer? Da hab ich früher mit meinen Kumpels …»

Das Funkgerät unterbrach das Gespräch.

«Wagen 32, bitte melden», tönte es aus dem Lautsprecher. Heinlein nahm den Hörer. «Hier Heinlein. Was gibt's?»

«Schau zu, dass du deinen Hintern zur Residenz bekommst. Der Chef tobt.»

«Alles klar. Ich bieg gerade bei Heidingsfeld ab. Sag ihm … Vergiss es. Ich bin gleich da.»

Heinlein hängte ein und wollte an ihrem Gespräch anknüpfen, doch Kilian kam ihm zuvor.

«Der Chef tobt? Warum tobt der denn?»

«Unser Polizeipräsident ist ein Bayer. Ein richtiger. Und der heißt noch Oberhammer dazu. Verstehen Sie?»

«Nein, eigentlich nicht.»

«Macht nichts. Das werden Sie schon.»

Kilian begnügte sich damit. Als sie die Straße hinab ins Maintal fuhren, kam seine ungeliebte Stadt unausweichlich näher.

Da lag sie vor ihm. Die Residenz. Davor der Brunnen mit *Grünewald, Riemenschneider* und *von der Vogelweide*. Darüber thronte die Frankonia und schien ihn zu begrüßen. Heinlein lief auf den Eingang zu, und Kilian setzte selbstvergessen den Stetson auf. Er folgte seinem neuen Kollegen und schlängelte sich an Polizeifahrzeugen, Leichenwagen, dem Erkennungsdienst und Baufahrzeugen vorbei. Bevor er hineinging, drehte er sich nochmal um und schaute verloren auf die Türme des Doms und des Neumünsters.

# 7

Der Bauschutthaufen, auf dem der tote Wachmann lag, war mit rot-weißem Trassierband und der Aufschrift *Polizeiabsperrung* bis zum Treppenaufgang abgetrennt. Er lag zwischen arglos hingeworfenen Latten und Bohlen, die vormals zu einem Zwischengerüst gehört hatten und jetzt durch den Aufschlag wie eine Distel nach oben abgespreizt waren. Eine Latte hatte sich quer durch seinen Brustkorb gebohrt. Sein Blut war in das Holz eingedrungen und hatte es schmutzig rot gefärbt.

Dr. Karl Aumüller, einer der beiden Obduzenten am Institut für Rechtsmedizin, begutachtete den Tatort. Er beugte sich über die Leiche und hob das Kinn des Wachmannes an. Mehrere Nägel, die in eine Latte getrieben waren, hatten sich unterhalb des Kiefers in den Hals gebohrt. Karl bat den Beamten des Erkennungsdienstes, eine Aufnahme von der Eintrittstelle zu machen. In routinierten und emotionslosen Worten gab er dann seine ersten Erkenntnisse an einen Beamten des Kriminaldauerdienstes. Alles Weitere würde er ihm nach der anschließenden Obduktion mitteilen.

Ein paar Stufen über ihnen stand Oberhammer und sprach mit Dr. Giovanna Pelligrini, der Leiterin der Restaurierungs- und Aufzeichnungsarbeiten an den Fresken Tiepolos. Sie war Mitte dreißig, hatte schulterlanges dunkelbraunes Haar und eine zierliche Figur. Sie trug ein rosafarbenes Kostüm und biss sich nervös auf die lackierten Fingernägel.

«Jetzt machen Sie sich keine Sorgen, Frau Pelligrini», sagte Oberhammer fürsorglich und legte ihr beruhigend die Hand auf die Schulter. «In einer Stunde sind wir hier fertig, und Sie können wieder Ihrer Arbeit nachgehen.»

«*Questore*», erwiderte sie und schaute ihn mit ihren rehbraunen Augen hilflos an, «ich bin bereits in Verspätung. Ich weiß wirklich nicht, wie ich bis zum Freitag die Arbeiten abschließen soll, solange Ihre Beamten ...»

Sie brach ab, blickte auf die geschäftig arbeitenden Kriminalbeamten unter ihr und schüttelte verständnislos den Kopf.

«Wir kriegen das schon hin», bemühte sich Oberhammer erneut. «Meine Leute arbeiten schnell. In ein paar Minuten wird der neue Mann, den ich aus München angefordert habe, hier sein. Er kommt direkt vom LKA. Ein echter Profi. Mein bester Mann.»

Oberhammer wartete auf ein bewunderndes «Ahh». Doch es kam nicht. Pelligrini schaute stattdessen an ihm vorbei auf die Beamten, die sich um die Leiche des Wachmannes scharten. Aumüller zeigte ihnen die nagelbesetzte Latte im Hals des Wachmannes und deutete nach oben. Die Beamten folgten seinem Hinweis und begutachteten die Balustrade am oberen Ende der Treppe, von der der Wachmann aus gestürzt sein musste.

Oberhammer konnte mit derlei herumstehenden Ansammlungen nichts anfangen, stemmte die Hände in die Seite und wies seine Männer breitbeinig an.

«Ja, was is denn da unten los? Vorwärts, schafft's was.»

Die Beamten stoben auseinander und gingen ihrer Arbeit nach. Zumindest taten sie so.

«Schneider! Wo ist der Schneider?», rief Oberhammer.

Ralf Schneider, Dienstgruppenleiter des KDD, befragte gerade den Chef des Wachpersonals und ließ sich die Personalien des Wachmannes geben.

«Hier», rief Schneider und lief auf die Treppe zu. «Hier bin ich, Herr ...»

«Wie lange soll das eigentlich noch dauern, Schneider? Machen Sie Ihren Leuten mal Dampf unter dem Hintern, damit hier weitergearbeitet werden kann, und holen Sie die Bestatter endlich her», kommandierte Oberhammer von der Treppe herunter.

Schneider nickte und gab den Befehl per Augenkontakt an seine Kollegen weiter. Die, die Oberhammer den Rücken zugewandt hatten, verzogen das Gesicht und machten Grimassen. Keiner wollte die Anweisung ihres Direktors und Herrn mit Worten kommentieren. Zumindest trat keiner vor und stellte klar, dass sie bereits mit Hochdruck an der Spurensicherung arbeiteten.

«Alles klar, Ralf?», fragte Heinlein, der mit Kilian soeben in die Eingangshalle kam.

«Mensch, wo steckst du die ganze Zeit?», antwortete Schneider mit gedämpfter Stimme. «Der Alte ist oben und macht mich rund, nur weil du ...»

Schneider stockte. Er betrachtete sich Heinlein mit seiner aufgerissenen und blutigen Hose. «Wie schaust du denn aus?»

«*Cool down*», erwiderte Heinlein keck. «Alles halb so dramatisch.»

Schneiders Aufmerksamkeit wechselte zu Kilian, der in Jeans, Schlangenlederstiefeln, Holzfällerhemd und Cowboyhut hinter Heinlein stand.

«Wo hast'n den Cowboy aufgelesen?», fragte er lässig.

«Vorsicht», antwortete Heinlein.

Er stellte sich neben Schneider und wandte sich Kilian zu. «Darf ich vorstellen? Das ist Kriminalhauptmeister Ralf Schneider vom KDD. Und das hier ist unser neuer Chef. Leiter des K1, Kilian.»

Schneider blieb die Spucke weg. Er schaute sich Kilian

von oben bis unten an und konnte es noch immer nicht glauben. Er reichte Kilian verdutzt die Hand.

«Angenehm, meine Name ist …»

«Ich weiß», unterbrach Kilian, «Sie sind Schneider.»

Er schüttelte ihm achtlos die Hand, ging an ihm vorbei und bückte sich unter dem Trassierband durch. Schneider schaute ihm sprachlos hinterher.

«Mach deinen Mund wieder zu, Ralf. Der Typ ist schon in Ordnung», sagte Heinlein und gab ihm einen Klaps auf die Schulter.

Kilian blieb am Bauschutthaufen stehen und blickte nach oben. Über ihm erstreckte sich Tiepolos Deckenfresko in seiner ganzen Pracht auf sechshundert Quadratmetern. Es war gewaltig und übte auf ihn den Eindruck von echter Größe aus. Die Art von Größe, die es in Deutschland nicht gab oder die weggebombt worden war und die in anderen Ländern als Grandezza verstanden wurde. Hier, in seiner Heimatstadt, war ein Stück dieser Ehrfurcht einflößenden Größe zu sehen. Tiepolo hatte ein Meisterwerk vollbracht, und jeder, der darunter stand und es betrachtete, wurde sich seiner eigenen Bedeutungslosigkeit bewusst. Kilian fielen aber auch die beiden gegenüberliegenden Gerüste auf, die Teile des Freskos verdeckten. Das eine baute sich an der Treppenumkehr nach oben auf und fasste den Erdteil Amerika ein. Darüber schwebte ein schmales Gerüst an der Decke, gleich oberhalb des Portraits von Fürstbischof Carl Philip von Greiffenclau. Dünne Stangen gingen wie Antennen von einer winzig kleinen Bühne ab und stützten es an den Seiten der Balustrade ab. Auf die Bühne kam man offensichtlich über eine Leiter, die, zusammengeschoben und an zwei Seilen aufgehängt, zwischen Bühne und Balustrade in der Luft hing.

«Hey, Sie da!», rief Oberhammer von der Treppe herab Kilian zu. «Bleiben Sie hinter der Absperrung. Hier arbeitet die Polizei.»

Kilian überhörte ihn wissentlich, ging neben Karl in die Hocke und nahm seinen Stetson ab. Er begutachtete die Leiche und fragte Karl ganz selbstverständlich:

«Und? Haben wir schon was, Doc?»

Karl war überrascht und suchte Rat bei Oberhammer.

«Sind Sie taub, Mann?», schrie Oberhammer und ging auf Kilian zu. Pelligrini folgte ihm. Kilian reagierte nicht.

«Todeszeit? Todesursache?», fragte Kilian ruhig und gelassen.

«Mindestens vor zehn Stunden, würd ich sagen», antwortete Karl schließlich. «Die genaue Todesursache habe ich noch nicht. Aber so wie's ausschaut ...»

«Ich hab Ihnen doch gesagt, dass Sie hinter der Absperrung bleiben sollen», maulte Oberhammer den vor ihm knienden Kilian an.

Kilian kam langsam hoch, setzte den Stetson auf, schaute an Oberhammer vorbei und begrüßte Pelligrini mit einem freundlichen «Ma'am». Sie lächelte ob der Aufmerksamkeit zurück. Dann wandte er sich Oberhammer zu, der bereits vor Wut rot anzulaufen drohte. Bevor Kilian ansetzen konnte, kam Heinlein dazwischen.

«Schneller ging's nicht, Herr Polizeidirektor. Ich hab den neuen Kollegen auch dabei», sagte er und zeigte mit einer Kopfbewegung auf Kilian.

Oberhammer sah Heinlein an, dann Kilian und wieder Heinlein. Er wollte seinen Augen nicht trauen, und im Nu schwoll ihm der Hals.

«Heinlein! Kruzitürken, wie laufen Sie denn rum? Hat Ihre Frau Sie endlich rausgeschmissen, oder ist das die neue Mode im K1?!»

«Keines von beiden, Herr Oberhammer. Ein Unfall», erwiderte Heinlein ruhig.

Oberhammer rang nach Worten. Doch als er Kilian ansah, war Heinlein kein Thema mehr.

«Und was … und wer ist das? Das kann doch auf gar keinen Fall mein neuer Mann aus München sein!»

Pelligrini verkniff sich ein Lachen und musterte Kilian, wie es auch Oberhammer tat.

«Kriminalhauptkommissar Johannes Kilian», stellte der sich vor und reichte Oberhammer die Hand.

Oberhammer war so verwirrt, dass er sie ergriff und schüttelte. «Aber … ich hab doch einen Spezialisten …»

«Kleine Änderung im Plan. Hat Ihnen Schröder nicht Bescheid gegeben?», fragte Kilian.

«Schröder? Ja, Schröder. Er hat gesagt, dass er mir einen seiner besten Männer schickt, und jetzt steht hier ein Cowboy … ein Sheriff oder was sind Sie eigentlich?»

«Tarnung, Herr Polizeidirektor. Komme gerade aus einem Einsatz mit den amerikanischen Kollegen gegen internationale Waffenschmuggler. Spanier, Franzosen und Italiener waren auch mit dabei. Die besten Leute von Euro- und Interpol. Geheime Spezialeinheit. Sie verstehen?»

Bei *Europol* und *Interpol* verstand Oberhammer sofort. *Spezialeinheiten?* Wichtig, geheim, spezial eben. Dann war für Oberhammer alles klar. Zumindest tat er so. Er nickte auffällig oft.

«Tarnung. Klar, verstehe. Sehen Sie, Heinlein, so sehen die Ermittler heute aus. Alles Undercover.»

«Ja, aber …», sagte Heinlein und zeigte auf seine aufgerissene Hose.

Doch Oberhammer wandte sich dem Profi zu, den er aus München angefordert und auch bekommen hatte.

«Dann sind wir jetzt komplett», sagte Oberhammer stolz und wandte sich Pelligrini zu.

«Frau Dr. Pelligrini, darf ich Ihnen vorstellen? Kriminalhauptkommissar Kilian. Mein bester Mann. Kommt gerade von einem Einsatz gegen internationale Gangstergruppen aus Genua.»

Pelligrini reichte Kilian die Hand. Er nahm sie, spürte die zarte Haut an einer feingliedrigen Hand. Ihre dunklen Augen schienen erregt, als er den sanften Druck ihrer Hand erwiderte. Es kam einem unausgesprochenen Einverständnis nahe, dem er sich entziehen musste. Er ließ los.

«*Genova*? Wirklich? Das ist meine Heimatstadt, *commissario*. Wie hat es Ihnen gefallen?», fragte sie voller Freude.

«*Mi piace moltissimo. Genova è una città stupenda*», antwortete Kilian.

«Sie sprechen gut. Ganz ohne Akzent», lobte sie ihn.

Kilian nahm lächelnd das Kompliment entgegen. «*Grazie. Un complimento fatto da una donna meravigliosa vale ancora di più*», entgegnete er mit einem verschmitzten Grinsen.

Pelligrini erwiderte es. Ein zweites Mal schienen sie einen Pakt geschlossen zu haben.

Oberhammer wurde es zu viel. «*Basta*, äh, genug. Sie kennen sich ja jetzt», sagte er und schob Kilian zur Leiche hinüber.

«Nun, Frau Pelligrini, Sie haben den besten Mann. Er wird die Sache in die Hand nehmen, und Sie können mit den Arbeiten bald wieder beginnen. Sagen Sie bitte Ihrem Chef bei der Schlösserverwaltung in München, dass es keine weiteren Verzögerungen mehr gibt und Sie rechtzeitig mit den Arbeiten bis Freitag fertig sein werden.»

«*Va bene, questore*. Ich bin sicher, dass er es gleich ans Staatsministerium weitergeben wird», sagte sie.

Bei *Staatsministerium* nahm Oberhammer Haltung an. Das war das Wort, das nach ferner Heimat roch. Seine Augen leuchteten auf und schienen *Staatsministerium* am Horizont zu erblicken.

«Gut. Dann geh ich jetzt besser», fasste er sich wieder. «Ich muss in die Direktion. Sie verstehen?»

«*Sì, naturalmente*», beruhigte ihn Pelligrini.

«Und Sie, meine Herren», mahnte Oberhammer Heinlein und Kilian, «Sie halten mich auf dem Laufenden. Ich will Ergebnisse sehen. Also, ans Werk und … *avanti.*»

Er war stolz, als ihm das Wort *avanti* über die Lippen kam. Er ging die Stufen hinunter und verschwand durch die Eingangshalle.

Ein Beamter lehnte sich von der Balustrade hinüber auf die freischwebende Leiter. Er konnte sie nicht fassen und benutzte einen Stock, der auf das Aluminium schlug.

*«Che cosa fai, imbecille?»,* rief Pelligrini erzürnt die Treppe empor.

Pelligrini lief quer durch den bereits mit Nummerntafeln gekennzeichneten Tatort die Treppe hinauf.

«Nein, nicht. Gehen Sie da weg», rief Schneider ihr nach.

Doch zu spät. Pelligrini stapfte quer durch die bereits vertrocknete Blutspur, die sich über mehrere Stufen nach unten erstreckte. Kilian ging auf sie zu, nahm sie bei der Hand und führte sie um den Bauschutthaufen herum.

«*Scusi, Signora,* aber Sie zerstören alle unsere Spuren», sagte er, um Freundlichkeit bemüht.

«Das wollte ich natürlich nicht», entschuldigte sie sich bemüht.

Sie blickte zornig nach oben, wo der Beamte die Leiter an sich heranziehen konnte und Anstalten machte, sie zu besteigen.

«*Commissario*», bat sie Kilian auf dem Weg zur Balustrade, «nur eine kleine Bitte. Würden Sie Ihren Carabiniere anweisen, dass er sich von der Leiter fern hält. Es ist sehr wackelig und …»

Sie unterbrach und suchte nach dem richtigen Wort, «nur für eine leichte Frau gemacht. So sagt man doch?»

Kilian unterdrückte ein Schmunzeln und nickte. *«Naturalmente, dottoressa Pelligrini.»*

Er wies den Kollegen an, sich vom Gerüst fern zu halten.

«*Tante grazie*», sagte sie erleichtert und nahm seine Hand dankbar in die ihre.

Sie lächelte ihn an und schaute ihm dabei tief in die Augen. Kilian erwiderte den Blick, der ihn für einen Moment gefangen hielt. Ihr Gesicht war ebenmäßig, wies einen sanften Teint auf. Sie war nur sehr dezent geschminkt. Ein zurückhaltendes Rouge unterstützte ihre hohen Wangenknochen, der Lidschatten war mit einem etwas dunkleren Braun gezeichnet, das exakt auf ihre Augenfarbe abgestimmt war. Eingefasst war ihr Gesicht in dunkelbraune, fast schwarze Haare, die elegant auf ihren Schultern ruhten.

Pelligrini musste eine Meisterin im Umgang mit Farben und Formen sein, dachte Kilian. Nur selten traf er vergleichbare Frauen, die es mit den Farben nicht übertrieben und sie so einsetzten, dass sie unmerklich das Wesentliche unterstützten. In Giovanna Pelligrini schaute er ein italienisches Meisterwerk an.

«Ist noch was, *commissario*?», holte Pelligrini ihn in das Jetzt zurück.

«Nein», räusperte er sich und ließ ihre Hand los. «Wir werden so schnell wie möglich arbeiten, damit Sie bald mit Ihrer Arbeit weitermachen können.»

«Das wäre wunderbar. Sie helfen mir damit sehr.»

«Was machen Sie hier eigentlich?», fragte Kilian, als er sich auf dem Weg zu seinen Kollegen nochmals umdrehte.

«Restaurierungs- und Aufzeichnungsarbeiten», erwiderte sie. «Am Freitag muss alles fertig sein, wenn das Mozartfest eröffnet wird.»

«Mozartfest? Ja klar. Das Mozartfest. Und welche Aufgabe haben Sie dabei?»

«Beim Mozartfest?»

«Nein, bei den Restaurierungsarbeiten.»

«Ich leite sie, *commissario*.»

«*Ah, sì*», gab er zu. «Nun gut, dann gehen wir's jetzt an.»

Er drehte sich ab und ging auf Heinlein zu. Pelligrini beobachtete ihn, wie er die Treppen hinabstieg. Sie konnte nicht umhin, sich über seine Kleidung zu amüsieren. Allerdings schien ihr an Kilian auch etwas zu gefallen.

«Kollege Heinlein, sind wir so weit?»

«Kleinen Moment noch», gab Heinlein zurück. Er musterte das Treppenende, hinter dem Pelligrini soeben verschwand. «Er muss von da oben gefallen sein. Aber wieso? Und was machte er da oben? Zu dieser Zeit?»

«Zu welcher?», fragte Kilian nach.

«Der Todeszeitpunkt muss in den späten Nachtstunden gewesen sein», sagte Karl. «Genaueres nach der Obduktion.»

Kilian ging vorsichtig um Heinlein herum und schaute nach oben. Dann wieder zur Leiche, als wollte er die Flugbahn mit den Augen nachzeichnen. Er wandte sich an die Kollegen vom Erkennungsdienst, kurz ED genannt, und fragte, ob sie auch oben alles überprüft hätten.

«Mal langsam. Ich hab auch nur zwei Hände», kam es von einem Beamten zurück.

«Dann macht ran. Die Frau will wieder an ihre Arbeit gehen», raunzte Kilian sie an. «Gebt mir Bescheid, wenn ihr was gefunden habt.»

«Wo?», wollte einer der Beamten wissen.

Kilian grübelte. Ja, wo? Wo konnte man ihn erreichen?

«Leg's mir auf den Tisch!», rief Heinlein ihm zu. «Wir sitzen in einem Büro.»

Kilian nahm Heinleins Äußerung beiläufig auf. Das würde sich noch zeigen. Er nahm Gummihandschuhe aus Aumüllers Koffer und zog sie über. Dann ging er neben der Leiche in die Hocke und hob das Kinn des Wachmannes an, um die Wunden genauer zu betrachten.

Die Baulatte mit den Nägeln hatte drei tiefe Löcher in den Hals getrieben. Doch zwischen dem zweiten und dritten

Loch erkannte er ein viertes. Es war keine zwei Millimeter vom nächstgelegenen entfernt und schien etwas breiter zu sein.

Kilian kam wieder hoch und zeichnete in Gedanken die mögliche Fallkurve des Wachmannes nach. Dann ging er vorsichtig um den Bauschutthaufen herum. Die Beamten des EDs verfolgten jeden seiner Schritte missbilligend, in der Befürchtung, der Neue beherrsche nicht einmal das Einmaleins der Verhaltensregeln an einem Tatort und könne ihre Arbeit zunichte machen, indem er vorhandene Spuren vernichtete und neue hinzufügte. Doch Kilian setzte jeden seiner Schritte mit Voraussicht. Oberhalb des Bauschutthaufens wandte er sich den EDlern zu.

«Habt ihr alles schon vermessen? Tatortskizze, Bezugsaufnahmen von der Sturz- und Aufprallstelle?»

Die Fragen kamen nicht gut an. Ein Beamter setzte an, doch Schneider hielt ihn zurück.

«Werden wir gleich nachholen, Herr …?»

«Kriminalhauptkommissar Kilian», antwortete Heinlein für seinen neuen Chef.

«Und wenn Sie schon dabei sind, dann nehmen Sie noch ein paar Abzüge von seinem Hemd und pinseln Sie den Handlauf nach Fingerabdrücken ab. Und das hoch bis zur Balustrade», befahl Kilian.

Den EDlern war anzusehen, dass sie gar nicht darüber erfreut waren, Order von einem zu bekommen, den sie nicht kannten.

Heinlein ging vorsichtig um die Leiche herum und fragte Kilian: «Ist Ihnen was Besonderes aufgefallen?»

«Nach dem Todeszeitpunkt zu schließen, Art der Bekleidung und Lage des Körpers, scheidet wohl ein zufälliger Sturz von der Treppe aus.»

Heinlein überlegte und nickte schließlich zustimmend.

«Bleibt also die Frage, von wo er gestürzt ist?»

Heinlein nickte abermals.

«Wenn er von da oben gefallen ist, dann frage ich mich, a) was hat er dort um die späte Zeit gesucht, b) wieso ist er gestürzt, und c) war der Sturz die Todesursache? Oder, Herr Kollege?»

«Ja, klar. Logisch», sagte Heinlein schnell, «ich hätt's nicht besser ausdrücken können.»

«Dann sind wir uns ja einig.»

Kilian zog die Handschuhe aus und ging die Treppe hoch. Pelligrini beobachtete aus angemessener Entfernung die Arbeiten am Tatort.

«Nun, *commissario*», sagte sie, «Sie haben Ihre Arbeit beendet, und ich kann mit meiner weitermachen?»

«Dauert nicht mehr lange. Wobei ...»

«Wobei?», fragte Pelligrini.

«Nichts. Es ist nur ungewöhnlich, dass ein Tatort so schnell freigegeben wird. Aber in Anbetracht der Feierlichkeiten ...»

«*Sì*, wir müssen uns sputen und die verlorene Zeit aufholen.»

«*Dottoressa* ...», setzte Kilian an, doch Pelligrini unterbrach: «Giovanna. Nennen Sie mich einfach Giovanna.»

«Gut. Giovanna. Wo kann ich Sie erreichen, wenn ich noch eine Frage an Sie habe?»

«Hotel Maritimo. Zimmer 306. Wobei ... die Zeit wird knapp. Ich werde mehr hier als im Hotel sein.»

Kilian überlegte. Hotel Maritimo? Wo sollte das denn sein?

«Im Maritim-Hotel an der Friedensbrücke», sagte Heinlein.

«Ah ja», antwortete Kilian und reichte ihr die Hand, um sich zu verabschieden. «Apropos. Ein sehr schönes Kostüm, das Sie tragen. Chanel?»

«Fendi», lautete Giovannas Antwort.

«Sehr geschmackvoll.»

Kilian wandte sich ab und ging mit Heinlein die Treppe hinunter. Bei Karl machte er Halt.

«Wann kann ich die ersten Ergebnisse haben?», fragte er.

«Am späten Nachmittag. Unser Kunde kommt gleich dran.»

Er schloss seinen Koffer und gab die Leiche für den Transport frei. Zwei Helfer fassten sie bei Händen und Füßen und legten sie auf eine Bahre. In den Metallkasten passte sie nicht, da die Latte dem Wachmann noch immer in der Brust steckte und sie auch dort bleiben musste.

«Wer wird von Ihnen beiden dabei sein?», fragte Karl.

«Ich denke, Kollege Heinlein wird das übernehmen», ordnete Kilian trocken an.

Heinlein war nicht davon begeistert. Er hasste Sektionen.

«Gut, Schorsch. Dann sehen wir uns gleich», sagte Karl amüsiert und verabschiedete sich.

Er hatte jedes Mal eine diebische Freude im Gesicht, wenn Heinlein ihm bei der Arbeit zusah. Er war für ihn ein dankbares Objekt der Darstellung lebenswichtiger Organe.

«Wieso können Sie das nicht übernehmen?», fragte Heinlein angeekelt. «Dann würden Sie die Leute aus der Rechtsmedizin schon mal kennen lernen.»

«Alles zu seiner Zeit», antwortete Kilian. «Ich muss erst mal aus den Klamotten raus und brauch ein Dach über den Kopf.»

Er ließ Heinlein stehen und ging die Stufen hinab auf den Ausgang zu. Dann drehte er sich nochmal um.

«Na, kommen Sie», forderte er ihn auf. «Oder soll ich so durch die Stadt laufen?»

Heinlein hätte ihm am liebsten genau das als Revanche für die Sektion gewünscht. Er folgte ihm schließlich zum Auto, nicht ohne die Hand vorausahnend auf seinen Bauch zu legen. Irgendwie wurde ihm jetzt schon schlecht.

Heinlein steuerte den Wagen über das holprige Kopfsteinpflaster in die Theaterstraße. Kilian drehte sich um und las die Straßenschilder.

«Wir fahren erst ins Kommissariat», sagte er.

«Tun wir auch», antwortete Heinlein eingeschnappt.

«Aber ...»

«Die Kripo ist umgezogen. Wir sind jetzt nicht mehr unten am Main, sondern in der Zellerau am Neunerplatz.»

«Wann war das?»

«90, glaub ich.»

«Und der Rest?»

«Die Direktion ist nach wie vor in der Augustiner und das Präsidium in der Frankfurter.»

Kilian nickte. Es hatte sich also einiges verändert. Er war gespannt, was ihn noch erwartete, und schaute aus dem Fenster.

Wie immer staute sich der Verkehr vor der Abzweigung in die Semmelstraße, und Heinlein musste vor dem Bürgerspital halten. Eine Gruppe Touristen wurde gerade in die Weinstuben geführt.

«Volles Programm», sagte Kilian. «Manche Dinge ändern sich wohl nie.»

«Was?», wollte Heinlein wissen.

«Nichts. War nur so 'ne Erinnerung.»

Als sie um die Kurve bogen, sah Kilian eine Frau, Ende sechzig, im bunten Sommerkleid, und einen Mann, ungefähr im gleichen Alter, Arm in Arm. Sie kamen lachend aus der Probierstube im Bürgerspital auf die Straße getreten. Der Mann küsste sie auf die Wange, und sie genoss es sichtlich.

Kilian rutschte abrupt in den Sitz und hielt seine Hand zwischen Fenster und Gesicht.

«Was ist jetzt? Fahr ich zu schnell?», fragte Heinlein überrascht.

«Nee, zu langsam. Drücken Sie drauf», befahl Kilian, der es nicht wagte, nochmal in Richtung des Paares zu blicken.

Heinlein drückte aufs Gaspedal, und der A6 katapultierte sie an der Hauger Pfarr vorbei auf den Bahnhof zu.

Verdammt, dachte Kilian. Das hatte ihm gerade noch gefehlt. Kaum war er wieder in der Stadt, und schon lief sie ihm über den Weg.

Heinlein bog auf den Parkplatz der Kripo am Neunerplatz ein. Kilian stieg aus und nahm das backsteinrote, zweistöckige Gebäude in Augenschein. Es war mit zahlreichen Birken eingesäumt und blickte auf die Feste Marienberg, die, gut einen Kilometer Luftlinie entfernt, auf dem gleichnamigen Berg über der Stadt thronte. Kilian folgte Heinlein in das Gebäude, um mehrere Ecken, bis sie über einen langen Gang mit offen stehenden Bürotüren zum Zimmer 114 kamen. Auf dem Namensschild prangte in der zweiten Zeile KOK Georg Heinlein, Kommissariat 1, Tötungsdelikte. Die obere Zeile war unbesetzt. Das Schild von Kriminalhauptkommissar Schömig war bereits entfernt. Oberhammer war da nicht zimperlich und schaffte klare Verhältnisse – keine Zeit für Vergangenheitsromantik.

Kilian trat ein, und Heinlein wies ihm den Platz an einem der beiden Schreibtische zu, die zusammengeschoben waren.

«Das wäre Ihr Platz», sagte Heinlein und lief zu seinen Stuhl, auf dem er sich niederließ, die Hände verschränkte und abwartete.

Kilian lief um einen ausladenden Benjamin herum, der als Sichtschutz gegen überraschende Besucher vor den Schreibtischen stand und hinter dem man schnell etwas unter den Tisch verschwinden lassen konnte, wenn es notwendig erschien.

Die Möbel waren allesamt neu, kaum gebraucht, Marke

Seelenlos, eierschalfarben und arm an Geschichten. Hinter Heinlein hing neben Fahndungsfotos und Polaroidaufnahmen von Tötungswerkzeugen ein Poster von der Westküste Frankreichs an der Wand. Ein langer Strand zwischen schroffen Felsen mit tosender Brandung und einem kleinen Fischerdorf war die Kulisse für eine Postkarte, die mit Reißzwecken am Poster selbst festgemacht war. Sie schien von ebendort versandt worden zu sein. Kilian erkannte die gleichen Felsen.

Kilians Schreibtisch war erst kürzlich aufgeräumt und gesäubert worden. Kein Fingerabdruck oder der Rand einer Kaffeetasse spiegelte sich auf der Oberfläche. Vor ihm stand ein Telefon, Bürowerkzeug wie Tacker, Schere, Locher, Heftklammern, fein säuberlich an der Kante zu Heinleins Schreibtisch aufgereiht. Die Schubladen des Rolltisches standen ein wenig offen. Kilian erspähte keinen persönlichen Gegenstand, der auf einen Vorbesitzer hätte schließen lassen.

Auf der Gegenseite, bei Heinlein, sah es schon anders aus. Zwei Türme Akten stapelten sich an der Wand. Das Einzige, was sie in ihrer Höhe zu halten schien, war zum einen die Wand und zum anderen Bücher, die Heinlein davor gestellt hatte, damit sie nicht nach vorne kippten. Entlang der Demarkationslinie blickte Kilian auf den Rücken zweier Bilderrahmen, auf das unvermeidliche Gehänge von acht kleinen Stahlkugeln an Plastikfäden, die an einem verchromten Bügel auf den Anstoß warteten, und auf einen Blumentopf, aus dem sich etwas Grünes seinen Weg bahnte.

«Sie mögen Frankreich?», fragte Kilian, um die Pause zu überbrücken.

Er ließ sich dabei gegen die Lehne seines Stuhls fallen, verschränkte die Hände hinter dem Kopf und gaukelte Gemütlichkeit und Wohlbefinden vor.

*«Oui»*, antwortete Heinlein. *«La France est mon plaisir.»* Heinlein bemühte sich um einen französischen Akzent, der ihm ganz gut gelang.

«Sie sprechen auch noch französisch?», heuchelte Kilian Interesse.

*«Un petit peu»*, kam die stolze, leicht verlegene Antwort. Dann besann er sich. «Ihr Vorgänger, Kriminalhauptkommissar Schömig, saß da», sagte Heinlein wehmütig.

«Sind Sie miteinander klargekommen?»

«Er hat mich von der PI Land in die Kripo geholt.»

«Ich glaub, ich hab ihn mal kennen gelernt.»

«Und? Wie fanden Sie ihn?»

Kilian bemerkte die leichte Veränderung in Heinleins Stimme, die zwar interessiert klang, aber auch eine positive Antwort erwartete.

«Nur kurz. Ein Hallo, wie geht's? Ich hatte den Eindruck, dass er bei den Kollegen beliebt war.»

«Einige haben ihm viel zu verdanken.»

Kilian dachte an den Mann, der die Frau auf der Straße geküsst hatte. «Gibt es eigentlich noch den ...?»

Er spielte den Ahnungslosen und machte Anstalten, als suche er den richtigen Namen. «Wie hieß er noch? Papa Hoffmann? Genau, Hoffmann. Ich weiß gar nicht mehr, welchen Dienstgrad er damals hatte ...»

«Ist vor vier Jahren in Pension gegangen. Seine Frau hatte ihn verlassen.»

Kilian machte auf betroffen. «Hatte er nicht auch einen Sohn?»

«Und was für einen. Schönes Früchtchen. Er hat sich mit den Russen nach dem Mauerfall zusammengetan und geklaute Autos nach Polen verdrückt. Hoffmann wollte schon kündigen, aber nachdem der Sohn mitten in der Nacht, bevor wir zugreifen wollten, verschwunden war, hat er's bleiben lassen. Seitdem gibt's nur noch Gerüchte über ihn.»

«Und Hoffmann selber? Hat er wieder geheiratet?»

«Hoffmann? Nein. Der fühlt sich pudelwohl. Geht Kaffee trinken mit den Damen und schwingt das Tanzbein im Ludwig.»

«Das Ludwig? Gibt's das immer noch?»

«Mehr denn je. Mittlerweile spielen sie dort sogar Pop. *Ein Bett im Kornfeld* auf dem Rhythmuscomputer. Ich kenn mich mit dem Zeugs nicht so aus.»

Unvermittelt ging die Tür zum Nebenzimmer auf, und Sabine, Heinleins Sekretärin, stand in der Tür. Als sie Kilian sah, glaubte sie, in eine Vernehmung geplatzt zu sein.

«Oh, 'tschuldigung», sagte sie und wollte die Tür wieder schließen.

«Komm rein», ermunterte sie Heinlein. «Darf ich vorstellen?»

Er sprang auf und führte sie zu Kilian. «Sabine Anschütz, unsere Sekretärin.»

«Assistentin», verbesserte sie ihn.

«Unsere Assistentin und gute Fee», sagte Heinlein beschwichtigend. «Und hier haben wir den neuen Leiter des K1, Kriminalhauptkommissar Kilian.»

Sabine schaute sich Kilian von Kopf bis Fuß an und dachte, dass Heinlein sie auf den Arm nehmen wollte. Er neigte zuweilen zu Scherzen. Manchmal meinte er es aber auch ernst. Sie blieb vorsichtig. Kilian erkannte ihr Misstrauen, stand auf und reichte ihr die Hand.

«Keine Sorge», sagte er, «ich schau nicht immer so aus. Ist so was wie 'ne Tarnung.»

«FBI und CIA», kicherte Heinlein hinter vorgehaltener Hand.

«Was?», fragte Sabine erstaunt.

«Nur 'n Witz. Vergessen Sie's», sagte Kilian. «Ich freu mich, Sie kennen zu lernen.»

Sabine erwiderte den Gruß. «Freut mich auch. Soll ich

Ihnen 'nen Kaffee machen, oder wollen Sie lieber ein Wasser, Tee, Bier?»

«Danke», erwiderte Kilian, «vielleicht später. Zuvor muss ich mit Herrn Heinlein noch ein paar Dinge besprechen.»

«Okay», sagte sie keck, «dann lass ich Sie erst mal allein. Beschnuppern und so.»

Sabine hatte, nach Kilians Dafürhalten, eine angenehme Art und Ausstrahlung. Kilian schätzte sie auf Mitte zwanzig. Nicht unbemerkt blieben ihm der schwarze Minirock, die bis zu den Knien geschnürten Stiefel, eine silberfarben schimmernde Bluse und hennagefärbtes Haar. An ihren Fingern trug sie, was Kilian in der kurzen Zeit bemerken konnte, zahlreiche Ringe mit ausladendem Besatz.

«Wenn Sie sich's anders überlegen sollten», sagte sie, bevor sie die Tür schloss, «ich bin nebenan.»

«Nicht schlecht, unsere Sabine. Oder?», sagte Heinlein und schielte auf die Nebentür.

Kilian schmunzelte. «Ja, nicht schlecht. Wie gut kennen Sie sich?»

«Ich bin ein glücklich verheirateter Mann», wehrte er ab und legte seine Hand aufs Herz. «Nie und nimmer. Freunde. Mehr nicht.»

«Gut», sagte Kilian trocken. «Freunde kann man nie genug haben.»

Er musste an Pendini denken, den er tot auf der Bank am Flughafen zurückgelassen hatte. Pendini, sein Freund und Partner. Pendini hatte ihm mehr als einmal das Leben gerettet. Er war in seiner Schuld. Und in der entscheidenden Situation war er nicht zur Stelle gewesen und hatte ihm nicht den Rücken gedeckt. Jetzt war er tot. Starb in seinem Blut, auf einer beschissenen Bank, von der Kugel eines angeheuerten Killers getroffen. Patrizia, Pendinis Frau, würde ihn fragen, wo er in diesem Moment gewesen sei. Was würde er ihr antworten, wie um Verzeihung bitten? Er war schuld an seinem Tod, hatte nicht auf seinen Rat gehört und alberne Späße gemacht. Schröder hatte in allem Recht. Galinas Flucht war Pendinis Schicksal. Und das hatte er zu verantworten. Niemand sonst. Wie könnte er das jemals wieder gutmachen. Ihm wurde schlecht.

Heinlein merkte, dass Kilian mit den Gedanken woanders war. Besorgt fragte er nach: «Hab ich was Falsches gesagt?»

«Nein. Es ist nichts», antwortete Kilian.

Er würde Patrizia heute Abend anrufen und … Er wusste nicht, was er ihr sagen würde.

Kilians Telefon surrte. Heinlein übernahm das Gespräch.

«Heinlein», sagte er bestimmt. Und dann: «Ja, sofort. Ich sag's ihm.»

Heinlein legte den Hörer auf und wandte sich Kilian zu.

«Sie sollen zu Oberhammer kommen. Er will mit Ihnen noch was besprechen.»

«Trifft sich gut. Ich hab auch noch was mit ihm zu bereden. Wo find ich ihn?»

«In der Augustiner.»

Kilian stand auf und ließ sich von Heinlein die Autoschlüssel geben.

«Wie geht's jetzt weiter?», wollte Heinlein wissen.

«Womit?»

«Mit der Leiche zum Beispiel.»

«Übliche Prozedur. Sie wissen ja, wie das geht. Oder?»

«Ja, klar», sagte Heinlein beiläufig.

«Also, dann bis später», sagte Kilian und ging zur Tür. Er drehte sich nochmal um.

«Noch was, machen Sie sich keine allzu großen Hoffnungen, dass ich länger bleibe als nötig.»

«Wie meinen Sie das?», fragte Heinlein überrascht.

«Wie ich es gesagt habe», antwortete Kilian und ging auf den Gang hinaus.

«Wenn Sie nichts anderes vorhaben, dann sind Sie heute

Abend eingeladen. Muss nur noch mit meiner Frau sprechen», rief ihm Heinlein hinterher.

Doch Kilian hörte nicht mehr. Er nahm sich vor, die Sache endgültig mit Oberhammer zu klären.

*

Giovanna Pelligrini kam im weißen Overall aus einem Seitenzimmer, das für die Dauer der Arbeiten von Handwerkern und Stuckateuren als Aufenthaltsraum genutzt wurde. Sie hatte dort hinter einem Paravent ihren Spind stehen, wo sie sich umziehen konnte und ihre Unterlagen aufbewahrte. Auf dem Weg zum Treppenhaus kam ihr Schneider entgegen.

«Wir wären jetzt so weit, Frau Pelligrini», sagte er.

«Sehr gut», antwortete sie und ging, ohne weiter auf ihn einzugehen, an ihm vorbei.

Schneider hatte Mühe, mit ihr Schritt zu halten.

«Wenn Ihnen noch etwas auffällt, dann melden Sie sich bitte bei uns», rief er ihr hinterher.

«Wird gemacht», kam es zurück.

Schneider schüttelte ob der Abfertigung verständnislos den Kopf und ging die Treppe zwischen den zwei Gerüsten hinunter.

Giovanna macht sich daran, das Gerüst zu besteigen. Über ihr waren gerade zwei Handwerker mit dem Anrühren von Gips beschäftigt.

«Passt auf, dass euch nichts danebengeht», fauchte sie ihnen entgegen.

«Seit zwei Wochen ist das Biest unausstehlich», flüsterte der eine dem anderen zu. «Die war doch zuvor nicht so.»

«Die müsste einer mal so richtig …», antwortete der andere.

Er brach ab, da er sie gewandt das Gerüst emporsteigen sah. Giovanna war mit ihrer zierlichen Figur flink wie eine Katze. In nur wenigen Schritten hatte sie sich am Gerüst hochgehangelt, das über fünfzehn Meter maß und mehrere quer verlaufende Traversen aufwies.

«Jetzt macht schon», trieb sie sie an. «Oder soll ich euch Beine machen?»

Pelligrini hatte die beiden Handwerker hinter sich gelassen, kniete auf der Bühne und nahm die Eimer mit Gips und Pigmenten entgegen.

«Wann können wir die obere Bühne abbauen?», fragte sie ein anderer Handwerker.

«Wenn wir hier unten mit Ihrer freundlichen Mitarbeit endlich fertig sind, werde ich mich um den Rest dort oben kümmern. In den letzten Tagen kam ich ja kein einziges Mal hoch. Und solange Sie Däumchen drehen und mich vom Arbeiten abhalten, bleibt die Bühne, wo sie ist. Holen Sie jetzt die anderen Farben.»

Der Handwerker tat, wie ihm befohlen, und stieg nach unten, nicht ohne ein paar unverständliche Verwünschungen loszuwerden.

Pelligrini setzte sich auf eine Traverse, die in Höhe der Hauptfigur dieses Landesteils, der Amerika, angebracht war. Sie zog den Eimer mit Gips an sich heran und fuhr mit einem schmalen Spachtel hinein. Mit ihm stopfte sie kleine Risse, die am Fresko aufgetreten waren.

Die barbusige Amerika saß über ihr auf einem monströsen Krokodil, zu Amerikas Füßen befand sich ein bärtiger Mann mit weißem Turban, der ein Füllhorn hielt, in dem allerlei Früchte nach außen drängten. Daneben war eine rote Fahne mit einem goldenen Drachenmotiv im Boden verankert. Es war ein Symbol für die vielen Goldfunde der Eroberer und Seefahrer aus den Zeiten, als Amerika von den Europäern ausgeplündert und niedergeschlagen worden war. Als ein Zeichen dafür lagen vier abgeschlagene Köpfe am unteren Bildrand. Sie zeigten bärtige Europäer, die den Kannibalen und Wilden zum Opfer gefallen waren.

Pelligrini hatte ihre Arbeiten in Tagewerke eingeteilt. Es gab ein Tagesziel, das es zu erreichen galt und das sie wie ein Buchhalter auf einem Plan festhielt. Er lag neben ihr. Hin und wieder zog sie ihn heran und überprüfte die Parzellen, die noch bearbeitet werden mussten. An der rechten unteren Ecke reihten sich Nummern an Tagen auf. Zahlenkolonnen, die der Einteilung am Fresko entsprachen. Sie waren abzuarbeiten und dann vom Plan zu streichen. Der Montag war noch nicht gestrichen.

Das Gerüst war an den Standbeinen mit rot-weißem Band abgeriegelt. Den Bauschutthaufen, der noch in den Morgenstunden einem neugierigen Wachmann Ruhestätte gewesen war, hatte jemand mit einer Plane provisorisch abgedeckt.

✻

«Wie bitte?», fragte Oberhammer nach, als wollte er seinen Ohren nicht trauen. «Sagen Sie das nochmal. Ich glaube, ich habe da was nicht ganz verstanden.»

«Die ganze Sache ist ein Irrtum», wiederholte Kilian, der sich bei seinen Ausführungen um Bestimmtheit bemühte. Er saß auf dem hölzernen Büßerstuhl vor dem breiten und massiven Schreibtisch Oberhammers.

«Schröder hat es zwar gut gemeint, aber die Sache wird nicht funktionieren.»

«Was soll da nicht funktionieren und welche Sache? Wovon reden Sie, Mann?», fragte Oberhammer, bereits im ersten Anflug aufsteigender Wut.

«Ich passe nicht hierher. So einfach ist das. Ich bin seit über zehn Jahren vornehmlich in Auslandseinsätzen tätig gewesen. Da hab ich mich bewährt. Ich kenne die Gruppierungen, die Drahtzieher ...»

«Es reicht!», fuhr ihm Oberhammer in die Parade.

Er war nun sichtlich an einem Punkt, wo er nicht mehr

zuhören wollte und konnte. Er rutschte aufgeregt in einem schwarzen lederbezogenen Sessel hin und her und nahm ein Lineal zur Hand, als wolle er damit zum Schlag ausholen.

«Sie glauben wohl nicht im Ernst, Kilian, dass Sie damit bei mir durchkommen. Ich habe einen Spezialisten angefordert, der mir den müden Haufen wieder auf Vordermann bringt. Ihren Vorgänger konnte ich auf seine alten Tage nicht mehr zur Streife schicken. Der wär mir ja bald aus den Latschen gekippt. Jetzt ist der endlich weg, und da sitzen Sie vor mir und wollen, dass ich Sie wieder weiß der Herr wohin schicke. Ich habe einen Toten in der Residenz, am Freitag beginnt das Mozartfest. Das halbe Münchner Präsidium hab ich hier, Staatssekretäre, Leitende Oberstaatsanwälte und unseren Landesvater wahrscheinlich auch. Ich müsst ja mit der Mistgabel gestochen sein, wenn ich Sie gehen ließe. Vergessen Sie's.»

Kilian holte tief Luft, um zum Gegenangriff anzusetzen, doch Oberhammer klatschte mit einem lauten Knall das Lineal auf den Schreibtisch.

«Raus hier. Und machen Sie zu, dass Sie an die Arbeit kommen!»

# 8

Der weiß gekachelte Raum verströmte einen dumpfen Geruch, den die Nase nicht zuordnen konnte. Er belegte die Zunge mit einem faden Geschmack. Heinlein nannte ihn den *Hauch des Todes.*

Aumüller setzte das Skalpell unterhalb der Kinnspitze an und drückte zu. Die Spitze drang mühelos mit ihrer ganzen Länge ins fahle, leblose Fleisch. Dann zog er das Skalpell gleichmäßig, ohne dessen Weg oder den Druck zu verändern, in einem Zuge nach unten.

«Ein sauberer Schnitt ist die Hälfte der Miete», sagte er mit einer Selbstverständlichkeit und Kälte, die Heinlein ein ums andere Mal erzittern ließ. Er hatte sich auf dem weißen Tisch, keine zwei Meter vom stählernen Sektionstisch, niedergelassen und beobachtete hinter zugekniffenen Augen, was da vor sich ging.

Einer Finne im Wasser gleich, teilte das dünne scharfe Blättchen das welke Fleisch auf dem Weg über Kehlkopf, Brust und Bauch bis unter den Nabel. Aumüller zog das Skalpell heraus und reichte es Ernst, dem Präparator. Er war einer der geschätzten Hilfskräfte bei Sektionen. Seine jahrelange Erfahrung als Metzger kam ihm bei seiner jetzigen Arbeit zugute. Der anatomische Aufbau eines Schweines war dem des Menschen nicht unähnlich. Die Bestimmtheit, mit der Ernst vorher Schweine und jetzt Menschen zerlegte, war bei den Obduzenten geschätzt – er nahm ihnen viel Arbeit ab. Früher hatte er sich eine Zigarette zwischen die Lippen geklemmt, während er die Schweine entbeinte. Diese Angewohnheit musste er zu seinem Leidwesen aufgeben. Der Chef der Rechtsmedizin hatte es ihm untersagt. Asche könnte in die geöffneten Körper fallen und die Obduzenten auf eine falsche Fährte bringen. Als Ersatz für die Zigarette kaute er nun zwei Stunden lang auf einem Zahnstocher herum.

Aumüller ließ es sich nicht nehmen, den ersten Schnitt selbst vorzunehmen. Das war quasi seine Handschrift, sein Stempel, den er seinen *Kunden* aufzudrücken pflegte. Alles Weitere überließ er Ernst. Und sie waren bei ihm in guten Händen.

Assistiert wurde Aumüller von Dr. Pia Rosenthal. Sie hatte Rechtsmedizin und Biochemie studiert. Das machte sie zu einer begehrten Kollegin, da sie bereits bei der Sektion auf Dinge aufmerksam wurde, die andere leicht übersahen. Pia half als zweite Obduzentin aus, wenn Personalmangel herrschte. Normalerweise oblag ihr die Abteilung für toxikologische Untersuchungen.

Pia trug einen weißen Arztkittel, in ihrer Hand hielt sie ein Diktaphon, in das sie die Erkenntnisse der Sektion für das anschließende Protokoll sprach. Sie war eine attraktive Enddreißigerin mit kurzen blonden Haaren und einer Locke, die sie in die Stirn hängen ließ.

Ernst trennte mit dem Skalpell die Fettschicht, die bei dem Wachmann zirka zwei bis drei Zentimeter umfasste, Stück für Stück von Fleisch, Knochen und Sehnen, während Pia mit dem Diktaphon an ihrem Mund um die Leiche herumging.

«Anwesend sind als erster Obduzent Dr. Karl Aumüller, als zweiter Dr. Pia Rosenthal, der Präparator Ernst Weiglein und als Hilfsbeamter der Staatsanwaltschaft KOK Georg Heinlein. Beginn der Sektion 12.30 Uhr. Es liegt die Leiche eines 172 Zentimeter großen Mannes vor. Gewicht 87,5

Kilo. Ernährungszustand ist über normal, im eigentlichen Sinne als übergewichtig und fett zu bezeichnen. Pflegezustand ist gut …»

Heinlein beobachtete, mit dem Notizblock und einem Kugelschreiber bewaffnet, das *Ausschlachten,* wie er es beim Stammtisch seinen Freunden des Öfteren erzählte. Sein Freund Erich war ein Fan seiner Berichte und forderte ihn unablässig auf, Näheres von den Mordfällen zu erzählen. Heinlein brauchte dann erst zwei, drei Schoppen, die Erich bereitwillig in ihn und seine Geschichten investierte, bis er davon erzählen konnte. Eigentlich durfte er es nicht, *Laufende Ermittlungen*. Aber Erich war hartnäckig und besaß eine gut gefüllte Kasse für Geschichten.

«… als sichere Anzeichen des Todes sind bei äußerer Begutachtung die typischen Totenflecken und das beginnende Einsetzen der Starre an den Gliedmaßnahmen anzusehen.

Eine rund sechs Zentimeter breite, drei Zentimeter dicke und einen Meter lange Holzlatte ist an der rechten Seite unterhalb des Rippenbogens eingedrungen, verläuft quer durch den Brustraum und tritt auf Höhe der linken Achselhöhle wieder nach außen. Des Weiteren befinden sich auf der rechten Halsseite vier schlitzförmige Stichverletzungen, die der erste Obduzent bei der Erstbesichtigung am Tatort als von einer Holzlatte stammende Nägel bezeichnet hat.»

Karl schaute Ernst bei seiner Arbeit bewundernd über die Schulter. Er hielt ihn für einen wahren Meister, was das Zerlegen anging. Solange Karl auf die Öffnung warten musste, ging er Ernst gerne zur Hand. Er zog die Fettschicht mit beiden Händen kraftvoll zur Seite, während das Skalpell unter ihr wütete. Nach wenigen Minuten konnte Karl die Fettlappen zur Seite aufklappen, als hätte er dem Wachmann lediglich einen Mantel ausgezogen. Geronnenes, schwarzes Blut und dunkelrote Fleischlappen traten unter dem Lampenschirm hervor. Heinlein musste wegschauen, bevor er den Boden unter den Füßen verlor. Dabei war dies nur der Anfang.

«Na, was haben wir denn da?», fragte Karl und drückte mit der Fingerspitze auf einen mit Blut gefüllten Hohlraum, der sich durch den Aufprall an der rechten Seite gebildet hatte.

Zäh quälte sich halb geronnenes Blut aus dem Beutel und lief hinab in das Stahlbecken, auf dem die Leiche lag.

Pia lief um den Tisch herum zu Karl, schaute und sprach den Fund aufs Band.

«Komm rüber, Schorsch, und schau dir das mal an», sagte Karl und winkte ihn herbei.

«Lass mir mei Ruh», antwortete Heinlein voller Abscheu und hielt sich die Hand an Stirn und Nasenrücken, damit er nichts sehen musste.

Jedes Mal forderte ihn Karl auf, sich seine Arbeit näher zu betrachten, doch Heinlein war dafür nicht zu gewinnen. Er schätzte Karls Fähigkeiten, aber näher als bis auf drei Schritte wollte er mit offenen Leichen nichts zu tun haben.

«Jetzt stell dich nicht so an und komm her», wiederholte Karl.

«Mach einfach weiter», schnauzte Heinlein ihn an.

«Sind wir heut wieder ein bisschen ziepfert?», fragte Karl.

Ernst kaute auf seinem Zahnstocher, schaute zu Heinlein rüber und brachte nur ein mitleidiges Lächeln für ihn auf.

«Lass ihn in Ruh, Karl. Ich hab heut noch nichts gegessen. Und die Kantine macht um 14 Uhr dicht», sagte Pia und drängte ihn, weiterzumachen.

«Was gibt's?», wollte Karl wissen.

«Züngerl, glaub ich», sagte Pia.

«Des war gestern», sagte Ernst. «Heut gibt's gefüllten Schweinsbauch.»

«Jetzt hörts endlich auf», fuhr Heinlein dazwischen, der nichts Schmackhaftes an der Unterhaltung finden konnte.

Alle drei schauten ihn verwundert an und fragten sich, was er schon wieder hatte.

«Schorsch», beruhigte ihn Pia, «wieso setzt du dich nicht raus auf die Bank? Wir erzählen dir später alles.»

Heinlein wusste, dass er das nicht durfte. Es brauchte nur ein Staatsanwalt vorbeikommen, und schon stünde er vor Oberhammer. Dann schon lieber eine Sektion. Er winkte ab.

Ernst nahm die Zange zur Hand, die aussah wie eine Geflügelschere, setzte sie am unteren Rippenbogen an, drückte sie durch das Fleisch und begann Rippe für Rippe mit einem lauten *Klack* zu zerteilen. Es klang, als würde eine Walnuss in der Hand zerdrückt, nur ein wenig dumpfer. Das machte er kreisrund über den Oberkörper. Nachdem er die letzte Rippe durchtrennt hatte, griff er in den soeben geschnittenen Grat und nahm die vordere Brustwand ab, wie man einen Deckel vom Eimer nimmt. Darunter lagen nun die inneren Organe frei. Die Holzlatte hatte beide Lungenflügel durchbohrt. Ernst schnitt sie an den Lungen und an der Seite frei, zog sie heraus und legte sie neben die Leiche in das Stahlbecken. Schon machte sich Karl bereit, denn jetzt begann seine Arbeit.

Doch zuvor noch trennte Ernst mit einer Schere die Luft- und Speiseröhre mitsamt den Lungenflügeln ab. Dann nahm er das Skalpell zur Hand und schnitt das Herz heraus, es war ungefähr so groß wie eine kleine Honigmelone. Er reichte es Karl, der hinüber zur Waage lief und es in eine Schale legte. Der Zeiger schlug auf 430 Gramm aus. Pia notierte den Wert auf einer Wandtafel und sprach das Ergebnis auf Band. Inzwischen hatte Karl das Herz auf einen rund einen Meter großen Tisch gelegt, der neben die Leiche gerollt wurde und somit gut ausgeleuchtet war. Er nahm ein Messer mit einer rund dreißig Zentimeter langen Klinge und schnitt das Herz der Fließrichtung des Blutes nach auf. Eine trübe Flüssigkeit floss heraus. Karl untersuchte die Herzhälften auf Auffälligkeiten. Pia kam dazu und aktivierte das Diktaphon.

«Intakter Herzbeutel. Wenige Milliliter Fäulnisflüssigkeit. Herzübergang spiegelnd und glatt. Aus den regelgerecht angelegten Herzhöhlen entleert sich teils flüssiges, teils geronnenes Blut. Herzinnenhaut blutig durchdrungen. Ovales Loch geschlossen. Herzklappen zart. Herzkranzschlagadern mit sehr zarter Wand und regelhaftem Verlauf. Auf Schnitten durch Vorder- und Hinterwand sowie der Kammerscheidewand zeigt sich ein leicht graurötliches Muskelfleisch ohne erkennbare Untergänge oder Narben.»

Pia drückte die Stopptaste und fragte Karl: «Okay für dich?»

Karl nickte.

Heinlein blickte auf und sah, wie Ernst mit seiner Hand soeben die Innereien aus der Bauchhöhle in eine Schale hob. Sofort senkte er wieder den Blick und lenkte sich mit Strichmännchen ab, die er auf den Notizblock kritzelte.

Ernst setzte nun das Skalpell hinter dem rechten Ohr des Wachmannes an und zog es mit einem meisterlichen Zug quer über den Hinterkopf, bis er am linken Ohr angekommen war. Die Kopfschwarte öffnete sich und legte das Weiß des Schädelknochens frei. Er zog mit aller Gewalt an der Kopfhaut und streifte sie über das Gesicht bis zum Unterkiefer. Die Schädeldecke war mehrfach zertrümmert, und Schädelfragmente fielen mit leisen dumpfen Schlägen auf den Stahltisch.

Durch das Geräusch von seinen Strichmännchen abgelenkt, blickte Heinlein auf und bemerkte die austretende Gehirnmasse. Sofort senkte er den Kopf wieder und atmete tief durch.

«Ruhig, ganz ruhig. Du schaffst das schon», redete er sich zu.

Ernst hatte die verchromte Säge angesetzt und bearbeitete die Schädeldecke. Auf seiner Stirn stand der Schweiß, und er kaute noch angestrengter auf seinem Zahnstocher herum. Innerhalb von zwei Minuten hatte er die Schädeldecke kreisrund vom Rest abgetrennt, sie abgenommen und die Bruchstücke eingesammelt, um sie Karl vorzulegen. Dann schnitt er das Gehirn aus der geöffneten Schädelbasis, nahm es mit einer Schale auf und gab es Karl zum Wiegen weiter. Scheppernd fiel ein Skalpell zu Boden. Heinlein blickte wieder auf und konnte gar nicht schnell genug wegschauen. Den Anblick des Schädelstumpfes würde er so schnell nicht vergessen.

Das war zu viel, er musste hier weg. Heinlein sprang auf und lief Kilian in die Arme, der soeben zur Tür hereinkam.

«Schon fertig?», fragte Kilian überrascht.

«Aus dem Weg!», schrie Heinlein und rannte zur Toilette.

Kilian betrat den Sektionssaal. «Was haben Sie denn mit ihm gemacht?»

«Ich glaube, er musste mal», antwortete Karl, während Ernst hämisch grinste.

«Wer sind Sie?», fragte Pia. «Der Zutritt ist ...»

«Mein Name ist Kilian. Kriminalhauptkommissar Kilian. Ich bearbeite mit Kollege Heinlein die Residenz-Leiche.»

«Ach, Sie sind das», antwortete Pia. Karl hatte ihr bereits von dem Neuen erzählt. «Angenehm, Pia Rosenthal.»

Ernst hob den Kopf, nickte ihm kurz zu und kümmerte sich weiter um seine Arbeit.

«Haben Sie schon was gefunden?», fragte Kilian und begutachtete den Leichnam.

Er beugte sich über die Brusthöhle und schaute nach inneren Verletzungen. Pia, Karl und Ernst beobachteten ihn und schmunzelten einander zu.

«Schaut so weit alles normal aus», sagte Ernst trocken.

«Na ja, die Leber vielleicht, aber das ist bei uns ja nichts Ungewöhnliches. Oder, Ernst?», sagte Karl.

Ernst nickte und legte den Magen auf den Schneidetisch. Karl schnitt ihn mit der Schere entzwei. Ein grün-brauner übel riechender Brei verteilte sich über den Tisch. Er verzog keine Miene und begutachtete die Magenwände auf verdächtige Spuren.

«Magenwände, nichts Auffälliges. Na ja, mit der Köchin müsste man mal ein Wort reden. Das schaut nicht gut aus.»

Ernst lachte breit, während er den Mageninhalt betrachtete.

Pia nahm das Diktaphon zur Hand. «Im Magen zirka 200 Milliliter eines dickflüssigen grün-bräunlichen Materials. Magenschleimhaut deutlich angedaut und abgeflacht, frei von geschwürartigen Veränderungen.»

«Können Sie mir einen Check des Mageninhalts machen?», fragte Kilian.

«Mach ich gleich im Anschluss», antwortete Pia.

Ernst nahm einige Löffel davon und schaufelte sie in eine Schale.

«Ich bin sehr an der Halswunde interessiert», sagte Kilian und ging mit Pia und Karl an das Kopfende, das mittlerweile wirklich eines war.

Er zog die Fotoaufnahme aus seiner Hemdtasche, ging in die Hocke und hielt das Foto gegen die Wunde. Pia und Karl verglichen beides.

«Ich glaube, ich weiß, was Sie meinen», sagte sie und deutete auf das Foto.

«Ja, was denn?», fragte Karl.

«Sehen Sie die Nägel und die Latte?», fragte Kilian. «Ich zähle nur drei Nägel, die in den Hals eingedrungen sind. Und hier an der Wunde zähle ich vier Eintrittsöffnungen.»

Karl schaute sich den Vergleich genauer an. «Stimmt», sagte er.

«Ich würde mich brennend dafür interessieren, wie das vierte Loch da hingekommen ist», sagte Kilian und drückte Pia die Aufnahme in die Hand.

«Ich auch», bekräftigte sie.

«Dann wollen wir doch mal nachschauen», schlug Karl vor.

Er nahm mehrere dünne lange Tupfer, führte einen nach dem anderen separat in jede einzelne Wund ein, drehte sie ausgiebig hin und her und streifte alles, was daran hängen blieb, auf einem Träger ab.

Die Tür ging auf, und sichtlich erschöpft kam Heinlein wieder herein. Er setzte sich an den Tisch und wischte sich mit einem Taschentuch den Schweiß von der Stirn.

Als Karl den Tupfer aus dem fraglichen vierten Loch herausholte und ihn auf einem Träger abstrich, blieb etwas Winziges daran hängen. Es war mit den Augen kaum erkennbar, aber groß genug, um feststellen zu können, dass da überhaupt was war.

«Was ist das?», fragte Karl.

«Das werden wir gleich wissen», sagte Pia, nahm den Träger und legte ihn unter das Mikroskop. Sie drehte an den Rädchen und betrachtete sich lange den Winzling.

«Und, was ist es?», fragte Kilian.

«Auf jeden Fall etwas Organisches», sagte Pia und rutschte zur Seite.

Karl schaute durch das Mikroskop und fuhr den Träger ein paarmal hin und her. «Schaut nach einem Splitter aus.»

Auch Kilian schaute durch die enge Röhre auf den Träger.

«Können wir mit unseren Möglichkeiten rausbekommen, woher das stammt?», fragte er Pia und Karl.

«Ich seh mir das gleich an und gebe Ihnen heute Nachmittag Bescheid», antwortete Pia.

«Gut», bestätigte Kilian. «Haben Sie bei der Stoffanalyse am Hemd des Opfers schon etwas gefunden?»

«Bin noch nicht dazu gekommen. Kann noch etwas dauern.»

«Sie geben mir …»

«Bescheid. Ich weiß.»

«Dann sind wir hier ja so weit fertig. Oder liegt noch etwas an?»

Pia und Karl verneinten. Sie würden das Protokoll umgehend abtippen lassen und es ins K1 schicken.

Kilian und Heinlein verabschiedeten sich.

Pia rief Kilian noch etwas zu. «Was ich noch sagen wollte …»

«Ja?»

«Nicht schlecht.»

«Was meinen Sie?»

«Die Anzahl der Nägel. Nicht jedem wäre das aufgefallen.»

Kilian schmunzelte und verließ mit Heinlein die Rechtsmedizin.

«Nicht schlecht, dieser Kilian», sagte Karl.

«Ja. Nicht schlecht», bekräftigte Pia. «Ob er gut ist, werden wir bald erfahren.»

Karl schüttete eine Schale nach der anderen in den Torso des Wachmannes. Der bekam so scheibchenweise Herz, Nieren, Leber, Lunge, Gehirn und Magen wieder zurück. Ernst hatte Zellstoff zu einem kleinen runden Ball zusammengerollt und steckte ihn dahin, wo zuvor das Gehirn des Mannes war. Darüber legte er die Bruchstücke der Schädeldecke. Während er sie mit einer Hand festhielt, zog er die Kopfschwarte zurück und begann sie zusammenzunähen. Karl half ihm bei der Schließung des Wachmannes. Er zog eine kräftige Nadel an einem starken Faden durch die Fettschwarte. Nach wenigen Minuten war der Leib wieder verschlossen. Es war ihm von der ganzen Prozedur fast nichts anzusehen. Außer, dass er eine Naht vom Kinn bis unterhalb des Nabels aufwies. Ernst machte sich daran, die Leiche mit einem Lappen abzuwaschen. So verließen viele von ihnen den Sektionsraum sauberer, als sie auf der Bahre hereingeschoben worden waren. Zu zweit betteten sie die Leiche auf eine Bahre um, und Ernst warf ein weißes Tuch darüber. Er schob sie in den Kühlraum und schloss die Tür.

Pia saß derweil noch immer über dem Mikroskop und schaute sich den Splitter genauer an.

«Interessant», sagte sie schließlich, ging zum Bücherregal und nahm ein Fachbuch über Ornithologie zur Hand. Sie blätterte darin, bis sie fand, wonach sie suchte. Dann wählte sie die Nummer der Universität.

«Was wollte Oberhammer von Ihnen?», fragte Heinlein Kilian auf dem Weg zum Auto.

Kilian überlegte, ob er es ihm sagen sollte. Er entschloss sich schließlich, nicht um den heißen Brei herumzureden.

«Ich wollte etwas von ihm», begann er. «Es war nicht meine freie Entscheidung, hierher zu kommen. Ehrlich gesagt, hab ich kein anderes Ziel vor Augen, als schnellstens zu verschwinden.»

«Was treibt Sie denn weg?»

«Ich habe schon die ersten zwanzig Jahre meines Lebens in diesem Kaff verschwendet. Und ich habe mir geschworen, dass ich keinen einzigen Tag mehr anhängen werde.»

«Aber ich weiß immer noch nicht, was Sie wegtreibt. Würzburg ist doch genauso gut wie jede andere Stadt.»

«In welchen anderen Städten waren *Sie* denn bisher?»

«Was hat das mit meiner Frage zu tun?»

«Hören Sie, Herr Kollege. Ich habe eine ganze Reihe anderer Städte gesehen, andere Menschen getroffen und eine andere Arbeit gemacht als diese Kinderspielchen hier. Würzburg ist ein Kaff. Das Beste, was ich darüber sagen kann, ist, dass ich es geschafft hatte wegzukommen.»

«Ich glaube, Sie haben ein Problem.»

«Richtig. Je länger ich bleibe, desto größer wird es.»

Die letzten Schritte zum Wagen gingen sie schweigend nebeneinander her.

Kilian war sauer. Was dachte sich dieser Provinzbulle eigentlich? *Sie haben ein Problem.* Der sollte lieber mal über sein Leben nachdenken, bevor er sich über seines mokierte.

So ein aufgeblasener Fatzke, dachte sich Heinlein. Was glaubte er denn, wer er war? *Ich habe andere Städte gesehen. Ich habe andere Arbeit gemacht als diese Kinderspielchen.* Vielleicht war es doch besser, wenn dieser Kilian so schnell wie möglich wieder verschwand.

Sie stiegen in den Wagen ein und fuhren in die Stadt zurück.

«Wohin geht's jetzt?», fragte Heinlein.

Kilian schaute auf die Uhr. Es war kurz vor zwei.

«Wo ist dieses Hotel Maritimo?», fragte er Heinlein.

«*Maritim.* Liegt auf dem Weg.»

«Gut, dann liefern Sie mich dort ab.»

Als er Kilian am Eingang zum Maritim aussteigen ließ, kam eine Meldung von Sabine herein.

«Heinlein hier. Was gibt's?»

«Pia hat angerufen. Der Splitter aus der Halswunde stammt von der Feder irgendeines Paradiesvogels.»

«Paradiesvogel?», fragten Heinlein und Kilian beinahe gleichzeitig.

«Na ja, so was aus dem Urwald halt. Sie hat mir was reingefaxt. Der Vogel hat lange weiße Federn. Der genaue Ausdruck von dem Vieh ist *Astrapia mayeri.* Könnt ihr damit was anfangen?»

«Hab verstanden, wir kümmern uns drum. Und sag Pia noch einen schönen Gruß und besten Dank», sagte Heinlein.

Er legte den Hörer zurück und wartete auf eine Reaktion von Kilian.

«Am besten, Sie checken alle Vogelzüchter in der Region, ob die schon mal was von diesem Vogel gehört haben und wer die Federn in Umlauf bringt. Wenn was ist, erreichen Sie mich hier. Also, besten Dank fürs Bringen.»

Ohne eine Antwort abzuwarten, schlug Kilian die Autotür zu und verschwand im Hotel.

*«Am besten, Sie checken alle Vogelzüchter* … blabla», raunzte Heinlein und fuhr los.

# 9

Kilian steckte sich einen Zigarillo an, während er vom Fenster hinunter auf den Main blickte. Das Passagierschiff *Alte Liebe* nahm gerade eine Ladung Touristen in seinen Bauch auf. Sie verteilten sich auf dem Oberdeck und verteidigten die Sitzplätze gegen fremde Einvernahme. Ein paar Meter weiter legte ein anderes Passagierschiff an, das den Schriftzug *Mainschwalbe* trug. Der Busfahrer erwartete bereits am Mainkai seine Fahrgäste. Er half, den schmalen Steg aufs Boot zu legen, und wies den vorwiegend älteren Ausflüglern den Weg zum Bus. Einige von ihnen wankten beträchtlich, was andere zu schallendem Gelächter und einem Trinklied animierte.

Kilian nahm den Telefonhörer und wählte die Nummer der Rezeption.

«Nein. Frau Pelligrini ist noch nicht im Haus», wurde ihm versichert.

Er legte den Hörer zurück auf die Gabel und nahm einen Brandy aus der Zimmerbar. In einem Schluck hatte er das kleine Fläschlein geleert. Er ließ sich in den Sessel fallen und schaltete den Fernseher an. Die Programme gaben um diese Stunde nicht viel her. Eine Talkshow reihte sich an die andere, und wenn nicht gerade eine Endvierzigerin in Anwesenheit des Ehemannes über ihre zwei Liebhaber plapperte, versprach die Werbewelt Erfüllung der Sehnsüchte.

Kilian bereitete dem Treiben mit der Fernbedienung ein Ende und schnappte sich erneut das Telefon. Er musste sie jetzt anrufen. Sie wartete darauf. Doch was sollte er ihr sagen? Tut mir Leid, Patrizia, irgendwann musste es ja passieren? Oder: Du wusstest, dass unser Job gefährlich ist? Nein, das waren alles Ausreden.

Er holte sich eine Amtsleitung und tippte eine Handynummer ein. Es dauerte lange, bis die Nummer nach Italien durchgeschaltet war. Dann ertönte das Rufzeichen.

«Schröder», klang es barsch an sein Ohr.

«Hier Kilian.»

«Gut angekommen?»

«Geht so. Hast du mit Patrizia schon gesprochen?»

«Gerade eben.»

«Und? Wie hat sie's aufgenommen?»

«Äußerlich war sie gefasst. Eines Tages musste es ja passieren, hat sie gesagt. Aber du kennst sie ja. Nach außen ...»

«Und die Kleinen?»

«Sind bei der Oma. Sie will erst mal ein paar Tage alleine sein.»

«Hat sie nach mir gefragt?»

«Nicht direkt. Aber ich hab ihr gesagt, dass du heil davongekommen bist.»

«Macht sie mir Vorwürfe?»

«Nein. Nicht direkt.»

«Was meinst du? Nicht direkt?»

«Meine Güte, Jo», sagte Schröder aufgebracht, «das weißt du doch selber. Du kennst sie doch.»

Kilian schwieg.

«Also, was gibt's?», fragte Schröder ungeduldig.

«Hör zu, ich will hier raus. Und zwar schnell.»

«Vergiss es!», kam es scharf zurück.

«Was soll das heißen? Vergiss es! Du hast mir die Suppe eingebrockt und ...»

«Ich hab dir gar nichts eingebrockt. Dafür hast du schon

selbst gesorgt. Ich habe für dich getan, was ich konnte. Du solltest froh sein, dass du überhaupt noch einen Job hast.»

«Schröder …»

«Halt die Klappe. Du bleibst, wo du bist. Ich werde hier unten die Sache wieder ins Lot bringen. Und dann ist da ja noch das Problem namens Galina, wie du nur zu genau weißt. Weil du ja nicht fähig warst, im richtigen Augenblick …»

«Sie war zu weit weg.»

«Erzähl mir keinen Scheiß. Weiß der Teufel, was dich da wieder geritten hat. Du bist zum Risiko geworden. Verstehst du? Ich muss mir überlegen, ob ich dich überhaupt noch zu einem Einsatz schicken kann, wenn eine Frau dabei ist. Was ist nur los mit dir? Früher konnte ich mich auf dich verlassen … und Paolo konnte das auch.»

Kilian schwieg. Schröder hatte Recht. Warum hatte er nicht abgedrückt? Was machte es ihm so schwer, eine Kriminelle umzulegen? Er war doch autorisiert, bei Fluchtgefahr zu schießen. Nichts hätte ihm passieren können, die Staatsgewalt hätte ihm noch einen Orden dafür verliehen. Jetzt fühlte er sich doppelt geleimt – die eine gute Frau hatte er in die Depression geschickt, und die böse hatte er laufen lassen. Das kostete ihn einen Freund, einen Job und seine Freiheit.

«Also, zum letzten Mal. Du bleibst, wo du bist. Wenn sich der Staub gelegt hat, dann können wir nochmal darüber sprechen. Bis dahin verhalt dich ruhig und mach deinen Job.»

Kilian konnte ihm nicht mehr widersprechen, und Schröder fuhr unbeirrt fort: «Hast du deine Mutter schon getroffen?»

Kilian schluckte und rang nach einer Ausrede. Er ergriff den Apparat, lief zum Fenster und wieder zurück.

Nein, nur nicht das, sagte er zu sich.

«Hast du deine Mutter schon getroffen?», wiederholte Schröder die Frage.

«Es war noch keine Zeit.»

«Dann mach ran. Wie lange willst du sie noch dafür büßen lassen?»

«Ja, ja, ich werde sie anrufen», wich Kilian aus.

«Geh zu ihr. Es wird Zeit.»

«Woher willst du das denn wissen?», schrie er in den Hörer und knallte ihn auf die Gabel.

Was bildete sich dieser Schröder überhaupt ein?, fragte sich Kilian. Wollte er jetzt noch Seelendoktor oder Pfarrer spielen? War ihm Ziehvater nicht genug? Kilian schnappte sich den Zimmerschlüssel und ließ die Tür hinter sich ins Schloss fallen.

✷

Das ganze Areal stank zum Himmel, wie die drei anderen Hühnerfarmen zuvor. Doch was weit schlimmer war, waren die Zustände. Die Eier rollten auf schmalen Gestängen reihenweise aus allen Richtungen zusammen, und hin und wieder durchfuhr ein aufgebrachtes Gegacker die tristen Hallen. Eingepfercht in Käfige, die nicht größer waren als ein Einkaufskorb, hackten sich die hysterischen Hühner die letzten Federn vom Leib. Die einzige Gnade, die man ihnen erweisen konnte, war, schnellstens ihr erbärmliches Leben zu beenden. Wenn er diese Zustände sah, kam er sich fast wie ein Samariter vor, weil er einen Teil der Hühnerlieferung auf der Frankfurter Autobahn regelrecht *befreit* hatte.

Aber hier, hier hatte niemand ein Einsehen mit geschundenen Kreaturen. Am liebsten hätte er seinen Wagen gestartet und vollendete Tatsachen geschaffen. Dann wäre er als Hühnerretter in die mainfränkischen Annalen eingegangen. Aber da war ja noch seine Familie. Er war sich nicht sicher, ob sie das verstanden hätten. Daher schwor er sich, mehr auf seine Claudia zu hören. Wie bei fast allem, wenn es darum ging, hinter die Fassade zu blicken. Güteklasse 1a, garantiert aus Bodenhaltung, Bio-Eier. Alles nur Worte. Kontrolle hieß das Zauberwort. Erzählen können sie dir alles, wenn du es nicht überprüfst. Gleich heute Abend würde er seine Claudia in die Arme nehmen und ihr danken, dass sie nicht alles hinnahm, was man ihr vorsetzte. Wenngleich sie es manchmal übertrieb. Mit dem Tag des Jüngsten Gerichts hatte sie gedroht. Wenn in der Jury, die über Himmel und Hölle entscheidet, nur ein einziges Huhn säße, prophezeite sie, dann gnade uns Gott. Ein Furcht einflößender Gedanke. Ein Huhn würde über ihn richten. Nun, dann hätte er ja gar keine so schlechten Karten mehr.

Heinlein hatte die Schnauz voll. Eier und Hühner in jedweder Form waren für ihn passé. Er streifte die Mischung aus Hühnermist, Futtermittel und Stroh, die an seinen Schuhen haftete, angeekelt an einem Grasbüschel ab, stieg in den Wagen, ließ die Hinterreifen durchdrehen und bog auf die Straße ein. Natürlich wusste keiner etwas mit dem exotischen Federvieh anzufangen. Zumindest taten sie so.

Heinlein fuhr die schmale Schotterstraße entlang, die zum Tierhotel eines Freundes führte. Auf der eingezäunten Weide galoppierte ein Fohlen hinter der Mutter her. In einem anderen Gehege grasten zirka fünfzig Schafe an einem Hang und hoben prüfend die Köpfe, als Heinlein näher kam. Auf dem Hof stolzierten zwei Pfauen, junge Hunde tollten herum und stellten einer Katze nach, die, in die Ecke getrieben, fauchend und zähnefletschend den Rücken bog.

In großzügigen Gehegen waren Hunde und Katzen untergebracht, daneben hatten Pferde freien Zugang vom Stall zur angrenzenden Weide. In der Mitte des Platzes überschattete eine riesige Linde das Gehöft. In ihren Ästen saßen zwei bunte Kakadus und stellten ihren Kamm auf. Das war Landidylle pur. Der Tierhimmel.

Heinlein wurde von einem finster dreinschauenden Schäferhund empfangen, dem es überhaupt nicht gefiel, dass ein Fremder sein Revier betrat. Er ließ die Fensterscheibe runter und redete ihm gut zu. Doch der Schäferhund war nicht zu beeindrucken.

«Hella!», befahl ihn Hubert zurück.

Dr. Hubert Wenger war der Tierarzt in der Gegend. Er war nicht unumstritten bei den Bauern. Es kam nicht selten vor, dass er einen Bauer zur Anzeige brachte, wenn er *Unregelmäßigkeiten* bei der Aufzucht der Tiere feststellte.

Der Schäferhund wich aufs Wort und tapste mit eingezogenem Kopf auf Hubert zu.

«Der Schorsch», rief er, «dass man dich auch wieder mal sieht.»

«Servus, Hubert», sagte Heinlein und ließ sich neben ihm auf der Bank nieder, die im Schatten des Bauernhauses stand.

«Dein Zoo nimmt langsam überhand, wenn ich mir das so anschaue», sagte Heinlein und verfolgte das rege Treiben auf dem Hof.

«Urlaubszeit ist Hochsaison. Da kommt schon was zusammen», sagte Hubert. Er schien mit der Lage nicht unzufrieden, obwohl er auch anmerkte, dass die viele Arbeit in keinem Verhältnis zur Entlohnung stand.

Er goss aus einem blaugrau verzierten Humpen Weißwein in ein Glas und bot es Heinlein ein.

«Danke, aber ich bin im Dienst», wehrte Heinlein ab.

«Jetzt stell dich nicht so an. Von einem Schluck wirst du nicht gleich ein schlechter Bulle.»

Heinlein nickte und stieß mit ihm an.

«E guuts Tröpfle», lobte Heinlein den Wein.

«Ein trockner Müller. 98er. Dettelbacher Berg-Rondell. Ein echter Himmelstoß», schwärmte Hubert.

Heinlein nahm gleich noch einen Schluck und ließ ihn langsam die Kehle hinunterlaufen.

«Also, was führt dich zu mir?», wollte Hubert wissen.

Heinlein zeigte ihm eine Kopie, auf der der Paradiesvogel abgebildet war.

«Weißt du, wer bei uns solche Vögel züchtet oder hält?»

«Eine Paradieselster», sagte Hubert beeindruckt.

«Du kennst den Vogel?»

«Seltenes Tier. Zirka eineinhalb Meter groß. Die Schwanzfeder kann allein einen Meter lang werden. Die Männchen stellen sie auf, wenn ein Weibchen in der Nähe ist. Die Federn des Vogels sind erst 1939 im Kopfschmuck eines Häuptlings entdeckt worden, und er steht jetzt schon vor der Ausrottung. Die Eingeborenen Neuguineas verehren ihn als Boten ihrer Waldgöttin, die ihnen Glück bei der Jagd bringen soll. In Europa sind die äußerst selten. Ich glaube, nur ein oder zwei Zoos haben ein Pärchen. In Deutschland ist mir keiner bekannt.»

«Eigentlich interessieren mich auch nur seine Federn.»

«Da bist du nicht der Einzige. Das ist der Grund, wieso es nicht mehr so viele von denen gibt. Die Federn waren bei Sammlern und Ausstattern sehr beliebt. Nicht nur wegen ihrer feinen Struktur. Sie wurden früher als Schreibfeder benutzt, weil ihre Spitze so hart ist. Die Einfuhr ist streng limitiert. Als Schreibfedern gibt es sie schon lange nicht mehr. Manchmal wurden sie auch von Kostümbildnern beim Theater eingesetzt.»

«Und heute?»

«Keine Ahnung. Aber lass mich mal überlegen. Der Bruder von der Bauers Gabriele war doch beim Theater. Irgendwo im Fundus.»

«Das war doch so ein Kleiner, den sie mal in der Mädchenumkleide ...»

«Genau der», lachte Hubert, «den sie mal mit einem Röckchen erwischt haben.»

«Und ich dachte, der wäre nach München ab.»

«War er auch. Bis er vor einem Jahr wieder auf der Matte stand. Er soll sich mit einem Typen aus der Maske eingelassen haben, bis der Regisseur sie hinter den Kulissen ... na, du weißt schon.»

«Nein, weiß ich nicht», sagte Heinlein.

«Ist ja Wurscht. Jeder nach seiner Fasson. Aber frag einfach mal nach dem Daniel. Mit Nachnamen hab ich's nicht so.»

Heinlein nahm noch einen Schluck vom Müller, verabschiedete sich und ging zu seinem Wagen. Der Schäferhund knurrte ihm nach, und Heinlein schaute, dass er sich schnellstens im Wagen in Sicherheit bringen konnte.

*

Kilian kam vom Alten Kranen und ging vorbei an der Alten Mainbrücke in die Domstraße. Vor ihm ragte der Dom mit seinen zwei Türmen in den blauen Himmel. Um den Vierröhrenbrunnen am Grafeneckhart sammelten sich Touristen, die sich mit dem Rathausturm im Hintergrund ablichten ließen. Davor waren die Tische des Ratskellers voll besetzt. Eine Straßenbahn kam nahezu unhörbar vorbei.

Kilian ging die Domstraße hoch, vorbei an Schuhgeschäften, Eiscafés und Straßenmusikanten. Vor dem Sternbäck hatten sich fünf Musiker im schwarzen Frack aufgestellt und spielten Mozart. Zuhörer standen quer über der Straße, manche lehnten mit geschlossenen Augen gegen die gusseisernen Lampenpfähle, ließen sich die Sonne ins Gesicht strahlen und schienen weit entrückt. Die Tische neben dem Sternbäck waren prall gefüllt. Die Kellner jonglierten Cappuccini, Folienkartoffeln und Weingläser zwischen Passanten hindurch.

Kilian atmete tief ein, es roch nach Meeresluft, so als stünde er in Genua am Porto Vecchio. Woher kam plötzlich dieser Geruch? Ein paar Schritte weiter stauten sich an der Ecke zum Kürschnerhof die Passanten, und jeder von ihnen hatte einen Shrimpcocktail oder ein Fischfilet in den Händen. Ein Fischrestaurant hatte sein Terrain auf die Straße hin erweitert, und Kilian dachte an die Fischerküchen, die es nahezu in jeder Hafenstadt gab. Diese hier war um Welten feiner und gepflegter. Hier konnte man sichergehen, nicht wegen eines zweifelhaften Fisches die nächste Toilette aufsuchen zu müssen.

Er bog um die Ecke und fand den ehrwürdigen St. Blasius geschlossen. Jene kleine Wirtschaft, in die ihn seine Mutter geschleppt hatte, wenn sie bei stundenlangem Preisvergleichen von Kaufhaus zu Kaufhaus gerannt waren und vollkommen erschöpft etwas zur Stärkung zu sich nehmen mussten, damit sie weitere Stunden zwischen Wühltischen und Schnäppchenabteilungen nach dem billigsten Artikel suchen konnten. Auch stand das Traditionsgeschäft Deppisch nicht mehr, in das ihn seine Mutter mitgenommen hatte, um für eine Cousine ein Hochzeitsgeschenk aus der Zweiten-Wahl-Ware herauszuklauben. Jetzt prangten dort die Insignien eines bayerischen Kaufhauses. Er ging hinein und kam eine halbe Stunde später in gewohnter Kleidung heraus. Jeans, Cowboystiefel und Holzfällerhemd hatte er nach einigem geschickten Handeln mit dem Verkaufspersonal gegen zwei Anzüge eingetauscht. Keine Armanis, aber immerhin gewohnte Kleidung.

Auf dem Marktplatz fand er alles beim Alten. Um die Marienkapelle scharten sich Buden, die Haushaltswaren und Tand an die Leute brachten. Am Café Michel waren alle Tische besetzt. Doch die alten Damen und die Kaffeegedecke mit Torten waren nahezu verschwunden. Heute versammelte sich eine junge Stadtbevölkerung an den Tischen mitten in der Stadt, um zu sehen und gesehen zu werden.

Kilian nahm einen soeben frei gewordenen Platz an einem der Tische ein, an dem zwei junge Mütter sich über Kindererziehung und den nächsten Urlaub unterhielten. Es entging ihm nicht, dass sich ihr Gespräch in seine Richtung änderte, doch er ließ sich nicht in eine Unterhaltung verwickeln. Die Frauen nahmen es missbilligend zur Kenntnis und kamen auf den Urlaub zurück. Kilian bestellte ein Glas mainfränkischen Rosés und genoss die Sonne. Zwischen den Buden spielten drei Studenten auf einer Violine, einer Oboe und einem Cello. Davor lag ein Geigenkasten geöffnet, in dem Silbergeld funkelte. Sie spielen wahrscheinlich irgendwas von Mozart, dachte Kilian. Die ganze Stadt klang nach Mozart in diesen Tagen vor Beginn des eigentlichen Festes. Die Musik wirkte beruhigend auf ihn. Sie war beschwingt, leicht, verspielt, aber gleichzeitig strahlte sie eine Zufriedenheit aus, der sich Kilian in diesem Moment völlig hingeben konnte. In den zehn Jahren seiner Abwesenheit hatte sich einiges verändert. Soweit er bisher feststellen konnte, viel zum Vorteil. Das frühere, verschlafene Würzburg mit den verhärmten Gesichtern hatte einen Anstrich bekommen, der ihn an kleine italienische Städte wie Mantua oder Piacenza erinnerte. Es war ein munteres Treiben auf den Straßen, die Plätze waren mit Cafés gefüllt, die Menschen waren modischer geworden.

Doch plötzlich hörte er eine vertraute Stimme. Ein Lachen, das er lange nicht mehr gehört hatte und das ihm in der Sekunde präsent war, als es ansetzte. Er wagte nicht, sich umzudrehen, kramte in seiner Tasche, holte einen Fünfer heraus, klemmte ihn unter den Aschenbecher und verschwand ein paar Schritte weiter hinter einer Bude. Er tat so, als würde er sich für eine Tasse interessieren, auf der ein fürchterlich geschmackloses *Mein Schatzi* eingraviert war, und spähte durch die herabhängenden Küchengeräte auf die Tische am Café Michel.

Ja, das war sie. Sie sah gut aus, lachte viel und schien sich in der Begleitung des Mannes wohl zu fühlen. Kilian stellte die Tasse zurück und sah sich nach einem Fluchtweg um.

✳

Die Putzfrau wies mit dem Lappen in der Hand auf eine große stählerne Tür. Dahinter sollte Heinlein den Gang bis ganz nach hinten gehen, dann rechts die Treppe hoch, wieder durch einen Gang und dann die vierte Tür auf der linken Seite nehmen.

Er bedankte sich und gelangte schließlich zu der Tür, auf der in großen Lettern *Kostümfundus* stand. Er ging hinein und stand inmitten zweier endloser Reihen, die Kleidungsstücke und Accessoires aus allen Jahrhunderten, Moden und Größen bereit zu halten schienen. Spontan fühlte sich Heinlein in dieser Welt der tausendundein Leben wohl. Wenn er mehr Zeit gehabt hätte, dann wäre er als Napoleon in Paris eingeritten oder hätte sich als Alexander der Große in Athen feiern lassen. Auch in das Wams von Heinrich dem Achten hätte er sich gerne begeben. Doch das alles verblasste im Angesicht dessen, was da scheinbar achtlos aus einer Kiste heraushing – der Sextant, mit dem ein Christopher Columbus die Neue Welt entdeckt hatte! Heinlein ging auf die Kiste zu, nahm das Gerät in die Hand, prüfte die Einstellungen und hielt es in die Höhe, als wolle er die augenblickliche Position auf einem der Weltmeere bestimmen.

«Legen Sie das bitte wieder zurück», drang es scharf von hinten an ihn heran.

Heinlein drehte sich um, und vor ihm stand ein zierlicher junger Mann mit dunklen langen Haaren, die er nach hinten zu einem Schwanz gebunden hatte. Die Lider schienen geschminkt zu sein, und einen Arm hatte er übertrieben provokant in seine Hüfte gestemmt, während er im anderen einen Umhang hielt, wie ihn Cäsar getragen haben musste, als er den Senatoren zum Opfer fiel.

«Unbefugte haben hier keinen Zutritt. Bitte legen Sie das wieder zurück», wiederholte der Mann seine Aufforderung.

«Ich suche einen Herrn Singer, Daniel Singer», sagte Heinlein und legte den Sextanten in die Kiste zurück.

«Was wollen Sie von ihm?»

«Das sag ich ihm, wenn ich ihn getroffen habe. Also, wo kann ich Herrn Singer finden?», fragte Heinlein und hielt ihm seinen Dienstausweis entgegen.

«Sie haben ihn gefunden. Was wollen Sie?», fragte Singer und ging achtlos an ihm vorbei.

«Ich möchte von Ihnen wissen, wo man eine solche Feder bekommt?»

Heinlein zeigte ihm die Kopie von dem Vogel, doch Singer schenkte Frage und Kopie keine Aufmerksamkeit. Stattdessen stieg er eine Leiter hoch, um eine von der Decke hängende Stange zu erreichen, wo er den Umhang an einen nummerierten Platz hängte.

«Haben Sie mich verstanden?», wiederholte Heinlein seine Frage nun eindringlicher.

«Ich habe Sie verstanden», zischte Singer zurück und stieg von der Leiter herab.

Er betrachtete uninteressiert das Tier und ging wortlos an Heinlein vorbei.

«Hey, bleiben Sie stehen und geben Sie mir eine Antwort.»

«Nicht in diesem Ton. Wer sind Sie überhaupt?»

«Heinlein, Kriminalkommissariat. Also, woher stammt so eine Feder?»

Singer schien nur im ersten Moment überrascht. «Na, von so einem Vogel natürlich», antwortete er forsch und amüsierte sich über seine rhetorische Meisterleistung.

«Nicht frech werden. Verstanden? Ich kann Sie auch mitnehmen und dann ...»

«Ja, ja, schon gut. Früher haben wir sie für das Anfertigen von Kostümen verwendet. Aber seit einigen Jahren steht der Vogel auf der roten Liste der bedrohten Tierarten. Dann haben wir uns was anderes einfallen lassen müssen.»

«Und wo haben Sie die Federn herbekommen?»

«Es gibt nur einen Händler in Deutschland, der sie vertreibt.»

«Wunderbar. Und wo ist der?»

«In München.»

«Wie heißt er?»

«Korrassow.»

«Korrassow wie? Hat er keinen Vornamen, Straße, Telefonnummer?»

«Wladimir Korrassow, Müllerstraße 8. Telefonnummer weiß ich nicht.»

«Na also. Geht doch», triumphierte Heinlein.

«Aber nur, wenn man anständig fragt.»

Heinlein wollte schon Gift und Galle spucken, doch dann siegte der Verstand. Er brauchte noch mehr Informationen von diesem arroganten Kostümmeister.

«Was macht dieser Korrassow, dass er an die Federn kommt und sie vertreiben darf?», fragte Heinlein nach.

«Beschafft alles, was man braucht. Federn, Beluga, Geld, Beziehungen, Poliz…» Singer brach ab.

«Poliz… was?», fragte Heinlein.

«Polierwerkzeuge», kam die prompte Antwort.

«Polierwerkzeuge? Was soll das denn schon wieder?»

«Künstler- und Malerbedarf Korrassow. Kennen Sie den Korrassow wirklich nicht? Den weltberühmten Korrassow?», reizte Singer Heinlein erneut.

«Nein, kenn ich nicht», fauchte Heinlein zurück und bemühte sich, die Kontrolle zu behalten. «Also, was oder wer ist das?»

«Korrassow vertreibt Werkzeuge für Künstler. Für Maler,

Restaurateure, Kostümbildner, Bildhauer und so weiter. Verstehen Sie, was ich sage?»

Heinlein war nah dran, Singer eins auf die Nase zu geben.

«Das tue ich. Also nochmal. Sie haben über diesen Korrassow diese Federn bekommen. Richtig?»

«*Exactement.*»

«Und dieser Korrassow ist der Einzige, der sie in Deutschland vertreibt?»

«*Njet,* vertreiben dürfte», verbesserte Singer Heinlein schadenfroh.

«Ist ja Wurscht. Also vertreiben durfte ...»

«Aber ...»

«Was aber?»

«Rote Liste. Du verstehen?»

Das war genug. Heinlein zog Singer an sich heran.

«Du kleine Schwuchtel. Jetzt reicht es aber. Wenn du mir nochmal so blöd kommst, dann ...»

«Dann?»

Die Antwort blieb aus. Um die Ecke kam ein Mitarbeiter, und Heinlein ließ ihn wieder los. Auf dem Weg zur Tür blieb Heinlein stehen und drehte sich um.

«Haben Sie eine solche Feder?»

Singer lächelte überlegen und zupfte sein Hemd zurecht. Dann blickte er hoch. «Rote Liste. Schon vergessen?»

*

«Ist Frau Pelligrini schon im Haus?», fragte Kilian den Mann an der Rezeption.

Ohne sich umzudrehen und sich zu versichern, ob ihr Schlüssel an der Wand hing, verneinte der Mann.

«Nein, Frau Pelligrini ist um diese Uhrzeit nicht im Haus.»

«Was macht Sie da so sicher?»

«Frau Pelligrini pflegt später zu kommen und früher zu gehen. Sie ist im Haus nur selten anzutreffen.»

«Und wo hält sie sich dann auf?»

«Ich nehme an, sie wird in der Residenz sein.»

Also auf zur Residenz, dachte Kilian.

«Kilian.»

«Hier Heinlein. Ich bin froh, dass ich Sie noch im Auto erwische, ich dachte schon, Sie hätten Feierabend gemacht.»

«Was gibt's?»

«Ich wollte Ihnen das Ergebnis meiner Recherchen mitteilen.»

«Und? Haben Sie was über die Feder rausbekommen?»

Heinlein erzählte ihm von seiner Begegnung mit Singer.

«Korrassow? Der Korrassow in der Müllerstraße?», fragte Kilian erstaunt.

«Richtig. Kennen Sie ihn?»

Kilian antwortete nachdenklich: «Ja, ich hab schon mal von ihm gehört.»

«Er soll, zumindest laut Aussage von diesem Kostümheini, der einzige Importeur derartiger Federn in ganz Deutschland sein.»

Kilian überlegte, welche Schritte als nächste zu unternehmen seien. «Okay, wir machen Folgendes. Ich werde morgen nach München fahren und mir diesen Korrassow vornehmen. Sie werden den Rechtsmedizinern Feuer unterm Hintern machen, dass sie mit dem Abschlussbericht und den Bluttests rüberkommen. Vergessen Sie nicht den Abzug vom Hemd.»

«Reicht es nicht, wenn wir diesen Korrassow einfach anrufen?»

«Lassen Sie das meine Sorge sein, Herr Kollege», sagte Kilian verärgert. «Das ist eine eingeschworene Clique dort unten. Mit einem Anruf kommen Sie da nicht weit.»

«Wenn Sie meinen», erwiderte Heinlein verstimmt. «Wo kann ich Sie erreichen?»

Kilian überlegte. Auf dem Polizeipräsidium in der Stadt wollte er vorbeischauen. Mal sehen, wie die Lage dort war.

«Ich werde viel unterwegs sein. Also entweder im Wagen oder bei den Kollegen in der Ettstraße.»

Bei den Kollegen in der Ettstraße kamen Heinlein unangenehme Erinnerungen hoch, als er im Zuge seiner Ausbildungszeit dort sechs Wochen unter dem Spott der oberbayerischen Kollegen zu leiden hatte. Dort würde er auf gar keinen Fall anrufen.

«Okay, dann in der Ettstraße», log Heinlein.

«Ich melde mich bei Ihnen, wenn ich was rausbekommen habe», sagte Kilian.

Heinlein wollte schon auflegen, als Kilian überraschend ansetzte: «Ach, noch was. Gute Arbeit, Herr Kollege.»

Ein solches Lob hatte Heinlein nicht erwartet. Im ersten Moment wusste er nicht, was er antworten sollte. Doch dann: «Danke, das hört man nicht oft.»

«Sie haben es sich verdient», sagte Kilian und beendete das Gespräch.

Heinlein legte den Hörer auf die Gabel zurück und ließ sich das Gespräch nochmals durch den Kopf gehen, während er die Stufen zum Dachzimmer hochstieg. Er kam an Thomas' Zimmer vorbei, der mit seinem Computer und dem Joystick beschäftigt war. Vera lag auf dem Bett und ging ihre Partitur durch. Sie griff jede einzelne Note mit der linken Hand und führte den unsichtbaren Bogen in der Rechten.

Claudia hatte für ihn einen Teller mit Broten, Radieschen, Hüttenkäse und eine Flasche Öko-Bier bereitgestellt. Sie hatte an diesem Abend ihren *Weiberstammtisch,* wie sie ihn nannte. Er war heilig, frei von jeglicher Infragestellung und eine revolutionäre Zelle, was die zukünftige Stellung der Frau in der Gesellschaft betraf. Treffpunkt war bei Tonio in der Neubaustraße. Dort belagerten sie den Tisch neben dem Eingang, mit Blick auf die Straße. Nichts und niemand im Ristorante konnte ihnen dort entgehen. Er war aber abgeschieden genug, um ungestört gegen die Unterdrückung der Frau in Ehe und Gesellschaft anzugehen. Ausgenommen war natürlich Tonio. Er konnte so schön italienisch sprechen und schenkte jeder Einzelnen seine volle Aufmerksamkeit und mancher ein Lächeln zu viel.

Heinlein betätigte den Lichtschalter, öffnete die Dachluke und setzte sich mitten in eine gigantische Eisenbahnanlage. Sie füllte den gesamten Dachstuhl aus und führte von Würzburg über die Alpen an den Gardasee, vom Colosseum zum Taj Mahal und weiter über den Großen Teich zur Golden Gate Bridge. Sein Vater und er hatten jeden freien Abend zum Aufbau einer *Route internationale* aufgewendet. Bis zum Gardasee waren sie zusammen gekommen, doch dann überraschte den Vater ein Herzinfarkt keine fünfzig Kilometer vor Würzburg, irgendwo am Bahnkilometer 48. Heinlein hatte seinen Frieden damit gemacht. Zumindest war er in Franken gestorben, sagte er am Grab. Darauf hatte der alte Herr immer Wert gelegt.

Jetzt war es an Heinlein, die *Route internationale* fertig zu stellen. New Orleans, Buenos Aires, Kairo und Sydney standen ihm noch bevor. Heinlein nahm die Schere und einen Karton zur Hand. Er folgte der Linie, die das berühmte Opernhaus in Sydney freigeben sollte.

✱

Kilian sah noch Licht im Treppenhaus. Er gab dem Taxifahrer einen Zehner und ging auf das Eingangstor zu, aus dem erschöpfte Handwerker kamen und in ihren Autos verschwanden. Kilian traf an der Tür auf Giovanna, die soeben abschließen wollte.

«*Buona sera, dottoressa*», sagte er. «Ich wollte Sie abholen und auf ein Abendessen entführen.»

Giovanna zeigte sich überrascht, schien aber auch geschmeichelt ob der unerwarteten Einladung.

«*Commissario*», sagte sie, «das ist nett, aber ich habe noch viel zu tun.»

«Ich weiß, essen müssen Sie trotz allem.»

«Es geht wirklich nicht. Ich bin …»

«Hungrig.»

«Auch das. Aber …»

«Sie können meine Einladung nicht ausschlagen.»

«Oh, doch.»

«Dann brechen Sie mir das Herz.»

«Wieso das?»

«Weil ich auch noch nichts gegessen habe. Und wenn ich nicht bald etwas bekomme, dann breche ich auf der Stelle zusammen. Also, wenn Sie nicht mehr Scherereien mit mir haben wollen, dann müssen Sie mit mir etwas essen.»

Giovanna schien einzusehen, dass sie ihn nicht so leicht loswerden würde. Sie bat ihn herein.

«Ich habe einen Vorschlag, wie wir beides unter einen Hut bringen», sagte sie und führte ihn in den Gartensaal. Dort stand ein kleiner Tisch mit einer Flasche Wein, Käse, Schinken und Weißbrot.

«Ich wollte gerade etwas essen. Sie sind also im richtigen Moment gekommen und gerne eingeladen. Allerdings muss ich Sie bitten, nach dem Essen zu gehen, damit ich weitermachen kann.»

Kilian ergriff die Chance und setzte sich mit ihr an den Tisch.

«Womit wollen Sie mitten in der Nacht weitermachen?», fragte er.

«Pläne müssen aktualisiert, die nächsten Arbeiten für die Handwerker vorbereitet und mein Bericht nach München geschrieben werden. Mein Chef ist streng.»

«Dann muss ich Sie leider festnehmen.»

«Wie bitte?»

«Ich bin laut Gesetz dazu verpflichtet, Schaden von Mensch, Tier und Eigentum fern zu halten. Und wenn Sie nicht essen und schlafen, habe ich große Befürchtungen, dass Sie sich Schaden zufügen. Dem muss ich entgegentreten.»

Giovanna schmunzelte. Es gefiel ihr wohl, wie Kilian sich um sie bemühte. Sie nickte und gab ihm damit zu verstehen, dass er einschenken sollte. Er füllte zwei Gläser mit Rotwein, zündete zwei Kerzen an und zog den Stecker aus dem Verlängerungskabel, an dessen Ende eine Glühbirne kaltes Licht verströmte. Der Kerzenschein brach sich hundertfach in den hohen Fenstertüren und warf flackerndes Licht an die Decke, die von einem Fresko rundum eingenommen wurde.

Behufte Waldgeister, nackte Frauen, ein lüsterner Pan, ein muskulöser Mann mit Engelsflügeln an den Schultern, Putten und die Königin der Jagd, Diana, tauchten das Mahl zu ihren Füßen in eine geheimnisvolle Stimmung.

«Johann Zwick. 1750. Das Mahl der Götter», sagte Giovanna, ohne das überschwängliche Meisterwerk eines Blickes zu würdigen. «Gefällt es Ihnen?»

«Ja, doch, es hat was. Scheint eine lustbetonte Zeit gewesen zu sein.»

Giovanna nippte an ihrem Glas und griff den Ball auf.

«Offensichtlich war es eine Zeit, in der Trinken und Essen als Vorspiel für andere Freuden gedient haben.»

«Das musste eine schöne Zeit gewesen sein. Schade, dass wir heute so etwas nicht mehr haben.»

«Wir haben sie doch gerade hier. Oder finden Sie unser kleines Abendmahl nicht lustvoll?», fragte sie.

Der Kerzenschein zuckte auf ihrem Gesicht. Ihre Augen schienen zu strahlen, und ein zweideutiges Lächeln versetzte Kilian einen warmen Stoß.

«Doch, doch. Auf jeden Fall», sagte er und nahm einen

Schluck Wein. «Speisen Sie immer mit Geistern und Königinnen?»

«Wann immer ich die Gelegenheit dazu habe. Sie nicht?»

«Ich komme selten mit ihnen zusammen.»

«Und mit wem speisen Sie jetzt?», fragte sie scherzhaft.

Kilian war sich da nicht so sicher. Ihre Stimme klang verspielt, aber ihre Augen ... Sie suchten nach einer Bestätigung, nach einer Entscheidung, zumindest sahen sie für Kilian so aus.

«Welches von beidem sind Sie?», fragte er.

«Geist oder Königin, meinen Sie?»

Kilian nickte und wartete. Statt einer Antwort nahm Giovanna ihr Glas zur Hand, führte es zum Mund, setzte den Rand an ihre Lippen und ließ den Wein genüsslich über ihre Lippen laufen. Ihr Blick ruhte auf Kilian, und sie beobachtete ihn, wie er sich verhalten würde.

Er lehnte sich nach vorne, stützte das Kinn auf seine gefalteten Hände und sah ihr in die Augen.

«Vielleicht beides», sagte sie schließlich und stellte ihr Glas ab.

Sie tippte mit ihrem Finger in den Wein und bestrich sich damit langsam die Lippen. Dabei ließ sie ihn nicht aus dem Blick. Sie antwortete nicht mit Worten, sondern mit Zeichen. Kilian starrte auf ihre Lippen und auf den Schein, der sich darin spiegelte. Er überlegte, welche Botschaft sie hatten. Giovanna schien um eine Entscheidung zu ringen. Welche, wusste Kilian nicht. Er hoffte auf die richtige. Die für ihn.

Doch Giovanna wählte die andere. Sie beugte sich nach vorne, nahm das Baguette, brach es und nahm einen Bissen.

«Nun, *commissario*, was macht die Arbeit? Kommen Sie voran? Wer ist der Mörder?», fragte sie scherzhaft.

«Mörder? Wie kommen Sie darauf, dass der Wachmann ermordet wurde?», fragte Kilian überrascht.

«Hab ich mich jetzt verraten? Aber Sie würden doch nicht ermitteln, wenn alles mit rechten Dingen zugegangen wäre, oder?» Giovanna spielte die Schuldige und streckte ihm ihre Hände über Kreuz entgegen. «Nehmen Sie mich fest. Ich gestehe alles.»

«Sie liegen gar nicht so falsch. Es weist einiges darauf hin, dass der Wachmann nicht freiwillig von der Brüstung gefallen ist.»

«Wie kam es dann dazu?»

«Weiß ich noch nicht. Wir müssen erst alle Spuren auswerten.»

«Und welche haben Sie bereits?»

«Eine Spur führt nach München, eine andere in den Regenwald und eine dritte …»

Kilian stockte. Was machte er da? Er gab Ermittlungen preis.

«Stören Sie meine Fragen?», fragte Giovanna.

«Um ehrlich zu sein, ein wenig. Ja.»

«*Allora*. Dann erzählen Sie von sich. Wie wird man Bulle? So sagt man doch?»

«Ja, Bulle. Aber das ist nicht gerade schmeichelhaft.»

«Woher kommen Sie?»

«Nicht weit von hier. Aus einem kleinen Nest entlang des Mains. Ich bin aber schon früh nach Würzburg umgezogen.»

«Und, gefällt es Ihnen hier?»

«Kann ich nicht sagen. Ich bin erst heute Morgen angekommen.»

«Aus Genova, sagten Sie?»

«*Sì*. Leider ist ein Freund von mir …»

Kilian brach ab. Darüber wollte er jetzt, um Himmels willen, nicht sprechen.

«Ja, ein Freund …?»

«Nichts. Das ist jetzt unwichtig. Sie fragen mich die ganze Zeit aus. Wie steht's mit Ihnen? Woher kommen Sie?»

«Geboren bin ich in Venezia. Meine Familie hat dort ein kleines Haus am Campo Sant Angelo.»

«Aber sagten Sie nicht, dass Sie aus Genova sind?»

«Ich habe in Milano studiert und lange in Genova gearbeitet.»

«Und wie kamen Sie dann nach München? Die Schlösserverwaltung sitzt doch dort.»

Giovanna lächelte stolz. «Genauso, wie der Maestro hierher kam. Man hat ihn gerufen.»

«Der Maestro?»

«Giovanni Battista Tiepolo. Der Kurfürst hat ihn 1750 nach Würzburg geholt, um das Meisterwerk zu schaffen.»

«Sie meinen das Fresko im Treppenhaus?»

«*Sì*. Das größte Deckenfresko der Welt. Er hat nur vierzehn Monate dafür gebraucht. Man sagt, er habe schneller gemalt, als seine Kollegen damals den Putz anrührten.»

«Und wieso hat man einen Italiener damit beauftragt?»

«Weil er der Beste war. Ein anderer Italiener, Visconti, war zuvor hier. Er hat so elend gemalt, dass es nicht zu übersehen war. Dann hatte euer Fürstbischof ein Einsehen und hat *il maestro* und seine zwei Söhne geholt.»

«Und was machte ihn zum Besten?»

Giovanna schaute ihn prüfend an. Seine Frage schien ihr nicht zu gefallen. Sie stand auf, nahm ihn bei der Hand und schleppte ihn ins Treppenhaus. Auf dem Umkehrpodest machte sie Halt und wies mit dem Finger nach oben.

«Sieh her», sagte sie forsch und begann ihre Nachhilfestunde, «die vier Erdteile: Amerika, Asien, Afrika und Europa. Der Auftrag an Tiepolo lautete: Schaffe mir ein Treppenhaus, das den Besuchern auf dem Weg nach oben klarmacht, wer ich bin. Zeige meinen *Ruhm*, meine *Tüchtigkeit* und setze mich ins Zentrum der Künste und der Macht. Wenn die Besucher die flachen Stufen hochkamen, hatten sie Zeit, sich das alles anzuschauen. Spätestens dort oben an der Balustrade wussten sie über den Hausherrn Bescheid. Das war sein Job. Und sag mir, ob er es nicht genial gemacht hat?»

«Ja, nicht schlecht. Und die ganze Decke hält ohne Stützpfeiler?»

«*Sì*. Balthasar Neumann war ein genialer Architekt. Keiner wollte es ihm glauben, dass die Decke nicht einstürzen würde. Zum Beweis wollte er eine Batterie Kanonen abfeuern lassen, nachdem ein Konkurrent aus Wien sich auf eigene Kosten an der Decke aufknüpfen wollte. Er glaubte, dass sie nicht einmal sein Gewicht halten würde.»

«Falsch gedacht offensichtlich.»

«*Sì, sbagliato*. Sie hat sogar den Zweiten Weltkrieg und die Bomben auf die Stadt überlebt.»

«Nicht schlecht.»

«Tiepolo hat die ganze Breite des Raumes genutzt, um zu zeigen, was man damals über die Welt wusste. Siehst du den Elefanten bei der Afrika? Seinen komischen Rüssel? Oder dort die Europa. Sie lehnt gegen den Stier, in den Zeus sich verwandelt hatte. Daneben ist Antonio Bossi, der Stuckateur, und davor lehnt Neumann an einem Kanonenrohr.»

«Und wo ist ...?»

«Der Maestro? Dort, links in der Ecke. Er war ein bescheidener Mann, der sich nicht in den Vordergrund spielen wollte. Er lebte nur für die Kunst.»

Giovannas Worte klangen plötzlich traurig. Kilian ging nicht darauf ein. Er betrachtete das Selbstporträt Tiepolos, das neben den protzigen Darstellungen vom Auftraggeber und von den anderen Künstlern nahezu unterging. Tiepolo hatte sich am Rand seines Meisterwerks selbst in den Hintergrund gestellt. Sein sehnsüchtiger Blick hinüber zur Gruppe um die Europa irritierte Kilian, genau wie Tiepolos Kleidung seine Aufmerksamkeit erregte. Er trug ein rotes Wams, einen weißen Schal um den Hals und auf dem Kopf eine rote Mütze. Von der Mütze ging etwas Längliches weg, das Kilian nicht erkennen konnte.

«Was hat Tiepolo da an seiner Mütze?», wollte er wissen.

Doch Giovanna war bereits die Stufen in den Gartensaal hinuntergegangen. Er lief ihr hinterher und holte sie am Tisch im Gartensaal ein.

«Hab ich was Falsches gesagt?», fragte er besorgt.

Giovanna beeilte sich, das Essen und den Wein in einem Korb verschwinden zu lassen und die Pläne auf dem Tisch auszubreiten.

«*No*, Sie haben nichts Falsches gesagt. Aber Sie müssen jetzt gehen. Ich habe noch viel zu tun.»

Kilian wollte sich nicht damit zufrieden geben und setzte erneut an, doch Giovanna kam ihm zuvor. Sie gab ihm einen Kuss auf die Wange.

«Es tut mir Leid, *commissario*. Bald beginnt das Fest, und ich muss noch viel arbeiten.»

«Ja, ich weiß, aber ...»

Doch Giovanna ließ nicht mit sich reden. Sie führte ihn an der Hand zum Eingangstor.

«Vielleicht in ein paar Tagen. Wenn Sie Lust und Zeit haben, dann dürfen Sie mich zum Essen einladen. *Buona notte*.»

Ohne eine Antwort abzuwarten, schloss sie die Tür hinter ihm.

Kilian stand wie ein begossener Pudel auf dem Residenzplatz und fragte sich, was er Falsches gesagt haben könnte. Er hob die Hand, um zu klopfen, doch er ließ schließlich davon ab.

Er ging die Hofstraße hinunter, über die Domstraße am Main entlang Richtung Hotel Maritim. Im Biergarten am Alten Kranen, der bereits geschlossen war, setzte er sich auf die Kaimauer. Von oben strahlten das Käppele und die Festung auf ihn herunter.

Kilian griff in die Innentasche seines Jacketts, nahm eine kleine Flasche Brandy heraus, die er aus der Hotelbar vorsorglich mitgenommen hatte.

«Auf dich, du Idiot. Das nächste Mal hörst du einfach nur zu.»

Er leerte sie in einem Zug. Dann warf er sie hinter sich auf die Uferpromenade, wo sie in tausend kleine Scherben zerbrach.

Nur ein paar hundert Meter weiter ging Heinlein auf den Gleisen entlang. Ein Zug verkehrte um diese Uhrzeit nicht mehr. Nur ein paar Waggons wurden auf einem Abstellgleis rangiert. Auch er hatte eine Flasche in der Hand, die er mehrmals ansetzte und schließlich auf den Gleisen zerschellen ließ.

Er ging torkelnd weiter und stürzte zu Boden. Er machte keine Anstalten aufzustehen, sondern legte sein Ohr auf das Gleis und summte eine Melodie. Dann drehte er sich auf den Rücken und blickte in den schwarzen Nachthimmel.

In der Residenz erlosch das Licht. Eine Tür öffnete sich und fiel gleich daraufhin ins Schloss. Mit zwei Umdrehungen eines Schlüssels wurde sie verriegelt. Giovanna trat aus dem Dunkel und ging über den Platz.

# 10

Kilian parkte den Wagen vor dem Haus mit der Nummer acht. München, Müllerstraße. Er stieg aus und sah vor sich eine Fensterauslage mit der Aufschrift *Korrassow, Künstler- und Malerbedarf.*

Das *Bildnis des Tänzers Alexander Sacharoff,* ein paar Pinsel und Farbtuben lagen auf der Staffelei. Dahinter schnitt ein Vorhang weitere Blicke ins Innere ab. Kilian trat näher heran und betrachtete neugierig das Bild. Wie kommt ein *Jawlensky* in eine Schaufensterauslage, fragte er sich. Hing er nicht im Lenbachhaus, in der Ausstellung des *Blauen Reiters?*

Unten rechts entdeckte er ein Kürzel, das er als Kujau las. Kilian rümpfte die Nase. Ein echter Kujau war auf dem besten Weg, ebenso viel einzubringen wie das Original. So weit es nicht die Fälschung der Fälschung war. Aber selbst das war mittlerweile egal. Der Preis entschied und nicht das Werk – wenn es das Original überhaupt noch gab. Mehr als die Hälfte aller «Originale» weltweit waren Fälschungen. Ein Freund von William Gaddis, den er in New York kennen gelernt hatte, hatte ihm einige Fälschungen gezeigt, die aber als echt durchgegangen waren. Die Experten hatten sich bereits an einer Fälschung orientiert.

Kilian betrat den Laden. Eine kleine Glocke, die am Türrahmen festgemacht war, wurde angestoßen und erzeugte ein Bimmeln, das Kilian noch aus alten Tante-Emma-Läden kannte.

Der Verkaufsraum war vergleichsweise üppig gehalten. Ein Panoptikum aus skurrilen Bildern, Skulpturen, Farbskalen und Werkzeugen zog sich an den Wänden entlang. An der Decke erstreckte sich der Fingerzeig Michelangelos über den gesamten Raum. Kilian drehte sich im Kreis, mit dem Kopf nach oben gestreckt, damit er das falsche Fresko einsehen konnte.

«Nicht gerade originell, aber es tut seinen Zweck», sagte Korrassow, der lautlos durch einen Rundbogen in den Raum trat. Er war ein untersetzter, beleibter Mann, Ende sechzig. Er trug einem khakifarbenen Leinenanzug. Das graue Haar war gewellt und mit Gel nach hinten gekämmt. Aus der Reverstasche ragte die Spitze eines hellblauen Seidentuchs hervor, das auf seine Augenfarbe abgestimmt zu sein schien. Die Nase war auffällig kurz und breit. Ein sicheres Zeichen, dass sie bereits einmal gebrochen sein musste. Auf den ersten Blick wirkte Korrassow wie Peter Ustinov. Auf den zweiten wie die Fälschung.

Auch er suchte Kilian einzuschätzen. Vom Rundbogen waren es vier Schritte bis zu Kilian. Ruhig tasteten seine Augen ihn von oben bis unten ab.

«Wie kann ich Ihnen behilflich sein?», fragte Korrassow mit einer bemüht freundlichen, aber heiseren Stimme.

«Wie man so etwas hinbekommt», antwortete Kilian mit Blick nach oben. «Originell ist es zwar nicht, aber gut gemacht.»

«Ein dankbarer Freund. Noch vor zehn Jahren wollte keiner etwas von ihm wissen. Heute arbeitet er in allen Kathedralen, Schlössern und Burgen weltweit.»

«Wie kam es dazu?»

*«Manus manum lavat»*, lautete die Antwort.

Kilian deutete sie als eindeutiges Zeichen, keine weiteren Fragen in diese Richtung zu stellen. Diskretion war sein Geschäftskapital.

«Scheint zu funktionieren», sagte Kilian und blickte auf den Kujau in der Auslage.

Korrassow war überrascht und hob die buschigen grauen Augenbrauen.

«Sie kennen ihn?»

«Wer nicht? Jeder kennt ihn.»

«Ich meine ...»

«Nein, nicht persönlich. Aber jeder kennt seine Arbeiten, wenn man sie als seine bezeichnen kann.»

Korrassows Augenbrauen entkrampften sich.

«Nun gut. Womit kann ich Ihnen behilflich sein?»

«Ich suche eine Feder. Nicht irgendeine, sondern eine bestimmte.»

«Woran haben Sie gedacht?»

Kilian zeigte ihm die Kopie der Paradieselster. Korrassow blickte kurz darauf.

«Tut mir Leid, damit kann ich Ihnen nicht dienen. Ich befürchte, niemand wird Ihnen in dieser Sache helfen können.»

«Und wieso nicht?»

Korrassow taxierte Kilian abermals. Seine Augenbrauen zogen sich wieder zusammen, und zwischen den Lidern blitzen seine hellblauen Augen auf, als versuchte er, besonders scharf zu fokussieren. Er schien herausfinden zu wollen, wer dieser eigentümliche Kunde war und was er wollte.

«Die Federn dieses bezaubernden Vogels dürfen nicht mehr gehandelt werden. Er steht auf der roten Liste der bedrohten Tierarten. Jeder Handel wird strafrechtlich verfolgt.»

«Was würden Sie mir antworten, wenn ich Ihnen sagte, dass ich erst kürzlich so eine Feder gesehen habe?»

Korrassow überlegte. Er schien zwischen Abbruch der Unterhaltung und Neugier zu pendeln. Letzteres überwog. «Dann würde ich Ihnen sagen, dass es sich wahrscheinlich um eine Feder handelt, die spätestens vor fünf Jahren noch verkauft wurde.»

«Und was wäre, wenn mich die Person, die im Besitz dieser Feder ist, geradewegs zu Ihnen geschickt hat?»

«Und wieso sollte diese Person das getan haben? Ich kann mir nicht vorstellen, dass Sie ein Freskenmaler sind.»

«Steht es mir auf der Stirn geschrieben?»

«Nein, aber in den Händen.»

Kilian stockte. Was sollte das heißen: *in die Hände geschrieben*? Er betrachtete seine Hände, drehte sie mehrmals um.

«Wenn Sie ein Freskenmaler wären, dann sähen ihre Fingerspitzen anders aus.»

«Und zwar?»

«Rissig, abgestumpft, brüchige Nägel. Der harte Putz hinterlässt Spuren. Die kriegen Sie selbst mit der besten Salbe nicht weg.»

Korrassow hatte ihn ausgehebelt. Er verlor das Interesse am Spiel und forderte Kilian auf, sich zu erkennen zu geben.

«Also. Mit wem habe ich es zu tun?»

«Kilian. Kriminalhauptkommissar. Mein Informant sagte mir, dass Sie der Einzige sind, der mit diesen Federn handelt.»

«Gehandelt hat. Wie ich Ihnen schon sagte …»

«Ja, ja, das hatten wir schon.»

«Dann ist alles gesagt.»

Korrassow machte eine ausladende Handbewegung, die Kilian die Tür wies.

Er folgte ihr, blieb aber an der Tür stehen und wandte sich betont beiläufig Korrassow zu. «Wie geht es eigentlich Galina?»

Korrassow erschrak. Er verharrte kurz, ging dann aber energisch auf Kilian zu.

«Wo steckt sie?», fuhr er Kilian an.

«Ich sah sie kürzlich und fragte mich, ob sie Ihnen das echte Tafelsilber mittlerweile zurückgegeben hat?»

Korrassow kämpfte mit der aufsteigenden Wut. Seine Hände ballten sich zu Fäusten.

«Ausgeburt der Hölle. Wenn ich sie in die Finger bekomme …»

«Dann?»

«Dann werde ich sie zerquetschen wie eine Laus. Verstehen Sie?»

«Kann ich mir vorstellen.»

«Woher kennen Sie Galina?»

«Ich traf sie kürzlich im P1, und wir hatten ein paar Drinks», log Kilian.

«Sie ist hier in der Stadt?»

Kilian schwieg. Er wusste genau, dass er mit dem Thema Galina einen Tanz auf dem Vulkan führte, aber er sah keine andere Chance. Bei seinen Recherchen war er auf Korrassow gestoßen. Er hatte das Tafelsilber aus dem Nachlass eines Zaren im Angebot. Galina hatte angebissen und war nach München gekommen. Nach der Besichtigung des Materials war sie mit dem Silber untergetaucht. Sie hatte Korrassow so viel Betäubungsmittel verabreicht, dass es für zehn Leute gereicht hätte. Kilian hatte den Tipp einen Tag zu spät bekommen. Er beschattete Korrassows Laden daraufhin für ein paar Tage. Doch Galina blieb verschwunden. Es sprach sich herum, dass die Tatarin Galina den Weißrussen Korrassow aufs Kreuz gelegt hatte. Kilian hatte davon gehört, dass unter Stalin die Tataren von der Krim verschwinden mussten. Unter ihnen sollen sehr wohlhabende und einflussreiche Geschäftsmänner gewesen sein, die mit ihrem Geld die Geschicke in Moskau mit gelenkt haben sollen. Diesem Einfluss wollte sich Stalin entziehen. Nach seinem Tod hat es wohl Racheanschläge auf die Stalinisten gegeben, die für die Vertreibung verantwortlich waren. Bei den Russen wusste man daher nie, wer mit wem etwas zu schaffen hatte und welche Fehde gerade ausgefochten wurde.

«Wo kann ich sie finden?», drohte Korrassow.

«*Manus manum lavat*», antwortete Kilian.

Korrassow zögerte. Dann verschwand er unter dem Rundbogen im Hinterzimmer. Kilian hörte Schubladen schlagen, Papierstöße fielen zu Boden, und Kisten wurden geräumt. Schließlich tauchte er mit einem Bogen Papier auf.

«Hier ist eine Liste von allen, die in den letzten zwei Jahren eine Feder bei mir bestellt haben.»

Kilian hielt inne. Wenn er seine Information preisgab, dann lief er Gefahr, dass Korrassow Galina geradewegs auf seine Spur setzte. Auf der anderen Seite würde er ohne die Namen nicht weiterkommen.

«Wo ist sie?», fragte Korrassow bestimmt.

Kilian griff nach der Liste. Korrassow hielt sie fest.

«Wo-ist-sie?», presste er hervor.

Kilian überlegte. Galina wäre bestimmt nicht mehr in Genua. «Porto Vecchio. Genua.»

Korrassow ließ die Liste los.

Kilian ging die Namen durch. Acht an der Zahl. Alle mit Adressen und Schuldenstand. Auch bestimmte Gefälligkeiten, die Korrassow arrangiert hatte, waren fein säuberlich verzeichnet. Keiner der Namen kam Kilian bekannt vor.

«Ist die Liste vollständig?», fragte er misstrauisch.

«Mein Wort darauf», versicherte Korrassow.

*

Heinlein goss sich eine Tasse Kaffee ein und blätterte im Protokoll der durchgeführten Sektion.

*«(...) Daraufhin beenden die Obduzenten die gerichtliche Leichenöffnung und kommen übereinstimmend zu folgendem vorläufigen Gutachten:*

*I.*
*Nach den bisherigen kriminaltechnischen Ermittlungen sei Herr Franz Pechtle, laut Aussage seiner Frau Annemarie Pechtle, um zirka 22.15 Uhr aus der gemeinsamen Wohnung überstürzt aufgebrochen, um eine Tür am Seitenportal der Residenz zu überprüfen. Es wird vermutet, dass er vergessen hatte, sie im Zuge seines letzten Wachgangs um 20.00 Uhr zu verschließen.*
*Die Leiche wurde inmitten eines Bauschutthaufens am Morgen des nächsten Tages durch eintreffende Wachleute und Handwerker gefunden. Sie lag auf der rechten Körperseite. Der Kopf war nach hinten überdehnt, und quer durch den Thorax war eine, vermutlich durch den Aufprall gebrochene, Baulatte getrieben. Dem Aufprall ging offensichtlich der Sturz des Mannes aus einer Höhe von zirka sechs Metern voraus.*
*An Vorerkrankungen sei bisher nichts bekannt geworden.*

*II.*
*Die Obduktion erfolgte zur Klärung der Todesursache und des Todeszeitpunkts.*

*III.*
*Leiche eines 52 Jahre alten Mannes in sehr gutem Ernährungszustand – es kann von Fettleibigkeit gesprochen werden. Keine erkennbaren inneren und äußeren Fäulnisveränderungen. Teils flüssiges, teils geronnenes Leichenblut.*

Heinlein ersparte sich eine erneute Sektion und überblätterte mehrere Seiten.

*(…) Auffällig ist die vierte Eintrittsstelle. Sie ist nicht durch einen zusätzlichen vierten Nagel (Hinweis: s. Tatortaufnahme Bild Nr. 12) herbeigeführt worden, sondern durch die Feder eines Vogels, der so genannten Paradieselster. Die Eintrittstiefe der Feder beträgt zirka zwölf Zentimeter und hat die Luftröhre auf ihrer ganzen Breite, in Höhe des Kehlkopfes, perforiert. Im Gang der Wunde wurde als Zeugnis für obige Feststellung ein zirka ein Millimeter breiter Splitter gefunden, der zur Bestimmung der Feder führte.*
*Bei näherer mikroskopischer Inaugenscheinnahme des Split-*

*ters wurden Spuren von Pigmenten, Wasser und Putzmörtel, wie er bei Bauarbeiten verwendet wird, gefunden. Der Splitter selbst zeigte an der Außenfläche zahlreiche Riefen auf.*

Heinlein blätterte weiter.

*IV.*
*Die Obduktion hat folglich eine gesicherte Todesursache ergeben.*
*1. Die durch den Aufprall herbeigeführten Brüche des ersten und zweiten Halswirbels.*
*2. Die zahlreichen Frakturen an der rechten, oberen Schädeldecke.*

*Es sei an dieser Stelle festgehalten, dass die drei Eintrittskanäle der Nägel am Hals des Mannes nicht primär zum Tod geführt haben. Insbesondere ist der Fund des betreffenden Splitters der Vogelfeder Anlass zu weiteren Nachforschungen. Dies sollte, unserer Ansicht nach, als Grundlage für eine Klärung der zeitlichen Abfolge des Tatherganges dienen (ein leicht erhöhter Adrenalinanteil im Blut auf eine Stresssituation hinweisend).*
*Todeszeitpunkt: Fund der Leiche gegen 8.15 Uhr. Anhand der äußerlich festgestellten Todesflecken, der Temperaturmessung und der eingetretenen Totenstarre wird als Todeszeitpunkt die Zeit zwischen 22.00 und 23.30 Uhr des Vorabends bestimmt.*
*Wie üblich wurden kleine Teile der lebenswichtigen inneren Organe formalinfixiert zurückbehalten. Für in Auftrag gegebene chemisch-toxikologische Untersuchungen sowie Alkoholbestimmungen wurden asserviert: Hirnleiterblut, Herzblut, Inhalt von Magen, Gallen- und Harnblase. Für ebenfalls in Auftrag gegebene Bestimmung eines HIV-Nachweises wurde ebenfalls Blut zurückbehalten.*
*Schmuck oder Wertgegenstände fanden sich nicht bei der Leiche.*
*Aus rechtsmedizinischer Sicht kann die Leiche freigegeben werden, auch zur Feuerbestattung.*
*Gezeichnet Dr. Karl Aumüller und Dr. Pia Rosenthal.*

Er nahm den Umschlag, in dem das Protokoll steckte, und suchte nach den toxikologischen Untersuchungsergebnissen und möglichen Hinweisen auf weitere Spuren.

«Sind die Spuren und Giftwerte schon da?», rief er durch die offene Tür, hinter der Sabine saß.

«Gift kommt in 'ner Stunde, und Spuren sollen vom LKA heut Nachmittag vorliegen», antwortete sie.

Das Telefon klingelte, und Heinlein nahm ab.

«Heinlein», sagte er forsch, so wie er es immer tat, um schon beim ersten Kontakt klarzustellen, mit wem man es zu tun hatte.

Schneider gab eine Meldung der Polizeiinspektion Land über den Fund einer Leiche in einem Waldstück in der Nähe der Autobahnraststätte Würzburg durch.

Ein Förster hatte die verkohlten Reste eines menschlichen Körpers entdeckt. Leichenteile sollten über den Waldboden verstreut, teils vergraben, teils von Wild ausgescharrt, gefunden worden sein.

Der Erkennungsdienst und die Rechtsmedizin waren bereits informiert und auf dem Weg. Heinlein bestätigte und legte auf. Er nahm sein Jackett und ging in Sabines Zimmer.

«Wir haben 'ne neue Leiche. Wenn der Kilian anruft, dann stell ihn mir bitte durch», sagte er und verließ das Büro.

✷

Heinlein stellte den Wagen auf dem Waldweg ab. Die Erkennungsdienstler und der KDD waren bereits eingetroffen und bei der Arbeit. Ein Beamter des ED zog ein Absperrband zwischen den schlanken Bäumen hindurch, sodass das betreffende Waldgelände ein Viereck bildete. Allerdings musste das Band immer wieder versetzt werden. Die Zahl der Fundstellen wuchs.

Heinlein stapfte durch tiefen Morast rund fünfzig Meter

in den Wald hinein. Er war schwer zu durchschreiten. Stachlige Sträucher und Brennnesselfelder schreckten jeden Spaziergänger ab. Heinlein sank bei jedem Schritt bis zu den Knöcheln ein und musste sich an den Bäumen festhalten, damit er nicht das Gleichgewicht verlor.

Außerhalb der Absperrung sprach Manfred Öhrlein, Leiter des Einsatzes, mit dem Förster, der an einem Baum sicheren Halt suchte. Er schien mit den Nerven am Ende und erzählte den Hergang des Fundes. Dabei zeigte er in verschiedene Richtungen und auf den Hund zu seinen Füßen. Es war ein brauner Jagdhund, der mit aufgestellten Ohren und aufmerksamen Blicken beobachtete, was die Männer in weißen Overalls und Gummistiefeln mit Stecken und sonderbaren Koffern am Waldboden suchten.

Karl beugte sich über ein paar Klumpen, die wie abgestorbene und vermooste Baumreste aussahen. Der Gestank verriet allerdings, dass es sich nicht um Bäume handeln konnte. Heinlein nahm sein Taschentuch und hielt es sich vor den Mund.

«Hundsverreck, was ist des für 'ne Sauerei schon wieder?», sagte er zu Karl.

«So was nennt man Stoffwechsel oder einfach nur ein Festessen für die Waldbewohner», erwiderte Karl, der die Reste einer abgenagten Hand in eine durchsichtige Plastiktüte steckte, sie verschloss und in einen Sack steckte.

«Viel haben wir nicht», sagte Manfred, der herübergelaufen war und dem Förster eine Verschnaufpause gönnte.

«Wie wenig haben wir denn?», fragte Heinlein.

«Der Förster, eigentlich sein Hund hat ihn oder sie vor einer Stunde gefunden, als er durchs Dickicht streifte. Er kam mit einem Oberschenkel im Maul zu seinem Herrchen gelaufen. Dann hat der Förster umgehend die Kollegen von der PI Land angerufen. Seitdem steht er da drüben und wartet darauf, dass wir ihn nach Hause schicken.»

Heinlein schaute zum Förster hinüber. Er war sichtlich mitgenommen. Schließlich sank er auf den Boden und nahm seinen Hund in den Arm. Im Gegensatz zu seinem Herrn war der Hund nicht lethargisch, sondern sichtlich aufgeregt. Jede Bewegung der Männer quittierte er mit einem Rucken in den Gliedern, als wollte er losrennen und selbst nachschauen, wonach sie sich bückten und was sie da einsammelten.

Die Fundorte der Leichenstücke konnten leicht ausgemacht werden. Neben jedem Fund ragte ein schwarzes Schild mit einer weißen Nummer aus dem Waldboden empor. Sie waren im Umkreis von fünfzig Metern verstreut und ragten zum Teil unter Moos und Laub hervor. Erkennbar waren sie aber auch an den Mückenschwärmen, die um sie kreisten. Heinlein schaute sich um und zählte bis zwölf.

Die EDler durchkämmten unterdessen das Unterholz. Es war ihnen anzusehen, dass heute einer dieser Tage war, an denen sie sich fragten, ob sie den richtigen Beruf gewählt hatten. Jede auffällige Erhebung am Boden wurde vorsichtig untersucht, und manche schienen erleichtert, wenn sie sich als Ameisenhaufen oder Wurzel erwies.

«Schaut alles danach aus, dass die Leiche hier zerlegt und mit Benzin oder irgendeiner anderen Flüssigkeit in Brand gesetzt wurde», sagte Karl und schob ein paar Brennnesseln zur Seite.

Darunter war eine kleine Grube zu sehen, an deren Rändern verkohlte Holzstücke lagen. Daneben ein Holzstamm, der verdächtige Einkerbungen aufwies, die von einem Beil stammen konnten.

«Ich vermute, er hat die Teile in die Grube geworfen und angezündet», führte Karl weiter aus. «Allerdings passt da was nicht.»

«Und zwar?», fragte Heinlein.

«Zum einen sind die Teile verstreut oder vergraben. Und

zum anderen hängt da noch Fleisch an den Knochen. Weder verbrannt noch verkohlt. Er muss gestört worden sein.»

«Was glaubst du?», fragte Heinlein.

Karl nahm eine Plastiktüte aus dem Sack und hielt sie hoch. Im Fleisch aalten sich fette weiße Maden. Heinlein und Walter kehrten sich angeekelt ab.

«Die Jungs hatten alles, um prächtig zu gedeihen. Nahrung und Feuchtigkeit. Das bisschen Benzin hat sie nicht sonderlich gestört, oder es wurde verdünnt.»

«Worauf spielst du an?»

«Ich glaube, dass unser Mann nicht durch einen Spaziergänger gestört wurde, sondern durch das Wetter. In den letzten zwei Wochen hat es, bis auf Sonntagnacht, keinen Tropfen in der Gegend geregnet. Wenn jemand also in einem furztrockenen Wald alles daran legt, dass sein Opfer nicht erkannt wird, und dann noch mit Feuer hantiert, dann könnte er es bewusst herausgefordert haben.»

«Sprich nicht in Rätseln», ermahnte ihn Heinlein. «Was meinst du?»

«Die Maden sind gut genährt. Geregnet hat es zwei Wochen nicht. Also muss der letzte kräftige Regenschauer unserem Mann einen Strich durch die Rechnung gemacht haben. Der Waldbrand, den er vielleicht anzetteln wollte, ist wegen des Regens ausgefallen. Die Leiche hatte er bereits zerlegt. Blieb ihm folglich nur noch eins: sie mit Benzin zu überschütten, anzuzünden und das, was nicht verbrennt oder was der Regen löscht, einfach zu vergraben.»

«Könnte hinhauen», überlegte Heinlein.

«Weißt du denn schon, ob das ein Mann oder eine Frau ist?», fragte Manfred.

«Bis jetzt noch nicht. Wenn ich den Beckenknochen endlich finden würde, wäre die Sache einfacher. Der Kopf allerdings wäre auch nicht schlecht», sagte Karl.

«Otto. Fuß!», schrie der Förster dem Hund nach.

Doch er war nicht mehr zu halten. Wie ein Pfeil schoss er mit eingezogenem Kopf quer über das abgesteckte Terrain und verschwand hinter einem Busch.

Die EDler und der Förster hatten Mühe, ihm zu folgen. Sie versanken bis zu den Knöcheln im Morast. Hinter einem Busch konnte man Otto bei der Arbeit hören. Er buddelte wie besessen den Waldboden beiseite. Ein Beamter fasste ihn beim Halsband und wollte ihn zurückziehen.

«Nein, lassen Sie. Er hat was gefunden», rief ihm der Förster zu.

Und tatsächlich, Otto förderte etwas zutage. Mit Dreck, Larven und Maden überzogen, spitzte aus dem braunen Erdreich ein Schädel hervor. Er wies am Hinterkopf ein zirka daumenbreites Loch auf. Der Förster zog Otto zurück, der sich nur schwer beruhigen konnte. Karl steckte ein Schild mit der Nummer dreizehn hinein, wartete, bis der junge Kollege eine Aufnahme gemacht hatte, und begann vorsichtig, mit einer schmalen Kelle den Schädel freizulegen. Er nahm ihn in die Hände und hielt ihn für alle sichtbar nach oben.

Äußerlich war er vollkommen skelettiert. Der Unterkiefer war zertrümmert, als hätte sich jemand Mühe gemacht, ihn abzutrennen. Aus den Augenhöhlen kullerten Erdbrocken mit Eiablagen der Insekten heraus. Heinlein und die Umstehenden wandten sich ab und hielten sich die Nasen zu. Otto hingegen hechelte wie wild und sog den Gestank schlabbernd über die Zunge ein.

«Nummer dreizehn», sagte der Karl. «Die Sache läppert sich.»

Er legte den Schädel in das Loch zurück und ließ den Beamten mit dem Fotoapparat wieder seine Arbeit machen. Der junge Mann kam ganz nahe an den Schädel heran, stellte die Linse scharf, als ein schmieriger, fetter Wurm durch eine Augenhöhle die Flucht nach außen antrat. Der Fotograf fiel vor Schreck nach hinten um und lief zum nächsten Baum.

«Verdammt, kotz uns hier bloß nicht alles voll», rief ihm Manfred nach. Der junge Kollege übergab sich wenige Meter weiter an einem Baum, als er plötzlich aufschrie und die anderen herbeiwinkte. Er sackte zu Boden und schüttelte verzweifelt den Kopf.

«Wie kann man nur so was machen?», stammelte er.

Hinter dem Baum waren zwei dünne Äste über Kreuz in den Boden gerammt. An ihren Spitzen hingen zerfressen die Reste zweier Augäpfel. Am Fuße der Äste hatte sich ein Haarbüschel verfangen. Es war dunkelbraun, und die Strähnen hatten eine Länge von ungefähr dreißig Zentimetern. Davor waren kreisrund kleine Steine, groß wie Murmeln, aufgebaut. Die Innenseiten waren verkohlt, als hätten sie als Feuerstelle Verwendung gefunden. Der Boden darin war frisch bewachsen.

Heinlein ging in die Hocke und betrachtete sich die verkohlten Reste inmitten der Steine.

«Gib mir mal einer eine Pinzette», sagte er und hielt die Hand nach hinten auf, ohne sich umzudrehen.

Karl drückte sie ihm in die Hand. Heinlein stocherte in dem frisch bewachsenen Boden herum und holte ein Stück Holz hervor. Es war kreisrund, hatte die Dicke einer Zigarette, war zwei Zentimeter lang und zum Teil verkohlt. Er steckte es in eine Tüte, die ihm Karl bereitwillig geöffnet hatte.

Heinlein stocherte weiter herum und fand einen flach gedrückten, rußigen Metallring. Daneben einen seltsam gebogenen, steifen Aschenrest. Beides streifte er vorsichtig in der Plastiktüte ab. Dann stand er auf und betrachtete die überkreuzten Äste.

«Schaut nach einem Opfertisch aus», sagte Heinlein.

«Wie kommst du da drauf?», wollte Manfred wissen.

«Augäpfel aufgespießt, Äste über Kreuz, Haare abgeschnitten, Feuerstelle. Der Junge hatte was zu feiern oder was zu opfern. Vielleicht beides.»

Er gab den EDlern Anweisung, auch Proben vom umliegenden Boden zu nehmen.

«Ist nur eine Idee. Vielleicht finden wir was. Ach ja, und gebt dem Fliegenmann Bescheid.»

Mit Fliegenmann war der Spezialist des Erkennungsdienstes gemeint, der anhand des Besatzes und der Entwicklung von abgelegten Insekteneiern bestimmen konnte, wie lange ein Mensch schon auf dem Waldboden gelegen hatte.

Heinlein ging zurück zum Wagen. Für heute reichte es ihm.

«Schorsch, melde dich. Jetzt mach schon», dröhnte es aus dem Lautsprecher des Funks.

«Heinlein hier», schnaufte er in den Hörer.

«Na endlich. Wo treibst du dich wieder rum?», fragte Sabine.

«Erzähl kein' Scheiß. Was ist los?»

«Kilian hat sich gemeldet. Er war bei einem Korrassow. Du würdest schon wissen, wer das ist.»

«Ja, weiß ich. Sonst noch was?»

«Er hat dir was reingefaxt. Eine Liste mit Namen, die du checken sollst.»

«Und wieso macht er das nicht selbst?»

«Weiß ich doch nicht. Er hat mir nur gesagt ...»

«Ja, ja, ist schon okay.»

«Und noch was. Er ist auf dem Polizeipräsidium in der Ettstraße erreichbar, wenn was ist.»

«Noch was?», schrie Heinlein in den Hörer.

«Jetzt fahr mich nicht so an. Ich kann doch auch nichts dafür.»

Heinlein hängte ein und fuhr los.

«Jetzt bleibt der ganze Dreck wieder an mir hängen. Der

Herr Kommissar treibt sich in München herum, und ich darf hier 'ne Leiche ausbuddeln.»

✳

«Und was hast du ihm geantwortet?», wollte Beck wissen.

«Komme gerade von einem Einsatz mit Euro- und Interpol. Die Kollegen aus Spanien und Frankreich waren auch dabei», äffte Kilian sich selbst nach.

Beck und sein Kollege bogen sich vor Lachen und schlugen sich auf die Schenkel. Beck war sein früherer Vorgesetzter bei der Kripo und der junge Kollege offensichtlich sein Nachfolger.

«Alles Tarnung. Verstehen Sie? Tarnung», wiederholte Kilian amüsiert und stellte die Szene mit Oberhammer nach.

«Und die Sheriff-Nummer hat er dir wirklich abgenommen?», fragte Beck, der sich zu beruhigen suchte.

«Sie regeln das. Ich habe einen Profi aus München angefordert», imitierte Kilian Oberhammer.

Beck und der Kollege lagen mittlerweile mit ihren Köpfen auf den Schreibtischen und hielten sich die Bäuche. Wie konnte man nur so blöd sein, stotterten sie zwischen Luftholen und Lachen.

«Jetzt mal ohne Scheiß», sagte Kilian und versuchte wieder Ernst ins Gespräch zu bringen. «Wie ist die Lage? Braucht ihr noch 'nen guten Mann?»

«Yep. Am OK-Corral treffen wir auf die Brüder», sagte Beck und machte auf Wyatt Earp.

Wieder das gleiche Bild. Beck und der Neue machten auf Shoot-out und zogen ihre Waffen Marke Bleistift.

Kilian war überhaupt nicht mehr zum Spaßen.

«Jetzt lasst doch mal den Scheiß und gebt mir 'ne Antwort», sagte er eindringlich.

Doch daran war überhaupt nicht zu denken. Beck machte ein Gangstergesicht, und der andere stellte sich breitbeinig hin und forderte, mit einer Kippe im Mund, Kilian auf zu ziehen.

«Freut mich, wenn meine Beamten so gut gelaunt sind», sagte eine Frauenstimme aus dem Hintergrund.

Im Nu kamen Beck und sein Kollege an ihren Schreibtisch zurück und bissen sich auf die Lippen, damit sie nicht lauthals loslachen mussten.

Kilian drehte sich um und sah in der Tür die Oberstaatsanwältin Susanne Strasser stehen.

«Su-sanne», stammelte Kilian. «Frau Oberstaatsanwältin. Entschuldigung.»

Beck und der andere schauten sich wissend in die Augen.

«Kilian?», kam es nicht weniger erstaunt von Strasser zurück. «Ich dachte, Sie sind in Würzburg?»

«Bin ich auch», sagte Kilian und versuchte das Gefühl, überrumpelt zu sein, nicht zu zeigen. «Ich musste eine Information in München überprüfen.»

Eine kurze Pause trat ein, und Strasser suchte das Gespräch wieder aufzunehmen.

«Tja, dann erzählen Sie doch mal, wie's Ihnen in der letzten Zeit so ergangen ist.»

Beck und der andere lachten laut los.

«Was ist denn daran so lustig, meine Herren?», fragte Strasser die beiden giftig. Doch sie schüttelten nur mit dem Kopf und machten sich an ihre Arbeit.

«Lassen Sie uns doch in mein Büro gehen, da können wir ...»

Wieder lachte Beck los.

«Kriminalhauptkommissar Beck», zischte sie, «ich glaube, wir müssen Ihnen etwas Gelegenheit zur Abkühlung geben. Ich habe da genau das Richtige für Sie. Setzen Sie sich mit der Sitte in Verbindung. Die haben eine Tote im Schlachthofviertel gefunden. Genauer gesagt, sie hängt zwischen Rinderhälften in einem Transporter aus Holland.»

«Und wieso soll ich da hin?», wollte Beck verärgert wissen.

«Weil es eine Tote gibt. Und Sie sind doch für Tötungsdelikte zuständig? Oder täusche ich mich da?»

Beck schmiss seinen Kugelschreiber hin und tippte eine Nummer in den Telefonapparat.

Strasser und Kilian verließen das Büro und gingen ein paar Schritte wortlos nebeneinander her, bis sie Strassers Büro erreicht hatten und hineingingen. Als sie die Tür hinter sich geschlossen hatte, ging Kilian auf sie zu, streichelte sie an der Wange und küsste sie.

«Lass das, Jo», befahl sie und flüchtete hinter den Schreibtisch.

«Was ist los?», fragte Kilian erstaunt.

«Das weißt du ganz genau. Du kannst nicht einfach so reinplatzen und glauben, dass alles wie früher ist.»

«Ist es das nicht?» Er folgte ihr hinter den Schreibtisch.

«Nein, natürlich nicht.» Sie stand auf und lief Richtung Tür.

«Jetzt bleib doch mal stehen. Ich werde dich schon nicht beißen.»

«O doch, da bin ich mir ganz sicher.»

Kilian setzte sich schließlich auf den Stuhl vor dem Schreibtisch, schlug die Beine übereinander und machte auf gelassen. «Gut so?»

Strasser nahm hinter ihrem Schreibtisch Platz, setzte ihre Brille auf und wühlte in einer Akte.

«Also, was führt dich nach München?», fragte sie geschäftig.

«Das habe ich Frau Oberstaatsanwältin schon gesagt. Ich verfolge eine Spur.»

«Deswegen bist du doch nicht bei uns. Oder?»

Kilian lehnte sich über den Schreibtisch, und Strasser wich augenblicklich zurück.

«Bleib, wo du bist!», fauchte sie ihn an.

«Okay, okay.»

Kilian hob entschuldigend die Hände und startete einen neuen Versuch. «Ich brauch deine Hilfe. Du musst mich da rausholen. Das ist nichts für mich.»

«Was meinst du?»

«Na, wovon sprech ich wohl? Von Würzburg natürlich. Ich muss da weg. Ganz schnell, bevor …»

«Bevor?»

Kilian war es äußerst unangenehm, dass sie ihn so lange zappeln ließ. «Bevor … na, du weißt schon.»

«Nichts weiß ich. Schmarr'n, natürlich weiß ich das. Das heißt, du hast dich immer noch nicht mit ihr versöhnt. Stimmt's?»

Nervös rutschte Kilian auf seinem Stuhl hin und her. Schließlich sprang er auf und lief im Zimmer umher.

«Es ist einfach nur ein Gefallen. Das erledigst du doch mit links, bei deinen Beziehungen.»

«Meine Güte, Jo», setzte Strasser an, «das ist jetzt über zwanzig Jahre her. Glaubst du nicht, dass es langsam Zeit wird, die Sache zu bereinigen? Ihr tut es bestimmt hunderttausendmal mehr Leid als dir. Verstehst du? Eine Frau, die liebt, kämpft. Aber wenn sie keine Chance mehr sieht, dann lässt sie's einfach. Ich weiß genau, wovon ich spreche.»

«Hör auf damit. Es war das Beste für dich und für mich. Oder erinnerst du dich nicht mehr, wie du mich abgeschoben hast?»

«Was? Ich dich abgeschoben? Du hast doch bekommen, was du wolltest. Du hast doch nur mit mir gespielt. Du wolltest den Job, Jo, und den hattest du bekommen. Darum ging's dir.»

«Das stimmt nicht. Ich hab nie daraus Kapital schlagen wollen.»

Die Tür ging auf, und eine Frau kam herein. Als sie die

Situation erfasst hatte, machte sie schnell wieder kehrt und schloss die Tür.

Kilian musste mehr einsetzen. Er ging zu Strasser hinter den Schreibtisch, nahm ihre Hand und ging in die Hocke, damit er ihr von unten in die Augen schauen konnte.

«Susanne», setzte Kilian an, «es tut mir Leid, dass alles so gelaufen ist. Ich dachte, du wüsstest das. Aber jetzt brauch ich deine Hilfe.»

«Schau mich nicht so an. Darauf falle ich nicht mehr rein.» Sie wollte sich entziehen, doch Kilian hielt sie fest.

«Bitte, Susanne!»

Strasser hielt inne und schaute ihn an, fast fürsorglich. Dann schüttelte sie verständnislos den Kopf und atmete tief durch, bevor sie ihm über die Wange streichelte.

«Setz dich», sagte sie und wies ihm seinen Platz auf dem Stuhl zu.

«Die Sache mit dem Zugriff in Genua ist schlecht gelaufen. Das weißt du. Damit hast du dir keinen Gefallen getan.»

Kilian setzte zur Widerrede an, doch Strasser funkte dazwischen.

«Unterbrich mich nicht. Das LKA, Europol und Schröder sind sauer. Stinkesauer. Du darfst froh sein, dass Schröder dir den Job in Würzburg verschafft hat. Denn einige deiner alten Freunde haben deinen Kopf gefordert. Das heißt, du hättest genauso gut in Weiden oder in der Rhön landen können. Du hast es also nochmal gut erwischt mit Würzburg. Erstens ist es nur für so lange, bis sich die Wogen geglättet haben. Zweitens hast du die Chance, die Sache mit deiner Mutter zu klären. Bitte, Jo, lass die Möglichkeit nicht einfach so vorbeiziehen. Früher oder später musst du dich ihr stellen. Oder willst du so lange warten, bis sie deinem Vater ins Grab gefolgt ist? Dann ist es zu spät.»

Kilian ließ die Worte Strassers über sich ergehen. Natürlich hatte sie Recht mit dem, was sie da sagte. Würzburg war nur zum Parken. Für ein halbes Jahr, vielleicht ein ganzes. Dann wäre er wieder weg. Aber die Sache mit seiner Mutter? Nein, kein Stück. Nicht ums Verrecken würde er mit ihr sprechen.

Kilian wartete auf mehr, doch es kam nicht.

«War's das?», fragte er.

Strasser nickte. Kilian blickte sich verlegen im Raum um. «Susanne. Du weiss gar nicht, was du mir damit antust.»

«Doch. Und es ist das Beste für dich.»

Kilian stand auf und verließ grußlos den Raum. Strasser sah ihm nach, rief aber schließlich ihre Sekretärin übers Telefon.

«Machen Sie mir eine Leitung ins Ministerium. Den Mahler, den Frühwirt und dann den Wagner. Genau in dieser Reihenfolge.»

Kilian schlurfte deprimiert den Gang entlang auf den Ausgang zu. Das waren sie also, seine ehemaligen Kollegen und Freunde. Zigmal hatte er ihnen geholfen. Egal, wobei. Und jetzt, da er ihre Hilfe brauchte, lachten sie über ihn und speisten ihn mit fadenscheinigen Entschuldigungen ab.

«Herr Kilian!», rief ihm Strassers Sekretärin hinterher.

Na endlich, hoffte er. Sie hat mich nur ein wenig zappeln lassen wollen. Kilian schmunzelte und ging den Weg zurück.

«Da war noch ein Anruf aus Würzburg. Ein Herr Heinlein bittet Sie, schnell wieder zurückzukommen. Es gibt eine zweite Leiche», sagte die Sekretärin und schloss die Tür vor seiner Nase.

*

Heinlein biss in sein Wurstbrötchen und schlurfte auf die Tür von Pia Rosenthal zu. Ohne anzuklopfen, ging er hinein. Pia saß, wie immer, hinter ihrem Mikroskop.

«Pia, du hast mir doch versprochen, dass ich deinen Bericht so schnell wie möglich bekomme», sagte Heinlein.

«Reg dich ab, Schorsch», antwortete sie, «da ist etwas, was mich beunruhigt.»

Heinlein stellte sich neben sie und schaute auf mehrere Zahlenkolonnen.

«Und, was ist es?»

«Die Blutwerte eurer Residenzleiche. Das Adrenalin macht mich fuchsig.»

«Was ist daran so dramatisch?»

«Es dürfte nicht so hoch ein. Es ist mehr als normal.»

«Lass die Rätsel, Pia. Was willst du mir damit sagen?»

«Adrenalin wird aus den Nebennieren ausgestoßen, wenn eine Stresssituation, ein Kampf, eine Bedrohung oder sonst irgendetwas Gefährliches auf jemanden einwirkt.»

«Kein Wunder. Der ist ja auch die Brüstung runtergefallen. Da wäre ich mit Adrenalin bis unter den Scheitel voll.»

«So schnell geht das auch wieder nicht. Es muss vor dem Sturz, vielleicht zehn Sekunden vorher, etwas stattgefunden haben, was deiner Leiche große Angst gemacht hat.»

Heinlein legte das angebissene Wurstbrötchen auf den Tisch, gleich neben einen Träger mit einem Abstrich.

«Jetzt pass doch auf, wo du dein Mittagessen hintust», fuhr ihn Pia an und rettete den Träger vor Heinleins Wurstbrötchen.

Heinlein nahm den Bericht über die Blutwerte und bemühte sich, die Zahlenkolonnen in einen für ihn sinnvollen Zusammenhang zu bringen. Dabei drehte er die Akte auf den Kopf, dann quer und wieder auf den Kopf.

«Schorsch, hör auf damit. Du wirst das niemals lernen. Vertrau auf meine Worte. Irgendetwas muss vorgefallen sein, bevor dein Wachmann zur Leiche wurde.»

«Und was soll ich damit anfangen?»

«Das ist dein Job, nicht meiner.»

«Richtig, Pia. Wie immer richtig. Sonst noch was?», fragte Heinlein beleidigt.

«Ich hab mir von Sabine eine Kopie des Untersuchungsberichtes über den Abzug der Kleidung faxen lassen.»

«Na prima. Das wird ja immer besser.»

«Schorsch! Reg dich ab. Ich will dir doch bloß helfen.»

«Klar. Deswegen besorgst du dir hinter meinem Rücken Unterlagen, für die ich dich gleich einsperren könnte. Unbefugtes ...»

«Du nervst!», maulte sie ihn an. «Mach endlich mal deine Augen auf. Der Bericht des LKA besagt, dass sie Spuren von Pigmenten, Putzmörtel und Baumwollfasern gefunden haben.»

«Geniale Erkenntnis bei einem Baumwollhemd.»

«Sie waren weiß. Ganz ohne Musterung und gehörten nicht zur Faser des Hemdes.»

«Meine Güte. Dann stammen sie von seiner Frau oder den Kindern oder was weiß ich.»

«Auf den Fasern hatten sich Pigmente und Putzmörtel festgesetzt. Die gleichen Pigmente, wie ich sie aus der Wunde rausgeholt habe.»

Heinlein schwieg. Das war natürlich ein Hinweis, den man nicht einfach übersehen konnte. Er versuchte Ordnung in seine Gedanken zu bringen. Da war eine Feder. Da war eine Wunde, die nicht dorthin gehörte. Da war dieses Adrenalin, das zu hoch war, und da waren jetzt Spuren einer Faser und Pigmente, deren Herkunft nicht schlüssig zu erklären waren.

«Vielleicht hat er sich das alles beim Sturz zugezogen?», fragte er, noch immer nicht überzeugt.

«Also, wenn du mich fragst, stinkt diese ganze Geschichte schwer nach Künstlermord.»

«Künstlermord? Was soll denn das sein?»

«Eine Feder, Pigmente, Putz ... Klingelt da nicht was bei dir?»

Heinlein überlegte. Sollte es das?

«Na?», ermutigte ihn Pia.

«Nix na!», gab Heinlein trotzig zurück.

«Ich behaupte, wenn du den Besitzer der Feder findest, hast du deinen Mörder. So einfach ist das.»

Heinlein zeigte sich nur mäßig beeindruckt.

«Bravo, Pia. Tolle Leistung. So schlau war ich zuvor auch schon.»

Er nahm den Bericht über die toxikologischen Untersuchungen an sich und verließ das Zimmer.

«Wo ist eigentlich dein Kollege, der Sheriff?», rief ihm Pia hinterher.

«Der soll bleiben, wo der Pfeffer wächst», fluchte Heinlein und schlug die Tür zu.

Er ging einen Stock tiefer und betrat den Sektionssaal. Karl und Ernst warteten bereits auf ihn. Auf dem Stahlbecken lagen dreizehn zum Teil verkohlte Leichenstücke, die sie der Anatomie gemäß zueinander gelegt hatten. Einige Körperteile wie das Becken fehlten.

Heinlein stellte sich provokativ neben Karl und tippelte unruhig mit dem Fuß auf.

«Können wir jetzt langsam anfangen, oder was ist?», fragte er gereizt.

Karl und Ernst trauten ihren Augen nicht, dass Heinlein so dicht herankam. Karl nahm das Diktaphon in die Hand und begann mit seiner Arbeit.

«Untersuchung von Leichenteilen. Identität unbekannt. Beginn 13.30 Uhr. Anwesend sind …»

# 11

Als Kilian ins K1 zurückkam, war Heinlein noch nicht da. Sabine sagte ihm, dass er noch in der Rechtsmedizin bei einer Obduktion sei.

«Hat er die Liste bekommen, die ich ihm gefaxt habe?», fragte Kilian mürrisch.

«Bekommen, gesehen und in Arbeit», erwiderte Sabine freundlich.

«Und wer macht die Arbeit, wenn Heinlein nicht da ist?»

«Kollege Schneider. Soll ich ihn rufen?»

«Nein. Lassen Sie.»

Kilian schloss die Tür und setzte sich an seinen Schreibtisch. Die ganze Autofahrt von München bis nach Würzburg hatte er über Susannes Absage nachgedacht. Was würde aus ihm werden, wenn sie ihm nicht helfen würde? Wie schnell wurden aus ein paar Wochen Monate, ein Jahr, vielleicht mehrere? Darauf wollte er nicht warten. Zum Schluss gefiele es ihm in Würzburg auch noch. Nein, gegen diese schleichende Vernebelung musste er etwas unternehmen.

Auf Heinleins Tisch lag eine Mappe, auf der *Tiepolo* stand. Er griff hinüber und holte sich die Akte. Er öffnete sie und fand obenauf das Sektionsprotokoll. Dahinter waren die Zeugenaussagen der Handwerker, der Ehefrau, des Erkennungsdienstes, der Bericht des LKA, Fotos vom Tatort und die Aussage Giovanna Pelligrinis abgeheftet. Schreibtischtäterarbeit. Das war nicht sein Ding. Er war ein Mann für die

Ermittlungen. Draußen war sein Jagdgebiet und nicht hinter einem beschissenen Schreibtisch.

Er schlug die Mappe wieder zu. Nicht im Geringsten interessierte er sich für einen toten Wachmann. Und noch weniger für das Gesabber irgendwelcher Zeugen, die glaubten, etwas gesehen, gehört oder gar längst geahnt zu haben.

Kilian lehnte sich erschöpft zurück. Er dachte ans Meer, an die Sonne, an stinkende kleine Gassen in den Hafenstädten, an Fisch und Wein, an das Geplapper feixender Händler, an einen Espresso in einem kleinen Café, an wunderschöne, dunkelhaarige Italienerinnen, an Genua, und er dachte an Giovanna. Sie war aus Genua. Oder war es Venedig?

Kilian erhob sich und schlug die Akte auf. Er blätterte, bis er Giovannas Aussage fand:

*Angaben zur Person: Pelligrini, Giovanna, geboren 25.1.1964 in Venedig, Beruf: Kunsthistorikerin und Restauratorin. Wohnhaft: Heilerstraße 19, 81679 München. Familienstand: Ledig. Grund des Aufenthaltes in Würzburg: Aufzeichnungs- und Restaurierungsarbeiten am Deckenfresko von Giambattista Tiepolo in der Residenz zu Würzburg. Auftraggeber: Bayerische Schlösser- und Seenverwaltung in München. Adresse in Würzburg: Hotel Maritim, Zimmer 306.*

Also doch Venedig, dachte Kilian. Aber sie hatte doch von Genua gesprochen. Vielleicht hatte er sich auch getäuscht. Er blätterte weiter, überflog ihre Aussage, dass sie um 8.30 Uhr wie immer in die Residenz gekommen war und Handwerker, Wachleute und Polizei getroffen hatte, dass sie im Zeitplan völlig hinten dran war und so weiter.

Was er jedoch nicht fand und wonach er eigentlich auch nicht gesucht hatte, war ihr Aufenthaltsort während der Tatzeit.

Kilian blätterte auf die erste Seite zurück und suchte die Passage. Doch er konnte nichts finden. Er nahm das Sektionsprotokoll und las, dass der vom Obduzenten bestimmte Todeszeitpunkt zwischen 22.00 Und 23.30 Uhr gelegen haben musste.

Kilian wählte Schneiders Nummer.

«Schneider», hörte er ihn sagen.

«Hier Kilian. Ich lese gerade das Protokoll, das Sie am Tatort von der Pelligrini, Giovanna, aufgenommen haben.»

«Ja, und?»

«Ich kann nirgends eine Aussage über ihren Aufenthaltsort zur Tatzeit finden.»

«Richtig.»

«Was heißt richtig? Wo finde ich ihre Aussage dazu?»

«Nirgends, weil ich sie nicht danach befragt habe.»

«Wie bitte? Sie haben sie nicht danach befragt?»

«Steht sie unter Tatverdacht?»

«Das ist so was von egal!», schrie Kilian. «Jeder, der nur im Entferntesten mit dem Fall zu tun hat, hat anzugeben, wo er sich zur Tatzeit befand. Das lernt man doch im ersten Jahr seiner Ausbildung.»

Kilian feuerte den Hörer zurück auf die Gabel.

«Meine Güte. Was sind das hier nur für Pfeifen? Fragen einfach nicht nach dem Alibi. Wo gibt's denn so was?», sprach er zu sich selbst.

«Ich wette, bestimmt nicht bei Ihren Kollegen in München», sagte Heinlein, der unbemerkt ins Zimmer getreten war.

Er ging ruhig an seinen Schreibtisch, setzte sich und legte das Sektionsprotokoll der zweiten Leiche auf den Tisch.

«Nein, bestimmt nicht», herrschte Kilian ihn an. «Das lernt man ...»

«Ja, ich weiß. Das lernt man», fuhr ihm Heinlein in die Parade. «Aber mit Anschreien kommen Sie auch nicht zu einem Alibi. Der Kollege hat sich so verhalten, wie er dachte, dass es angebracht ist.»

«Na bravo. Angebracht. Wunderbar. Nur mit ‹angebracht› überführen Sie keinen Mörder.»

«Sagen Sie», konterte Heinlein ruhig, «was ist eigentlich mit Ihnen los? Seitdem Sie hier sind, haben Sie an allem und jedem etwas auszusetzen. Das passt Ihnen nicht und jenes erst recht nicht. Wieso sind Sie eigentlich noch hier, wenn alles nur scheiße ist?»

«Das frage ich mich auch.»

Er sprang auf, schmiss Heinlein die Akte *Tiepolo* auf den Tisch und verschwand durch die Tür. Schneider konnte ihm gerade noch ausweichen. Er wollte Kilian noch etwas nachrufen, doch Heinlein winkte ab.

«Lass ihn. Er ist auf der Flucht», sagte Heinlein.

«Wovor flüchtet er?»

«Gute Frage ... Was gibt's, Ralf?»

«Ich habe die Namen auf der Liste durchtelefoniert, die von Korrassow in den letzten zwei Jahren eine Feder gekauft haben.»

«Und?»

«Vier von denen sind gerade im Ausland beschäftigt. Zwei sind tot, einer sitzt nach einem Unfall im Rollstuhl, und der Achte soll den Job aufgegeben haben.»

«Wer ist das?»

«Ein gewisser Ronald Furtwanger. Gemeldet in Passau. Zurzeit arbeitet er als Aushilfe im Chase.»

«In unserem Chase?»

«In unserem Chase.»

«Wie hast du das rausbekommen?», wunderte sich Heinlein.

«Als ich bei der angegebenen Nummer angerufen habe, meldete sich so ein komischer Typ, der wohl vorübergehend in der Wohnung von Furtwanger wohnt. Richtig schleimig war der. Er hat mir gesagt, dass er in Würzburg sei und im Chase arbeitet.»

Schneider gab Heinlein die Liste und wartete unsicher auf weitere Instruktionen.

«Gut», sagte Heinlein, «das hast du gut gemacht.»

Schneider war erleichtert. «Puh, und ich dachte schon, du machst mich auch zur Sau so wie der Kilian grad eben.»

«Mach dir nichts draus. Der Kollege hat Probleme.»

«Womit?»

«Wenn ich das wüsste ...»

*

Kilian wählte zum wiederholten mal die 306, doch Giovanna wollte nicht abnehmen. Enttäuscht warf er den Apparat zur Seite.

«Verdammt. Muss die denn wirklich jeden Abend arbeiten?»

Er schaute auf die Uhr. Kurz nach halb zehn. Zu früh fürs Bett. Er entschloss sich, noch auf ein Bier zu gehen. Als er den Türgriff schon in der Hand hatte, klopfte es. Kilian öffnete, und Heinlein stand vor ihm.

«Heinlein?», sagte Kilian überrascht. «Was führt Sie so spät zu mir?»

«Arbeit», antwortete Heinlein kühl. «Ich habe die Liste mit den Namen gecheckt. Von den acht leben und arbeiten ein paar im Ausland, andere sind gestorben oder sitzen im Rollstuhl. Es bleibt aber einer übrig, der gerade in Würzburg ist. Ein gewisser Furtwanger. Er hat sich vor drei Wochen ein kleines Appartement in der Nähe der Musikhochschule gemietet. Er arbeitet dreimal die Woche im Chase. Heute auch.»

«Gut, dann los», erwiderte Kilian, «ich war gerade auf dem Sprung in die Stadt.»

Die kurze Fahrt im Wagen verlief wortlos. Kilian wusste, dass er sich heute Nachmittag ungerecht gegenüber dem jungen Schneider aufgeführt hatte. Doch nach einer Entschuldigung war ihm nicht zumute. Er spürte, dass Heinlein auf ein paar klärende Worte von ihm wartete, doch er hatte einfach keine Lust, sich zu erklären.

Das Chase war für einen Wochentag gut gefüllt. An der Bar stand ein vornehmlich lifestyliges junges Publikum, das den Darstellern der Werbespots von Calvin Klein und den Musikclips von MTV ähnelte. Die Szene war grundsätzlich gut gelaunt, trendy und auf schnelle Kontakte aus. Sie konnten sich selbst bei ihrem Treiben auf den drei Monitoren zusehen, die über dem Durchgang zur zweiten Bar hingen.

Heinlein lehnte sich über die Bar und fragte den Ober, wo er Furtwanger finden konnte. Er wies auf den Durchgang.

In der zweiten Bar war ein gänzlich anderes Publikum anzutreffen. Hier standen die Deals des Tages im Vordergrund, Aktienentwicklungen, neue Märkte, der Einkaufstrip nach Hongkong oder Spekulationen ansässiger Geschäftsmänner. Anzüge, Golduhren und ein korrekter Haarschnitt waren das Bild, dem sich die Managerinnen, Assistentinnen und Boutiquebesitzerinnen hingaben. Auf dem Bartresen standen Cocktails neben Prosecco und glitzernden Feuerzeugen.

Als Kilian und Heinlein an die Bar traten, kam ein Barmann auf sie zu. Heinlein fragte ihn, ob er Furtwanger sei. Ohne eine Antwort zu geben, wandte er sich zu seinem Kollegen um.

«Ronnie», rief er, «Kundschaft.»

Furtwanger polierte gerade ein Glas, während er sich von einem Jungmanager geduldig sein Tagwerk erzählen ließ.

Als er seinen Namen hörte, blickte er herüber. Er trug ein weißes Hemd mit Schulterpolstern, hatte seine Haare zu einem Zopf nach hinten zusammengefasst, und auf der Nase saß eine wuchtige schwarze Hornbrille. Die Gläser waren getönt, unten schwächer, oben stärker. Hätte er noch einen Fächer in der Hand, wäre der Lagerfeld komplett, dachte Kilian. Furtwanger stellte das Glas ab, bat den Jungmanager, auf ihn zu warten, und ging auf Heinlein und Kilian zu. Er bewegte sich wie auf dem Laufsteg, stemmte eine Hand in die Taille und tippelte mit den Fingern der anderen auf dem Tresen entlang. Er war von zierlicher Statur. Hätte er die Schulterpolster nicht getragen, er wäre glatt als Minderjähriger durchgegangen.

«Was wollt ihr beiden Hübschen trinken?», fragte Furtwanger.

Die Frage war eher rhetorisch gemeint, was Heinlein betraf. Für ihn zeigte er nicht das geringste Interesse und würdigte ihn nur eines kurzen Blickes. Sein Lächeln war falsch. Er bevorzugte offensichtlich Kilian und erwartete von ihm eine Antwort. Die Falschheit wechselte in Aufmerksamkeit.

«Du schaust mir ganz nach Caipirinha aus. Zartbitter bis süß», sagte er und lehnte sich über die Bar.

Kilian musste schmunzeln. Wann war er das letzte Mal von einem Mann angemacht worden?

«Mir wär nach einem spanischen Brandy», erwiderte Kilian amüsiert.

«Carlos oder Duque d'Alba?»

«Gib mir einen Primero.»

«*Buon.* Das passt zu dir», sagte er keck. «Und danach?»

Kilian verbarg ein Lächeln, während er zur Seite schaute. Sein Blick traf eine junge Frau, die sich von den ausschweifenden Abenteuern ihrer Begleitung gelangweilt fühlte. Sie schlürfte an einem Halm und blickte sehnsüchtig herüber, um erlöst zu werden.

«Vergiss sie», holte Furtwanger ihn zurück. «Sie ist noch unerfahren.»

«Ach ja?», fragte Kilian überrascht. «Woran erkennst du das?»

«Sieh, wie sie dasitzt. Wie ein kleines Mädchen, das auf ihren Prinzen wartet. Hübsch, ja. Aber …»

«Hammers jetzt bald?», fuhr Heinlein dazwischen, der sich reichlich unsichtbar vorkam.

«Sind Sie Ronald Furtwanger?», fragte er ihn aufgebracht.

Furtwanger drehte bedächtig seinen Kopf. «Sind Sie Donald Duck?»

Kilian kratzte sich am Auge, damit sein Kollege nicht sah, wie er grinste. Furtwanger wandte sich erneut Kilian zu. «Zurück zum Thema …»

Heinlein hielt Furtwanger seinen Dienstausweis vor die Brille.

«Sind Sie Ronald Furtwanger?»

Genervt wandte er sich von Kilian ab: «Und, wenn's so wäre?»

«Wenn ich dich noch einmal fragen muss, dann klingelt's am Ohr», drohte Heinlein und steckte seinen Ausweis zurück.

«Wenn Sie's glücklich macht. Was wollen Sie trinken?»

«Sie haben vor knapp einem halben Jahr bei einem Münchner Händler namens Korrassow eine Feder gekauft. Ist das richtig?», fragte Heinlein.

«Nein, natürlich nicht. Wer ist Korrassow?»

«Herr Furtwanger …», sagte Kilian.

«Nenn mich Ronnie», unterbrach er ihn.

«Herr Furtwanger», führte Kilian weiter aus, «Sie haben bei Korrassow eine Feder gekauft, die Sie nicht hätten kaufen dürfen. Nur interessiert uns im Moment nicht, ob für diesen Vogel ein Einfuhrverbot besteht oder nicht. Wir wollen nur wissen, ob Sie sie gekauft haben.»

Furtwanger lehnte sich über den Tresen.

«Wenn Sie mich so fragen?», kokettierte er mit Kilian. «Korrassow hatte noch ein paar übrig, und bevor er sie wegschmiss, hat er eben mir eine verkauft. Bin ich jetzt verhaftet, Herr Kommissar?»

«Wozu brauchen Sie diese Feder?», wollte Kilian wissen und überging die Frage.

«Erinnerungen.»

«Woran?»

«Unwichtig.»

«Mach endlich das Maul auf», zischte Heinlein und packte ihn über die Bar hinweg am Kragen.

«Lassen Sie das, Heinlein», beschwor ihn Kilian und löste seinen Griff. «Also. Noch einmal. Wozu brauchten Sie die Feder?»

Furtwanger zog sein Hemd zurecht und suchte nach einer passenden Antwort.

«Ich hab mich früher in Kirchen rumgetrieben und hab sie mit kleinen Engelchen und Teufelchen bemalt.»

«Ein Sprayer», höhnte Heinlein.

«Fresken, du Bauer», giftete Furtwanger zurück. «Ich war Freskenmaler. Kein schlechter. Manche sagten, ich sei richtig gut gewesen.»

«Und jetzt?», wollte Kilian wissen.

«Ich habe es vor einem Jahr aufgegeben. Keine Gelder mehr vorhanden. Kein Gespür für Farben und Formen.»

«Und was machen Sie hier in Würzburg?»

«Arbeiten. Sehen Sie doch.»

«Wo waren Sie in der Nacht von Montag auf Dienstag? Zwischen zehn Uhr und zwölf Uhr?», fragte Heinlein.

«Hatte meinen freien Tag», antwortete Furtwanger, ohne Heinlein anzuschauen.

«Wo waren Sie?», fragte Kilian.

«Im Brazil.»

«Alleine?»

«Nein.»

«Wer war dabei?»

«Bestimmt über hundert Leute. Es war brasilianische Nacht. Viel Tanzen, Caipirinhas und feuchte Haut.»

«Kann jemand bezeugen, dass Sie um die Uhrzeit dort waren?»

«Wenn ich den Namen dieses süßen Amerikaners noch wüsste. Er ist gleich am nächsten Morgen aufgebrochen. Rothenburg, Neuschwanstein, Hofbräuhaus.»

«Sonst niemand?»

«Meine Cousine tauchte so um zehn auf. Wir haben was getrunken, gequatscht, und irgendwann, so um eins, ist sie gegangen. Muss viel arbeiten und früh raus, das arme Ding.»

«Wie heißt ihre Cousine?»

«Giovanna Pelligrini», sagte Furtwanger trocken.

«Wer?», fragte Kilian erstaunt, als wollte er es nicht glauben.

«Giovanna Pelligrini.»

«Aber wie können Sie Cousin und Cousine sein?»

«Die Schwester meiner Mutter hat den Conte Pelligrini geheiratet.»

Kilian und Heinlein schauten sich verwundert an. Dann blickten sie wieder auf Furtwanger. Kilian bemerkte jetzt erst, wie überraschend ähnlich sich Giovanna und Ronald sahen. Das war eindeutig dieselbe Familie. Furtwanger musste die Wahrheit erzählen.

«Verbringen Sie und Ihre Cousine viel Zeit miteinander?»

«Wir sehen uns ab und zu, aber nicht so oft, wie man vermuten würde, wo wir uns doch in derselben Stadt aufhalten, im Moment zumindest.»

«Haben Sie die Feder noch?», fragte Kilian

«Ja klar. Liegt irgendwo in einer Kiste in Passau.»

«Die möchten wir gerne mal sehen.»

«Können Sie. Allerdings müssen Sie bis zum Wochenende warten. Ich fahr am Freitag runter, um die Wohnung aufzulösen.»

«Wozu?»

«Ich ziehe um. Es hat sich was ergeben.»

«Was? Wenn ich fragen darf?»

«Sie dürfen nicht.»

«Gut», sagte Heinlein, «wir werden Ihre Angaben nachprüfen.»

«Tun Sie das», erwiderte Furtwanger und wandte sich seinem Jungmanager zu, der mittlerweile mit dem Kopf auf dem Tresen lag.

Kilian und Heinlein verließen das Chase. Als Kilian sich nochmal zu Furtwanger umdrehte, sah er, dass Ronald ihnen mit fast sorgenvollem Gesichtsausdruck nachblickte.

Auf der Straße machte Kilian einen Vorschlag: «Noch ein bisschen früh fürs Bett. Ich lade Sie auf einen Drink in dieses Brazil ein. Haben Sie Lust?»

Heinlein überlegte und stimmte schließlich zu.

Im Brazil fragte Heinlein den Barmann nach Furtwanger.

«Ja, ich kenn den. Er treibt sich ab und zu hier rum.»

«Können Sie sich daran erinnern, ob er am Sonntagabend hier war?»

«Wir hatten volles Haus. Da waren über den Abend mehr als tausend Leute hier. Ein Kommen und Gehen. Keine Ahnung. Beim besten Willen nicht.»

Kilian gab sich damit zufrieden.

«Wie machen Sie die Caipis hier?», wollte er vom Barmann wissen.

«Cachaca, brauner Zucker, Limetten, Lime Juice, Ice.»

«Lassen Sie den Lime Juice weg und füllen Sie gut mit Crushed Ice auf. Zwei Stück.»

«Nee», wehrte Heinlein ab, «ich trink lieber einen Wein. Haben Sie einen Riesling?»

«Pinot, Soave, Dao, Chardonnay.»

«Einen Riesling wollte ich.»

«Pinot, Soave …»

«Jaja, schon gut. Dann nehm ich halt, was Sie da trinken», sagte Heinlein mürrisch und verwies auf Kilians Bestellung.

Der Barmann nickte und begann die Limetten mit braunem Zucker im Glas zu zerdrücken. Heinlein beobachtete ihn misstrauisch.

«Was macht er denn da?»

«Caipirinha. Ein brasilianischer Bauerntrunk. Ist gut für Herz, Beine und das Becken», antwortete Kilian.

«Mein Herz ist okay, die Beine auch. Aber was soll das mit dem Becken?»

«Warten Sie's ab», sagte Kilian. Er lehnte sich mit dem Rücken an die Bar und beobachtete, was an diesem Abend geboten wurde.

Das Brazil war eine Kellerbar, die in der Mitte eine Tanzfläche hatte. Um sie herum standen Stehtische. Im hinteren Bereich gab es Sitzmöglichkeiten, von denen aus man einen guten Blick auf alles hatte, was die Treppe herunterkam. An diesem Abend waren auffällig viele Frauen gekommen. Das Motto des Abends lautete: Spanischer Flamenco. Dementsprechend trugen viele Frauen einen weiten, meist mit Blumen oder orientalischer Ornamentik verzierten Rock. Darüber eine Bluse und die Haare streng nach hinten gebunden. Manche hatten das notwendige Schuhwerk, hochhackige, mit einem Band am Knöchel fixierte schwarze Flamenco-Schuhe an. Sie fanden sich zu kleinen Gruppen zusammen und besprachen, wer als Nächstes tanzen sollte. Männer waren an diesem Abend nur Zaungäste. Wer beherrschte auch schon einen Flamenco, eine Bulería oder Sevillana?

Der Barmann stellte zwei bis zum Rand gefüllte Caipirinhas auf den Tresen.

«Zum Wohl», sagte er. «Auf einen guten Abend.»

Kilian bedankte sich und schob ein Glas zu Heinlein rüber. Er nahm es und betrachtete es unschlüssig.

«Was ist?», fragte Kilian.

«Da ist ein Strohhalm drin.»

«Macht nix. Trinken Sie mit oder ohne. Das kommt aufs Gleiche raus.»

Heinlein entschied sich für den Strohhalm. Er züllte vorsichtig und schluckte.

«Bäh, ist des sauer», sagte er, verzog das Gesicht und schob das Glas weg.

Kilian nahm einen tiefen Schluck und ließ ihn sich genüsslich die Kehle hinunterlaufen.

«Das ist genau, was ich jetzt gebraucht habe», sagte er.

Und zu Heinlein: «Rühren Sie mit dem Halm den Zucker von unten auf. Dann wird er süßer.»

Heinlein nahm den Halm und stocherte in seinem Caipirinha herum, als wollte er einen Fisch harpunieren. Dabei schwappte das Getränk über und lief Heinlein über die Hand.

«Nicht stochern», unterbrach ihn Kilian und machte es ihm vor. «Benutzen Sie den Halm wie einen Besen und bringen Sie den Zucker nach oben, damit er sich besser verteilt.»

Heinlein schaute zu, wie Kilian gekonnt den Zucker vom Boden aufwirbelte, ohne dass das Glas überlief. Er machte es ihm nach und hatte den Trick gleich heraus. Er lächelte zufrieden und nahm einen zweiten Schluck.

«Schon viel besser», lobte Heinlein die eigene Arbeit.

Kilian nahm den Halm aus seinem Glas, stieß mit Heinlein an und leerte es in einem Zug. Heinlein beobachtete ihn aufmerksam, nahm dann auch den Halm heraus, setzte das Glas an und leerte es.

«Noch zwei», rief Kilian dem Barmann zu.

«Die gehen aber auf mich!», fügte Heinlein gönnerhaft hinzu.

«Herr Heinlein», setzte Kilian an, «ich wollte mich noch entschuldigen. Irgendwie war ich heute Nachmittag nicht in bester Verfassung. Tut mir Leid. Und das mit dem Schneider …»

«Entschuldigen Sie sich am besten bei ihm selbst. Er hat gute Arbeit geleistet.»

Kilian versprach, dass er das gleich morgen nachholen würde. Doch zuvor war Flamenco angesagt. Zwei Spanierinnen, zumindest sahen sie allem Augenschein nach so aus, stellten sich vis-à-vis in der Mitte der Tanzfläche auf. Eine der beiden hob die Arme an die Seite ihres Kopfes und formte mit den Fingern einen Fächer. Die andere tat es ihr gleich. Beide verharrten in Stille, schauten sich stolz mit steifem Hals und aufrecht gestreckten Schultern in die Augen. Um die beiden herum hatte sich ein Kreis anderer Frauen gebildet, die auf den Einsatz der Musik warteten.

Der DJ forderte jeden auf, sich am Tanzen zu beteiligen. Insbesondere die Männer seien gefordert und würden dankbar von den Frauen willkommen geheißen. Die Kerle duckten sich, als seien sie nicht gemeint, während die Frauen darauf warteten, dass sich einer traute.

Ein schroffer Schlag in die Saiten einer Gitarre genügte, um die beiden in Bewegung zu setzen. Ihre Hände formten kreisrunde Figuren, schlangen sich ineinander, lösten sich wieder, wanden sich über ihre Köpfe und wieder zurück, als gelte es, die Partnerin zu umwerben, sie zu verführen. Eine tiefe Frauenstimme tönte aus den Lautsprechern. Sie gab den Tänzerinnen das Signal zum Spiel ihrer Hände, Beine, Hüfte und Oberkörper. Sie folgten ihr bereitwillig und wanden sich eng aneinander vorbei, um sich erneut in die Augen zu schauen.

«Schaut ja lustig aus», sagte Heinlein.

«Das ist nicht lustig, das ist Verführung», verbesserte Kilian ihn.

«Sind die beiden vielleicht …?»

«Nein. Das ist ein Tanz für Frauen. Was sie da machen, ist eine Umwerbung der Männer.»

«Na ja», sagte Heinlein und griff zu seinem neuen Glas Caipirinha, «meine Claudia macht das anders.»

Heinlein nahm den Halm aus dem Glas und warf ihn zu Boden.

«Wie macht es denn Ihre Frau?», fragte Kilian.

Heinlein schluckte kräftig und stellte das halb leere Glas ab.

«Wenn meine Claudia was von mir will, dann sagt sie mir das. Dazu muss sie nicht solche Faxen machen wie die da.»

«Herr Heinlein», lachte Kilian, «das ist nur eine andere Form der Verführung. Die Bewegungen der Hände, des Körpers, der Füße sollen ausdrücken, dass ich bereit bin. Bereit für den nächsten Schritt.»

Heinlein stutzte. Er betrachtete die Tänzerinnen, wie sie die Hände in die Höhe nahmen, sie schlängelten und mit intensiven Blick aufeinander zugingen und sich wieder trennten. Das sah nach Liebeswerben aus. Richtig. Sein Freund Erich hatte ihm mal von einem Ausflug in den Zoo berichtet, bei dem exotische Vögel das Gleiche getan haben, bis sie sich zum Schluss aufeinander wieder fanden.

«Schauen Sie sich nur mal die Männer an», sagte Kilian und zeigte auf ein paar Kerle, die an den Stehtischen standen. Sie schienen wie gebannt von den stolzen Spanierinnen zu sein und verfolgten jede einzelne Bewegung.

Heinlein vergewisserte sich, und es stimmte. Das Gefuchtel der Mädels schien die Kerle zu beeindrucken. Er stellte sein leeres Glas ab, baute sich vor Kilian auf und machte es den Tänzerinnen gleich.

«Nur weil ich so mit den Armen wackle, heißt das noch lange nicht, dass Sie mir verfallen sind. Oder?», fragte er.

Kilian musste lachen. «Ich nicht, aber die da.»

Er zeigte auf die beiden Tänzerinnen, die Heinleins Bewegungen sahen und sie als Zeichen des Mitmachens verstanden. Im Nu waren sie bei ihm, nahmen ihn in die Mitte der Tanzfläche mit und machten ihn zum Objekt ihrer Verführung. Heinlein wehrte sich, doch der Ring der Frauen hatte sich um ihn geschlossen, und es gab kein Entrinnen. So machte Heinlein mit und wurde nach wenigen Schritten, die er wie ein echter Spanier auf den Boden setzte, beklatscht und angefeuert. Heinlein spürte, dass er ankam. Sein Selbstbewusstsein erhielt einen kräftigen Schub, und er tanzte den Stierkampf, wobei er der Torero war, der gleich zwei Stiere zu bändigen hatte.

Der Kampf wurde mehrfach wiederholt. Für die Frauen war Heinlein ein gefundenes Fressen. Jede nutzte es aus, mit einem Mann, und tanzte er noch so ungeschickt, ihr Spiel zu treiben. Nach einer halben Stunde hatten sie ein Einsehen und entließen den geschwächten Torero aus der Arena. Er wurde mit viel Applaus und Schulterklopfen an die Bar geschickt. Sogar die Kerle zollten ihm Respekt.

Zuallererst griff er einen Caipirinha, den Kilian schon bestellt hatte, und leerte ihn in einem Zug.

«Hab ich einen Brand», stöhnte er und gab dem Barmann das Zeichen für zwei neue.

«Ich wusste gar nicht, dass Sie so ein toller Tänzer sind», sagte Kilian mit aufrichtiger Bewunderung.

«Gelernt ist gelernt. Wir sind ja nicht alle die Bauern, für die Sie uns halten.»

«Hoppla», rief Kilian erstaunt aus. «Jetzt krieg ich's aber zurück.»

«Nur so lange, bis Sie Ihre kotzige Art ablegen und nicht weiter auf Peter Stuyvesant machen.»

«Was mach ich?»

«Na, den Duft der großen weiten Welt. Sie verstehen schon. Big Mac und so.»

Ja, Kilian verstand. Für einen Großkotz hielt ihn Heinlein also.

«Wie kommen Sie darauf? Ich hab mich doch entschuldigt», fragte Kilian neugierig.

«Das meine ich nicht. Sie sollten langsam aufhören, anderen die Schuld für sich selbst zu geben, und das Beste aus Ihrem neuen Job machen. Und so schlecht haben Sie's ja wohl nicht erwischt.»

«Kommt drauf an, womit man es vergleicht.»

«Was nützen Ihnen Vergleiche, wenn Sie keine Wahl haben?»

Heinlein ergriff die neuen Gläser, gab eines Kilian und hob seines zu einem Trinkspruch an.

«Ich würde mich freuen, wenn Sie die kurze Zeit, die Sie hier sind, genießen. Wenn Sie wollen, helfe ich Ihnen dabei. Ich heiße außerdem Georg. Nennen Sie mich Schorsch. Prost.»

Er stieß mit dem verdutzten Kilian an und trank, als wäre es Wasser.

«Mambo, Mambo», rief der DJ über die Lautsprecher.

Im Handumdrehen war die Tanzfläche voll, und zum Caipirinha gesellten sich rhythmische Klänge aus der Karibik. Noch bevor Kilian eine Antwort geben konnte, zogen die Spanierinnen Heinlein auf die Tanzfläche und umringten ihn. Es dauerte keine zehn Sekunden, und Heinlein war im Takt und ließ das Becken kreisen.

Kilian staunte nicht schlecht, wie sich Heinlein nach den Caipirinhas immer noch so gut auf den Beinen hielt.

Er tanzte wie angestochen und grölte im Refrain *«Un, dos, tres»*, als gelte es, Ricky Martin für alle Zeiten von den Hitlisten zu verbannen.

Plötzlich öffnete sich eine Gasse auf der Tanzfläche, und Heinlein stolzierte wie ein Gockel auf ihn zu. Er hatte zwar Schlagseite, konnte aber seine Schritte so koordinieren, dass sie ihn zur Bar brachten. Ihm folgte eine Spanierin, die es nicht zulassen wollte, dass er sich davonmachte.

«Schorsch, bleib da, jetzt geht's doch erst richtig los», rief sie und zog ihn zurück.

Kilian musste lachen, wie sich Heinlein gegen die Avancen zur Wehr setzte. Doch er hatte keine Chance, und der Kreis schloss sich um ihn. Es war Zeit, Heinlein zu retten, entschied Kilian, bevor sie ihn ganz fertig machten. Er mischte sich zwischen die Tänzer, als er plötzlich auch in den Kreis gezogen wurde. Kilian bemühte sich, sich zu befreien, doch die resolute Spanierin ließ ihn nicht los. Sein Jackett flog im weiten Bogen, und Kilian wurde fest in Tanzhaltung genommen.

Heinlein rettete sich an die Bar. Er griff eines der herrenlosen Gläser, setzte an und leerte es bis auf den letzten Tropfen.

*«Nasdarovje»*, rief er und warf das Glas hinter sich.

Was er da getrunken hatte, wusste er nicht. Doch es reichte aus, um ihm die Beine unter dem Boden wegzuziehen. Er suchte Halt am Tresen, fand die Schwingtüre und verlor das Gleichgewicht. Er landete hinter dem Tresen, zu Füßen des Barmannes, der soeben ein Fass einer Münchner Brauerei anschloss, auf dem ein goldener Löwe prangte.

«Ola», rülpste Heinlein ihm zu.

«Ola», kam es kopfschüttelnd zurück.

Der Barmann wollte ihm beim Aufstehen unter die Arme greifen, aber Heinlein ließ sich keinen Zentimeter bewegen. Mit den Füßen suchte er Halt an einem Eimer, der unter der Bar stand. Doch vergebens. Er rutschte ab, der Deckel des Eimers sprang auf, und wie eine Fontäne schoss rosa Farbe aus dem Eimer über Heinlein. Er betrachtete sein Werk, während der Barmann fluchend ins Hinterzimmer rannte, um einen Wischer und Lumpen zu besorgen, bevor noch mehr passierte. Heinlein griff um sich und fand einen Pinsel. Er nahm ihn, tauchte ihn in den Eimer und suchte ein Ziel. Der goldene Brauereilöwe am Fass war es.

«Batzi go home», stammelte er und überstrich den Löwen.

Von oben schaute Kilian über den Tresen.

«Hey, Schorsch, was machst du denn da unten?»

«Das Volk vom Tyrannen befreien», antwortete Heinlein.

Er raffte sich mit letzter Kraft hoch, nahm Eimer und Pinsel und torkelte auf den Ausgang zu.

«Schorsch», rief Kilian ihm hinterher, «wo willst du hin?»

Plötzlich war Heinlein nicht mehr auf der Tanzfläche zu sehen, er lief die Treppe hinauf. Kilian schüttete zwei verwaiste Caipirinhas in ein Bierglas, warf zwei Scheine auf den Tresen und folgte Heinlein die Stufen hoch.

Erst beim Sandertorbäck konnte Kilian ihn einholen. Heinlein war verdammt schnell.

«Schorsch, was hast du vor?»

«Ich brauch deine Hilfe, Jo. Hörst du? Ich brauch deine Hilfe.»

«Wobei brauchst du meine Hilfe?», wollte er von Heinlein wissen, der soeben Richtung Ludwigsbrücke einbog.

Bei den Leuten wurde sie einfach nur Löwenbrücke genannt, der vier erzgegossenen und mächtigen Löwen wegen, von denen jeweils zwei am Anfang und am Ende der Brücke auf einem Sockel standen.

«Komm mit, ich zeig dir's. Da vorne …»

Heinlein zeigte auf die Löwenbrücke, «da vorne sin'se».

✷

Er hielt die Tüte über eine kleine Dose und tippte vorsichtig auf den Falz. Ein hennafarbenes Pulver rieselte dünn heraus. Es verband sich nicht gleich mit dem Wasser, sodass er mit einem Holzspan rührte, bis es zu einem dickflüssigen Gemisch gekommen war. Er stellte die Dose beiseite, zog die ehemals weißen, jetzt mit unzähligen Farben verschmierten Baumwollhandschuhe über und tauchte den Pinsel ein. Es war ein schmaler und langer Pinsel, der mit einem Metallring am runden Schaft befestigt war. Mit ihm konnte er die Länge seines Armes verdoppeln. Er führte Pinsel und Henna entlang eines schmalen Grabens, den er kurz zuvor im weichen Putz gezogen hatte. Die Spur, die der Pinsel hinterließ, verlief sich auf dem feuchten Untergrund sofort. Die Verbindung, die Farbe und Boden eingingen, würde jedoch jede Zeit überdauern.

Über seinen Händen entstand aus dem weißen Nichts binnen kurzem ein Arm, ein Oberkörper und der Hals eines Eingeborenen. Bevor er sich an das Gesicht machte, griff er hinter sich und zog einen Stapel Papiere zu sich her, die wie Tapetenabfall anmuteten. Er blätterte hastig die einzelnen, rund ein bis zwei Quadratmeter großen Fetzen durch. Der frische Putz erlaubte kein Zögern oder Sinnieren.

Die Skizzen zeigten mit Kohlestift gezeichnete exotische Tiere, Pflanzen, Körper und selbst gebaute Speere und Äxte. Auf einem waren die Umrisse eines Tieres zu sehen, das auf einem Ast saß und genüsslich ein Blatt im Maul zerkaute. Es blickte nichts ahnend in die Augen des Betrachters. Dahinter stellte sich jemand an, einen Bogen zu spannen.

Er stieß auf eine Skizze, die den Kopf eines Mannes zeigte. Er hatte eine breite Nase, wulstige Augenbrauen und krauses Haar. Er zog den Fetzen aus dem Stapel hervor, legte ihn auf den frischen Putz und zog mit Hilfe der Feder die Linie des Kopfes entlang, die sich in den Putz drückte.

Als er das Gesicht vollkommen abgebildet hatte, entfernte er den Fetzen, griff zum Pinsel und füllte die Konturen. Während er, auf dem Rücken liegend, in die Augen der fremden, soeben zum Leben erweckten Gestalt starrte, überkam ihn Zufriedenheit. Er schloss die Augen, atmete tief ein und wischte sich den Schweiß von der Stirn.

# 12

Der Mann an der Rezeption wünschte Kilian einen guten Morgen. Er ging an ihm vorüber, ohne ihn eines Blickes zu würdigen. Durch die Drehtür konnte er nichts sehen als eine Wand von gleißendem Licht. Er kniff die Augen zu, kramte nach der Sonnenbrille und setzte sie auf. Das Halbdunkel verschaffte ihm Erleichterung. Die Stille, die die Lobby zu dieser morgendlichen Stunde verbreitete, wäre das Richtige gewesen, um in aller Ruhe einen Espresso zu trinken und zu schweigen.

Das Telefon an der Rezeption läutete. Für ihn war es das Hämmern eines Maschinengewehres, das in seinem Kopf hallte und tausendfach zurückgeworfen wurde.

Er trat hinaus ins Freie. Das Licht traf ihn wie ein Blitz. Der Lärm der anfahrenden Autos an der Kreuzung zum Röntgenring war das Grollen von angreifenden Panzern und überfliegenden Jagdbombern. Und Kilian stand mittendrin. Er fasste sich an die Stirn und spürte, wie es hämmerte, donnerte und drohte, ihn zu zersprengen. Ein Taxi war nicht in Sicht. Er entschloss sich, den Fußweg zu nehmen, um dieser Kriegsmaschinerie zu entkommen.

Je weiter er auf der Friedensbrücke vorwärts kam, die erst in Kürze wieder für den Verkehr geöffnet werden sollte, desto schwächer wurde das Dröhnen im Hintergrund. Vor ihm arbeiteten Bauarbeiter an den Grundfesten der Straße. Sie hackten mit Pickeln den Kies auf, schoben Steine zur Seite und besprachen, was als Nächstes zu tun sei.

Als er die Mitte der Brücke erreichte, machte er Halt, lehnte sich auf das Geländer und schaute den Main entlang. Ein paar hundert Meter entfernt überspannte die alte Mainbrücke den Fluss, in dem sich die Morgensonne glitzernd brach. Ein Ruderboot, das geradewegs auf ihn zusteuerte, teilte das Wasser wie ein Skalpell sanft in zwei Teile. Die Wunde schloss sich nicht, sondern verschwand im Nichts, je weiter das Boot sich entfernte. Am Ende war alles wie zuvor. Das Kommando des Steuermannes wurde lauter, hallte mit dem Eintauchen der Paddel unter der Brücke wider, bis es sich verflüchtigte und nur noch in der Ferne zu erahnen war.

Der Friede ging im mörderischen Zischen eines Dampfstrahlgerätes unter, das von einem Bauarbeiter zur Oberflächenreinigung eingesetzt wurde. Der feine Nebel wurde vom Wind quer über die Fahrbahn getragen. In ihm flimmerten kleine Sterne, die allmählich mainabwärts zogen. Gerne hätte er sich angeschlossen.

Als er ins Büro kam, überraschte er Heinlein, der mit einer Schere seine Fingernägel bearbeitete.

«Morgen», sagte Kilian zu ihm und setzte sich an seinen Platz.

Heinlein ließ seine Hände unter dem Tisch verschwinden und blickte auf. Beim Nägelschneiden ertappt zu werden war nun einmal peinlich.

«Morgen», sagte er mit einem aufgesetzt freundlichen Lächeln. «Wie geht's?»

Kilian gab ihm keine Antwort. Er rückte die Sonnenbrille zurecht und nahm die Notizen zur Hand, die ihm Sabine hingelegt hatte – Fotos für den neuen Dienstausweis machen lassen, Personalbogen ausfüllen, Antrag auf Zuweisung einer Dienstwohnung, Rosenthal zurückrufen und zuallererst: bei Oberhammer melden! Kilian schob die Zettel von sich, wollte nichts davon wissen.

«Wie geht es Ihnen?», fragte er Heinlein, der noch immer auf eine Antwort wartete.

«Gestern Abend waren wir bereits beim Du.»

«Ah ja.»

Kilian erinnerte sich. Doch die Erinnerung war mühsam und mit Schmerzen verbunden. Er fasste sich an die Stirn, die ihm so breit wie ein Fußballfeld vorkam. «Also, wie geht's dir?»

«Weißt du nicht mehr?», fragte Heinlein und wies mit einem Kopfnicken zum Fenster hinaus.

Kilian überlegte, rätselte, was dieser Hinweis zu bedeuten habe. Er zuckte ahnungslos mit den Schultern. «Keine Ahnung. Filmriss.»

Heinlein hielt sich die gespreizte Hand vors Gesicht. Rosarote Farbe hatte sich hartnäckig zwischen den Ritzen der Haut festgesetzt. Über normal ausgeformte Fingernägel verfügte Heinlein zu diesem Zeitpunkt nicht mehr. Er hatte sie bis aufs Nagelbett gestutzt.

«Fragen Sie nicht, 'tschuldigung, frag nicht, was es mich gekostet hat, heute Morgen an meiner Claudia vorbeizukommen, ohne dass sie was bemerkt», sagte Heinlein. «Die Klamotten hab ich bereits letzte Nacht verschwinden lassen. Bis vor einer Stunde saß ich noch in der Badewanne und hab mir mit Terpentin und einer Bürste die Haut vom Körper geschrubbt.»

Heinlein zog zum Beweis die Ärmel hoch. Sein Unterarm war krebsrot aufgeschwollen, kein einziges Haar zierte mehr das geschundene Fleisch.

Jetzt fiel es Kilian wieder ein. Ja, stimmt, da war ja noch die Brücke. Da waren Löwen, und da war Heinlein, der, mit Farbe und Pinsel bewaffnet, auf einem geritten war. Oder waren es zwei? Egal. Er ritt den bayerischen Löwen, grölte und drohte in den Main zu stürzen.

«O Mann», stöhnte Kilian. Er lehnte sich nach vorne und

stütze seinen Brummschädel auf beide Hände. «Und ich dachte, das war alles nur …»

«Nee», antwortete Schorsch, «das war alles ganz real. Ich bin gespannt, ob irgendeiner was davon mitbekommen hat.»

Bevor Kilian sich noch mehr anhören musste, drang vom Gang ein Türenschlagen und Gebrüll herein.

«Oje», beschwor Heinlein das aufziehende Unwetter.

Er lehnte sich nach vorne, vergrub seine Hände wieder unter dem Schreibtisch und hoffte darauf, dass der Kelch an ihrer Tür vorübergehen möge. Doch nein, die Flüche wurden lauter und bedrohlicher.

Schnaubend kam Oberhammer ins Zimmer. Sein Gesicht war hochrot angeschwollen.

«Verbrecher, Terroristen, ehrloses Gesindel», schrie er. «Eine einzige Horde Verbrecher.»

«Wen oder was meinen Sie?», wagte Kilian zu fragen, der sich ob des Geschreis an seinen schmerzenden Kopf fasste.

«Wer oder was?», brüllte Oberhammer zurück. «Des dahergelaufene Pack, des ausg'schamte.»

«Wen, zum Teufel, meinen Sie?», fragte Kilian genervt.

Oberhammer schoss auf ihn zu und baute sich vor ihm auf. «Da fragt der noch? Na, was wohl? Die Löwen! Die Löwen von unserem König natürlich.»

«Welcher König?», reizte Kilian Oberhammer bis zur Weißglut.

«Haben Sie denn überhaupt nichts gelernt? Die Löwen, die unser König Ludwig gesegnet hat.»

«Gesegnet?», giftete Heinlein dazwischen.

«Als Zeichen der Erinnerung …», führte Oberhammer fort.

«An Bayern», führte Heinlein den Satz zu Ende.

«An das Königshaus, an die Kultur, an die … neuen Bayern.» Oberhammer sprach die «neuen Bayern» aus, als handele es sich um ein heimatloses Pack, das froh sein durfte, in einem Atemzug mit den alten und wahren Bayern genannt zu werden.

Heinleins Einwurf hatte Oberhammers Aufmerksamkeit erregt. «Was ist mit Ihnen los? Haben Sie Kreuzprobleme, oder wieso sitzen Sie so krumm da?»

Heinlein schluckte. Oberhammer hatte was gemerkt.

«Verstecken Sie da unten was?» Oberhammer kam näher. Heinleins Herz pochte bis zum Hals. Er hielt die Fäuste eisern geballt und drückte die Unterarme fest gegeneinander. Der Metallverschluss seiner Uhr drückte ihm ins Fleisch. Die Uhr. Genau, er brauchte eine Ablenkung. Er streifte sie eilends ab und warf sie von unten über die Tischkante auf den Tisch.

«Das Mistding zwickt mich schon die ganze Zeit», sagte er mit schmerzverzogener Miene.

Oberhammer nahm sie und betrachtete sie. Auf dem Zifferblatt las er Rolex.

«Bezahl ich Sie zu gut, oder wo haben Sie die mitgehen lassen?»

«Mitgehen lassen» war das richtige Wort. Claudia hatte sie ihm zum Geburtstag geschenkt. Die Quelle wollte sie nie preisgeben, das gehöre sich nicht. Nachdem das gemeinsame Konto aber keinen höheren Fehlbetrag aufgewiesen hatte, tippte er auf Erich, seinen Freund, Busfahrer und Marketender. Da war es angebracht, keine dummen Fragen nach der Herkunft zu stellen.

«Na ja, wahrscheinlich Hongkong», sagte Oberhammer abfällig und warf sie auf den Tisch zurück. «Ist jetzt auch völlig Wurscht. Wir haben einen Anschlag aufzuklären. Ich komme gerade von der Brücke und hab mir die Schande angeschaut.» Er ließ sich erschöpft auf den Stuhl vor dem Schreibtisch nieder und schüttelte verzweifelt den Kopf. «Wenn das nach München geht, bin ich geliefert.»

Das Telefon unterbrach sie. Heinleins Hand, die nach wie vor unter dem Tisch Deckung suchte, zuckte. Kilian schaute ihn an und wartete darauf, dass er abnahm. Aber Heinlein hielt die Hände beharrlich unter dem Tisch und gab ihm ein Zeichen, dass er abnehmen sollte.

«Will keiner ans Telefon, meine Herren?», fuhr Oberhammer die beiden an. Heinlein schaute verstohlen zum Fenster hinaus.

Kilian verstand endlich. Er nahm ab, meldete sich und reichte den Hörer Oberhammer.

«Für Sie. München», sagte er trocken.

Oberhammer schreckte hoch, als gelte es, einen Befehl zu empfangen. Und so war es auch. Ein karges «Jawohl, Herr Staatssekretär» wiederholte sich im selben Takt, in dem Heinlein nervös auf seinem Stuhl hin- und herwippte und dabei unbeteiligt aus dem Fenster starrte, als ginge ihn das alles nichts an.

Oberhammer verbeugte sich leicht und legte den Hörer behutsam auf die Gabel. Dann wandte er sich in aller Entschlossenheit seinen Beamten zu.

«Meine Herren, wir haben Order von oberster Stelle, die Schändung am kulturhistorischen Gut des Königshauses aufzuklären. Hiermit erteile ich Ihnen den Auftrag, die ‹Soko Löwe› zu bilden, schnellstens die Täter ausfindig zu machen und sie ihrer gerechten Strafe zuzuführen. Noch Fragen?» Ohne eine Antwort abzuwarten, wandte er sich der Tür zu.

«Soko Löwe?», rief ihm Kilian nach. «Das ist hier das K1, Tötungsdelikte. Wir haben keine Zeit, uns um so 'nen Kleinscheiß zu kümmern.»

Oberhammer machte kehrt. «Richtig. Sie haben keine Zeit. Also machen Sie sich an die Arbeit, bei Kleinscheiß, wie Sie es nennen, müsste es Ihnen doch ein Leichtes sein, etwas herauszubekommen. Ich erwarte Ergebnisse. Am

Samstag schaut die Welt auf uns. Bis dahin ist der Fall gelöst. Ansonsten werden Sie Bürodienst schieben, bis Sie in Rente gehen. Und es wird mir eine Freude sein, Sie mit den notwendigen Fällen zu betrauen. Apropos Fall. Wie ist Stand der Dinge in Sachen Tiepolo?»

«Wir haben eine Spur», antwortete Kilian gelangweilt.

«Und? Auch schon einen Verdächtigen?»

«Wir arbeiten daran.»

«Samstag», warnte ihn Oberhammer abermals und verschwand auf den Gang.

Kilian schaute zu Heinlein hinüber, der noch immer seine Hände unterm Tisch vergrub.

«Du kannst sie wieder hochnehmen», schnauzte er ihn an. «Er ist weg.»

Heinlein hielt die Tür im Auge und horchte, ob Oberhammer wirklich verschwunden war. Als er sicher war, nahm er sie hoch und ballte sie zu Fäusten, sodass seine Fingerspitzen verborgen blieben.

Kilian kam in Fahrt. «Vielen Dank für deine tatkräftige Unterstützung. Du hast dich ja wie ein *Löwe* gewehrt. Jetzt hab ich auch noch den Scheiß am Hals, den du in deinem Suff angestellt hast. *Muchas gracias, amigo!*»

«*De nada*», konterte Heinlein pikiert. «War mir ein Vergnügen. Was fährst du mich eigentlich so an?»

«Na, wieso wohl? Wer hat mir das denn alles eingebrockt?»

«Du gehst mir vielleicht auf die Nerven. ‹Wer hat mir das eingebrockt?› Hab ich dich vielleicht in diese Bar geschleppt und mit diesem Cai… Cai-Zeugs abgefüllt? Wer war das wohl?»

«Kann ich denn wissen, dass du nichts verträgst und beim ersten Schluck gleich losrennen musst und …»

Kilian brach ab und blickte zur Tür, ob jemand mithörte. Und tatsächlich hatten sich ein paar Kollegen neugierig auf dem Gang versammelt, um zu spitzen, was hier vor sich ging. Kilian sprang auf und warf die Tür mit Wucht ins Schloss.

«Wie kann man nur so blöd sein?», setzte er erneut an.

«Kein Stück blöder als du, du Schickimicki-Kommissar. Keinen Deut besser! Und überhaupt, wer hat denn mitgemacht? Wer wohl?»

«Was hab ich?»

«Na, du hast mich mit Freuden festgehalten, als ich auf den Sockel stieg», erwiderte Heinlein. «Das weiß ich ganz genau.»

Kilian schwieg und schüttelte verständnislos den Kopf. Er konnte sich nur noch bruchstückhaft erinnern.

«Weißt du», schürte Heinlein nach, «ich hab langsam die Nase voll von dir. Ständig dieses Gemaule, wie beschissen hier alles ist. Dieses passt dir nicht und jenes erst recht nicht – du gehst mir auf die Nerven. Kapierst du das, Herr Superbulle? Wieso scherst du dich nicht einfach zurück, wo du hergekommen bist?»

«Das werde ich auch tun, du Bauer. Sobald ich diesen Scheiß hier erledigt habe, bin ich weg. Ganz weit, ganz schnell. Keine Sorge. Dann kannst du wieder losziehen und Kuhställe ausmisten, du Kaffer!»

Heinlein ging wutschnaubend auf ihn zu und packte ihm am Kragen.

«Du Arsch. Meinst du vielleicht, du bist was Besseres? Soweit ich rausbekommen habe, bist du ein genauso beschissener Idiot wie ich.»

Kilian schlug ihm die Hände weg.

«Was hast du rausbekommen?»

«Es gab wohl einen Grund, wieso der feine Herr damals aus Würzburg verschwunden ist.»

Kilian stieß ihn in die Ecke. «Schnüffelst du mir vielleicht nach?»

Heinlein stellte sich Nase an Nase vor Kilian. Die Fäuste waren noch immer geballt. Nur diesmal nicht, um etwas zu verbergen.

«Ich sag dir eins, wer selbst Dreck am Stecken hat, der sollte sich nicht um den anderer Leute scheren.»

Kilian überlegte, was Heinlein damit meinen konnte. Das Telefon unterbrach sie.

«Heinlein. Was ist?», schnauzte er in den Hörer.

Er hörte sich mit plötzlich eintretender Konzentration an, was Pia Rosenthal und Karl Aumüller über die verkohlte Leiche herausbekommen hatten. Es war eine Frau, Mitte dreißig, zirka 1,60 Meter groß, knapp über fünfzig Kilo schwer. Die feinstofflichen Untersuchungen liefen noch. Ein Gebiss-Schema lag vor. Das sollte er sich dringend anschauen.

«Ich bin gleich da», antwortete er und legte auf. «Pia hat ein Schema vom Gebiss der Leiche, die gestern im Wald gefunden wurde. Ich fahr rüber und schau mir das an.»

Kilian nickte beiläufig, und Heinlein machte sich auf den Weg. Sachte klopfte es an die Tür zum Sekretariat. Sabine schaute verschüchtert herein.

«'tschuldigung», sagte sie, «da ist ein Korrassow für Sie in der Leitung. Soll ich ihn durchstellen?»

«Korrassow? Wie kommt der an meine Nummer?»

Sabine zuckte mit den Schultern und verschwand in ihrem Zimmer.

«Kilian hier.»

Korrassow berichtete, dass er in Genua war und nach Galina Ausschau hielt. Doch niemand wollte sie gesehen haben. An jeder Ecke würde er jedoch von Kilian und dem misslungenen Zugriff erzählt bekommen.

«Und?», fragte Kilian. «Was wollen Sie von mir? Ich habe Ihnen gesagt, dass ich sie in Genua das letzte Mal gesehen habe.»

«Das mag schon so gewesen sein», antwortete Korrassow. «Doch das ist nicht die ganze Wahrheit.»

«Wie kommen Sie denn auf die Idee?», pokerte Kilian.

«Sie haben etwas, was ich haben will, und ich habe etwas, was Sie haben wollen. Also lassen Sie uns neu verhandeln.»

Kilian wurde hellhörig. «Und was sollte das sein?»

«Die Liste, die ich Ihnen gegeben habe, ist nicht vollständig.»

Kilian zögerte. «Gut. Nehmen wir mal an, dass Sie Recht haben. Was wollen Sie, damit ich die restlichen Namen bekomme?»

«Sagen Sie mir, wo ich dieses tatarische Miststück finde.»

Kilian musste sich etwas einfallen lassen. Er hatte keine Ahnung, wo sich Galina aufhalten konnte. Nur durfte das Korrassow nicht merken. «Sie sind ein harter Verhandlungspartner, Korrassow. So schnell lassen Sie sich offensichtlich nicht hinters Licht führen.»

«Lassen Sie das Süßholz, Kilian. Wo ist sie?»

«Ich kann Ihnen zwar nicht sagen, wo sie sich zurzeit aufhält, aber ich kann Ihnen jemanden nennen, der es weiß. Doch zuerst will ich den Namen hören.»

«Keine Tricks. Wenn Sie mich aufs Kreuz legen wollen, kann Sie das teuer zu stehen kommen.»

«Mein Wort, Korrassow. Nennen Sie mir den Namen, und Sie bekommen von mir Galinas Kontaktmann.»

Schweigen in der Leitung. Korrassow schien nachzudenken, ob er sich darauf einlassen sollte, als Erster den Namen zu nennen. Kilian musste nachhelfen.

«Was ist, Korrassow? Ich habe das Gefühl, dass Sie mich verarschen wollen. Nur weil Sie Galina nicht finden, wollen Sie mich aus der Reserve locken. Ich wette, es gibt gar keinen weiteren Namen. Die Liste ist vollständig.»

«Reden Sie keinen Unsinn. Ich weiß, was ich weiß.»

«Also?»

«Wie kann ich sicher sein, dass Sie nicht einfach auflegen, wenn ich Ihnen den letzten Namen genannt habe?»

Es gab also nur einen Namen, sagte sich Kilian.

«Vertrauen gegen Vertrauen. So einfach ist das. Den Namen …»

Korrassow zögerte.

«Ich warte», drängte Kilian.

«Okay, aber ich warne Sie. Wenn Sie mich aufs Kreuz legen wollen, dann …»

«Sie werden mir doch nicht drohen wollen?»

«Der Name ist», setzte Korrassow an, «Giovanna Pelligrini.»

Kilian stutzte. Giovanna? Er musste sichergehen, dass Korrassow ihn nicht anlog, also gab er sich wissend.

«Ach, kommen Sie, Korrassow. Das weiß ich schon längst. Sie hat sie mir bereits gezeigt.»

Korrassow war überrascht. «Das glaube ich nicht.»

«Das ist ein alter Hut. Sie hat sie mir gleich gezeigt, als ich sie vernommen habe», log Kilian.

«Vernommen? Wieso haben Sie sie vernommen?»

Verdammt, das war ein Fehler, schoss es Kilian durch den Kopf. Er musste weiterlügen, um die Mär aufrechtzuerhalten.

«Wir hatten einen Unfall hier, in dessen Zuge ich Giovanna befragen musste.»

«Sie reden Unsinn, Mann», antwortete Korrassow scharf. «Sie wollen mich reinlegen.»

«Nein, Korrassow. Es ist die Wahrheit. Doch bevor ich Ihnen den Namen gebe, wieso hatten Sie Giovanna nicht auf der Liste stehen?»

Korrassow wurde ungeduldig. Er wollte nicht mehr preisgeben, bevor er nicht den Kontaktmann von Galina erfahren hatte.

«Den Namen, Kilian. Wer ist Galinas Kontaktmann in Genua?»

Sackgasse. Was sollte er ihm sagen? Er hatte selbst keine Ahnung, wo sich Galina aufhielt. Und zum Teufel, er konnte ohnehin nur heilfroh sein, wenn Galina nicht wusste, wo er sich befand.

«Na gut, Korrassow», setzte Kilian an, «Sie sind eine harte Nuss. Galinas Kontaktmann ist Pendini. Paolo Pendini.»

Kilian blieb der Name seines besten Freundes fast im Halse stecken.

«Und wo kann ich ihn finden?»

«Versuchen Sie es im La Gondola, Via di Pré.»

Pendini war die beste Wahl gewesen. Er war tot. Also musste Korrassows Recherche im Nichts verlaufen, und dadurch würde er nicht auf Galina stoßen und ihr womöglich seinen Aufenthaltsort preisgeben.

«Also, Korrassow», fragte Kilian, «wieso stand Giovanna nicht auf der Liste?»

«Ihr Vater ist der Conte Pelligrini ...», setzte Korrassow an.

«Ja, das weiß ich schon. Und?»

«Der Conte ist kein unwichtiger Mann in Venedig und für mich. Über ihn habe ich Kontakte, an die ich sonst nicht komme. New York und Tel Aviv. Sie verstehen?»

«Nein», rätselte Kilian.

«Mein Vater war Oberst in der Roten Armee und befehligte Truppenteile, die 1945 Berlin einnahmen. Er war unter anderem dafür zuständig, deutsches Beutegut an die rechtmäßigen russischen Eigentümer zurückzugeben.»

«Ich verstehe noch immer nicht, worauf Sie hinauswollen.»

«Viel davon ging nicht an die Eigentümer zurück, sondern direkt nach Moskau und von dort in geheime Schließfächer, über die ganz Welt verstreut.»

«Und da kommen Sie mit Ihrem Namen nicht ran?», vermutete Kilian. Langsam kam Licht in die Sache.

«Der Conte hat einen guten Namen und gute Beziehungen. Ich halte mich im Hintergrund, habe aber die Käufer, die den Preis zahlen, solange sie inkognito bleiben. Und wenn dieses Miststück nicht gewesen wäre, dann hätte ich das Geschäft meines Lebens gemacht.»

«Und da kam Ihnen Galina dazwischen.»

«Sie hat den Ehrenkodex verletzt und ein Geschäft mit etwas gemacht, das ihr nicht gehörte.»

«Das Tafelsilber des Zaren.»

«Tinnef. Das Silber war nur der Köder, um sie nach München zu bekommen und sie ein für alle Mal ...»

Aus dem Weg zu schaffen, wollte Korrassow wohl sagen. Nur war er nicht so dumm, es auszusprechen.

«Und sie ein für alle Mal ...?», führte Kilian fort. Er wollte es aus seinem Mund hören.

«Um ihr klarzumachen, dass sie die Finger von meinen Kunden lässt und ihnen nicht etwas anbietet, was nicht ihr gehört. Und das noch weit unter Preis.»

«Verstehe ich nicht. Wenn Sie im Besitz des Silbers waren, wieso konnte Galina Ihre Kunden anbohren?»

Korrassow schwieg. Irgendwas lag da noch in der Luft, von dem er nichts wusste. Galina musste Korrassows Kunden irgendetwas versprochen haben, das nicht in ihrem Besitz war, das aber ausreichte, Korrassows Verhandlungen zu stören. Und es musste Wert haben, sonst machte das alles keinen Sinn.

Plötzlich schoss es ihm durch den Kopf. Wieso war er nicht früher darauf gekommen?

«Der Schrein», sagte Kilian.

«Dafür wird sie zahlen. Ich werde sie eigenhändig erwürgen, und es wird mir ein Genuss sein.»

Darum ging es also, um den Schrein. Allmählich setzte

sich das Puzzle zusammen. Galina war hinter dem Schrein her gewesen. Nicht sie hatte ihn aus Südamerika geholt, sondern Korrassow. Wegen des Silbers hätte sie sich nie und nimmer auf fremdes Terrain gewagt. Sie war hinter dem Schrein her, als sie nach München kam. Wie hatte sie es aber dann geschafft, den Schrein und das Silber zu bekommen und Korrassow aufs Kreuz zu legen? Es gab nur eine Erklärung.

«Ich habe Sie für einen Profi gehalten, Korrassow.»

«Verspotten Sie mich nicht, Kilian. Nur einmal, ein einziges Mal, habe ich mich einlullen lassen. Und dafür strafe mich der Herr.»

Kilian konnte es beinahe hören, wie Korrassow sich bekreuzigte. Galina hatte ihn bezirzt und wie die Schlange verführt. Der Apfel, den sie ihm gereicht hatte, war nur anfänglich süß gewesen, danach hatte sie ihn ins Reich der Träume geschickt. Es blieb ihr also genug Zeit, das schwere Ding abzutransportieren. Dabei hatte sie das Silber gleich mitgehen lassen. Ganze Arbeit, reiche Beute.

«Zurück zu Giovanna. Wieso stand sie nicht auf der Liste?»

Korrassow sammelte sich. «Wenn Giovanna wegen so einer dämlichen Liste auffliegt, dann kann ich mich aus dem Geschäft verabschieden. Ihr Vater würde mir das nie verzeihen.»

«Aber jetzt haben Sie es getan.»

«Wenn ich Galina dafür bekomme, dann war es das wert. Und wenn es das Letzte ist, was ich auf dieser Welt zu erledigen habe.»

«Aber was wollte Giovanna mit der Feder?»

«Ich denke, Sie wissen über alles Bescheid? Fragen Sie sie doch selbst. Und noch was, Kilian. Wenn Sie mich reingelegt haben, dann gnade Ihnen Gott.»

Korrassow legte auf.

Allmählich schien Kilian der Gedanke, in Würzburg vorerst sicher zu sein, nicht mehr der Realität zu entsprechen. Jetzt waren gleich zwei hinter ihm her. Er ging zu Sabine und sagte ihr, dass er auf dem Weg zur Pelligrini sei. Wenn Heinlein sich melde, solle er nachkommen.

Sabine quittierte es zögernd.

«Gibt's noch was?», fragte er.

«Es geht mich ja überhaupt nichts an ...»

«Kommt drauf an.»

«Wir haben uns zwar noch nicht richtig kennen gelernt, aber ich und der Schorsch, ich meine Herr Heinlein, würden uns schon sehr freuen, wenn Sie blieben. Und wenn Sie sich ein bisschen eingearbeitet haben, dann werden Sie die anderen bestimmt auch mögen.»

Kilian suchte verlegen nach Worten, konnte aber nichts Passendes finden außer: «Warten wir's ab, Fräulein Anschütz. Warten wir's ab.»

✷

Pia schob die Schale mit dem Schädel der Waldleiche beiseite. Sie hatte den Oberkiefer herausgesägt und den zertrümmerten Unterkiefer so weit zusammengesetzt, dass sie von beiden einen Gipsabdruck machen konnte. Die Abdrücke waren in einem Gestänge aufgehängt, das ihr erlaubte, Ober- und Unterkiefer aufeinander zu legen und somit die Bissgenauigkeit zu überprüfen.

«Ja, so müsste es jetzt stimmen», sagte sie und ließ die beiden Kiefer klackend aufeinander fallen.

Heinlein stand in sicherer Entfernung und verfolgte Pias Enthusiasmus mit sorgenvoller Miene.

«Pia», setzte er an, «langsam frage ich mich, ob in deiner Kindheit etwas falsch gelaufen ist.»

«Wie kommst du darauf? Nur weil ich mich nicht so ziere, wenn ich totes Material in die Hände bekomme?»

«Das ist nicht normal. Du solltest zum Arzt gehen. Du weißt schon, einem, mit dem du mal reden kannst.»

«Schorsch, erzähl keinen Scheiß», lachte Pia. «Mein Ex hat schon genug an mir versaut. Und der war Profi in beiden Dingen. Seelenklempner und Frauenschänder. Schon vergessen?»

«Was ist eigentlich aus ihm geworden?»

«Weiß nicht. Das Letzte, was ich von ihm gehört habe, war, dass er sich mit seiner kleinen Schlampe nach Australien aufgemacht hat, um sich von den Aborigines in die Traumarbeit einführen zu lassen. Also, entweder ist er jetzt völlig durchgeknallt, hockt im Busch und frisst Maden, oder er ist selbst zum Frühstück geworden.»

Pia machte auf traurig, aber Heinlein durchschaute sie.

«Du hast ganz schön an ihm gehangen.»

«Eben», sagte Pia, «eben. Deswegen wird mir so was nie wieder passieren. Zeige Männern, dass du sie liebst, und sie bringen dich um den Verstand. Behandle sie so, wie sie es verdienen, und sie laufen dir nach wie ein kleiner Hund. *Hechel-hechel.*»

Heinlein schüttelte verständnislos den Kopf.

«Was machen wir jetzt mit dem Gebiss?», fragte er.

«Du gibst das Gebissschema an die Zahnärzte in der Umgebung. Einer wird schon dabei sein, der seine Arbeit und die Frau dazu erkennt.»

«Und wenn nicht?»

«Dann weite es auf die umliegenden Städte aus. Im Notfall musst du an die Kassen ran. Dürfte nicht so schwierig sein, sie hatte eine sehr feine Arbeit im hinteren Backenbereich.»

Pia zeigte mit dem Kuli auf eine Brücke, die sich über zwei Backenzähne erstreckte. Die genaue Passform und eine kleine Ausprägung ließen den Zahn genauso ebenförmig erscheinen wie die umliegenden.

«Hab ich bisher selten gesehen. Muss ein richtiger Künstler gewesen sein.»

Sie gab ihm das Schema, auf dem die auffällige Brücke separat skizziert war, und eine Röntgenaufnahme.

«Die Kiefermuskulatur musste auf der rechten Seite ein wenig stärker ausgeprägt gewesen sein als auf der linken», fügte Pia hinzu.

«Wie kommst du darauf?»

«Der Abrieb der Zähne auf der linken Seite ist schwächer. Also muss sie irgendwelche Muskulaturprobleme gehabt haben. Eine Verformung des Unterkiefers konnte ich nicht feststellen. Für eine genauere Analyse ist das Material in einem zu schlechten Zustand. Der Dreckskerl muss wie ein Wilder auf den Schädel eingeschlagen haben. War ja alles zertrümmert. Post mortem. Er hat wohl damit gerechnet, dass die Leiche bald gefunden würde.»

Pia kritzelte mit dem Kuli die Umrisse eines Gesichtes auf ein Papier und zeigte es Heinlein.

«So ungefähr könnte sie von der Nase abwärts ausgesehen haben.»

Heinlein hielt das Papier vor sich, drehte es nach allen Seiten und legte es zurück auf ihren Schreibtisch.

«Nicht schlecht, Pia. Du bist wirklich ein Genie. Nur befürchte ich, dass es dir auf Dauer nicht gut bekommt.»

«Warum? Nur weil ich dir zeige, wie die Tote ausgesehen hat?»

«Weil du zu gut bist. Welcher Mann könnte neben dir existieren?»

Pia schmunzelte: «*Hechel-hechel.* Denk dran, wenn du deine Claudia triffst.»

Heinlein schloss die Tür hinter sich, ohne eine Antwort zu geben.

✱

Kilian fragte einen der Handwerker nach Giovanna. Sie gehe um diese Uhrzeit immer spazieren, sagte er, während er und seine Kollegen die Drecksarbeit machen durften. Kilian schritt durch den Gartensaal auf die offenen Türen zu, die direkt in den Hofgarten führten. Eine Gruppe Touristen starrte gebannt auf das Fresko Zwicks, das ihn an den Kerzenlicht-Abend mit Giovanna erinnerte. Ein Faun, der seine mächtigen Flügel nicht im Rücken, sondern seitenverkehrt auf den Schultern trug, war immer für einen Lacher gut. Kilian blieb stehen und schaute nach oben. Stimmt, dachte er, der Faun mit den verkehrten Flügeln. Früher hatte er dieses Detail parat, aber durch die lange Abwesenheit hatte er es vergessen. Damals war er oft mit seiner Mutter hier gewesen, die in die Residenz und in alles, was Würzburg an Kulturellem vorweisen konnte, vernarrt war. Ihr kleiner Bandit, wie sie ihn nannte, hatte aber überhaupt kein Interesse für Deckenmalereien und Kirchenkanzeln. Sein Sinn strebte nach den Handtaschen und Geldbörsen der Touristen. Es war ganz einfach. Keiner dachte beim Anblick der Fresken noch an seine Habseligkeiten, alle blickten gebannt an die Decke. So stellte er sich neben sie und griff in die Taschen. Und wenn wirklich jemand auf ihn aufmerksam geworden war, zeigte er einfach nach oben und schlug seine kleinen Arme, wie der Faun seine Flügel schlug. Manchmal bekam er sogar einen Kaugummi oder ein Bonbon für seine Aufmerksamkeit zugesteckt.

Kilian ging hinaus in den Hofgarten, wo ein Meer an Blumen ihn in Empfang nahm. Er schaute sich um, konnte Giovanna aber nicht entdecken. Ein Gärtner schickte ihn die Treppen hoch, wo er Giovanna vor zehn Minuten gesehen haben wollte.

Kilian nahm den linken, völlig zugewachsenen Weg, der leicht ansteigend nach oben führte. Das Sonnenlicht stach durch den Farn, der den Weg zu einem Tunnel machte. Früher war er oft hierher gekommen. Immer in Begleitung einer jungen Frau, der er neben der Gartenanlage auch die ruhigen, romantischen Ecken zeigte. Meistens hatte er sie bei den zahlreichen Weinfesten der Stadt kennen gelernt und war «ein paar Schritte» mit ihnen gegangen, wie er es nannte.

Als er auf der Terrasse bei der Bastionsspitze angekommen war, überblickte er den ganzen Garten. Nirgendwo war Giovanna zu sehen. Die Residenz, der Gartensaal breiteten sich vor ihm aus. Vereinzelt strömten Touristen ins Freie und folgten ihm durch die gepflegten Parkanlagen.

Doch für die Schönheit der Umgebung hatte Kilian jetzt keine Zeit. Beim nächsten Mal, sagte er sich und wollte den südlichen Weg zurück nehmen. Bevor er die Treppe ganz hinuntergegangen war, sah er sie. Sie saß auf einer Bank im Südgarten, gleich gegenüber dem Springbrunnen. Er lag inmitten von Blumenbeeten und Rasenflächen. Kegelförmig geschnittene Eiben, die über 160 Jahre alt sein sollten, umrahmten ihn. Sternförmig gingen Gehwege von ihm ab, auf denen es sich traumhaft lustwandeln ließ. Es war ein Ort der Ruhe und Entspannung, ein Quell zum Auftanken, der jeden in seinen Bann zog, der sich dem weichen Plätschern der kleinen Fontäne hingab.

Seine Schritte knirschten auf dem Sand, und er bemühte sich, Giovanna nicht zu stören. Sie hatte es sich auf der Bank bequem gemacht und hielt das Gesicht in die Sonne. Die Brille ließ nicht erahnen, ob sie ihn sah oder ob sie die Augen verschlossen hielt.

Kilian setzte sich zu ihr und beobachtete sie in der kurzen Zeit, die ihm bleiben würde, bevor sie ihn bemerkte.

Sie war schön. Nicht einfach nur hübsch, sie besaß Stil und Anmut. Die hohen Wangenknochen verliehen ihrem schmalen Gesicht Eleganz. Die Nase war gerade, die Lippen waren exakt geformt und mit einem zarten Rot gezeichnet.

Ihr schwarzbraunes Haar glänzte in der Sonne – es war ein Anblick, den Kilian nicht so schnell vergessen sollte, fast ein Kunstwerk.

«Kaum zu glauben, dass ihr Deutschen so etwas zustande bekommen habt», sagte Giovanna unvermittelt und ohne sich zu bewegen.

Kilian fühlte sich ertappt. «Entschuldigen Sie bitte, ich wollte Sie nicht stören.»

«Haben Sie auch nicht. Ich genieße es, in einer perfekten Umgebung mit dem passenden Mann die Sonne und die Ruhe zu genießen.»

Giovanna nahm die Brille ab, schlug ihre rehbraunen Augen auf und lächelte ihn an.

«Keine Sorge, *commissario*. Sie haben nichts zu befürchten. Noch nicht.»

«Schade», antwortete Kilian. «Ich hätte mich gefreut.»

«Die Arbeit zuerst, dann das Vergnügen.»

«Klingt ziemlich deutsch.»

«Auch die Deutschen haben etwas, wovon wir lernen können.»

«Nicht gerade schmeichelhaft. Arbeit. Ist das alles?»

«*No*, da gibt es noch ein paar andere Dinge. Aber auch dafür ist nicht die Zeit und nicht der Ort.»

«Da kann ich Abhilfe schaffen. Ich kenne dort drüben einen kleinen Weg, der vor der Sonne geschützt liegt.»

Er stand auf und reichte ihr die Hand. Giovanna zögerte, wusste nicht, was er vorhatte.

«Kommen Sie. Vertrauen Sie mir.»

Giovanna stand auf und nahm seine Hand.

«Was haben Sie vorhin gemeint mit ‹Was wir Deutschen zustande bekommen haben›?», fragte Kilian.

«Alles hier. Die Residenz, die Gärten, die Lust am Leben.»

«Ist das so selten bei uns?»

«In diesen Tagen bestimmt. Ihre Vorfahren hatten da wohl ein anderes Weltbild.»

«Wir haben gelernt. Die Italiener haben uns gezeigt, wie es geht.»

«Charmant, *commissario.*»

Sie gingen ein Stück des Weges hinauf, ohne dass sie sprachen. Vereinzelt brach das Sonnenlicht durch das Blattgewirr und warf einen Schimmer auf Giovannas Haar. Kilian konnte nicht anders, als es zu bewundern.

«Hab ich was auf dem Kopf, oder wieso starren Sie mich so an?»

«Keines von beidem. Ich bewundere nur Ihre Ausstrahlung. Sie machen auf mich den Eindruck einer selbstbewussten, schönen und gebildeten Frau, die sich dessen auch bewusst ist.»

«Und das jagt Ihnen keine Angst ein? Bei mir zu Hause würden jetzt viele Männer feuchte Hände und einen schnellen Herzschlag bekommen.»

«Beim beschleunigten Herzschlag geht es mir nicht anders. Doch nicht aus Angst.»

«Sondern?», wollte Giovanna wissen und blieb an der Balustrade stehen. Neben ihr stand eine Putte, die süßen Wein aus einem Becher trank.

«Weil ich Respekt vor Frauen wie Ihnen habe.»

Giovanna zögerte, brach dann aber in schallendes Gelächter aus.

*«Bravo, commissario»*, sagte sie, «Sie sind ja so gut wie unsere Jungs in Rom. ‹Weil ich Respekt vor Ihnen habe›, das ist gut.»

Wieder lachte sie. Kilian bemühte sich, ernst zu bleiben, doch es half nichts, er stimmte in ihr Lachen ein.

Giovanna beruhigte sich und ging einen Schritt auf Kilian zu. Sie legte ihre Arme um seinen Hals und zog ihn an sich heran.

«Auch wenn es eine Lüge war, es war eine schöne, sehr schöne Lüge.»

Kilian spürte ihre Lippen, weich und fest, als wären sie ein Vorgeschmack auf mehr. Doch er löste den Kuss. Giovanna schaute ihn verwundert an.

«*Che cosa fai?*», fragte sie überrascht. «Hab ich etwas falsch gemacht?»

Kilian schritt zurück. Das war eine Verdächtige und keine x-beliebige Liebschaft, die er ohne Bedenken einfach so küssen durfte. Schröders Worte ‹Du wirst zum Sicherheitsrisiko› gingen ihm durch den Kopf. Anscheinend hatte er Recht.

«Nein, nein», beruhigte er sie, «du hast nichts falsch gemacht. Aber ich kann dich nicht einfach so …»

«Küssen?», fragte Giovanna ungläubig.

«Ja, küssen.»

«Braucht ihr Deutschen dazu eine offizielle Einladung, oder müsst ihr erst verheiratet sein?»

«Keines von beidem. Aber ich habe einen Fall zu lösen», sagte er entschieden.

«Fall? Was heißt das, was habe ich damit zu tun?»

«Kennst du Korrassow?»

Giovanna wandte sich abrupt von Kilian ab und blickte in die Gärten.

«Du kennst ihn also?», sagte er, während er sie an der Schulter fasste und zu sich umdrehte.

Aus ihren Augen sprach der Argwohn. «Was willst du mit Korrassow?»

«Treib keine Spielchen mit mir. Ich will wissen, ob du so eine Feder hast?»

«Ach, wegen der Feder bist du hinter mir her? Wieso hast du das nicht früher gesagt. Die Feder. *Sì*, ich habe eine. Willst du sie sehen?»

Kilian war überrascht. Mit dieser schnellen Reaktion hatte er nicht gerechnet.

«Ja. Ich hätte sie gerne gesehen.»

«Wenn weiter nichts ist. *Andiamo*.»

Sie nahm ihn bei der Hand und führte ihn den Weg hinunter, durch den Gartensaal, in die Seitenräume der Residenz, wo sich, hinter einem Paravent, ihr Spind versteckte. Sie öffnete ihn, holte eine lange, braun gemusterte Schachtel hervor und drückte sie ihm in die Hand.

«Hier ist sie.»

Kilian öffnete die Schachtel. Unter Seidenpapier lag fein säuberlich und ohne eine verdächtige Spur aufzuweisen, eine weiße Feder.

«Ist es das, was du gesucht hast und weswegen du mich verdächtigst?»

Kilian nickte wortlos.

«Warum? Was hat das mit dem Wachmann zu tun?», fragte sie.

«Der Wachmann ist nicht einfach gestürzt. Er ist zuvor mit einer Feder in den Hals gestochen worden. Erst dann fiel er über die Balustrade.»

Giovanna hörte ihm aufmerksam zu.

«Und wieso soll es gerade so eine Feder gewesen sein?»

«Die Spitze war abgebrochen. Wir haben sie in der Wunde gefunden.»

«Ah, *sì*. Ich verstehe», sagte Giovanna, dachte nach und schien das Puzzle zusammensetzen zu wollen. «Dann bist du auf Korrassow gestoßen. Und dann auf die Namen.»

Kilian nickte wieder.

«Aber es muss doch noch andere geben, die so eine Feder haben?»

«Noch acht andere. Von denen aber sieben ausscheiden. Bleibt einer übrig.»

Kilian sprach nicht weiter. Er war gespannt, ob Giovanna ihm sagen würde, wer der achte Mann war.

Giovanna überlegte kurz. «Ronnie hat eine. Oder?»

Kilian war überrascht. Zum wiederholten Male. Diese Frau war ihm ein Rätsel, doch er war auch erleichtert. Wenn sie es ihm nicht gesagt hätte, dann … ja, was dann? Hätte er sie dann erneut verdächtigt? Nur weil sie Furtwanger kannte?

«Hast du ihn kürzlich getroffen?»

Giovanna schaute ihm in die Augen, lächelte und trat dicht an ihn heran.

«Du traust mir nicht. Stimmt's?», flüsterte sie ihm ins Ohr. «Was bist du so misstrauisch?»

«Das ist mein Job.»

«Wenn Ronnie eine hat, dann hast du bestimmt schon mit ihm gesprochen. Oder irre ich mich da, *commissario mio*?»

Kilian spürte, dass sie ihm einen Schritt voraus war und die Führung übernommen hatte. Und sie machte es gut.

«Du hast Recht», gab er zu. «Trotzdem muss ich dich nach deinem Alibi fragen.»

«Frag mich. Ich gestehe alles.»

«Nun gut. Wo warst du am Montagabend, zwischen 22.00 und 23.30 Uhr?»

«Ich habe meinen Cousin Ronnie getroffen. Seit Ewigkeiten mal wieder. Im Brazil, glaube ich. Es war voll, viele Leute. Tanzen, singen, sich gut fühlen.»

«Was wolltest du von ihm?»

«Ronnie ist Verwandtschaft. Brauchst du einen Grund um einen Verwandten zu treffen?»

Kilian zögerte mit der Antwort. Außer seiner Mutter und ihrer Schwester hatte er keine Verwandten mehr. Ja, beantwortete er die Frage für sich selbst, für die beiden brauchte er einen Grund. Einen guten sogar.

«Nein, natürlich nicht», sagte er. «Aber trotzdem. Gab es einen bestimmten Anlass für euer Treffen?»

«Nein», erwiderte sie, um sich sofort zu verbessern. «Oder doch, ich wollte ihn überreden, mir zu helfen.»

«Womit?»

«Na, mit meiner Arbeit. Ronnie ist ein begnadeter Künstler. Er malt wie … wie Tiepolo. Er ist schnell, präzise und hat ein geniales Auge für Perspektive.»

«Was war seine Antwort?»

«Er hat die Freskenmalerei aufgegeben. Er will nichts mehr damit zu tun haben. Stattdessen schuftet er sich in Bars und Kneipen den Buckel krumm. Es ist schade.»

«Wieso macht er das?»

«Er hat viel gelitten.»

In ihrer Stimme schwang Trauer und Wut mit. «Niemand hat sein Talent erkannt, seine Gabe, sein Können. Man hat ihn um den Lohn seiner Arbeit betrogen.»

«Hat er sein Geld nicht bekommen?»

«Bah, Geld», fuhr es aus Giovanna heraus, «mit Geld hat das gar nichts zu tun. Hier geht es um Kunst, um ein Werk, um das Leben!»

Kilian war erstaunt, wie einfühlsam sich Giovanna in ihren Cousin versetzte. Sie bebte förmlich vor Empörung.

«Macht es dir was aus, wenn ich die Feder mit ins Labor nehme?», fragte er.

«Nein, nein», winkte sie ab, öffnete den Spind und holte ihren Overall heraus. «Lass mich jetzt bitte allein. Ich muss zurück an die Arbeit.»

«Ich bring sie dir gleich morgen zurück», sagte er und war überrascht von ihrer plötzlichen Distanziertheit.

Giovanna würdigte ihn keines Blickes mehr.

Er ging hinaus auf den Gang, vorbei an schwarzweißen Fotos, die Würzburg, die Residenz und die Häuser um den Residenzplatz am Morgen nach dem Bombenangriff vom 16. März 1945 zeigten. Sie dokumentierten den Nullpunkt einer Stadt am Ende eines Krieges und eines Bombardements, die beide so unnötig wie ein Kropf gewesen waren.

Kilian schaute weder links noch rechts, als er am Brunnen der Frankonia vorbei auf seinen Wagen zusteuerte. Er war völlig in Gedanken versunken und hörte nicht, dass er mehrmals gerufen wurde. Erst als eine Hand auf seine Schulter gelegt wurde, drehte er sich erschrocken um.

«Johannes? Bist du's wirklich?», fragte ihn Papa Hoffmann.

Kilian schaute in die Augen seines ehemaligen Mentors und Freundes, den alle wegen seiner Hilfsbereitschaft «Papa» riefen.

«Bernhard?», fragte Kilian.

«Ja, ich bin's. Ich kann's gar nicht glauben, dass du hier bist, Junge. Was machst du hier? Ich dachte, du bist in München?»

«War ich auch. Aber die Dinge haben sich entwickelt. Ich bin mittlerweile, nun ja, aber das ist streng geheim.» Kilian wollte seine Verlegenheit mit Humor überspielen.

In Wirklichkeit war es ihm äußerst unangenehm, gerade auf Bernhard «Papa» Hoffmann zu treffen. Kilian hatte ihm alles zu verdanken. Er war es, der ihn von der Straße geholt hatte, als er als Teenager abzudriften drohte, er war es, der ihn zur Polizei gebracht hatte, und er war es, der ihm bei den Prüfungen und Bewerbungen für die gehobene Laufbahn geholfen und zur Seite gestanden hatte. Aber er war auch derjenige, der eine nicht ganz platonische Beziehung mit seiner Mutter führte. Und die würde nun erfahren, dass Kilian in der Stadt war.

«Mensch, ich bin so froh, dich zu treffen», sagte Hoffmann zu ihm. «Lass uns doch da rüber in die Residenzgaststätte gehen und …»

«Würd ich furchtbar gern. Aber ich muss dringend weiter in die Rechtsmedizin. Ich habe Beweismaterial …»

Hoffmann bemerkte die Lüge. Sein Junge konnte ihm nichts vormachen. «Was ist los mit dir? Magst du mit deinem alten Papa keinen Schoppen mehr trinken?»

«Doch, natürlich», wand sich Kilian. «Aber es ist gerade ungünstig. Du weißt doch, wie das ist, wenn man auf einer Spur ist, und außerdem machen die Rechtsmediziner auch pünktlich Feierabend.»

«So ein Schmarr'n, seit wann machen die pünktlich Feierabend?» Hoffmann schaute Kilian dabei nicht an, sondern merkwürdigerweise über die Schulter. «Und außerdem hab ich noch 'ne Überraschung für dich.» Hoffmann lächelte an ihm vorbei.

Kilian drehte sich um.

«Hallo, Johannes», sagte seine Mutter.

Kilian durchfuhr ein Schauer. Beinahe wäre er einen Schritt zurückgewichen, aber er spürte eine Hand im Rücken, die ihn nicht flüchten ließ.

«Hallo, Mutter, wie geht es dir?»

Etwas Dümmeres fiel ihm nicht ein. Sie registrierte es, ging den letzten Schritt auf ihn zu und küsste ihn auf die Wange.

«Gut, mein Junge, gut», sagte sie versöhnlich zu ihrem Sohn, der am liebsten weggerannt wäre. «Seit wann bist du wieder hier?»

«Gerade heute Morgen mit dem Flieger gelandet und schon im Einsatz. Die Kollegen vom Kommissariat brauchen bei einer Sache kurz meine Hilfe. Morgen früh geht mein Flieger schon wieder zurück.»

«Dann muss aber wenigstens Zeit sein, dass wir uns heute Abend treffen», sagte Hoffmann.

«Das wird vielleicht schwierig werden, wisst ihr, ich muss noch in die Direktion, auf das Ergebnis warten und …»

«Keine Widerrede», unterbrach Hoffmann. «Ich rede mit deinem Chef. Es ist doch ein neuer gekommen. Aus München. Oder?»

«Nee, ehrlich, brauchst du nicht.»

Das fehlte gerade noch. Hoffmann redete mit Oberhammer. Er musste jetzt schnell schauen, irgendwie aus der Sache herauszukommen.

«Überredet. Wie wär's mit dem Stachel? So um neun?»

Hoffmann schien zufrieden zu sein, aber seine Mutter glaubte wohl nicht so recht daran. Sie versuchte, ihre Enttäuschung zu verbergen, dass ihr Sohn sie nicht zu Hause besuchen wollte.

«Das freut mich. Es ist schön, dich wieder gesehen zu haben», sagte sie und reichte ihm die Hand.

Kilian nahm sie und drückte sie kurz. Dann drehte er sich um und lief zu seinem Wagen. Er musste seinen Schritt verlangsamen, damit es nicht wie Flucht aussah – obwohl er lieber gelaufen wäre.

Als er den Wagen auf die Kreuzung zusteuerte, wo seine Mutter und Hoffmann an der Ampel warteten, betete er zum Himmel, dass die Ampel nicht auf Rot schalten würde und er vor ihnen halten musste. Er setzte den Fuß aufs Gaspedal und schoss an ihnen vorbei.

«So eine Scheiße. So eine verdammte Scheiße», brüllte Kilian und schlug mit der Faust aufs Lenkrad. «Über hunderttausend Menschen leben hier. Und ich muss ausgerechnet auf die zwei stoßen. Ich muss weg! Ganz weit weg.»

*

Heinlein bekam eine Absage nach der anderen herein. Im Umkreis von hundert Kilometern wollte kein Zahnarzt, keine Klinik und nicht einmal ein zahnärztliches Labor das Gebiss der verstümmelten Leiche aus dem Forst erkennen. Selbst mehrere Abgleiche mit vermissten Personen bei den Kommissariaten im Raum Frankfurt, Schweinfurt und Nürnberg blieben erfolglos. Die Faxe füllten eine Mappe, die mit den Fotos am Tatort, der Aussage des Försters und dem Bericht der Rechtsmedizin bereits einen Tag nach Fund so dick war wie bei zwei «normalen» Fällen.

«Dann in die Warteschlange», sagte Heinlein, klappte die Mappe zu und legte sie auf einen Stapel, der sich am Fenster allmählich zu einem Lichtschutz auftürmte.

Das Telefon klingelte. Pia fragte nach Kilian.

«Er war kaum da und dann schon wieder weg. War merkwürdig», sagte sie.

«Na und? Willst du ihn heiraten, oder was soll mich das interessieren?»

«Meine Güte, Schorsch. Was ist los? Hast du deine Tage?»

«Nee, aber du wohl!», maulte Heinlein.

«Daneben. Ich bin gerade so fruchtbar, dass ich 'ne ganze Armee kleiner Polizeisoldaten austragen könnte.»

«Pia, du bist krank.»

«Und wie», gurrte sie. «Aber jetzt im Ernst. Ich hab 'ne Probe von der Feder genommen und sie mit der Spitze in der Halswunde verglichen.»

«Was für 'ne Feder?», unterbrach er sie.

«Na die, die mir dein Kollege gebracht hat. Ich sollte sie vergleichen. Sag mal, stimmt ihr euch nicht ab, oder kocht bei euch jeder sein eigenes Süppchen?»

Heinlein zögerte. Eigentlich sollte er es hinausschreien, dass sie Recht hatte und dass sein Kollege machte, was er wollte.

«Die Feder ...», wiederholte er anstatt, «klar. Was ist damit?»

«Es ist zwar der gleiche Vogel, aber nicht dieselbe.»

«Red bitte gefälligst Klartext, Pia. Was heißt ‹Der gleiche Vogel, aber nicht dieselbe›?»

«Wieder mal in der Schule nicht aufgepasst und später nix dazu gelernt?»

«Pia!»

«Schon gut. Du hast eine Laune heute. Also, es ist der gleiche Vogel, aber die Federn sind nicht identisch. Was heißt, dass die Feder, die mir dein Kollege gebracht hat, nicht die Mordwaffe ist. Jetzt kapiert?»

«Logo, bin doch nicht blöd», redete sich Heinlein heraus. «Vielen Dank, Frau Doktor, Professor oder was du dir sonst noch einbildest. Vielen Dank, dass du dir so 'ne Mühe mit mir gibst. Ein Wunder, dass du dich überhaupt noch mit mir abgibst. Mit so 'nem unterbelichteten kleinen Stadtbeamten.»

«Sag mal, was ist dir denn heute über die Leber gelaufen? Komm, sag schon. Du kannst doch mit mir reden», bat sie ihn aufmunternd.

Heinlein wartete ab. Meinte sie es ehrlich? Interessierte sich wirklich jemand für seine Probleme?

«Komm, putt-putt-putt», gurrte es aus dem Hörer.

«Du Miststück!», schrie er sie an. «Verarschen kann ich mich selber.»

«Okay, okay. Tut mit Leid, Schorsch. Ehrlich. Ich hab auch noch was für dich.»

«Was?», fragte Heinlein trocken und nicht sonderlich interessiert.

«Ein Kumpel, Stephan, der mit mir eine Zeit lang studiert hat und durchs Physikum gefallen ist, macht mittlerweile auf Künstler.»

«Und?», fragte Heinlein genervt nach.

«Jetzt wart's doch ab. Also, der macht Skulpturen aus, sag's aber nicht weiter, der macht Skulpturen aus Teilen, die übrig bleiben.»

«Was meinst du?»

«Ist doch wurscht. Der macht also Skulpturen. Dabei lässt er für die Hinterbliebenen die Verstorbenen so entstehen, dass man meinen könnte, sie wären noch am Leben.»

«Pia! Sprich Klartext. Was meinst du?»

«Der macht aus wenig Material ganz viel. Ich habe ihm die Schädelknochen, das Gebiss und was sonst noch da war, gegeben. Nach der Vorlage und was wir bereits wissen, will er den Kopf nachbauen. Verstehst du?»

«Den Kopf nachbauen? Pia, was ist das schon wieder?»

«Versteh doch, Schorsch. Der nimmt dir die Identifizierung der Waldleiche ab. In ein paar Tagen liefert er dir den naturgetreuen Kopf deiner Toten. Dann brauchst du nur noch ein Foto zu machen und es durch den Computer zu jagen. Und zack, bum hast du die Identität der vermissten Person. Genial. Oder?»

«Und wie macht er das?», fragte Heinlein, jetzt plötzlich sehr interessiert.

«Er nimmt alle vorhandenen Stücke mit 'ner Kamera auf und überspielt sie in den Computer. Dann fügt er die Teile so aneinander, wie sie mit den Bruchstellen übereinstimmen.»

«Aber wenn nur noch die Hälfte da ist?»

«Macht nix. Ich hab Arbeiten von ihm gesehen. Schorsch, du glaubst es nicht. Der hat schon mit einem kleinen Knochen einen ganzen Körper gebaut. Und die Angehörigen schwören, dass das ihr verstorbener Liebling war. Also nochmal, er fügt die vorhandenen Stücke aneinander. Dann schließt er auf die umliegenden Formen, indem er bestimmte Gegebenheiten einfließen lässt und sie auf ihre Umgebung überträgt.»

«Und was soll da bei unserer Leiche rauskommen?»

«Du hast doch das Gebiss gesehen, wie die Zahnreihen auf der linken Seite stärker abgerieben waren als auf der anderen. Wenn du das mit einbeziehst, dann erhältst du Rückschlüsse auf Muskulatur und unter Umständen auf den Knochenbau, wenn die Deformation seit längerem bestanden hat.»

«Was ist, wenn Oberhammer oder die Staatsanwaltschaft die Leichenstücke sehen will?»

«Haben sie das schon jemals? Und wenn ja, innerhalb von 'ner Stunde haben wir das Zeugs wieder hergekarrt.»

Heinlein überlegte angestrengt. Was er da machte, war nicht ohne Gefahr für ihn. Beweismittel, Spuren und Leichenteile aus der Hand geben. Wenn Oberhammer das rausbekommen würde, dann hätte er vielleicht noch eine Chance bei den Schullotsen. Andererseits, wenn es dem Kumpel von Pia gelänge, dann stünde er ganz anders da. Neue Methoden, Computertechnik, Ermittlungen und Spurensuche auf höchstem Niveau. Das würde Oberhammer gefallen, ihn ziemlich plätten und auf ewig schweigen lassen. Zumindest für eine Weile. Und Kilian? Der würde ganz schön schauen, wozu so ein Provinzbeamter alles fähig ist.

«Okay, Pia. Mach ran. Ich will Ergebnisse sehen.»

*«Oui, mon général.»*

«Vergiss nicht, mir die Feder zurückzuschicken.»

«Ich schick 'nen Fahrer los», antwortete sie und legte auf.

Heinlein fuhr sich nervös mit beiden Händen durch die Haare. «Hoffentlich geht das gut.»

«Was soll gut gehen?», fragte Kilian, der unbemerkt hereingekommen war und sich nun an seinen Schreibtisch setzte.

«Das war gerade Pia», sagte Heinlein ablenkend, «sie hat die Feder gecheckt, die du ihr gegeben hast. Sie konnte keine Übereinstimmung feststellen.»

«Hab ich auch nicht anders erwartet», erwiderte Kilian.

«Wieso hast du sie ihr dann gegeben?»

«Um sicherzugehen.»

«Sicherzugehen, was?»

«Dass sie es nicht ist»

«Was?», fragte Heinlein genervt.

«Die Mordwaffe», erwiderte Kilian beiläufig, während er in Unterlagen stöberte.

«Wo hast du sie überhaupt her?»

«Sie gehört Giovanna.»

«Der Pelligrini? Seid ihr schon per du?»

«Und wenn?»

«Ich habe die Nase langsam voll von deinem heimlichen Getue. Jeder Information muss ich hinterherlaufen. Du lässt irgendwelche Federn überprüfen, ohne dass ich davon etwas weiß. Könntest du mir freundlicherweise mal verraten, was hier eigentlich läuft?»

«Hör zu, Herr Kollege. Ich habe ein paar Dinge zu regeln, die dich überhaupt nichts angehen. Okay? Also kümmere du dich um deinen Scheiß.»

«Fein. Mach du deinen Scheiß und ich den meinen. Super Zusammenarbeit. Find ich klasse. Nur weiter so.»

«Dann haben wir das also geklärt.»

Das Telefon klingelte.

«Herrgott, lässt mir denn heute keiner meine Ruhe?», schrie Heinlein und nahm ab. «Einen kleinen Moment. Kriminalhauptkommissar Kilian kann Ihnen einen aktuellen Stand der Ermittlungen geben», sagte er und legte das Gespräch auf Kilians Apparat, ohne ihm zu sagen, wer ihn auf der anderen Seite der Leitung erwartete und worum es ging. Er lehnte sich zurück und beobachtete das Gespräch in schadenfroher Erwartung.

«Kilian», sagte er, nichts ahnend.

«Oberhammer hier!», schallte es aus dem Hörer. «Wieso höre ich nichts zum Stand Ihrer Ermittlungen in Sachen Löwenbrücke?»

Kilian atmete tief ein und suchte nach einer passenden Erklärung, die er allerdings nicht fand. Er entschied sich zum Gegenangriff.

«Weil ich hier einen Mordfall habe, den ich bis morgen aufgeklärt haben soll. Ich kann mich nicht zerreißen.»

«Was bilden Sie sich überhaupt ein?», donnerte es zurück. «Sie haben einen eindeutig definierten Auftrag von mir bekommen.»

«Richtig. Die Klärung eines Mordfalls und nicht das Aufspüren irgendwelcher Jugendlicher, die sich einen Spaß erlaubt haben.»

«Einen Spaß? Die Schändung eines unserer kulturellen Grundpfeiler?» Oberhammer musste mehrmals Luft holen, um die Ungeheuerlichkeit Kilians in Worte zu fassen. «Mir reicht's jetzt mit Ihnen, Kilian. Sie klären diese Residenzgeschichte bis morgen. Ebenfalls bis morgen habe ich die Täter an meinem Schreibtisch stehen, die die Löwen geschändet haben. Wenn keiner dieser beiden Fälle eintritt, dann werde ich Sie höchstpersönlich in den Bayerischen Wald fahren. Da gibt es eine kleine, feine Wache, mitten im Wald versteckt, am Ende der Welt. Dort werden Sie Dienst schieben, bis die Bären wieder am Großen Arber heimisch werden.»

Der Aufschlag des Hörers drang bis an Heinleins Ohr.

Kilian legte behutsam den Hörer auf die Gabel und schluckte: «Bären am Großen Arber ...»

«Bären? Arber? Was ist jetzt schon wieder los?», wollte Heinlein wissen.

«Dein Polizeidirektor will mich aufs Abstellgleis schicken. Das ist los.»

«Und? Was hast du jetzt vor?»

«*Du!*», kam es von Kilian aufgebracht zurück. «Was hast *du* jetzt vor und nicht ich. Das ist die richtige Bezeichnung. Nur weil *du* in deinem Suff so 'nen Scheiß machen musst, soll ich in den Bayerischen Wald abgeschoben werden. Aber das kann er sich abschminken. Einen Teufel werd ich tun. Ich pack mein Zeugs zusammen und werde verschwinden. So einfach ist das. Und *du*, du wirst die Sache mit den Löwen aus der Welt schaffen. Verstanden?»

«Soweit ich mich erinnern kann, war ich nicht alleine. Da hängst *du* genauso drin wie ich. Also spar dir deine Belehrungen.»

Sabine kam herein und unterbrach die beiden.

«Draußen sitzt einer, der letzte Nacht zwei Männer an der Löwenbrücke gesehen haben will. Was soll ich mit ihm machen?»

Kilian und Heinlein schauten sich betreten in die Augen.

«Schmeiß ihn raus», befahl Heinlein.

«Nimm seine Aussage auf», sagte Kilian. In Abwesenheit der Kollegen war Sabine schließlich dazu befugt, ein so genanntes «Vor-Protokoll» aufzunehmen.

«Bist du verrückt?», schrie Heinlein ihn an.

«Nimm seine Aussage auf, bedank dich schön bei ihm und schmeiß ihn dann raus», sagte er zu Sabine.

Sie nickte und ging nach draußen.

«Sag mal, spinnst du? Wieso willst du uns ans Messer liefern?»

«Streng deinen letzten Rest Gehirnschmalz endlich mal an. Wenn wir ihn rausschmeißen, kommt er womöglich noch auf die Idee, jemand anderem seine Aussage zu präsentieren. Wenn er es aber uns erzählt und wir seine Aussage haben und sie in dem Stapel da verschwinden lassen, dann haben wir die Kontrolle.»

Heinlein dachte über Kilians Worte nach und kaute verlegen auf seiner Unterlippe herum. Das klang nicht blöd, was Kilian da von sich gab. Besser selbst die Hand drauf zu haben, als dass ein anderer die Hand auf ihm hatte.

«Okay», antwortete Heinlein, «aber mach mir keine Vorwürfe, wenn's schief geht.»

«Du Held. Ab und zu muss man was riskieren.»

Kilian schaute auf die Uhr. Es war Viertel vor vier. Eigentlich zu spät, um noch was zu arbeiten. Auf der anderen Seite musste er bis morgen Oberhammer etwas vorweisen können. Und dann war auch noch das Treffen mit seiner Mutter angesagt.

«Sag mal», setzte Kilian an, «hast du heute Abend schon was vor?»

Heinlein überlegte, bevor er antwortete. Was wollte der Typ jetzt schon wieder von ihm?

«Nichts Dramatisches», antwortete Heinlein.

«Gut, dann brauch ich deine Hilfe.»

«*Meine* Hilfe? Hab ich was am Ohr, oder wer spricht da mit mir? Mister Super-Bulle braucht meine Hilfe. Was für eine Ehre.»

Kilian überging die Häme. «Du brauchst nur in den Stachel zu gehen und mich bei jemandem entschuldigen. Dauert keine fünf Minuten.»

«Ich soll mich für dich entschuldigen?»

«Nein, so meine ich das nicht.»

«Ja, wie? Soll ich mich für mich entschuldigen?»

«Jetzt hör auf mit dem Scheiß. Du sollst jemandem sagen, dass ich dienstlich verhindert bin. Das ist alles.»

«Soso. Und was noch?»

«Nichts mehr. Das ist alles. Geh einfach rein und sag, dass ich dringend an der Residenzgeschichte arbeiten muss und daher nicht kommen kann.»

«Und wieso machst du das nicht selbst?»

«Wenn ich das selbst machen könnte, dann würd ich dich ja nicht drum bitten. Oder?»

Heinlein haderte mit sich selbst. «Und bei wem soll ich dich entschuldigen?»

«Du fragst nach einem Herrn Hoffmann. Der hat einen Tisch auf seinen Namen bestellt. Er ist in Begleitung einer Frau.»

«Hoffmann? Etwa Papa Hoffmann?»

«Genau der.»

«Was hast du mit Papa Hoffmann zu tun?»

«Frag nicht. Tu es einfach.»

«Sag ‹bitte›.»

«Was?»

«Sag ‹bitte›.»

Die Tür ging auf, und ein Polizeibeamter mit einer Schachtel in der Hand kam herein.

«Kilian?», fragte er.

«Ja, was gibt's?»

«Frau Dr. Rosenthal hat mir diese Schachtel für Sie mitgegeben. Das Untersuchungsergebnis wurde bereits telefonisch mitgeteilt, sagte sie.»

«Alles klar», antwortete Kilian und nahm die Schachtel entgegen. Er holte die Feder heraus. Seitlich an der Spitze war ein kleines Stück herausgeschnitten worden.

«Kaum zu glauben, dass man damit jemanden umbringen kann», sagte er. «Das ist wie bei einem Ballettschuh. Da ist die Spitze so hart, dass du einem damit das Schienbein brechen kannst.»

«Ja, ich weiß», antwortete Heinlein stolz.

«Ja? Woher, weißt du das?»

«Hör mal. Ich bin nicht so blöd, wie du meinst. Meine Tochter nimmt Ballettunterricht, seit sie sechs Jahre alt ist.»

«Nobel», sagte Kilian anerkennend. «Und wie macht sie sich?»

«Sie ist die Beste im Kurs. Sie ist die Beste im Violinunterricht, sie spielt Klavier. Sie bringt nur Einsen nach Hause. Sie ist mir unheimlich.»

Kilian musste lachen. «Unheimlich?»

«Ja. Ich weiß nicht, von wem sie das mitbekommen hat. Ich brauch nur ein Instrument zu sehen, und schon ist es verstimmt. Aber sie? Sie fasst was an, und schon funktioniert's. Am Samstag wird sie bei den Bamberger Symphonikern mitspielen.»

«Kaum zu glauben.»

«Ja, kaum …», wollte Heinlein bestätigen. «Was meinst du damit?»

Kilian suchte nach einem Ausweg. «Kaum zu glauben, dass man so talentiert sein kann.»

Heinlein musterte Kilian, ob er es ernst meinte. «Sie ist halt meine Tochter.»

Kilian schmunzelte und steckte die Feder in die Schachtel zurück. «Es hilft nichts. Lass uns sortieren, was wir bisher haben.»

Kilian klappte die Akte *Tiepolo* auf.

«Sag ‹bitte›», sagte Heinlein trotzig und lehnte sich im Stuhl zurück.

«Wie bitte?»

«Sag einfach ‹bitte›.»

# 13

Das Bild nahm allmählich Formen an. Dunkelhäutige Männer mit langen Speeren standen um ein erlegtes Stück Wild. Weitere knieten in der Hocke und hatten ihr Haupt geneigt. Es schien, als wollten sie um Verzeihung für die Tötung des Tieres bitten. Zwei Kinder mit krausem Haar und großen Augen bekamen von einer Frau, die ihre Scham mit einem gegerbten Tierfell verbarg, die Hand gereicht. Darin lagen kleine weiße Würmer, die noch zu zappeln schienen. Daneben hatte ein junger Mann die Spitze eines Holzstabes in ein anderes Stück Holz getrieben und drehte ihn zwischen seinen ausgestreckten Handflächen. Eine zarte Fahne weißen Rauchs stieg daraus empor.

Neben dem erlegten Wild schlängelte sich der mächtige Schwanz eines Reptils. Auf der Haut besaß es eine gepunktete Musterung in verschiedenen Erdfarben. Der Schwanz wurde nach oben hin breiter und endete in einem Hals, der so mächtig war, dass er den Umfang eines Baumstammes hatte. Der Kopf war geformt wie eine Raute, und zwischen dem beschuppten Maul kam eine gespaltene Zunge hervor. Die mächtige Schlange lag auf einem roten Felsen, der oben abgeflacht war und Malereien trug, wie sie in Höhlen vorkommen. Am Fuße des Felsens entstanden soeben der Fuß und das Bein einer jungen Königin. Um die Fesseln trug sie aufwändig gearbeitete Bänder aus Schlangenhaut mit eingearbeiteten Raubtierzähnen.

Der Pinsel triefte von rotbrauner Farbe und fuhr meisterhaft die zuvor gezogene Furche im weißen Putz entlang, ohne Gefahr zu laufen auszubrechen. Die Hand war ruhig und traf exakt jede Beugung. Die Farbe verlor sich schnell im feuchten Untergrund und musste schnell aufgebracht werden, bevor der Putz erhärtete. Auf das rubinrote Wams fielen Tropfen herab. Er ließ es geschehen. Er war von der Szenerie eingenommen, die soeben Strich für Strich Gestalt annahm.

✻

Giovanna sei kurzfristig nach München verreist und würde erst spät in der Nacht zurückerwartet, hatte der Rezeptionist Kilian gesagt. Die Schachtel mit der Feder ließ er für sie im Hoteltresor aufbewahren, sodass sie sie gleich am nächsten Morgen wieder in Empfang nehmen konnte.

«So ein Mist», raunzte Kilian.

Wo sollte er jetzt hingehen? Um den Stachel würde er heute Abend einen weiten Bogen machen. Also ging er zunächst zum Park.

Als er später am Residenzplatz angekommen war, schaute er sich nochmal das Hauptportal an. Es lag majestätisch wie ein Schiff aus einer fernen, längst vergangenen Zeit vor ihm und starrte ihn an. Über ihm erstrahlten Sterne und funkelten aus einem satten Nachthimmel auf ihn herab.

Er wollte seinen Weg schon weiterführen, da glaubte er einen kurzen, kaum merklichen Lichtschein im ersten Stock gesehen zu haben. Er war sich nicht sicher und schaute nochmal hin. Nichts. Alles dunkel. Er wartete noch einen Moment, entschied sich schließlich, den Platz zu überqueren, als erneut aus dem oberen Stockwerk etwas herauszuleuchten schien. Da war etwas. Ganz sicher. Er wollte der Sache auf den Grund gehen und steuerte auf das Hauptportal zu. Er rüttelte am Griff. Doch die Tür ließ sich nicht öffnen. Er ging weiter und probierte es am Seitenportal. Auch dieses war fest verschlossen. Als er bereits aufgeben wollte, erkannte er, dass das schmiedeeiserne Tor in die Hofgärten nur angelehnt war. Er ging hindurch, ließ das Südportal hinter sich und stand nach wenigen Metern vor den verglasten Gartentüren der Residenz. Er drückte dagegen, und sie öffneten sich.

# 14

«Das Volk der Franken ist vom Schöpfer Gott erschaffen, stark in Waffen, weise im Rat, von edlem Körper, unbefleckter Reinheit, auserlesener Schönheit, kühn, schnell, stark und tüchtig. Es hat das römische Joch von den Schultern geworfen!», zitierte eine sonore Männerstimme. «Das ist aus der Lex Salica, also aus dem Gesetz des fränkischen Stammes der Salier. Erstfassung um das Jahr 507. Und das war lange, lange bevor es so etwas wie die ‹*Bayern*› gab.»

Es wurde applaudiert, und dann stießen vier Schoppengläser zusammen, die auf einen Schluck geleert wurden.

«Irma!», rief Erich der Bedienung zu. «Noch ä' Ladung!»

«Mit diesem Auszug aus der Lex Salica eröffne ich die letzte offizielle Sitzung unseres Kulturhistorischen Vereins zur Pflege und Förderung mainfränkischer Lebensart e.V. vor der Sommerpause», sagte der Vorsitzende Prof. Dr. Heinz-Günther Fürst und stellte den Vereinswimpel in die Mitte des Tisches. Der dunkelgrüne Wimpel zeigte einen Mann und eine Frau in mainfränkischer Tracht beim Tanz.

«Ordnungsmäßig erschienen sind das Vereinsmitglied und gleichzeitig Frauenbeauftragte Renate Pohl …», setzte Heinz-Günther fort.

«Beauftragte für Frauen und Familie in Gesellschaft, Politik und Religionsfragen. So viel Zeit muss sei», unterbrach Renate in geziert näselndem Ton.

«Der Schatzmeister und Technischer Leiter Erich Reifenschläger», führte Heinz-Günther unbeeindruckt weiter aus.

Erich nickte zufrieden und trommelte mit den Fingerspitzen auf seinen Bauch, der von seinem Hemd nur noch mühsam zusammengehalten werden konnte.

«Des Weiteren ist anwesend unser Mann für Öffentlichkeitsarbeit, Presse und Marketing, der Schriftführer Walter Bernhard Kornmüller. Hast du das, Walter?»

«Hab ich», antwortete Walter beflissen. Er machte einen letzten Haken auf der Namensliste.

«Nicht pünktlich erschienen und daher abwesend der Leiter für innere und äußere Sicherheit, unser Kontaktmann zur Exekutive, Georg Heinlein», sagte Heinz-Günther. «Da mehr als zwei Drittel der Vereinsmitglieder erschienen sind, erkläre ich hiermit die Versammlung für beschlussfähig. Alle heute getroffenen Entscheidungen sind somit bindend. Hast du das, Walter?»

«Hab ich.»

«Punkt eins der Tagesordnung ...»

«Ich stell en Andrach», unterbrach Erich. Er lehnte sich zurück, wippte mit dem Stuhl und trommelte auf seinem Bauch. «Dass mir erscht aufn Schorsch wartn und der uns über die nöista Entwicklung bei dära Löwenbrückn ...»

«Antrag abgelehnt», sagte Heinz-Günther und kam wieder auf den ersten Punkt der Tagesordnung zu sprechen.

«Sou schnall gäht des a widder net», fuhr Erich ihm in die Parade. «Ich brodesdier.»

«Gut. Wer ist für den Antrag?», rief Heinz-Günther in die Runde.

Nur Erichs Arm erhob sich.

«Wer ist gegen den Antrag vom Erich?»

Drei Arme stimmten dagegen.

«So schnell geht das. Hast du das, Walter?»

«Hab ich.»

«Wartet's nur app, des zahl i öüch scho no hemm», drohte Erich.

«Also, zurück zur Tagesordnung. Erster Punkt: Bericht unseres Schriftführers über die gelaufenen Aktionen zur Förderung unserer Bekanntheit. Walter?»

«Hab ich.»

«Dei Bericht, du Düdl», schnauzte Renate ihn an.

«Ach ja, mein Bericht», sagte Walter, legte den Stift beiseite und stand mit der Liste in der Hand auf.

«Hock di widder hie», befahl Erich.

Walter gehorchte und begann: «Wir blicken zurück auf einen ereignisreichen Monat. Er war geschmückt mit zahlreichen Neuigkeiten aus dem Vereins- und Kirchenleben …»

«Ich will vo dära Kärch nix hör», polterte Erich und schaute nach allen Seiten, ob sein Einwand auch jenseits des Stammtisches vernommen wurde. Er war für klare Verhältnisse.

«Hald dei Maul, du Heid», fuhr Renate ihn an. «Und zieh net scho widder über die Pfarrer her.»

«Pfaffn!», schnautzte Erich.

«Des senn ke Pfaffn, des senn anständicha Löüd.»

«Guck di lieber nach ern gscheidn Mou üm, där ders a besorch …»

Weiter kam Erich nicht. Renate zog ihm quer eine übers Gesicht.

«Du roadhoarichs Luder», schimpfte Erich und packte sie an der Bluse.

«Du Rümberer Gessmöüsr kümmst mer grad recht …»

Eine Hand hielt Erich von hinten fest. «Ich seh, dass ihr schon ohne mich angefangen habt», sagte Heinlein und trennte die beiden Streithähne. Er setzte sich neben Walter, der mit seiner Liste in der Hand darauf wartete, weitermachen zu können.

«Also, Walter, dein Bericht», sagte Heinz-Günther.

«Der vergangene Monat war …», setzte Walter an, als

Erich quer über den Tisch zu Heinlein drängte: «Jetzt soch scho, habter e Spur vo denne, die wo die Löwn angstriche ham?»

«Hald endlich mal dei Goschn, und lass den Walder sein Berichd vordroch», zischte Renate.

«Ich lass mer doch vo dir net des Maul verbied, du übrich gebliebena Hänna!»

Erich hatte die gesamte Aufmerksamkeit des Lokals, als er den Rest aus Renates Weinglas in Empfang nehmen musste: im Gesicht.

«Da haut's mer doch ern Vochel naus mit denne zwä», schimpfte Heinz-Günther und rieb sich die Stirn.

«Renate, des war net nett. Du darfst den Erich net so behandeln», maßregelte Heinlein sie. Dann zum Erich: «Jetzt lass halt emal die Renadde in Ruh. Ke Wunner, wenn se sich wehrt.»

Der Erich wischte sich mit seinem Hemdzipfel den Wein aus dem Gesicht. Darunter fiel sein speckiger Bauch über den Hosengürtel.

«Walter! Noch amal! Aber mach's kurz», beschwor ihn Heinz-Günther.

«Gut. Kurz.», sagte Walter und blätterte drei Seiten weiter. «Unsere Aktion ‹Mal dein schönstes Franken› hat eingeschlagen wie eine Bombe. Wir haben 153 Zusendungen bekommen.»

Er griff hinter sich und legte einen Stoß bemalter, bedruckter, beklebter, bekritzelter und verschmierter Bilder in die Mitte des Tisches: «Wir müssen jetzt die Gewinner ermitteln.» Er teilte jedem am Tisch einen Packen zu. «Doch zuvor zu den Gewinnen. Der dritte Preis ist ein von mir signiertes Büchlein eines noch unbekannten, aber talentierten Heimatdichters», sagte Walter und blickte verstohlen auf Heinlein, der sich nichts anmerken ließ. Die anderen waren nicht sonderlich interessiert.

«Der zweite Preis ist ein Verzehrbon in Höhe von 20 Euro für das Ausflugslokal ‹Zum Goldenen Hirschen›. Gestiftet von der Renate.»

Renate setzte sich in Erwartung lobender Anerkennung aufrecht hin.

«Da stimmd doch was net», zweifelte Erich. Er nahm den Verzehrbon und las das Kleingedruckte: «‹Dieser Gutschein gilt nur in Zusammenhang mit mindestens drei mitgebrachten Gästen und einem Gesamtumsatz von 100 Euro.›» Er warf den Verzehrbon verächtlich in den Aschenbecher.

«Sixders, ich hab's doch gwusst. Gschäfte machd se widder mit ihrm Bruder, den Schoppnbanscher.»

«Renate! Willst du uns blamieren?», schimpfte Heinz-Günther.

«Wiesou? Mei 20 Euro senn doch mär wärd als des Gschmarr aus dem Büchla. Wess där Herr, wär des Zöüch zammgsülst hat», rechtfertigte sie sich aufgebracht. Sie nahm den kleinen Gedichtband, schlug ihn in der Mitte auf und las vor:

‹Druntn,
wo die Auen grünen
und die Sauen wüten,
da hör ich den Ruf des Jägermanns
und ich fühls in meiner Brust,
dass ich ihm folgen muss.›

Erich und die Renate bogen sich vor Lachen. Nicht einmal Heinz-Günther konnte sich zurückhalten. Walter schaute mitleidig auf Heinlein, der betreten zur Seite blickte und bei Irma noch eine Runde Schoppen bestellte.

«Soch amol, Walder. Wu hasdn des här?», gluckste Renate.

Erich schnappte sich das Büchlein und las weiter:

‹und
kommst du nach Haus,

dein Fraulein dich drückt,
dann hast du's auch,
das Glück.›

«Iss gezeichnet mit ‹Ein Herz, das in die Ferne blickt›.» Erich feuerte das Büchlein in die Ecke und trommelte grölend mit den Fäusten auf den Tisch, dass die Gläser tanzten.

Heinlein machte gute Miene zum bösen Spiel. Sein Debüt-Gedichtband, den er zusammen mit Walter hatte drucken lassen, war also bereits an der ersten Hürde gescheitert. Walter hob das Buch auf und verstaute es in seiner Tasche.

Verärgert wandte er sich den Vereinskollegen zu. «Ihr seid Banausen und habt kein Gespür für aufstrebende Talente. Man muss ihnen etwas Zeit …»

«Es reicht, Walter», unterbrach Heinz-Günther. «Weiter im Text.»

Walter beruhigte sich und kam zum Hauptpreis der Gewinnaktion: «Der erste Preis, gestiftet von unserem Erich, ist eine Fahrt für zwei Personen nach Gößweinstein», sagte er anerkennend.

«Wos?», blaffte die Renate ungläubig. Sie schnappte sich den Freifahrtschein: «‹Kommen Sie mit auf eine beschauliche Fahrt durch die Fränkische Schweiz. Erleben Sie mit einem Partner Ihrer Wahl eine unvergessliche Landschaft bei einem Gedeck Kaffee oder einem Erfrischungsgetränk. Keine alkoholischen Getränke. Die Firma *Excellent Products* führt eine Warenpräsentation auf Basis einer freiwilligen Teilnahme durch. Die Teilnahme verpflichtet nicht zum Kauf eines der vorgestellten Produkte.›»

Renate zerriss den Schein vor Erichs Augen und warf die Schnipsel in die Luft.

«Jetzt schaud öüch den ou. Kümmd mit era Kaffeefahrt daher und nennd mich a Gschäfdlesmocherin.»

Heinz-Günther war fassungslos. «Das gibt es doch nicht.

Bin ich jetzt nur noch von Gaunern umgeben? Ihr ghört alle ei'gschperrt.»

Erich griff zum Schoppen, nahm die Renate in den Arm und stieß mit ihr an.

«Na komm her, du Braden. Sou gfällds mer, du aus'kochtes Luder.»

Renate konnte Lob gut gebrauchen. Als Grundschullehrerin kam sie nicht oft in den Genuss. «Wennst net sou a grouba Hund wärsd, könnt mer di a möch.»

«Guck mer nei der Achn, Klenna», zitierte Erich seinen Lieblingsspruch und lehnte sich hinüber zur Renate.

*

Kilian betrat den Gartensaal der Residenz. Das einfallende Sternenlicht reichte aus, um sich grob zu orientieren, aber es war nicht stark genug, um Giovannas Arbeitstisch auszuweichen. Die Holzplatte fiel vom Bock und knallte aufs Parkett. Der Hall verlor sich nach und nach im weiten Rund des Saals. Kilian nahm die Platte hoch, legte sie auf den Bock, sammelte, so gut es ging, Stifte und Papiere ein und ging in die Eingangshalle. Hier herrschte absolute Dunkelheit, sodass er sich an dem Treppengeländer entlangtasten musste, um den Weg nach oben zu finden.

Die hohen Flügeltüren zum Weißen Saal standen offen. Er schaute sich im Raum um, konnte aber nichts Auffälliges feststellen.

Ein Gedanke schoss ihm durch den Kopf. Er musste schmunzeln. Wieso fielen ihm in solchen Situationen immer Szenen aus irgendeinem Hollywood-Schinken ein? Er ging zurück, nahm den einen Türflügel und schaute dahinter.

«Allmählich gehörst du auf die Couch. Wer sollte sich da schon verstecken?», sagte er und schüttelte auf dem Weg in den Kaisersaal den Kopf über sich selbst.

Er durchschritt den Saal und überprüfte beide Türen. Die eine ging in den ehemaligen Trakt des Kaisers, die andere, an der gegenüberliegenden Seite, in die Gemächer der Kaiserin. Beide waren fest verschlossen.

Kilian hatte sich schon entschlossen, seinen Rundgang als Wachmann zu beenden, als sein Blick nach oben fiel.

Im Deckenfresko an der rechten Seite knieten auf einer mit Teppichen verkleideten Treppe Kaiser Barbarossa und seine Braut Prinzessin Beatrix von Burgund vor dem Fürstbischof Carl Philipp von Greiffenclau, der den Würzburger Bischof Gerhard darstellt. Barbarossa hielt Beatrix' Hand. Unter dem rotem Schopf verloren sich seine halb geöffneten Augen gelangweilt in der Ausweglosigkeit seiner kinderlosen ersten Ehe. Beatrix' Blick war gesenkt. Das diamantbesetzte blonde Haar war nach hinten gebunden, ihre Hand lag in der des damals allmächtigen Herrschers. Enttäuschung und Beugung spiegelten sich in ihrem Gesicht. Sie war ein dreizehnjähriges Kind in der Kleidung einer Frau. Um das kaiserliche Paar scharten sich ehrfürchtige Höflinge und Standartenträger. Der Bischof hob die Hand zum Segen. Er war ein alter Mann mit langem weißem Haar, der von irdischer Liebe nichts zu verstehen schien.

Auf der Empore im Hintergrund verfolgte eine Frau mit weißem Schleier aufmerksam die Szene. Sie hielt eine Tafel in den Händen. Neben ihr bemühte sich ein Mann im grünen Wams um ihre Gunst. Vergebens. Sie hatte nur Augen für das Brautpaar. Hinter einer anderen Säule blickte ein Mann mit rotem Schnauzbart und entsprechend rotem Haar eifersüchtig hervor. Vor ihm stand ein Mann mit einer Kopfbedeckung, der ihm ein verräterisches Zeichen nach hinten gab.

Das Knarren einer Tür ließ Kilian zurück in die Jetzt-Zeit kommen. Er lief in den Weißen Saal zurück, schaute sich um und fand sich schließlich an der Balustrade im Treppenhaus wieder. Er schaute nach unten in das dunkle Loch, zur Seite und nach oben. An der Decke hing nach wie vor das kleine Gerüst. Die Leiter hing frei schwebend herab, rund zwei Meter von ihm entfernt in der Luft. Er lehnte sich über die Balustrade, hangelte nach der Leiter, konnte sie aber nicht fassen. Er musterte die winzige Plattform, die unter der Decke schwebte. Dort war auch nichts Verdächtiges auszumachen. Das Gerüst auf der gegenüberliegenden Seite war bereits abgebaut und gab den Blick auf den Erdteil Amerika frei. Das karge Licht, das von der Fensterfront hereinschien, erhellte nur wenig von der Darstellung des Kontinents. So schaute er erneut nach oben, direkt über ihn auf Europa. Das Atmen fiel ihm bei der überstreckten Haltung schwer, sodass er mehrmals seinen Kopf senken musste. Dabei fiel ihm auf, dass die rechte Flügeltür ein Stück nach innen gelehnt war. Er überlegte, welche der beiden er vorhin überprüft hatte. Doch es fiel ihm nicht mehr ein. Einem Impuls folgend, ging er auf sie zu. Die wenigen Schritte, die er zurücklegen musste, reichten aus, um ihm klarzumachen, was für ein Narr er eigentlich war.

Hinter Türen schauen zu müssen, als verstecke sich dahinter ein Einbrecher. Lächerlich. Er schob die Tür ganz nach hinten, bis sie von einem im Boden eingelassenen Stopper aufgehalten wurde. Dann drehte er sich ab, stieg vorsichtig die Stufen hinab in die Eingangshalle und verließ, wie er gekommen war, durch den Gartensaal die Residenz.

Ein farbverschmierter Handschuh fasste die Flügeltür. Die Gestalt drückte sie nach vorne, kam hervor und ging an die Balustrade. Sie lehnte sich hinüber und lauschte. Nachdem sie nichts mehr von Kilian hörte, nahm sie den Stock, an dessen Spitze ein Haken befestigt war, und zog damit die Leiter heran.

✳

Irma saß schlafend auf einem Holzstuhl und lehnte gegen den Schanktresen. Die Wirtshaustür war bereits von innen verschlossen, die Beleuchtung heruntergedreht. Hinten in der Ecke, am Stammtisch des Kulturhistorischen Vereins, warf die Deckenbeleuchtung ein schummeriges Licht auf die Rauchschwaden, die fest über dem Tisch hingen. An den Wänden, Fenstern, auf den Stühlen, am Boden, überall lagen die eingesandten Bilder des Wettbewerbs ‹Ich mal mein schönstes Franken› herum. Die meisten nicht mehr im ursprünglichen Zustand. Sie waren zerrissen, zerknüllt oder am Garderobenständer aufgespießt. In die engere Wahl waren fünf Bilder vorgedrungen, die als Tischunterlage dienten. Auf ihnen schwamm Frankenwein durch die bunt bemalten Täler des Mains und der Schwarzach. Er bahnte sich seinen Weg an Sauerkraut, Wurstscheiben und angemachtem Camembert vorbei. Dunkelgrüne Weinflaschen sprossen aus den Bildern empor wie Zypressen in der Toskana.

Bei jedem Faustschlag, den Erich zur Untermauerung seines Kassenberichts auf den Tisch abgab, flatterten Kassenbons, Quittungen und Belege umher, als würde der Herbstwind Blattwerk aufwirbeln. Walter musste sie erneut ordnen und in einen zeitlichen wie inhaltlichen Zusammenhang bringen, damit sie eine Aussage darüber zuließen, inwieweit Erichs Freirunden sich auf den Kassenbestand ausgewirkt hatten. Von Heinz-Günther wurde im Schnellverfahren der Antrag auf eine sofortige Prüfung eingereicht und mit zwei zu einer Gegenstimme und einer Enthaltung entschieden.

«Schnaps is Schnaps, und Weib bleibt Weib», grölte Erich, der zwischen Renate und Heinlein saß. Er beugte sich zu ihr, legte ihr seinem Arm um die Schulter und zog sie zu sich her.

Doch Renate reagierte nicht mehr. Sie hatte ihre Arme

verschränkt und stieß sich mit den Beinen gegen das Tischbein ab, damit sie an Halt gewann.

«Also, Walter. Wie schaut unser Kassenbestand aus?», wollte Heinz-Günther wissen. Sein Blick war müde, und der Kopf hing tief. Die letzten Runden hatten auch bei ihm Spuren hinterlassen.

Heinlein lehnte schlafend an der Garderobe.

«Wart, gleich hab ich's», sagte Walter, der den letzten Bon in der Hand hielt und ihn in den Taschenrechner tippte.

«Dir geb i glei», brüllte Erich, packte Walter am Kragen und zog ihn quer über den Tisch.

Weinflaschen, Gläser und Teller zerschellten am Boden. Heinlein schreckte hoch.

«Ja, hundsverreck, spinnst jetzt ganz?!», brüllte er und drückte Erich in den Stuhl zurück. «Nu emol, und i nehm di mit und sperr di ei.»

Er zückte seine Handschellen und machte Erich an der Garderobe fest.

Walter raffte sich indes hoch und schob Taschenrechner und Bons beiseite. Die Prüfung war hiermit beendet.

«I will jetzt wissn, wie des woar mit denna Löwen», protestierte Erich.

«Himmelarsch, jetzt hör endlich auf mit dem Scheiß», schnauzte Heinlein ihn an.

Doch Erich ließ sich nicht mehr davon abbringen. Er hatte sich den ganzen Abend zurückgehalten und eine Kassenprüfung über sich ergehen lassen. Letztere konnte er gerade noch abwenden.

Heinz-Günther gab Heinlein einen Schubs. «Jetzt red schon. Sonst gibt er gar keine Ruhe mehr», forderte er. Ganz ohne Neugier war er selbst nicht.

Heinlein ruckte nervös auf der Bank herum und erzählte von dem Anschlag, von dem er nur gehört hatte. Seiner Meinung nach konnte es nur die Tat eines Betrunkenen oder übermütiger Jugendlicher gewesen sein. Nichts, worüber man sich sonderlich Gedanken machen müsste.

«Bist du verrückt?», schnauzte Heinz-Günther ihn an. «Das war eine ehrenhafte Tat.»

«Wiesou jetzt des?», wollte Erich wissen.

Auch Heinlein spitzte die Ohren.

«Als der Würzburger Stadtrat 1890 den Bau einer dritten Brücke beschloss, hat man sich unter anderem für vier Löwen aus Erz entschieden. Weiß der Deifel, wieso. Die sind damals für ein Heidengeld in München gegossen und fünf Jahre später mit der Brücke eingeweiht worden. Als Paten haben die Verräter den Prinzen Ludwig von Bayern geholt. Der war natürlich gleich zur Stelle.»

«Ja, und?», fragte Heinlein ahnungslos.

«Mensch, Schorsch. Denk nach. Schon im alten Ägypten war es üblich, dass die Herrscher ihre Insignien im Reich aufstellten, damit die Leut wussten, wer das Sagen hatte. Das heißt für uns heut: Der da unten in München will uns zeigen, wer der Chef in Franken ist. Kapiert?»

Erich und Heinlein überlegten angestrengt. Ja, klar. Aus diesem Blickwinkel hatten sie es noch gar nicht betrachtet. Wenn man die Sache so sah, dann war Heinleins Ausrutscher eine aus urfränkischem Blut getätigte, ganz natürliche Reaktion. Eine Art Befreiungsaktion quasi. Wenn den Hund was zwickt, dann schüttelt er sich.

«Also», fuhr Heinz-Günther fort, «wer auch immer das gemacht hat, verdient unseren Respekt und unsere Anerkennung. Das ist tatkräftiges Einstehen für Heimat und Kultur. Er müsste sofort in unseren Verein aufgenommen werden.»

Heinlein sah sich gestärkt. Erichs Augen funkelten. Heinz-Günther hatte Recht. Genug der Worte, Taten mussten her, bevor ein anderer ihm zuvorkam. Heinlein setzte an, das Rätsel zu lösen, doch Erich war schneller.

«Irma», schrie er nach hinten, «hol die Kamera raus.»

Irma schreckte hoch und tappte wie in Trance in die hintere Kammer.

Zu Heinlein: «Mach mi los. Schnall.»

Heinlein befreite ihn von Garderobe und Handschellen. Erich stieß Renate wach, dass sie vom Stuhl kippte und mit dem Kopf gegen die Bank knallte.

«Wos isn los? Gäht's weiter?», stammelte sie, am Boden sitzend.

Erich griff ihr unter die Arme und wuchtete sie hoch. «Jesses, is dia Kua schwär.»

«Gämer scho hemm?», fragte sie und schwankte dabei bedrohlich.

«Was hastn vor?», fragte Heinlein seinen Freund.

«Fröch net und kumm. Denna zeich'er mers.»

Zu Walter: «Nemm Papier und was zum Schreiben mit.»

Die Fünf torkelten zur Tür. Irma kam mit der Videokamera und wurde von Erich mitgeschleift. «Hast a Kasseddn drin?», fragte er sie. Irma bejahte.

«Jetzt soch, wo willsdn hie?», fragte Heinlein.

Doch Erich war schon zur Tür hinaus. Auf dem Weg über den Marienplatz kamen sie an einem Hotel und einem Gasthaus vorbei, die mit rot-weiß gestreiften Fahnen ausgeflaggt waren. Auf ihnen prangte der Frankenrechen.

*

Kilian saß auf der Veranda des Maritim-Hotels. Er trank aus einer Cognacflasche, die er auf seinem Rückweg an einer Tankstelle gekauft hatte. Vor ihm lag der Main schwarz in seinem Bett und floss unmerklich dahin. Die Beleuchtung an der Festung und am Käppele war bereits abgeschaltet. Nur die Begrenzungsleuchte am Funkturm leuchtete rot. Die Sterne hatten sich hinter Wolken versteckt, einzig ein schwacher Mond erbarmte sich.

Kilian hatte Giovanna eine Nachricht an der Rezeption hinterlassen. Er wollte mit ihr sprechen, bevor die Woche zu Ende ging und Oberhammer seine Drohung wahr machte. Vielleicht, nein, bestimmt konnte sie ihm helfen. Sie kannte einflussreiche Leute. Ihren Vater zum Beispiel, den Conte. Wenn sie ein gutes Wort für ihn einlegen würde, dann könnte er ihm bestimmt helfen.

Aber der Conte war eine schillernde Figur, zumindest was Korrassow über ihn erzählte. Konnte er sich wirklich mit solchen dubiosen Leuten einlassen?

Er setzte die Flasche an und ließ den Cognac laufen.

# 15

Oberhammer trieb jeden in die Enge, der ihm auf dem Weg zu Kilians Büro in die Quere kam. Selbst die albanische Putzfrau musste ihm Rechenschaft über ihre aktuelle Tätigkeit geben. Nachdem er die zweite Verbindungstür im verschachtelten Erdgeschoss des Kriminalhauptgebäudes am Neunerplatz hinter sich gebracht hatte, eilten Warnrufe seinen Schritten voraus, sodass die Beamten schnell in ihren Büros verschwanden und sich in ihre Unterlagen vertieften. Uschi stakste ihm auf Pumps hinterher.

«Um 9.30 Uhr ist das Treffen mit dem Oberbürgermeister im Rathaus», keuchte sie. «Um 11 Uhr ein Gespräch mit dem Suchtbeauftragten aus dem Landratsamt, 11.30 Uhr der Zwischenbericht aus dem K4 und ...»

«Ja, ja, ich weiß», gab er genervt zurück.

«13 Uhr Mittagessen mit dem Landrat ...»

Oberhammer stürmte ohne Anklopfen in Kilians Büro und fand es leer vor. Aus dem Nebenzimmer drang der Duft frischen Kaffees herein. Oberhammer folgte der Fährte. Sabine saß in ihrem Stuhl und lackierte sich die Fingernägel. Sie hatte der Tür den Rücken zugekehrt und telefonierte gerade mit ihrer Freundin.

«Was ist hier los?», platzte Oberhammer verärgert in ihr Gespräch.

Sabine drehte sich auf dem Stuhl herum und ließ den Telefonhörer vor Schreck fallen, der Nagellack wurde beiseite geschoben.

«Herr Polizeidirektor», stotterte sie, «so früh schon auf den Beinen?»

«Lassen Sie den Unfug», schnauzte er sie an. «Wo sind meine beiden Beamten, die die Ludwigsbrücke bearbeiten?»

Sabine suchte vergebens nach der passenden Antwort, stand auf, ging an die Tür, blickte hinein und zuckte mit den Schultern.

«Gerade waren sie noch da», sagte sie wie selbstverständlich. «Dass Sie sie nicht auf dem Gang getroffen haben?»

«Wo sind der Kilian und der Heinlein?», wiederholte er drohend.

«Wie ich schon ...»

«Nichts da», fuhr er ihr dazwischen. «Keiner der beiden ist da. Es ist 8.15 Uhr. Ich habe heute noch einen Termin mit ... mit, na mit wem?»

«Dem Regierungspräsidenten», komplettierte Uschi, die Sabines Nagellack einer genaueren Prüfung unterzog.

«Richtig. Dem Regierungspräsidenten. Ich brauche Ergebnisse. Verstehen Sie? Also, was soll ich ihm wegen der Löwen sagen? Los, geben Sie mir eine Antwort. Schnell.»

Sabine schnaufte durch und suchte nach irgendeiner Ausrede. «Sagen Sie ihm, nun ja, ... sagen Sie ...»

«Eben. Genau das. Soll ich ihm sagen, dass meine Beamten noch schlafen, während die Kultureinrichtungen von Vandalen zerstört werden? Soll ich ihm sagen, dass in unserer Residenz einfach Leute umgebracht werden, ohne dass dem Täter ernsthaft nachgestellt wird? Oder soll ich ihm sagen, dass sich unsere Sekretärinnen schon am Morgen auf den Abend vorbereiten? Also, was soll ich ihm sagen?»

Sabine wurde unter der Schimpfkanonade immer kleiner und versank in ihrem Stuhl. Schließlich ließ Oberhammer von ihr ab, sie bot keine Angriffsfläche mehr. Er ging in Kilians Büro und suchte nach den beiden Akten *Tiepolo* und *Soko Löwen*. Er durchwühlte liegen gebliebene Akten des

Vortages, riss Schubladen heraus und feuerte sie wieder zu. Schließlich stand er vor dem riesigen Stapel, der auf Heinleins Tisch entlang der Wand an die Decke wuchs. Er schaute ihn in aller Ruhe an, um ihn dann in der Beuge anzustoßen, die er für verdächtig hielt. Wie bei der Sprengung eines Schornsteins kippte er um und fächerte die Akten quer über den Tisch. Gezielt griff er nach roten Einbänden. Er förderte drei Akten zutage. Eine davon war die ‹Soko Löwen›. Uschi und Sabine trauten ihren Augen nicht.

«Adlerauge, sei wachsam», sagte er triumphierend. «War ja selbst lang genug Ermittlungsbeamter.»

Oberhammer schlug die Akte auf und fand das Zeugenprotokoll, das Sabine tags zuvor aufgenommen hatte. Er ging im Zickzack über die Aussage, drehte sich zu Sabine um, die am Türstock lehnte, und drückte ihr die Akte in die Hand.

«Heute Nachmittag», sagte er in einem gefährlich ruhigen Ton, «heute Nachmittag will ich Kilian, Heinlein und diesen Zeugen in meinem Büro sehen. Haben Sie das verstanden?»

Sabine nickte ehrfürchtig. Oberhammer lächelte und verließ mit Uschi im Schlepptau das Büro. Sie stakste ihm unüberhörbar hinterher, während Türen schlugen und es ganz still auf dem Gang wurde. Sabine hastete zum Telefon und wählte Heinleins Nummer. Noch bevor abgenommen wurde, schlich Heinlein zur Tür herein und schloss sie vorsichtig hinter sich.

«Das war knapp», flüsterte er.

«Schorsch, wo hast du bloß gesteckt? Der Oberhammer …»

«Ich weiß», unterbrach er sie, «ich hab ihn gehört, als ich zur Tür kam.»

«Und wieso bist du nicht reingekommen?»

«Bist du verrückt? Der hätte mir gerade noch gefehlt.

Was hätte ich ihm denn sagen sollen? Dass ich keine Ahnung habe, was mit der Residenz los ist? Dass ich nicht weiß, wie's mit den Löwen weitergeht? Dass ich keinen blassen Schimmer habe, wo sich unser Super-Bulle rumtreibt? Nee, nee. Das soll der Kilian schon selbst machen.»

«Wo steckt der denn überhaupt?»

«Frag die Pelligrini. Unser feiner Herr ist schon per du mit ihr.»

Heinlein ging in sein Büro und machte sich über die Unordnung auf seinem Tisch her.

«Hey, da ist ja die Mappe mit der Zeugenaussage, die ich beim Prozess gebraucht hätte.»

«Schorsch, du musst dir langsam mal ein neues System ausdenken. Das hier funktioniert nicht mehr. Der Oberhammer hat mit einer Handbewegung die ‹Soko Löwen› herausgezogen, und *du* findest deine eigenen Sachen nicht mehr.»

«Er hat die Akte?»

«Nein, die hab ich. Aber er hat sie eingesehen und will dich, Kilian und den Zeugen heute Nachmittag in seinem Büro sehen.»

Heinlein schluckte, schüttelte den Kopf und setzte sich auf seinen Stuhl.

«Nein, damit will ich nichts zu tun haben. Ruf den Kilian im Hotel an. Der soll sich drum kümmern. Ich hab da noch die Leiche aus dem Wald. Die muss identifiziert werden.»

Sabine ging an ihr Telefon und wählte die Nummer des Maritim. Kilian sei bereits außer Haus, hieß es an der Rezeption.

Heinlein wählte Pias Nummer und hatte sie auch gleich am Apparat: «Pia, es brennt. Ich brauch Ergebnisse. Wie weit ist dein Freund, dieser Stephan?»

«Wir waren die ganze Nacht vor der Kiste gesessen und haben alles eingegeben und vermessen, was ging. Viel haben wir noch nicht, aber das, was wir haben, ist gut.»

«Ich bin in zehn Minuten bei dir.» Heinlein legte auf und ging zu Sabine hinüber.

«Er ist nicht mehr im Haus», sagte sie.

«Auch egal. Ich bin weg. Wenn was Dringendes ist, ich bin bei Pia. Sag's aber niemandem.»

Sabine nickte, und Heinlein vergewisserte sich, ob Oberhammer nicht auf dem Gang auf ihn lauerte. Die Luft war rein, und er schloss leise die Tür.

Kaum war er draußen, klingelte das Telefon. Eine Hausmeisterin aus dem Rennweger Ring, in der Nähe zum Residenzgarten, wollte eine Anzeige machen. Mitten in der Nacht sei jemand aus dem Garten in ihre Straße gekommen und über eine Tür im Hinterhof verschwunden. Die Gestalt hätte irgendwas auf dem Kopf getragen. Die ganze Sache sei ihr unheimlich.

Sabine erklärte ihr, dass sie in der Kripo gelandet war und doch besser bei der PI anrufen sollte. Dort würde ihr geholfen. Sabine legte genervt den Hörer auf und überlegte, was sie als Nächstes tun sollte. Die Nägel an der linken Hand waren fertig. Doch wo war der neue Nagellack geblieben?

«Diese verstaubte Gewitterziege», giftete sie, griff zum Telefon und hackte eine Nummer ein.

«Ist die Uschi schon bei dir vorbei?»

Der Kollege an der Pforte antwortete, dass sie gerade vor ihm stünde. Im Hintergrund hörte man Oberhammer, schlagende Türen und sich rasch entfernende Schritte.

«Dann gib sie mir schnell.»

✻

Kilians Schädel brummte wie tags zuvor. Er hatte die Flasche bis zum letzten Tropfen geleert und war auf der Terrasse des Maritim eingeschlafen. Nicht einmal die Bauarbeiter mit ihren Dampfhämmern konnten ihn um 7 Uhr aus seiner todesgleichen Ruhe holen. Erst ein Kellner aus dem

Frühstücksservice rüttelte und schüttelte ihn ins Leben zurück. Eine kurze Dusche und ein flüchtiger, schmerzhafter Blick in den Spiegel waren seine ganze Morgentoilette.

Kilian stolperte über die holprigen Steine des Parkplatzes auf die Eingangstür der Residenz zu. Bauarbeiter schafften Traversen, Bretter und Bauschutt heraus. Mit einem Scheppern und Knallen landete das Zeug auf der Ladefläche eines kleinen LKWs. Kilian hielt sich die Ohren zu, als er an ihnen vorbeieilte und sich die Stufen im Treppenhaus hochquälte.

«Das Meisterwerk zeigt auf 32 mal 18 Metern die damalige Welt aus barocker Sicht», referierte Giovanna.

An ihrer Seite hörte ihr ein Mann in Anzug und mit grauen Schläfen aufmerksam zu. Er war um die fünfzig Jahre alt, gepflegt und trug eine vornehme Bräune zur Schau. Er genoss es sichtlich, von ihr das Deckenfresko erklärt zu bekommen. Giovanna war, wie üblich, wie aus dem Ei gepellt. Nur ihre Augen schienen müde. Doch sie machte es wett, indem sie öfter ihr makelloses Lächeln einsetzte und somit den Blick des Betrachters verführte.

Als sie Kilian erblickte, lächelte sie ihm zu und wies ihn mit einer verdeckten Handbewegung an, Abstand zu halten. Kilian reagierte dementsprechend und schaute ebenfalls nach oben, als wäre er ein Tourist. Er folgte den beiden, die langsam die Stufen nach oben gingen.

«Was Sie hier sehen, ist das größte frei hängende Deckenfresko der Welt. Es stellt die vier Kontinente Europa, Afrika, Asien und Amerika dar», fuhr Giovanna fort. «Sie wurden mit zum Teil barbusigen Frauen, landestypischen Tieren und mit allem, was man um 1750 mit ihnen in Verbindung bringen konnte, prachtvoll dargestellt. Am Treppenende, dort wo die fürstbischöflichen Hausherren früher die weniger geneigten Besucher empfingen, sitzt die Jungfrau Europa vor einem Stier. In seine Gestalt hatte sich der lüsterne Gottvater Zeus verwandelt, um der ahnungslosen Königstochter Europa nachzustellen. Um die beiden herum Figurengruppen, die Europa als Zentrum des christlichen Glaubens und der Künste verankern. Darunter lehnt der Architekt der Residenz und frühere Glockengießer Balthasar Neumann an einem Kanonenrohr. Rechts an seiner Seite Antonio Bossi, der kongeniale Stuckateur, der alle Arbeiten im Treppenhaus und insbesondere im anschließenden Weißen Saal in kürzester Zeit erledigte. Links hinten in der Ecke des Freskos bescheiden und kaum auffällig der Meister selbst, Giovanni Battista Tiepolo, im roten Wams und mit weißer Feder an der venezianischen Kappe. Hinter ihm wahrscheinlich einer seiner beiden Söhne, die ihm bei der Arbeit geholfen hatten. Sehnsüchtig verliert sich Tiepolos Blick in der Europa oder ruht auf dem Fürstbischof Greiffenclau, der keine Mühen und Kosten gescheut hatte, den damals berühmten und besten Freskenmaler nach Würzburg zu holen. Tiepolo verstand es wie kein Zweiter, mit dem Auge des Betrachters zu spielen. Bei ihm wusste man nie, was nun gemalt oder was tatsächlich dreidimensional war. Sehen Sie dort die Dogge neben Neumann auf dem Sockel?»

Der Mann nickte.

«Ich wette, Sie haben Mühe zu sagen, ob die Dogge dreidimensional oder gemalt ist?»

Der Mann schaute genauer hin. Er ging ein paar Schritte vor, dann wieder zurück, um schließlich ahnungslos mit dem Kopf zu schütteln. Kilian erging es genauso. Auch er konnte nicht definitiv sagen, ob die Dogge tatsächlich als Skulptur auf dem Sockel stand, oder ob sie genial mit Schattenwurf und Pinsel an die Decke gemalt war.

«Tiepolo war ein Künstler der Illusion», erlöste sie den Mann an ihrer Seite. «Die Dogge ist gemalt.»

«Und was ist mit dem Gerüst, das dort neben der Darstellung des Fürstbischofs hängt?», fragte der Mann.

«Es dient zur Aufzeichnung und zum Vermessen des

Freskos. Erst wenn alle Arbeiten abgeschlossen sind, können wir mit einem Gerät von dort oben aus feststellen, ob sich Veränderungen an der Decke ergeben haben», antwortete Giovanna. «Bis dahin muss es hängen bleiben. Aber es wird rechtzeitig abgebaut, damit zum Beginn des Festes am Samstag alles in wunderbarer Ordnung ist.»

Giovanna und ihr Gast standen in der Tür zum Weißen Saal. Kilian spielte nach wie vor den neugierigen Touristen. Ab und an stieß er ein ‹Ahh› und bewunderndes ‹Ohh› aus. Giovanna verkniff sich ein Lachen und wies ihn immer wieder mit einer versteckten Handbewegung an, Abstand zu halten.

«Das schaut alles sehr gut aus, Frau Pelligrini», sagte der Mann lobend. «Ich denke, wir sollten uns in meinem Büro in Barcelona treffen, wenn Ihre Arbeiten abgeschlossen sind. Ich bin sicher, dass ich Sie den Kuratoriumsmitgliedern vorstellen werde. Ihre Arbeit und Ihr Projektmanagement werden sie überzeugen. Da bin ich sicher.»

Der Mann schüttelte ihr die Hand, verneigte sich ein wenig und ging an Kilian vorbei die Stufen hinunter. Erst als er vom Treppenende aus nicht mehr zu sehen war, ging Giovanna auf Kilian zu.

«Was machst du denn hier?», fragte sie ihn und gab ihm einen Kuss.

«Wer war der Kerl?», wollte Kilian wissen. Er hatte den typischen Unterton eines Italieners oder Spaniers, wenn sich ein anderer Mann zu nah an seine Frau gewagt hatte. Giovanna überging es.

«Das war Don Enrique Silva-Hohenstätt», sagte sie stolz, «der Vorsitzende des Kuratoriums zur Erhaltung spanischen Kulturguts aus Barcelona.»

«Und das ist alles?», fragte Kilian.

«Was sagst du da?», lachte Giovanna und legte ihre Arme um ihn. «Don Enrique ist der Herr über Millionen

Euro und Dollar. In seinem Kuratorium sitzt die halbe spanische Königsfamilie. Wenn ich mit denen ins Geschäft komme, dann …» Giovanna stockte. Es fiel ihr nicht der passende Ausdruck ein. Mit ihren Händen zeichnete sie einen Kreis in die Luft, der die ganze Welt darstellen sollte. «Dann bin ich am Ziel aller meiner Träume. Verstehst du das?»

«Was sind das für Träume?» Kilian lehnte sich gegen die Balustrade, genau da, wo der Wachmann in den Tod gestürzt war. Ihn fröstelte plötzlich, und er verschränkte die Arme.

Giovannas Miene änderte sich. Sie wirkte nun ernst und ging einen Schritt auf ihn zu, um dann stehen zu bleiben und ihre Hand Richtung Tiepolo auszustrecken.

«Dort ist er», begann sie. «Dort ist der Maestro. Tiepolo ist das Nonplusultra. Ich habe mein ganzes Leben dafür gearbeitet, um in seine Fußstapfen zu treten. Dafür habe ich meine Kindheit in Kirchen verbracht, um die Architektur kennen zu lernen. Studiert, wie die alten Meister mit Farben, Formen und dem Licht umgegangen sind. Das Zusammenspiel von Ideal und Wirklichkeit. Ich habe gesehen, was machbar ist und was Illusion bleibt. Dafür habe ich geschuftet, meine Jugend weggeworfen, während die anderen sich amüsiert haben. Jetzt, nachdem ich die Arbeiten für die Residenz bekommen habe, die Ehre habe, am größten Werk des Maestro zu arbeiten, jetzt kommen sie aus ihren Löchern, die Dons, die Bischöfe, die Investoren, und lecken mir die Füße. Jetzt wollen sie, dass ich für sie arbeite. Früher hat kein Hahn nach mir gekräht. Ich hab mir die Finger wund gezeichnet und meine Familie und mein Land verlassen. Jetzt, heute und hier, bin ich zu dem geworden, was ich immer sein wollte.»

Kilian hörte sich in aller Ruhe Giovannas Ausführungen an. Sie meinte es ernst mit dem, was sie da sagte. Sicher. Aber sie schien auch fixiert auf ihre Arbeit, ihren Maestro.

Irgendwas stimmte nicht mit ihr. Das hatte er gestern schon bemerkt. Wie sie so seltsam über ihr Talent sprach und wie sie ihren Cousin in den Himmel lobte. Sie war besessen von dem Geniegedanken.

«Na ja …», begann er. «Ganz meisterhaft war es ja nicht, was er da gemalt hat.»

Giovannas Blick verfinsterte sich. In ihren Augen schien etwas zu funkeln, was nichts Gutes verhieß. «Was meinst du?», fragte sie.

«Etwas vergessen hat er, dein Maestro», sagte Kilian und deutete mit der Hand nacheinander auf die vier dargestellten Erdteile im Fresko.

Giovanna folgte seinem Handzeig. «Ach, das. Diese Kritik wird ab und zu laut. In der Mitte des 18. Jahrhunderts war Australien zwar schon bekannt, aber es galt noch nicht als eigenständiger Kontinent. Und nachdem es Tiepolos Aufgabe war, den Fürstbischof als unumschränkten Herrscher und Mann von Bildung darzustellen, war es damals wohl besser, auf diesen unbedeutenden Hinweis zu verzichten.»

«Verstehe ich nicht.»

«Wenn du jemanden so darstellen musst, dass er nicht nur reich und gebildet erscheint, sondern auch vorausblickend, dann überlegst du dir genau, ob du so eine Insel, die Australien damals für die Leute war, wirklich zu einem Kontinent erhebst. Zum Schluss hätte es wirklich nur eine Insel mit einem Haufen verwahrloster Wilder sein können und dann … ja, dann hättest du sie da oben, und alle würden drüber lachen. Weißt du, Tiepolo war nicht dumm.»

«Du hast Recht», sagte er schließlich, «Tiepolo war ein helles Köpfchen.»

«*Bene*», sagte Giovanna und hakte ihn auf dem Weg ins Erdgeschoss unter. «Jetzt, wo du ein Stück gescheiter bist als zuvor, beleidige den Meister nie wieder. *Capisci?*»

Ihre Bitte kam einer Drohung gleich. Das war nicht zu überhören. Kilian wollte sich das merken. Auf dem Weg nach unten lenkte er das Gespräch auf Angenehmeres.

«Wo warst du eigentlich letzte Nacht?», fragte er. «Ich hab die ganze Zeit auf dich gewartet.»

«Hast du meine Nachricht an der Rezeption nicht erhalten?»

«Doch, dass du nach München verreist wärest und erst spät zurückkommen würdest.»

«Eben, dann ist deine Frage beantwortet.»

«Und was hast du dort gemacht?»

«*Commissario mio*», lachte sie, «du kannst wohl nie abschalten?»

Kilian schmunzelte und fuhrwerkte wie ein Italiener mit seinen Händen in der Luft herum. Er mimte den sorgenvollen Beschützer.

«Ich hab den ganzen weiten Weg hinter mich gebracht, um mich nach deinem Wohlergehen zu erkundigen. Ich hab mir Sorgen gemacht, wo du steckst. Du hättest dich ja auch verlaufen können, und ich hätte dich nie wieder gefunden.»

«Du Lügner», lachte Giovanna.

«Apropos finden. Die Tür zum Gartensaal war letzte Nacht nicht verschlossen. Ich war hier und habe nach dir gesucht.»

«Ich muss mit dem Chef des Wachdienstes ein ernstes Wort reden. Das geht nicht so weiter.»

«Was meinst du?»

«Na, was wohl? Dein toter Wachmann kam doch genau deswegen mitten in der Nacht hierher. Er hatte vergessen, eine Tür abzuschließen.»

«Woher weißt du das?»

«*Commissario*, ich bin nicht dumm.»

✷

Heinlein trat nervös von einem Fuß auf den anderen. «Kannst du nicht ein bisschen schneller machen.»

«Sagst du bitte deinem Freund, dass hier Unmengen von Daten verarbeitet werden müssen und dass so was schon mal eine Minute dauern kann», sagte Stephan, Pias Bekannter und Computerexperte, den sie ‹als Erwecker der Toten› gerühmt hatte.

Pia wies ihn an, geduldig zu sein.

«Schon gut. Ich hab ja nur mal gefragt», entschuldigte sich Heinlein.

«Die Sache läuft folgendermaßen», setzte Stephan an. «Der Rechner verarbeitet alle eingespielten Daten und stellt entsprechende Verknüpfungen auf. Die erhält er auf Basis von über tausend bereits gespeicherten Mustern von Gesichtern, Knochenbau, Muskulatur, Zahnreihen und so weiter. Hinzu kommen die spezifischen, individuellen Eigenarten der zur Verfügung gestellten Fundstücke der Leiche. Klar?»

«Ja», antwortete Pia, die mittlerweile auch nicht mehr länger warten konnte.

«Dann ist ja alles klar. Es kann sich jetzt alles nur noch um Stunden handeln», sagte Stephan, nachdem der Zeitbalken der Software das Ende des Verarbeitungsprozesses in wenigen Sekunden vorausgesagt hatte.

Vor den dreien baute sich am Bildschirm eine gitterförmige Maske auf, die anhand des Zahnstatus erstellt worden war. Um ihn herum zogen sich Linien hinauf bis zum Schädel und stellten die Verformungen dar, so wie sie im Leichenfund beschrieben waren. Die Augen blieben ebenfalls gerastert, sodass der Schädel, der allmählich durch die Linien an Form gewann, aussah wie die früheren Videos der Gruppe *Kraftwerk*.

Heinlein konnte mit dem abstrakten Schädel nicht viel anfangen. Sie glichen den ersten Zeichnungen seines Sohnes, als er drei Jahre alt war.

«Ist das alles?», fragte er geringschätzig. «Damit kannst du vielleicht einen Preis bei der nächsten Videoausstellung gewinnen, aber ...»

«Klappe!», fuhr ihm Pia in die Parade. «Wart's doch mal ab.»

«So, jetzt nehmen wir mal an, dass die Anomalie der linken Zahnreihe schon seit längerer Zeit bestanden hat. Sagen wir schätzungsweise seit zehn Jahren?»

«Zehn Jahre sind okay. Der zahnärztliche Befund würde auch einen noch längeren Zeitraum akzeptieren», fügte Pia hinzu.

«Wenn wir jetzt annehmen, dass dieser Zeitraum Auswirkungen auf Muskulatur und Ausbildung des Kiefers hatte, dann müsste eure Leiche ungefähr so im unteren Viertel ausgesehen haben.»

Stephan betätigte die Enter-Taste, und der linke untere Kiefer des Musterschädels verformte sich. Heinlein riss die Augen auf und betrachtete, wie ein Teil seiner Leiche Gestalt annahm. Stephan drückte noch einmal ein paar Tasten. Wieder verformte sich der Kiefer.

«Was hast du jetzt gemacht?», wollte Heinlein wissen.

«Ich habe die Komponente Muskulatur zugespielt. Wenn jemand über eine lange Zeit schief kauen muss, dann hinterlässt das Spuren in der Symmetrie beider Muskel- und Gesichtshälften.»

Heinlein, Pia und Stephan zeigte sich ein Unterkiefer, der, von der Seite betrachtet, eine Schieflage aufwies. Stephan ließ den Schädel rotieren, sodass man ihn aus verschiedenen Perspektiven sehen konnte. Heinlein war begeistert.

«Das ist ja hammerhart», sagte er. Ungeduldig forderte er Stephan auf, noch mehr Daten und Komponenten einzuspielen, damit er ein Fahndungsfoto mitnehmen konnte.

«Nicht so schnell mit den jungen Hasen», verneinte Stephan. «Das ist erst der Anfang. Wenn ich weitere Spuren eingespielt habe, dann kann ich dir mehr zeigen. Okay?»

«Okay», wiederholte Heinlein gebannt vor dem Bildschirm.

*

Kilian kam gut gelaunt ins Kommissariat zurück. Giovanna und er hatten am Sternplatz einen Espresso und zur Feier des Tages einen Prosecco getrunken. Sie hatte ihm von ihren Plänen erzählt, dass sie nach Abschluss der Arbeiten in der Residenz nach Barcelona zu Don Enrique fliegen wolle. Wenn Kilian Lust und Zeit hätte, sollte er sie begleiten. Don Enrique besitze Verbindungen, und zwar nicht nur in die Politik, sondern auch zur Verwaltung. Er könnte bestimmt etwas für Kilian erwirken, was Würzburg anginge. Und sollten alle Stricke reißen, gebe es ja auch noch die privaten Dienste, die in diesen Kreisen immer stärker nachgefragt würden. Das würde dann schon weit über Personenschutz hinausgehen und erstrecke sich bis hinein ins Sicherheitsmanagement großer Unternehmen. Woher Giovanna das alles wusste, wollte Kilian von ihr erfahren. Sie erzählte ihm von den Geschäften ihres Vaters, des Conte, und wie er von Venedig, Mailand und Rom aus seine Geschäfte tätigte.

Kilian dachte während seines Fußmarsches ins Kommissariat darüber nach. Der Gedanke reizte ihn. Endlich könnte er aus dem Muff engstirniger Polizeiarbeit ausbrechen und seine Fähigkeiten in den Dienst sicherheitstechnischer Überlegungen großer Unternehmen stellen. Giovanna würde ihm eine Tür öffnen, die bisher für ihn verschlossen gewesen war.

Kilian ging an Sabine vorbei, direkt an seinen Schreibtisch, ohne ihr große Aufmerksamkeit zu schenken. Er überhörte ihren Hinweis, dass er, Heinlein und der Augenzeuge nach dem Mittagessen bei Oberhammer antreten sollten.

Für ihn war jetzt nur noch eins wichtig, und das hieß, den Mordfall in der Residenz schnell zum Abschluss bringen, damit er sich von Oberhammer und von Würzburg verabschieden konnte.

Er nahm sich die Liste, die ihm Korrassow gegeben hatte, nochmal vor und ging jeden einzelnen Namen und dessen Alibi durch. Heinlein und Schneider hatten sauber gearbeitet. Jede Aussage war gegengeprüft, und es sah alles danach aus, dass keiner von der Liste den Mord begangen haben konnte. Die meisten waren zur Tatzeit viele tausend Kilometer weg, andere bereits gestorben, oder ihr Alibi war bombensicher. Der Einzige, der im Entferntesten für eine erneute Überprüfung hätte infrage kommen können, war Ronald Furtwanger, Giovannas Cousin. Aber der war laut Giovanna und dem Kellner zur Tatzeit im Brazil.

Auf der anderen Seite: Vielleicht war er mit seinen Ermittlungen auch auf einer völlig falschen Spur. Hatte er etwas übersehen, gab es einen Hinweis, dem er noch nicht nachgegangen war? Im Umfeld des Wachmanns gab es keinen Anhaltspunkt. Nichts wies darauf hin, dass es einen Grund gegeben hatte, wieso er hatte sterben müssen. Blieb also die alte These: zum falschen Zeitpunkt am falschen Ort. Der Ort konnte nicht falsch sein, der Wachmann arbeitete schließlich dort. Blieb noch der falsche Zeitpunkt. Der Wachmann hatte zur Tatzeit nichts in der Residenz zu suchen gehabt. Er musste also auf jemanden getroffen sein, der sich gestört fühlte. Da es keine Kampfspuren gab, mussten sich Täter und Opfer entweder gekannt haben, oder das Opfer war überrascht worden. Er nahm sich Pias Untersuchungsprotokoll der Leiche und des Blutes nochmals vor. Dort stand, dass das Opfer nicht an der Halswunde verstorben war, sondern an der Folge eines Sturzes, der ihm eine Baulatte quer durch den Brustkorb getrieben hatte, und am Bruch des Halswirbels.

Pia wies in ihrem Bluttest darauf hin, dass sich in der Probe mehr Adrenalin befand als gewöhnlich. Nicht viel. Doch es reichte aus, um sagen zu können, dass es zu viel war. Stammte es von der vermeintlichen Eile, die den Wachmann vom Abendtisch zur Residenz getrieben hatte, damit er etwas tun konnte, was er offensichtlich vergessen hatte, oder war noch etwas passiert, bevor er stürzte? Eigentlich blieb nur die letzte Vermutung übrig. Der Stich in den Hals musste es gewesen sein.

Als Kilian die Akte weiter durchblätterte, fiel ihm der Bericht des Münchner LKAs in die Hände. In dem Untersuchungsbericht ging es um die stoffliche Untersuchung des Hemdes, das der Wachmann an dem Abend getragen hatte. Und die Kollegen hatten etwas gefunden. Auf dem Träger, der ihnen vom Erkennungsdienst übersandt worden war, fand man Pigmente und Fasern eines Baumwollstoffes. Die Fasern gehörten nicht zum Hemd, waren also von außen dazugekommen. Sie waren weiß, in der Struktur nahezu unverbraucht. Das Hemd des Wachmanns hingegen war schwarz und ausgewaschen. Woher kamen also die Fasern und die Pigmente? Vom Sturz? Mehr noch, die Fasern waren mit Pigmenten versetzt. Da eine gewöhnliche Hausfrau nicht mit derlei Materialien umging, konnten sie nur aus der Residenz stammen. Das hieß, dass der Wachmann vor seinem Sturz mit Farbe in Berührung gekommen sein musste. Das war nicht außergewöhnlich, in der Residenz wurde restauriert.

Kilian raufte sich die Haare. Er hatte eine Leiche, ein paar Spuren, die im Nichts zu verlaufen schienen, einen Hinweis auf die Mordwaffe, aber diese selbst hatte er nicht. Folglich musste er sich wieder auf die Mordwaffe konzentrieren. Fände er sie, hätte er den Mörder. Er nahm sich erneut die Liste mit den Namen vor. Hatte Korrassow wirklich alle Namen aufgelistet, oder fehlte noch einer? Er hätte gerne Korrassow darauf angesprochen. Aber der lief sich wahrscheinlich gerade die Hacken nach Galina in Genua ab. Stimmt, da war ja auch noch Galina. Er hatte nichts mehr von ihr gehört. Auch Schröder meldete sich nicht. Alles schien also nach Plan zu laufen. Galina war bestimmt untergetaucht und wartete, bis sich der Trubel um sie gelegt hatte. In der Zwischenzeit konnte Kilian seine Spuren verwischen und für die nächsten Jahre aus der Schusslinie und vielleicht auch aus ihrem Bewusstsein verschwinden. Doch das sah ihr nicht ähnlich. Galina stand in dem Ruf, nichts und niemanden zu vergessen.

Das Telefon klingelte und unterbrach seine Gedanken.

«Kilian», sagte er und wartete auf die Antwort.

«Hier ist deine Mutter», kam es zurück.

Kilian schluckte. Mein Gott, sie hatte er ganz vergessen. Wie kam sie an seine Nummer? «Hallo, Mama», sagte er in den Hörer. «Wie geht es dir?»

«Gut, mein Sohn. Allerdings haben wir dich gestern Abend vermisst. Dein Kollege, der Herr Heinlein, kam vorbei und hat dich entschuldigt.»

«Es gibt viel zu tun. Ich habe hier einen Fall, den ich eigentlich schon hätte aufklären müssen, aber …»

«Ich verstehe», unterbrach sie ihn. «Doch irgendwie habe ich das Gefühl, dass du mir aus dem Weg gehst. Wir sollten darüber sprechen. Lass uns doch heute Abend treffen.»

Spätestens am Wochenende könnte er wieder weg sein, und jetzt sollte er sich noch mit ihr treffen? Womöglich noch alleine, unter vier Augen?

«Schlecht, Mama. Ich stehe hier wirklich unter Strom, und mein Chef will Ergebnisse sehen. Ich weiß nicht, wann wir das machen können.»

Sie antwortete nicht sofort. Er spürte, dass sie wusste, dass es eine Ausrede war. Die Pause dauerte lange. Für beide quälend lange.

Heinlein kam zur Tür herein. Das war die Rettung. Kilian reagierte sofort.

«Da kommt gerade mein Chef. Ich muss auflegen. Lass uns doch später nochmal reden», sagte Kilian, ohne eine Antwort abzuwarten, und legte auf.

«Chef?», fragte Heinlein erstaunt. «Was ist passiert?»

«Nichts. Vergiss es.» Er nahm sich erneut die Liste mit den Namen vor.

«Jetzt mal im Ernst», begann Heinlein. «Wieso Chef? Wer war das gerade am Telefon?»

Kilian hatte nicht die geringste Lust, mit Heinlein über den Anruf zu sprechen, und überging die Frage.

«Was gibt's Neues bei dir?», fragte er ihn stattdessen.

«Weich nicht aus», entgegnete Heinlein. «War das deine Mutter? Nicht dass ich irgendein Dankeschön erwarte und auch nicht, dass du einfach mal nachfragst, ob ich gestern Abend im Stachel war und deiner Mutter erklärt habe, dass ihr Sohn sie nicht sehen konnte oder, unter uns, nicht sehen *wollte*. Aber ich fände es trotzdem nicht schlecht, wenn du mir mal erklären würdest, worum es hier und insbesondere zwischen euch beiden geht?»

«Hör zu, Schorsch», antwortete Kilian, «danke, dass du gestern für mich im Stachel warst. Okay? Aber alles andere geht dich nichts an und gehört nicht hierher.»

«Gut», antworte Heinlein trocken, «wenn du meinst, dass mich das nichts angeht, dann ersauf in deinen Geheimnissen. Nur lass mich in Zukunft aus diesen Geschichten heraus. Alles klar?»

«Wunderbar, dann hätten wir das also geklärt. Nun zurück zu unserem Mordfall. Was hast du herausbekommen?»

«Welchen Mordfall meinst du?»

«Na welchen wohl? Den in der Residenz. Oder haben wir noch weitere?»

«Es gibt die zerstückelte Leiche aus dem Wald. Wahrscheinlich ist dir das entgangen, während du mit dieser Pelligrini herumgeturtelt hast.»

«Die Leiche aus dem Wald interessiert mich nicht. Wir haben einen klar definierten Auftrag. Und das ist der tote Wachmann. Ansonsten geht dich Giovanna nichts an.»

«Na klar. Kümmere dich nur um deinen Scheiß. Nein, ich habe nichts in Sachen Wachmann. Wie schaut's bei dir aus?»

«Ich habe mir die Laborberichte nochmal vorgenommen. Was wir brauchen, ist die Mordwaffe. Oder anders ausgedrückt, denjenigen, der sie in Besitz hat.»

«Und das soll neu sein? Was schlägst du vor?»

«Wir müssen die Liste mit den Namen nochmal checken.»

«Ist doch bereits passiert.»

«Dann müssen wir es nochmal machen. Irgendeiner auf der Liste muss es gewesen sein.»

«Dann hilf mir doch mal auf die Sprünge, Meisterdetektiv. Was könnte ich denn übersehen haben?»

«Keine Ahnung. Nur, irgendwas ist noch nicht überprüft. Die Feder zum Beispiel. Hast du dir die Feder von dem Furtwanger schon zeigen lassen?»

«Wie komm ich dazu? Furtwanger, Pelligrini und Konsorten sind doch dein Revier. ‹Halt dich aus meinen Angelegenheiten raus.› Schon vergessen?»

«Nerv mich nicht. Schnapp dir den Typen und lass die Feder untersuchen.»

«Jawoll, mein Kommissar. Alles, was Sie befehlen, wird im Handumdrehen erledigt. Du kotzt mich an.»

Heinlein stand auf und ging zur Tür, als Sabine plötzlich aus ihrem Zimmer kam.

«Schaut euch das an. Los, kommt schnell», sagte sie und winkte sie in ihr Zimmer. Heinlein und Kilian folgten ihr.

Im Fernsehen lief ein Bericht von *TV Touring,* dem Würzburger Lokalsender. Der Moderator sprach mit gewichtiger Stimme, während im Hintergrund ein Bild eingespielt wurde, auf dem die Löwen und die vom Mond schwach erleuchtete Festung zu erkennen waren. Heinlein erschrak und trat einen Schritt zurück.

*«Diese Videoaufnahme wurde uns heute Morgen zugespielt. Zuerst konnten wir nicht glauben, was wir da sahen, und dachten an einen schlechten Scherz. Doch das Material ist authentisch und zeigt den Hergang der Verunstaltung eines der Denkmäler unserer Stadt. Sehen Sie selbst.»*

Das Videoband wurde gestartet. Es war dunkel und verwackelt, sodass man nur wenig scharf und deutlich erkennen konnte.

Es zeigte zuerst die Festung im fahlen Mondlicht. Dann kam ein Schwenk über das Haupt eines der Löwen. Die unruhige Kamerafahrt endete auf einer Gestalt, die eine rot-weiß gestreifte Kutte trug. Auf der Brust prangte der Frankenrechen. Über dem Kopf war wie eine Kapuze der Rest der Fahne gebunden, sodass man das Gesicht nicht erkennen konnte.

«Der Cäsar hat se scho als Gauner beschriebn, und bis heut is des nit annersch worn ...», grollte die Gestalt.

«Denna Lumpn vo undn der Donau!», schrie eine andere vermummte Gestalt und drängte sich ins Bild.

Sie hatte auch eine rot-weiße Fahne mit dem Frankenrechen über den Kopf und bis auf einen ausladenden Bauch gebunden. Eine Hand zog die Gestalt zur Seite.

«Mir buggeln nix mer vor denne und scho gornet vor denna ihre ...», sagte die erste Gestalt und stockte.

Sie führte einen Zettel, auf dem die Ansprache niedergeschrieben schien, näher zu sich heran.

«Herrschaftszeiten! Hätt'st net ä weng deudlicha schreib könn? Und souwos will a Lehrerin sei», raunzte sie zur Seite.

«Halt die Gosch!», keifte sie zurück. «Du verrädst uns ja no!»

Der Sprecher blickte wieder in die Kamera und fuhr fort: «Als kurpfalzbayerische Provinz geknechtet und ausgeblutet, seit nunmehr fast zweihundert Jahren bis nei der heutichen Zeit. Kärchen und Klösder hieg'macht und alles g'schdoln, die eichena Museen damit ausstaffiert und weltberühmt gemacht. Und was ham mir dafür gricht? Die vier da …»

Die Kamera schwenkte auf die Löwen. Weiter aus dem Off: «… mit ihre g'schwollene Backe und ihre dicke Häls und denne unförmiche Prang'n. Na dank schön, mir pföüfn d'rauf.»

«Und net nur des», grölte die vormals zweite Gestalt aus dem Hintergrund.

Die Kamera machte einen Schwenk. Die zweite Gestalt wurde von vermummten Mitstreitern gestützt, um den Sockel der Löwen zu erklimmen. Dumpf waren heftiges Stöhnen und Schnauben zu hören. Ein Holzstab, der wohl ein Schwert darstellen sollte, schlug mit voller Wucht auf den Löwen ein, bis der Stab zerbrach. Der, der ihn führte, gab archaische Laute von sich. Auf Brust und Rücken war das Wappen mit dem blutroten fränkischen Rechen zu erkennen.

Heinlein schluckte und wich einen weiteren Schritt zurück. Man konnte Erich, fand er, ganz deutlich erkennen.

Die Kamera schwenkte zurück, die erste Gestalt kam wieder ins Bild und las weiter vor: «Und des is' erschd der Anfang! Mir Franke wolle unser Zeuch widda, und des it unser guades Racht. Und wenn mers net freiwillich grichn, dann hol mer's uns.»

Es entstand eine Pause, in der der Sprecher der Truppe zu schwanken begann. Er stockte, hatte scheinbar den Faden verloren:

«Renadde», raunzte er zur Seite, «i kann des net läs.»

Die andere Gestalt trat ins Bild, nahm ihm den Zettel ab,

drehte ihn ein paarmal, hielt ihn ins Licht und sagte schließlich: «I a net.»

Bis ein vierter Vermummter aus dem Hintergrund deklamierte: «Und die bayerisch-imperialistischen Insignien der Unterdrückung …»

Wieder schwenkte die Kamera zu dem, der zuvor auf die bayerischen Löwen eingeschlagen hatte. Er fuhrwerkte unter seiner Kutte herum, und eine Frauenstimme ermutigte ihn: «Ja, geb's 'ne!»

Die Kamera wackelte zur Kapuzengestalt. Eine Fontäne ergoss sich über das Haupt des Löwen. Von hinten Gejohle. Als er fertig war, sprang er vom Sockel zurück und riss die Kamera mit zu Boden. Im Hintergrund hörte man einen Aufschrei und das Fluchen einer Frau. Es folgten wirre Bilder, bis die erste Gestalt die Kamera, am ausgestreckten Arm, sich ins dunkle Gesicht hielt.

«Und des Schwert hol mer uns a no!»

Dann brach die Aufnahme ab.

Kilian und Sabine konnten nicht glauben, was sie da sahen. Sprachlos schauten sie sich an. Heinlein stand in der hintersten Ecke und hielt sich die Hand vor Augen, damit er nicht ansehen musste, was da vor ihm und auf Tausenden weiteren Bildschirme hinausgetragen wurde. Er konnte nicht fassen, dass Heinz-Günther und Erich das Band aus der Hand gegeben hatten.

«Was war denn das?», sagte Kilian, als hätte er einer Begegnung der außerirdischen Art beigewohnt.

Sabine setzte sich in ihren Stuhl und fing zu lachen an. «So was gibt's doch gar nicht.»

Das Bild, wie Erich den Löwen bepinkelte, wurde eingefroren und neben die Festung platziert. Der Moderator sprach mit ernster Stimme: «Neben dem Videoband wurde uns ein Schreiben zugeschickt. Es beinhaltet in kaum leserlicher Schrift den Aufruf einer Gruppe, die sich ‹Ostfränkische Befreiungsloge› nennt. Diese Gruppe übernimmt die volle Verantwortung für diesen gemeinen und hinterhältigen Anschlag. Der Rest ist leider nicht lesbar. Wir stellen das Schriftstück natürlich der Polizei zur Verfügung. Spezialisten werden es entziffern. Unter der nun eingeblendeten Rufnummer können Sie uns anrufen und Hinweise aufgeben, sofern Sie etwas zu dem Vorfall sagen können.»

Sabine drückte den Off-Schalter an der Fernbedienung, und schon klingelte das Telefon. Sie schaute aufs Display und erkannte den Anrufer.

«Oh-Oh», sagte sie und nahm ab.

«Jawohl, der ist da. Einen Moment, Herr Oberhammer.» Sabine reichte Kilian den Hörer.

«Kilian hier.»

«Haben Sie das gesehen? Haben Sie das gesehen?», donnerte es aus dem Hörer, sodass ihn Kilian auf Armeslänge weghalten musste.

«Ja, das habe ich», antwortete er kühl.

«Und? Was fällt Ihnen dazu ein?»

«Dass wir einen Hinweis haben, dem wir nachgehen werden.»

«Genau das tun Sie. Und zwar sofort! Ich will Ergebnisse sehen.»

Der Telefonhörer krachte auf die Gabel, und es ertönte das Tut-Tut.

Kilian wies Sabine an, eine Streife zu *TV Touring* zu schicken, um das Videoband und das Schreiben sicherzustellen.

«Sag den Kollegen, dass sie es gleich ins Labor bringen. Vielleicht haben wir Glück, und es sind noch ein paar Fingerabdrücke drauf, die nicht von den Fernsehleuten stammen. Die Kollegen sollen es dann zum ED geben. Mal schauen, ob wir aus den Aufnahmen noch was machen können.»

«Was meinst du mit ‹noch was machen können›?», fragte Heinlein nervös.

«Na, das Übliche. Restlichtaufhellung, Pixeloptimierung … die ganze Trickkiste.»

«Und was versprichst du dir davon?»

«Mein Gott, Schorsch. Sei halt nicht so naiv. Wart erst mal ab, bis die Techniker mit dem Video fertig sind. Dann hat das Hollywood-Qualität.»

Heinlein wurde es heiß und kalt. Kilian hatte Recht. Wenn die Computerfritzen das Ding in die Hand bekämen, dann wäre er geliefert. Er musste was unternehmen.

«Lass mal, Sabine, ich fahr selber zu den Fernsehleuten. Ist sicherer. Außerdem wollte ich so ein Studio auch mal von innen sehen.»

Kaum gesagt, war er schon zur Tür draußen. Kilian schaute ihm nach und ahnte, dass Heinlein die Finger im Spiel hatte. Ihm war es nur recht, sollte Heinlein doch tun, was er für nötig hielt, seinen Segen hatte er.

Kilian setzte sich an seinen Schreibtisch und schaute sich das Chaos vor ihm an. Akten lagen umher, Seiten, Berichte, Aussagen waren verstreut, konnten nicht mehr zugeordnet werden. Er fragte sich, was er nun als Erstes tun sollte. Oberhammer sagen, dass er keine Spur vom Residenzmörder hatte? Seinem Kollegen Heinlein nachlaufen und ihn von einer Dummheit abhalten? Zu seiner Mutter gehen und ihr sagen, was für ein gemeines Miststück sie war?

Er entschied sich wieder für Korrassows Liste. Ging Namen, Alibis und Adressen nochmals durch. Nach dem dritten Durchgang gab er auf und ging rüber zu Sabine. Sie stand gerade am Fax und nahm die Mitteilungen von Zahnärzten aus der Region entgegen.

«Sag mal», fragte Kilian, «was machst du eigentlich, wenn du was verlegt hast und das ganze Haus bereits fünfmal danach durchsuchst hast?»

«Fünfmal?»

«Ja. Meinetwegen auch sechsmal.»

Sabine schloss die Augen und bewegte den Kopf, als würde sie einen Slalomkurs durch ihre Wohnung nehmen.

«Was machst du da?»

«Ich geh den Weg, den ich genommen habe, als ich das Ding noch hatte, in Gedanken durch.»

«Und dann?»

«Dann hab ich's meistens.»

«Und wenn nicht?»

«Dann wird's schwierig. Dann hilft nur noch das Gegensätzliche, das Verrückte, das, woran ich im Leben niemals denken würde.»

«Nun gut», grübelte Kilian.

Da von Sabine nichts mehr kam und sie sich wieder den Faxen widmete, ging er zurück an seinen Schreibtisch. Das Gegensätzliche, das Verrückte, das, woran er im Leben sonst niemals denken würde …?

Sabine kam herein und legte ihm einen Stapel Faxe auf den Tisch.

«So, das ist die Ernte seit heute Morgen.»

«Was ist das?»

«Das sind die Antwort-Faxe der Zahnärzte.»

«Und was haben sie geantwortet?»

«Dass sie das Gebiss nicht erkennen.»

«Na, bravo. Würdest du mir bitte mal erklären, worum es hier geht?»

«Schorsch hat ein Zahnschema von der Waldleiche an die umliegenden Zahnärzte geschickt.»

«Und war einer dabei, der es erkannt hat?»

«Nee. Lies doch.»

Sabine ging zurück in ihr Zimmer. Kilian nahm ein paar Faxe zur Hand und las den gleichen Satz: «Sehr geehrter Herr Kriminaloberkommissar … können wir Ihnen leider nicht weiterhelfen … und verbleiben mit …»

Kilian hatte überhaupt keine Lust, sich auch noch um diese Leiche zu kümmern. Er war mit dem Wachmann genug beschäftigt. Aber er stand auf und ging nochmal zu Sabine.

«Machen wir einen zweiten Versuch?»

«Was?», fragte Sabine. Sie war sich nicht sicher, was er damit meinte.

«Schick den Abdruck und das Zahnschema an alle Krankenkassen. Mal schauen, ob da einer dabei ist, der die Beißer erkennt.»

«Versprichst du dir was davon?»

«Wenn du tagtäglich einhundert Gebisse siehst, und das über Jahre, dann entwickelst du ein Auge für Auffälligkeiten, Abweichungen, Besonderheiten. Vielleicht haben wir Glück.»

«Wenn's unbedingt sein muss.»

Kilian widmete sich abermals Korrassows Liste. Wieder und wieder ging er über die Namen. Doch es fiel ihm nichts Neues ein. Das Gegensätzliche, das Verrückte, das, woran man im Leben sonst niemals denkt, ging ihm durch den Kopf. Aber was könnte das sein?

✷

Heinlein schlich mit dem Videoband an den Kollegen vom ED vorbei, die gerade am Kaffeeautomaten eine rauchten. Er betrat vorsichtig ein Zimmer, das bis zur Decke mit Fernsehgeräten, Computern und Abspielmaschinen voll gestopft war. Niemand war da. Er ging schnurstracks auf einen Arbeitsplatz zu und betätigte wahllos ein paar Knöpfe. Ein Fernseher sprang an, ein Videorecorder gab ein Band frei und zeigte den Mitschnitt einer Überwachung. Vom Band keuchte und stöhnte es, dass es ihm ganz schwummrig wurde. Hastig versuchte er das Band zu stoppen, doch es wurde immer lauter, bis plötzlich ein junger Mann in der Tür stand.

«Nicht schlecht, gell?», sagte der Junge zu ihm. «Gutes Material.»

«Wie bitte?», antwortete Heinlein und drückte noch ein paar Tasten mehr.

Dieses Mal sprang ein Videorecorder an und zeigte die Aufnahmen vom Afrika-Festival an der Talavera. Es dokumentierte, dass der Rauschgifthandel unter den Ausstellern und den Gästen prächtig blühte. Unterlegt war es mit einem wilden Getrommel, das unter der Brücke mit einem Hall klang, als wären zwanzig Stämme bei der Arbeit. Dazwischen das Gestöhne des ersten Bandes.

«Soll ich Ihnen helfen?», schrie der Junge, der neben Heinlein stand und dessen hilflose Versuche, die Bänder anzuhalten, verfolgte.

«Stell das Zeugs endlich ab.»

Der Junge betätigte mehrere Schalter, und im Handumdrehen war es mucksmäuschenstill im Zimmer.

«Gut», stöhnte Heinlein erleichtert und wischte sich den Schweiß von der Stirn. «Du kennst dich aber gut aus mit den Geräten.»

«Logo. Bin auch in der Ausbildung. Zu irgendwas muss das ja gut sein.»

«Du könntest mir mal helfen», sagte Heinlein verstohlen und gab ihm das Band. «Legst du das mal ein und zeigst mir, wie ich es löschen kann?»

«Wieso wollen Sie es löschen?»

«Ist nur altes Zeugs drauf, was ich nicht mehr brauche.»

«Na gut», sagte der Junge, legte das Band ein und fragte sicherheitshalber nochmal, ob er es wirklich löschen sollte.

«Ja», drängte Heinlein und schaute zur Tür, ob sie von jemanden beobachtet wurden. Der Junge drückte auf die Aufnahmetaste, und das Band lief los.

«Da wird jetzt alles richtig gelöscht?», fragte Heinlein. «Da kann man danach nichts mehr erkennen?»

«Nö», sagte der Junge und ging zur Tür hinaus. «Wenn Sie noch was brauchen, ich bin draußen am Automaten.»

Heinlein nickte und wartete nervös, bis das Band zu Ende war. Danach fummelte er am Recorder herum, um das Band herauszubekommen. Doch nichts rührte sich. Er nahm einen Schraubenzieher und begann, den Einfuhrschacht zu bearbeiten, als auch schon ein Techniker im Raum stand.

«Servus, Schorsch», sagte er und stellte sich neugierig neben Heinlein. «Gehst du jetzt schon mit dem Schraubenzieher auf unsere Videorecorder los?»

«Haha, selten so gelacht», erwiderte er ihm. «Ich hab da ein Band drin und krieg's nimmer raus.»

«Jaja, es ist schon schlimm, wenn man's nicht mehr rausbringt. Ich kenn des.»

«Jetzt hilf mir halt, verdammt», fuhr Heinlein den Kollegen an.

Der Mann betätigte die entsprechende Taste, und schon fuhr die Kassette raus. Heinlein nahm sie und drückte sie dem Kollegen sofort wieder in die Hand.

«Check des mal, ob du da drauf noch was erkennen kannst. Das ist ein dienstlicher Auftrag.»

Heinlein verließ grinsend den Raum. Der Mann schob die Kassette ins Laufwerk und drückte die Start-Taste. Am Bildschirm zeigte sich aber nur ein schwarzer Film, der am oberen und unteren Rand weiße, verzogene Rillen aufwies. Der Mann stand auf, ging zur Tür und schaute den Gang entlang, ob er Heinlein noch erwischen konnte. Doch der war bereits verschwunden. Er ging an den Recorder zurück, ließ sich die Kassette ausgeben und betrachtete das Label. Darauf waren das Logo von *TV Touring* und die Bezeichnung «Mitschnitt: Löwenbrücke» abgedruckt. Kurzerhand griff er zum Telefon und wählte eine Nummer.

«Servus, hier ist der Benni. Gib mir doch mal den Roland aus der Technik.»

✷

Kilian bog am Hofgartentor links ab. Reisebusse entließen ihre Fahrgäste. Völlig sorglos irrten sie auf der Straße herum, als hätten sie zu keiner Zeit mit Verkehr zu rechnen.

Nach wenigen Metern stand er vor der gesuchten Adresse. Er parkte und ging auf das Haus zu. Es war keine zweihundert Meter von der Residenz entfernt, und man hatte den Hofgarten im Blick. Vom Fenster im Erdgeschoss aus beobachtete ihn misstrauisch eine Frau, die in typisch fränkischer Art und Weise jede Bewegung in ihrem Revier aufmerksam registrierte. Selbstredend und ungefragt gab sie Kommentare zu allem und nichts. Meistens zu allem, was sie nichts anging.

«Was wollen Sie hier?», rief sie Kilian nach, als er an ihrem Fenster vorbei zur Klingelleiste ging und nach dem Namen Furtwanger suchte.

«Ich suche jemanden», antwortete er, ohne sich weiter um sie zu kümmern.

«Wen denn?»

«Jemanden.»

«Kenn ich nicht.»

«Schade.»

«Wohnt der Jemand hier?»

«So heißt es.»

«Wie heißt er denn?»

«Furtwanger.»

«Ach der.»

«Also, Sie kennen ihn?»

«Kennen ist zu viel gesagt.»

«Was dann?»

«Man hört ihn mehr.»

«Was heißt das schon wieder?»

«Sehen tut man ihn kaum, weil er nur nachts unterwegs ist. Das lichtscheue Gesindel.»

«Woran erkennen … hören Sie denn, dass er es ist?»

«Bei uns im Haus sind alle pünktlich abends im Bett. Nur der Hallodri nicht.»

«Wann kommt er denn immer nach Haus?»

«Wenn er kommt, dann spät.»

«Ja, wann denn?»

«Nachts. Mitten in der Nacht. Und wenn die Sonn aufgeht, ist er auch wieder verschwunden, oder er kommt den ganzen Tag nicht aus dem Haus. Dann schläft er.»

«Woher wissen Sie, dass er schläft?»

«Man hört ja nichts mehr den ganzen Tag von ihm. Und nachts, dann kommen noch Leute zu ihm und bleiben die Nacht bis zum nächsten Morgen.»

«Was für Leute?»

«Leut halt. Man sieht sie kaum. Die sind immer gleich verschwunden. Haben's eilig, wollen nicht gesehen werden.»

«So, so. Wie sehen die denn aus, die Leut?»

«Da ist 'ne Frau, 'ne ganze modische, dünne und gschminkte. Ich hab sie nur von hinten gsehn. Aber sie roch teuer.»

«Und die anderen?»

«Welche andern?»

«Na die, die außer der Frau noch da sind?»

«Weiß nicht. Den, den ich mein, hab ich bisher nur einmal gsehn. Der ist mitten in der Nacht gekommen. Die Sonn ist bald rausgekommen, und er ist an der Hauswand entlanggschlichen.»

«Wie sah er denn aus?»

«Weiß nicht. Hatte irgendwas auf dem Kopf.»

«Ja, was denn?!»

«Schreien Sie mich net so an, sonst sag ich Ihnen gleich gar nix mehr.»

«Also, bitte, was hatte er auf dem Kopf?»

«So 'ne Kappe, mit irgendwas dran. So was Längliches. Mehr konnte ich nicht sehn. War ja noch dunkel.»

Kilian reichte es. Diese Tratschn raubte ihm den letzten Nerv. Er unternahm einen letzten Versuch.

«Welcher Postkasten gehört ihm denn? Ich kann kein Namensschild finden.»

«Es ist der, auf dem kein Name steht. Das hab ich schon dreimal angemahnt.»

«Bekommt er denn so viel Post?»

«Nee.»

«Wieso braucht er dann ein Namensschild?»

«Weil, weil ... das so in der Hausordnung steht.»

«Ah ja. Und Sie kennen die Hausordnung gut?»

«Klar. Bin auch die Hausmeisterin.»

Kilian hatte zwei natürliche Feinde. Die einen waren die Kolleginnen von der Straßenüberwachung und die anderen Hausmeister. Und zwar in allen Formen. Egal, ob männlich oder weiblich, in Deutschland oder im Ausland, alt oder jung. Hausmeister, Hausordnung und Geschwätzigkeit – für Kilian eine explosive Mischung.

«Könnten Sie dem Herrn Furtwanger etwas ausrichten?»

«Kann ich schon. Nur sehen tu ich ihn nicht.»

Kilian überlegte, wie er Kontakt zu ihm aufnehmen könnte. Er entschied sich, eine Nachricht zu schreiben und sie Furtwanger an den Postkasten zu stecken.

«Ich hinterlasse ihm eine Nachricht. Wäre schön, wenn Sie mal ab und zu ein Auge drauf haben», sagte Kilian und ging zu seinem Wagen.

«Wer sind Sie denn?», rief ihm die Hausmeisterin hinterher.

«Kilian. Polizei.»

«Polizei? Suchen Sie den Furtwanger? Hat der was angestellt? Der war mir schon immer suspekt. Kein Wunder, wenn man sich die ganze Nacht rumtreibt.»

«Nur eine Routineüberprüfung. Nichts weiter», sagte Kilian und stieg in sein Auto ein.

Die Hausmeisterin rief ihm noch etwas zu. Es klang wie: «Halt. Bleiben Sie stehen. Ich hab doch angerufen.» Aber Kilian wollte nichts mehr hören. Er legte den Gang ein und bog auf den Berliner Ring ein.

# 16

Freitag.

*7.35 Uhr. Kriminalpolizei am Neunerplatz. Der Fund einer Frauenleiche wird gemeldet. Sie liegt blutüberströmt in einem Gebüsch im Husarenwäldchen. Zwei Studenten, die die Nacht durchgezecht hatten, haben sie auf dem Nachhauseweg gefunden. Einer der beiden hatte sich an Ort und Stelle übergeben müssen. Ralf Schneider vom KDD wird informiert und rückt mit drei Kollegen aus.*

*8.10 Uhr. Kriminaloberkommissar Heinlein fährt direkt von zu Hause an den Tatort. Kriminalhauptkommissar Kilian überquert zu Fuß die Friedensbrücke Richtung Neunerplatz.*

*8.15 Uhr. Die verbliebenen Beamten des Erkennungsdienstes bearbeiten das von TV Touring zusätzlich zur Verfügung gestellte Band. Sie hellen einzelne Bilder auf und separieren Bildausschnitte, die den Täter in Umhang und Schwert als Erich Reifenschläger erkennen lassen.*

*Der Polizeipräsident Ferdinand Oberhammer betritt sein Büro. Seine Assistentin Uschi teilt ihm die heutigen Termine mit. Oberhammer will vorerst nichts davon hören und erkundigt sich, ob schon Hinweise von den Kommissaren Kilian und Heinlein hinsichtlich der* ‹Soko Löwe› *vorliegen. Uschi verneint. Oberhammer wählt Kilians Nummer. Sabine antwortet ihm, dass Kollege Heinlein zu einer Leiche gerufen wurde und Kollege Kilian noch nicht zum Dienst erschienen sei. Oberhammer feuert den Hörer auf die Gabel.*

*Vor dem Eingangstor der Residenz verladen Bauarbeiter Holzplanken, Werkzeug, Gitter und Gerüstteile. Zwei Kleinbusse mit Reinigungspersonal kommen herangefahren. Ein Truppführer weist die meist ausländischen Putzhilfen in verschiedene Gruppen ein. Sie betreten die Residenz mit Eimern, Lappen und Besen.*

*8.20 Uhr. Kilian betritt das Kriminalhauptgebäude.*

«Einen Moment, Herr Kilian», sagte der junge Kollege hinter der Panzerglasscheibe.

Er griff in ein Regal und holte eine längliche Schachtel heraus. Dann ging er zur Seitentür und überreichte sie Kilian. Der zeigte sich erstaunt. Die Schachtel sah genauso aus wie die, die Giovanna ihm bereits gegeben hatte.

«Ein Mann war heute Morgen hier und hat das für Sie abgegeben», sagte er.

Kilian nahm die Schachtel mit auf den Weg in sein Büro. Sabine kam ihm entgegen.

«Wo steckst du denn?», fragte sie aufgeregt.

«Beruhige dich. Ich bin doch jetzt hier», antwortete Kilian.

«Der KDD und der Schorsch sind im Husarenwäldchen. Eine Frauenleiche wurde heute Morgen gefunden.»

«Schon wieder eine? Sag mal, bringt ihr euch jetzt am laufenden Band um?»

«Mach keine Scherze. Der Oberhammer hat angerufen und wollte wissen, was mit der Löwenbrücke los ist.»

«Was soll los sein? Nix. Die EDler sollen das klären.»

«Schon passiert.»

«Na, dann ist doch alles klar.»

«Nix ist klar. Da ist der Erich drauf.»

«Wer ist der Erich?»

«Erich ist ein Freund vom Schorsch.»

«Ja und?»

«Wenn da der Erich drauf ist, dann ist der Schorsch auch nicht weit.»

«Wieso?»

«Na, weil sie gute Freunde sind. Und wenn der Erich einen Scheiß macht, dann steht meistens der Schorsch daneben.»

«Oder mittendrin», sagte Kilian in guter Erinnerung an die Löwennacht.

«Was?»

«Vergiss es. Wo ist jetzt das Problem?»

«Oberhammer ist auf dem Weg. Er will sich die Aufnahme selbst anschauen. Und wenn der den Schorsch drauf entdeckt ...»

«Schon gut. Ich geh rüber zu den Kollegen und bring das in Ordnung», sagte er in aller Ruhe, während er die Schachtel öffnete und neben einer Feder den Zettel fand, den er tags zuvor in den Postkasten Furtwangers gesteckt hatte. Unter seiner eigenen Nachricht las er:

*Kann leider nicht persönlich kommen. Bin in aller Früh verreist. Rückkehr unbestimmt. Anbei die Feder, die Sie sehen wollten. Gruß R. Furtwanger.*

*PS: Sollte ich länger verreist sein, betrachten Sie die Feder als Geschenk. Ich werde sie dann nicht mehr benötigen.*

«Jetzt beeil dich. Der Oberhammer kann jede Minute da sein», drängte Sabine.

Kilian gab ihr die Schachtel. «Lass sie in die Rechtsmedizin bringen. Sie sollen checken, ob sie was mit der Mordwaffe zu tun hat.»

Er machte sich auf den Weg zum Erkennungsdienst. Im Weggehen drehte er sich nochmal um und rief ihr nach: «Und wenn der Oberhammer auftaucht, dann halt ihn, solange es geht, auf.»

Kilian hörte das Lachen und Gegröle bereits auf dem Gang. Als er den Technikraum betrat, sah er, wie sich fünf Kollegen vor Lachen auf die Schenkel klopften.

Auf einem Monitor war das verzerrte Gesicht Erichs zu erkennen. Seine Augen waren verdreht, als wollten sie aus den Höhlen treten. Der Mund war weit aufgerissen und verzogen.

Einen Monitor weiter war – zwar nur im Profil, aber das eindeutig – Heinlein zu erkennen. Er trug eine weiß-rote Fahne und stützte Erich von hinten, der mit aller Entschiedenheit im Begriff war, den Sockel eines Löwen zu besteigen.

Kilian konnte es nicht fassen. «Das darf doch nicht wahr sein.»

«Doch!», brüllten die Kollegen einstimmig.

«Wollen Sie alles sehen?», fragte einer.

Kilian nickte. Das Bild rüttelte, hatte Aussetzer, war verzerrt und ließ eine ruhige Hand vermissen. Doch es reichte aus, um zu erkennen, wie dieser Erich auf den Löwen eindrosch und Heinlein ihn von hinten hielt. Kilian trat an den Regietisch und betätigte die Stopptaste.

«Ich glaube, das reicht. Gute Arbeit, Kollegen», sagte er, «aber wir müssen da was ändern.»

Erstaunt blickten sie ihn an.

«Sie haben doch bestimmt einen Internet-Anschluss hier?»

«Ja», antwortete einer, «und?»

Sabine warf den Hörer auf die Gabel, sprang auf und rannte Richtung Eingang aus ihrem Büro. Sie lief Oberhammer beim Übergang in den zweiten Bau direkt in die Arme.

«Herr Polizeidirektor? So früh schon unterwegs?», sagte sie und stellte sich ihm in den Weg.

«Morgen», raunzte er, schob sie zur Seite und ging den

Gang weiter. Sabine folgte ihm, so gut es ging, und stellte sich ihm abermals in den Weg.

«Vielleicht erst mal eine Tasse Kaffee? Die Techniker sind noch nicht so weit.»

«Dann werde ich ihnen Beine machen. Sie werden sich wundern, wie schnell es dann geht.»

Oberhammer bog um die Ecke. Der Raum der Techniker war nur noch wenige Schritte entfernt. Sabine startete ihren letzten verzweifelten Versuch, überholte ihn und stellte sich in die Tür.

«Vielleicht sollten wir erst mal Kriminalhauptkommissar Kilian nach dem Stand der Ermittlungen in Sachen ‹Soko Tiepolo› befragen. Er hat …»

«Aus dem Weg», brüllte Oberhammer sie an.

Sabine wich zur Seite. Als er den Raum betrat, lehnten Kilian und die Techniker über dem Regiepult.

«Nun, meine Herren», begann Oberhammer, «dann lassen Sie mal sehen, was wir da haben.»

Kilian ging auf ihn zu. Er fasste Oberhammer an der Schulter und wollte ihn wegführen. Doch der stand wie ein Fels.

«Was sollen diese Vertraulichkeiten, Kilian?», herrschte er ihn an. «Zeigen Sie mir jetzt, was auf dem Band ist, oder ich werde Ihnen Beine machen.»

«Herr Polizeidirektor, ich denke, es ist nicht gut, wenn Sie das sehen …»

«Das lassen Sie getrost mal meine Sorge sein. Zeigen Sie her, was Sie da haben.»

«Dann sollten wir die Kollegen aus dem Raum schicken. Ich habe Gründe.»

Oberhammer schaute in die Gesichter der Techniker, die sich krampfhaft bemühten, nicht lauthals loszulachen.

«Wenn's sein muss. Alle raus.»

Die Techniker gingen einer nach dem anderen.

«Also, Kilian. Was ist so geheimnisvoll an der Aufnahme?»

Kilian suchte nach der richtigen Antwort.

«Ich habe Ihnen eine Frage gestellt, Herr Kilian. Oder soll ich ewig warten?»

«Nun gut», begann Kilian. «Die Aufnahmen sind sehr undeutlich. Die Techniker haben das Beste daraus gemacht. Restlichtaufhellung, Pixeloptimierung …»

«Genug. Zeigen Sie das Band endlich.»

«Es ist eine Person darauf zu erkennen.»

«Eben, deswegen bin ich hier.»

«Ja, aber …»

«Jetzt reicht's. Fahren Sie das Band ab, oder Sie fliegen hochkant raus.»

Kilian betätigte die Starttaste des Recorders. Das Band lief los. Auf dem Bildschirm zeigte sich undeutlich und nahezu verdunkelt eine Person, die wahllos auf den Löwen eindrosch.

«Das sind die Originalaufnahmen und jetzt die bearbeitete Version.»

Kilian hielt das Band an und startete einen anderen Recorder. In ruckartigen Einzelbilder drehte sich der Kopf der Person in die Kamera und wurde kurz durch das Aufleuchten eines Autoscheinwerfers, der zum Zeitpunkt der Aufnahme auf die Brücke gekommen sein musste, erleuchtet. Kilian fror das Einzelbild ein, auf dem das Gesicht nun klar und deutlich erkennbar war.

Oberhammer riss die Augen auf, trat einen Schritt vor, bis er mit der Nasenspitze nahezu auf dem Bildschirm klebte. Was er sah, erschütterte ihn bis ins Mark. Vor ihm tauchte das Gesicht seines Landesvaters auf, das verschmitzt lächelte.

«Das … das ist eine Fälschung», stotterte Oberhammer.

«Ich fürchte, nein. Aber wenn es Sie beruhigt, können

wir es zu einer erneuten Überprüfung ans LKA schicken. Soll ich Ihnen noch mehr zeigen?», pokerte Kilian. Mehr als dieses eine Bild hatten die Techniker in der Kürze der Zeit nicht zustande gebracht. Jetzt ging es um hopp oder topp!

«Um Himmels willen», sagte Oberhammer und schaute sich um, ob sie von einem Techniker beobachten wurden. Er drückte aufgeregt mehrere Tasten, um das diskriminierende Bild vom Schirm zu nehmen. Kilian kam ihm zu Hilfe.

«Wer hat die Aufnahme gesehen?», fragte Oberhammer nervös.

«Die Techniker natürlich, Sie und ich.»

Oberhammer dachte nach. Schließlich hatte er einen Plan, wie er das Problem lösen und seinen Landesvater von der Schmach befreien konnte.

«Gibt es noch eine Kopie von dem Band?», fragte er.

«Nein. Das Original ist hier.»

«Gut. Vernichten. Alles vernichten.»

«Wie bitte?»

«Ich sagte: *Vernichten.*»

«Das ist Beweismaterial», stellte Kilian fest. Er durfte es ihm nicht zu leicht machen.

«Sind Sie jetzt völlig verblödet, Kilian? Das ist kein Beweismaterial, sondern der Untergang. Können Sie sich vorstellen, was mit uns passiert, wenn …? Ich darf gar nicht daran denken.»

Oberhammer wandte sich ab. Er schüttelte unaufhörlich den Kopf, als er sich ausmalte, wenn sein Landesvater auf allen TV-Kanälen als Trunkenbold und Sachbeschädiger öffentlichen Eigentums gebrandmarkt würde.

«Sie haben Recht. Vernichten wäre unklug, nachdem die Techniker es schon gesehen haben. Das Band muss weg. Am besten, Sie geben's mir», sagte Oberhammer.

Kilian erschrak. Das war nicht sein Plan. Was zum Teufel

könnte alles passieren, wenn Oberhammer das Band jemand anderem in die Hände drückte?

«Nein, ich hatte Unrecht. Vernichten ist besser. Dann wäre das Problem ein für alle Mal gelöst.»

Kilian suchte zu retten, was nicht mehr zu retten war.

«Her mit dem Band! Bei mir ist es sicher. Darauf können Sie sich verlassen.»

Kilian zögerte. Das war nicht gut, was Oberhammer forderte. Doch bevor er sich eine neue Ausrede einfallen lassen konnte, beendete ein finales ‹Her damit!› die Überlegungen. So gab er es ihm mit einem mulmigen Gefühl. Oberhammer versteckte es unter seiner Uniform und schlich zur Tür hinaus. Draußen traf er Sabine, die ehrfurchtsvoll einen Schritt zurücktrat.

«Ach, guten Morgen, Frau Anschütz. Wie geht es Ihnen? Gut? Das freut mich. Einen schönen Tag noch.» Oberhammer verschwand den Gang hinunter um die Ecke.

Sabine war sprachlos, fand dann aber doch zu sich: «Was hast du denn mit dem gemacht?»

Kilian überlegte, wie er Oberhammers Hilfe bei der Beseitigung des Bandes in einfache Worte kleiden konnte.

«Ich habe ihn mit seiner Endlichkeit konfrontiert.»

«Was?»

✻

Die Arbeiter der Putzkolonnen waren in der Eingangshalle und im Gartensaal tätig. Bis zum Abend galt es, zumindest den groben Dreck, den die Restaurierungsarbeiten der vergangenen zwei Monate hinterlassen hatten, zu beseitigen. Dazwischen wurden Touristen durch die nicht abgesperrten Teile der Räumlichkeiten geführt. Unter dem Deckenfresko, auf den Treppen und im Kaisersaal stauten sich mehrere Gruppen, und die Erklärungen der jeweiligen Führer vermischten sich zu einem einzigen Stimmengewirr.

Draußen, vor dem Gartensaal, hämmerten, sägten und schraubten die Schreiner die Bühne für das Orchester zusammen. Um sie herum trugen Helfer Stühle und Bohlen auf die Rasenflächen, wo die bestuhlten Plätze entstehen sollten. Der Chef des Ordnungsdienstes scharte rund dreißig ‹Securities› um sich. Er erklärte ihnen, wo was wie zu finden war. Fluchtwege und Verhaltensregeln im Falle einer Notsituation wurden besprochen.

An den Treppen hinauf zu den Terrassen trieben Hilfskräfte dünne Eisenstangen ins Erdreich und spannten Absperrband – die wertvollen Grasflächen sollten durch den erwarteten Ansturm von über 8000 Gästen nicht in Mitleidenschaft gezogen werden.

Aber auch auf der kleinen Bühne unter dem Deckenfresko, das noch immer mit Planen verschalt war, wurde heimlich und unter Hochdruck gearbeitet.

Der rote Felsen, gegen den eine dunkelhäutige Königin lehnte, zeigte gepunktete Malereien. Sie stellten eine Szene dar, wie Eingeborene aus ihren Höhlen getrieben wurden. Ein Teil der Eingeborenen verlor den Kopf, weil sie nicht ihrer Naturreligion abschworen, ein anderer, kleinerer Teil kniete vor dem Kreuz. Darüber sprach ein Mann mit Mitra und goldenem Stab in der Hand den Segen über sie.

Die Königin trug um Arme und Fesseln Schlangenbänder. Die am Handgelenk waren besetzt mit glitzernden Edelsteinen, die Sonne, Sterne und ein gleißend helles Licht symbolisierten. Um ihren Hals trug sie eine Kette aus grünen Saphiren. Den nackten Körper verhüllte ein rubinroter Stoff. Im braunen Haar waren abwechselnd weiße und rote Federn eingeflochten. Ihr Gesicht wies hohe Wangenknochen auf, ein Zeichen ihrer edlen Abstammung.

Im *Grünen Zimmer* der Kaiserinnengemächer, die auf der Nordseite der Residenz lagen und zum Husarenwäldchen blickten, standen Besucher um das Fenster herum. Sie beobachteten Polizeibeamte, die rings um den Grüngürtel Passanten anwiesen weiterzugehen.

Hinter einem Gebüsch arbeitete der Erkennungsdienst am Fundort der Frauenleiche. Sie war mit einem Nachthemd bekleidet, darüber trug sie eine selbst gestrickte Weste. Die Füße waren zerschunden und wiesen Schleifspuren an den Fersen auf. Gesicht, Hals und Oberkörper waren blutüberströmt.

«Was haben wir denn da?», fragte Karl erstaunt.

Er hatte den Mund der Leiche geöffnet und fand im Rachen des Opfers ein Stück Fleisch.

Heinlein lehnte sich hinüber und schaute in den Schlund. Wahrlich, da lag ein Stück Fleisch, so groß wie ein Zweieurostück. Karl fasste es mit einer Pinzette und holte es heraus. An einer Kante war es fein säuberlich mit einem Messer oder einem ähnlich scharfen Gegenstand vom Rest abgetrennt worden.

«Mein Gott», sagte Heinlein, der sich angewidert den Handrücken vor seinen Mund hielt. «Das ist ja eine Zunge.»

«Genau», erwiderte Karl. Er hielt die Zunge gegen den Stumpf im Rachen des Opfers.

«Passt», sagte er trocken und verstaute sie in einem Plastikbeutel. Er legte ihn in seinen Koffer zu den anderen Spuren, die er bisher genommen hatte. Dann öffnete er ihr den Mund erneut und betrachtete sich den Zahnbestand. Neben zwei vergoldeten Haken, die aus den Kiefern links und rechts herausragten, war kein einziger Zahn auszumachen.

«Also, selbst abgebissen hat sie sich die Zunge auf gar keinen Fall», sagte Karl und zeigte Heinlein, der sich über die Leiche beugte, den Schlund des Opfers. «Die Dame war Gebissträgerin.»

Heinlein stand auf und schaute sich um. In einem Umkreis von vierzig Metern war die Fundstelle abgesperrt. Er ging um das Gebüsch herum und suchte nach weiteren Spuren. Da die Leiche Schleifspuren an den Fersen aufwies, musste sie hierher gebracht worden sein. Doch von woher, fragte er sich. Auf dem Weg, der fünf Meter vom Gebüsch entfernt verlief, waren keine Schleifspuren auszumachen. Morgendliche Fußgänger, Radfahrer oder Skater hatten jede brauchbare Spur längst zunichte gemacht. Und zwischen Gebüsch und Weg war am Rasen nichts festzustellen. Er ging nochmal zur Leiche und betrachtete Hände, Beine und Füße. Sie waren arg strapaziert. Die Person musste folglich körperlich schwer gearbeitet haben.

Während Karl sie völlig entkleidete, um nach weiteren Spuren zu suchen, fiel Heinlein auf, dass sie keine Schuhe trug. Er fragte einen Kollegen vom Erkennungsdienst, ob sie in der Nähe Schuhwerk gefunden hätten.

«Ein Paar abgewetzte Hausschlappen liegen da hinten rum», antwortete er.

«Wo ist das?»

«Da am Gebüsch zum Rennweger Ring», sagte der Kollege und wies mit dem Finger auf die Fundstelle.

«Könnten das ihre sein?»

«Der Größe nach schon. Für Männer sind sie auf jeden Fall zu klein.»

Heinlein schickte ihn los, die Schlappen mit den Füßen der Leiche zu vergleichen. Derweil schaute er sich nochmal um. Im Rücken hatte er die Residenz, rechts oben den Altstadtring und links den Residenzplatz. Sie konnte eigentlich nur aus Richtung des Rennweger Rings gekommen sein. Alles andere machte keinen Sinn und wäre für den Mörder viel zu auffällig gewesen.

«Ralf, mach mal ein Polaroid von ihr und geh mit ein paar Kollegen rüber in die umliegenden Straßen. Frag nach, ob jemand die Frau kennt. Mach sie aber ein bisschen sauber zuvor. Ist doch okay, Karl?»

Karl nickte. Er war mit seiner Arbeit fertig.

«Wenn du was hast, dann ruf mich gleich an», rief Heinlein Schneider zu, der sich mit vier Kollegen unter die Schaulustigen mischte.

«Wann machst du sie auf?», fragte er Karl.

«Wie eilig hast du's denn?»

Heinlein schnaufte durch und überlegte, wie er Oberhammer eine dritte Leiche schmackhaft machen konnte. Vor dem Mozartfest oder erst danach?

«Der Oberhammer wird im Dreieck springen. Morgen ist die Eröffnung, und wir sind mit Leichen eingedeckt wie seit Jahren nicht mehr. Entweder dreht er mir den Kragen um, oder ihn zerreißt's gleich selbst. Das Letztere wär mir lieber.»

Karl lachte und wies die beiden Helfer an, die Frau aufzuladen.

«Ich schick dir den Schneider vorbei. Zwei Leichen in einer Woche reichen für mich», sagte er und verabschiedete sich von Karl.

Heinlein ging zu seinem Wagen. Als er aufschloss, sah er in den Hofgarten. Die Schreiner hatten die Bühne fast fertig gestellt. Er dachte voller Stolz an seine Tochter Vera. Morgen Abend würde sie dort oben stehen und es allen zeigen. Und er würde in der ersten Reihe sitzen und allen sagen, dass seine Tochter neben all den berühmten Musikern spielte. Seine Tochter. Er stieg in den Wagen und fuhr los. Das würde ein richtig guter Tag werden. Trotz der Leiche.

✻

Uschi wachte im Vorzimmer. Kein Gespräch, kein Bürgermeister oder Landrat und vor allem kein Anrufer aus München, war es nun dienstlich oder privat, durfte durchgestellt werden. Bei Uschi endeten an diesem Tage alle Wege wie vor einer unüberwindbaren Mauer.

Dahinter hatte sich Oberhammer verschanzt. Er musste herausfinden, was auf der Ludwigsbrücke vorgefallen war. Immer und immer wieder sah er sich das verwackelte Video an. Mit der Fernbedienung traktierte er den Vor- und Rücklauf am Videorecorder ein ums andere Mal. Bis auf den schmalen Lichtschein eines vorbeifahrenden Fahrzeuges, der für weniger als eine Sekunde das Gesicht seines Landesvater bloßstellte, war auf dem Streifen nicht viel zu erkennen. Aber das war unwichtig. Entscheidend war die höchst oberbayerische Präsenz. Nur, wieso sollte er das gemacht haben? Die Löwen waren bayerisch, Zeichen des Königshauses, Insignien der Vormachtstellung. Außerdem hatte Oberhammer nichts davon gehört, dass der *pater bavariae* in Würzburg gewesen war. Das hätte er als Leitender Polizeidirektor doch erfahren müssen. Irgendwas stimmte hier nicht. War es ein Bluff? Hatte ihn Kilian aufs Kreuz gelegt? Nein, das würde er nicht wagen.

Doch das Bild war existent. Unübersehbar vorhanden. Er musste sich Gewissheit verschaffen und spulte das Band erneut bis zu der demütigenden Stelle. Er drückte die Pause-Taste und ließ das Bild auf dem Bildschirm einfrieren.

Was sah er? Eine dunkle Festung Marienberg, Beine, die auf dem Sockel standen, und einen dazugehörigen Hintern, der von hinten gestützt wurde. Der, der ihn stützte, war sein Landesvater. Unvorstellbar, aber zweifellos. Sein unerbittlicher Blick, den er an ihm so schätzte. Er zeigte Stärke und Überlegenheit. Daneben die starken Arme und breiten Hände. Ja, es waren starke Arme, die den Freistaat fest im Griff hatten. In diesem Fall auch die hinteren Teile. Und er wusste, was es geschlagen hatte. Die goldene Uhr um sein Gelenk, die er allen beim Festbankett zu seinem sechzigsten Geburtstag voller Stolz präsentierte. Sie war das Geschenk seiner Tochter und führte die bayerischen Löwen auf dem Zifferblatt. Nie und nimmer würde er sie abstreifen, geschweige, sie eintauschen wollen, hatte er ihr an seiner Seite versprochen. Die Polizeichefs des Freistaates waren gerührt. Besonders Oberhammer.

Doch was war das? Das war ja gar nicht die Uhr, die er in Erinnerung hatte und die er bei der Verabschiedung hatte berühren dürfen. Dieses billige Hongkong-Imitat einer Rolex gehörte jemand anderem. Und er wusste auch, wem.

«Diese Lumpen», schrie er, «so ein elendes Pack. Wollen mich hinters Licht führen. Mich!»

Er schrie nach Uschi, die eine Sekunde später ins Zimmer stolperte.

«Diese Zeugenaussage», sagte er, «beschaffen Sie sie mir. Sofort.»

«Welche?», fragte Uschi vorsichtig an.

«Na, die, die ich gestern beim Heinlein im Stapel gefunden hab.»

«Die von den Löwen?»

«Was denn sonst? Her damit!»

Uschi wollte das Befohlene sofort in die Tat umsetzen, wurde aber zurückgerufen. «Und besorgen Sie mir den Zeichner. Den Balling oder wie der heißt.»

«Den Phantomzeichner?»

«Ja, verdammt. Und jetzt los. Es brennt.»

Uschi schloss die Tür und setzte sich ans Telefon. Sie wählte Sabines Nummer.

«Hallo, Sabine, hier Uschi», begann sie zuckersüß. «Weißt du noch gestern, der Stapel vom Schorsch. Da war doch so eine Zeugenaussage drin.»

Sabine bestätigte, fragte aber misstrauisch nach, was es damit auf sich habe. Die Sache war doch höchstpersönlich von ihrem Chef eingestellt worden.

«Nichts. Nur Routine. Er will den Bericht nach München fertig machen. Du verstehst?»

Sabine dachte sich nichts weiter, sie war erleichtert, dass

die Angelegenheit endlich erledigt war, und versprach ihr, den Bericht sofort zu faxen.

Uschi bedankte sich für die kollegiale Hilfe, legte den Hörer auf und bewunderte die neue Farbe an ihren Fingernägeln.

«Wart's ab, du kleines Miststück. Jetzt hab ich dich.»

*

Kilian startete den Wagen und fuhr rasant um die Kurve auf die Ausfahrt des Parkplatzes zu, als etwas aus dem Nichts vor ihm auftauchte. Er stieg auf die Bremse und schlug mit dem Kopf gegen das Lenkrad. Er blieb benommen sitzen. Blut tropfte aus seiner Nase. Jemand riss die Fahrertür auf, und Kilian wurde herausgezogen. Er hatte Schwierigkeiten, das Gleichgewicht zu halten, suchte die Person zu erkennen, die ihn so unsanft aus dem Wagen befördert hatte.

«Du missratener Hundesohn!», schrie Papa Hoffmann ihn an, während er ihn am Kragen packte und schüttelte. «Ist es das, was ich dir beigebracht habe? Hab ich dir nicht immer wieder gesagt, dass du pfleglicher mit deinen Mitmenschen umgehen sollst? Ich sollte dich am besten über den ganzen Parkplatz prügeln oder dich gleich hier überfahren.»

Nur undeutlich nahm Kilian wahr, wer ihn da vor der Fensterfront, hinter der seine Kollegen saßen, anschrie. Einer nach dem anderen baute sich hinter den Fenstern auf. Sie erwarteten nun bestimmt ein amüsantes Schauspiel.

Kilian stützte sich am Auto ab, um nicht zu stürzen. Hoffmann schob ihn beiseite, öffnete zunächst die Fahrertür, hielt inne und schubste Kilian um das Auto herum auf die andere Seite und bugsierte ihn auf den Beifahrersitz. Dann lief er wieder um den Wagen herum und fuhr los.

Kilian wischte sich das Blut mit dem Ärmel aus dem Mund und suchte zu verstehen, was da vor sich ging.

«Sag mal, bist du jetzt völlig übergeschnappt?»

«Ich sollte dir links und rechts eine runterhauen und dir so einen Tritt in deinen Arsch geben, dass du bis an den Main runterfliegst.»

«Und wieso solltest du das tun? Oder wieso tust du's nicht?»

«Weil ... weil ...», Hoffmann rang nach Worten. «Weil du, leider Gottes, der missratene Sohn der Frau bist, die ich liebe.»

Kilians Kopf schoss herum: «Was tust du?»

«Du hast genau verstanden, was ich gesagt habe. Egal, ob es dir passt oder nicht, ich liebe sie. Hast du das jetzt verstanden, oder soll ich deutlicher werden?»

Kilian setzte zur Antwort an, vielmehr zur Anklage. Was bildete sich dieser Hoffmann eigentlich ein? Seine Mutter zu ... Nein, nicht einmal in Gedanken wollte er dieses Wort aussprechen.

«Mehr als die Hälfte meines Lebens habe ich damit verschwendet, solche Kriminellen wie dich von der Straße zu holen und ihnen wieder eine Perspektive zu geben», fuhr Hoffmann fort. «Mehr als die Hälfte meines Lebens. Verstehst du das? Nein, natürlich nicht. Dazu fehlt dir das Hirn.»

«Jetzt spiel dich hier nicht so auf ...»

«Und ob ich das tue. Deine Mutter kommt seit gestern aus dem Heulen nicht mehr raus, nur weil du Idiot ihr auch erzählen musst, dass du sie nicht sehen willst. Sie ist deine Mutter, die einzige, die du hast. Verstehst du, was ich da sage?!»

«Ist ja nicht zu überhören. Gibt's sonst noch was?»

«Mensch, ich hau dir gleich eins in deine dumme, undankbare Schnauze.»

«Wer ist hier undankbar? Wer hat sich einen Scheiß um mich gekümmert, als ich sie brauchte? Wer hat sich draußen rumgetrieben, als mein Alter auf Tour war? Wer war nicht da, als er nach Hause gekommen ist und nach seiner Frau gefragt hat? Und überhaupt. Was geht dich das eigentlich an?»

«Ich hab dir das schon mal gesagt. Ich liebe sie. Und zu deinen Fragen kann ich dir ein paar Antworten geben.»

«Ach, ja? Das kannst du, Mister Alleswisser?»

«Ich habe deinen Alten gekannt. Er war, einfach ausgedrückt, ein rücksichtsloser Halunke. Genauso einer wie du. Er hat sich fünfzig Wochen im Jahr irgendwo zwischen Helsinki und Ankara rumgetrieben. Seine Touren waren ihm tausendmal lieber, als sich zu Hause um seine Familie zu kümmern. Deine Mutter hatte ihn angefleht, aus der Spedition auszusteigen und sich einen anderen Job zu suchen. Gelacht hat er. Lieber wollte er auf seinem Bock den letzten Schnaufer machen, bevor er zu Hause in seinem Bett starb. *Dahem sterm di Löüt.* Keine Ehe, verstehst du, keine Ehe hält so etwas aus. Nur zu verständlich, wenn sich deine Mutter irgendwann mal jemand anderen gesucht hat.»

«Ah ja. Und derjenige warst du?»

«Erzähl keinen Mist. Ich war damals noch verheiratet. Deine Mutter habe ich erst kennen gelernt, als der feine Herr Sohn sich entschieden hatte, in der großen weiten Welt Karriere zu machen. München hatte ihm ja nicht gereicht. Nein, es musste gleich ganz Europa und dann noch Amerika sein. Deine Mutter kam zu mir und hat mich gefragt, ob ich was von dir gehört hätte. Du hattest es ja nicht nötig, dich ab und zu zu melden. Nicht einmal eine Postkarte zu Weihnachten oder zum Geburtstag. Mein Gott, wenn ich daran denke, könnte ich dir gleich noch eine verpassen.»

«Und wieso hast du dich an meine Mutter ...»

«Vorsicht, Freundchen», unterbrach ihn Hoffmann, «sag nichts Falsches. Ich hab mich irgendwann um deine Mutter gekümmert, als ich es nicht mehr mit ansehen konnte, dass sie jede Woche auf dem Kommissariat erschienen ist und sich nach dir erkundigt hat, okay? Ganz sauber. Keine dummen Hintergedanken. Nur als es mir dann selbst beschissen ging, war deine Mutter da und hat den Spieß umgedreht.»

«Welchen Spieß?»

«Denk nach, Schwachkopf. Meinst du, das Leben eines Kriminalers ist so entscheidend anders als das eines LKW-Fahrers? Während ich böse Jungs gejagt habe, nächte- und wochenlang kaum zu Hause war, hat sich meine Frau irgendwann die Frage gestellt, ob wir, außer auf dem Papier, noch verheiratet sind. Und ich sag dir eins, sie hatte Recht. Obwohl ich sie damals hätte erwürgen können. Doch jetzt, nachdem ich den Job hinter mir habe, sehe ich endlich klar. Sie und deine Mutter hatten Recht.»

«Dann ist deine dir auch weggelaufen?»

«Um Himmels willen. So diskret war sie nicht. Sie hat's in meinem eigenen Bett getrieben. Irgend so ein Waschlappen von Versicherungsheini, der ihr eine Lebensversicherung aufschwatzen wollte, hat sie rumgekriegt. Hat wohl nicht viel dazugehört. Er sagte, er wolle nur ihre Lebensumstände kennen lernen, der Drecksack, damit er ihr das Passende raussuchen kann.»

Hoffmann schlug mit voller Wucht die Faust gegen die Fahrertür, dass es eine Beule in der Innenverkleidung gab. Kilian schaute mit Bewunderung, aber auch mit Befremden auf die Kraft, die dieser Mann in seinem Alter noch besaß. Jetzt wurde ihm klar, dass er um Haaresbreite dieser Wucht entkommen war.

«Und wie hast du's rausgekriegt?»

Hoffmann zögerte, wollte nicht antworten. Der Stachel saß nach all den Jahren noch tief.

«Klassisch. Wie immer. Kam früher nach Hause zurück als geplant. Der Einsatz beim Frühlingsfest war eher beendet.»

«Wie hast du reagiert?»

«Ich stand da in unserem Schlafzimmer und seh meine Roswitha und diesen Drecksack, als sie gerade dabei sind. Ich stürz mich auf ihn, zieh ihn runter, geb ihm links und rechts eine, bis ich ihn an der Wohnungstür habe. Dann noch ein letzter Schlag …»

«Und?»

«Fliegt er durch die Glastür nach draußen. Hat sich alles aufgeschnitten. Die Ärzte haben sechs Stunden operiert, um ihn wieder hinzukriegen. Gott sei Dank, sage ich heute, obwohl er's verdient hat. Er hat sich schließlich wieder erholt. Keine Ahnung, was er heute macht. Er ist weggezogen.»

«Und Roswitha?»

«Hab das letzte Mal vor einem Jahr etwas von ihr gehört. Eine Freundin hat sie auf Teneriffa gesehen. War mit irgend so einem fetten Kerl unterwegs, der ein Haus und ein Boot haben soll. Sie verbringe ihr Leben jetzt auf der Sonnenseite, soll sie sich aufgeblasen haben. Nun gut, dann hat sie jetzt, was sie wollte.»

Hoffmann bog von der B 27 Richtung Hexenbruch ab. Nach ein paar Seitenstraßen fuhr er eine Anhöhe hinauf, von der aus man einen unverbauten Blick auf Festung und Stadt hatte. Vor dem Haus, bei dem er jetzt abbremste, standen zwei riesige Fichten. Sie überschatteten den gesamten Dachstuhl und gaben dem Anwesen eine herrschaftliche Aura. Das war also Hoffmanns Alterssitz, dachte sich Kilian. Nicht schlecht für einen Bullen. Als Hoffmann den Wagen in der Einfahrt zur Garage geparkt hatte und ausgestiegen war, war Kilian noch immer nicht klar, wieso er ihn hierher gebracht hatte.

«Was wollen wir hier?», fragte er.

Hoffmann schloss die Haustür auf.

«Na, was wohl? Deine Mutter ist hier. Red mit ihr. Was meinste, wieso ich dich geholt habe?»

«Meine Mutter wohnt bei dir?»

«Nein, tut sie nicht. Sie besteht auf ihren eigenen vier Wänden. Sie ist eine moderne Frau. Kapiert?»

Kilian wunderte sich immer mehr. Seine Mutter war also eine ‹moderne Frau›. Sie lebte ihr eigenes Leben, hatte ihre eigene Wohnung und ein Verhältnis mit einem pensionierten Bullen? Fehlte nur noch, dass sie in einer politischen Partei engagiert war und Demos organisierte. Er war verunsichert, aber doch auch gespannt, was ihn noch erwartete.

In der Tür nahm sich Hoffmann Kilian noch einmal zur Brust, bevor sie die Diele entlang auf die Terrasse gehen sollten.

«Denk an meine Worte», ermahnte er ihn, «mach nicht den gleichen Fehler, wie dein Vater oder ich ihn begangen habe. Deine Mutter liebt dich. Und wenn du nicht völlig abgedreht bist, liebst du sie auch. Du hast alle Trümpfe in der Hand. Also, los.»

Hoffmann schob Kilian auf die Terrasse zu. Seine Mutter saß unter einer Markise und schaute auf die Stadt hinab. Auf und um den Tisch waren zerknüllte Papiertaschentücher verstreut. Kilian hatte ein mulmiges Gefühl. Seinen Herzschlag spürte er bis unter den Scheitel, und Schweiß trat in seine Hände. Er atmete mehrmals tief durch, um sich von der Anspannung zu befreien. Er stand hinter seiner Mutter in der Terrassentür. Sie bemerkte ihn nicht. Hoffmann gab ihm einen Schubs, und er landete vor ihr.

«Wie … wie kommst du denn hierher?», fragte sie ihn überrascht.

«Das ist eine lange Geschichte», antwortete Kilian. Er wusste nicht so recht, ob er sich setzen oder stehen bleiben sollte, wie er beginnen würde und womit.

«Komm, setz dich zu mir», lud sie ihren Sohn ein.

Kilian machte einen ersten Schritt. Aber irgendetwas hielt ihn zurück, und er brach die Bewegung ab.

«Na, los. Komm schon her. Ich beiß dich nicht», ermunterte sie ihn.

Sie unterstützte die Aufforderung mit einem Lächeln und einer einladenden Handbewegung. Zögernd setzte er sich auf einen kleinen Hocker zu ihren Füßen. Sie schaute ihn lange an und sagte kein Wort. Als ihr das Blut an Kilians Nase auffiel, brach sie das Schweigen, in dem Kilian feige ausgeharrt hatte.

«Hast du dich verletzt?», fragte sie fürsorglich.

«Nichts Dramatisches», antwortete Kilian, «ich hatte wieder mal meine Augen nicht dort, wo ich sollte.»

Katharina lächelte. «Ja, das kenn ich von dir. Was hast du nicht alles für Schrammen nach Hause gebracht, und ich wusste nicht, wie das alles mit dir enden würde. Du warst ...»

«Ja, ich weiß, Mama», unterbrach sie Kilian, wie es ein Halbwüchsiger tut, wenn er zum abertausendsten Mal eine Belehrung hört.

«Verzeih. Ich kann es mir einfach nicht abgewöhnen, dass du mein ‹kleiner Bandit› warst. Und ich befürchte, dass du niemals etwas anderes für mich sein wirst.»

Katharina lächelte und hob ihre Hand, um ihm über das Haar zu streichen. Kilian spürte sofort den Reflex zu flüchten, konnte ihn aber noch unterdrücken. Er ließ es über sich ergehen. Sosehr es ihn früher gewurmt hatte, als ihr ‹kleiner Bandit› bezeichnet zu werden, wusste er, dass er den Namen sein Leben lang nicht losbekommen würde. Jetzt überkam ihn dabei sogar ein seltsames Gefühl der Vertrautheit. Einer Vertrautheit, die nur seine Mutter in ihm hervorrufen konnte.

«Die Zeiten ändern sich. Früher war ich einer, heute jage ich sie», sagte er. Dann: «Wie geht es dir?»

Die Frage war ehrlich gemeint.

«Es tut gut, dich wieder zu sehen und mit dir sprechen zu können. Ich habe das vermisst.»

Nach einer Ausrede zu suchen wäre ihm in jeder anderen Situation nicht schwer gefallen, doch in diesem Moment, in dem seine Mutter vor ihm saß, spürte er, dass er ihr nichts vormachen konnte und dass sie jede Lüge bereits im Ansatz erkennen würde. So unterließ er den Versuch.

«Ich habe oft an dich denken müssen», begann er. «Es war nicht leicht … Es tat sehr weh, daran denken zu müssen, wie alles gelaufen ist.»

Kilian stockte. Er war am Kern angekommen und kämpfte mit sich, ob er weiterreden oder ob er besser den Mund halten sollte. Die Antwort folgte auf den Fuß. Hoffmann kam mit zwei Gläsern Weinschorle aus der Küche und stellte sie wortlos auf den Tisch. Im Weggehen trat er Kilian ans Schienbein. Kilian wusste, dass es eine Erinnerung an seine Ermahnung war: *Mach nicht den gleichen Fehler …*

Als Hoffmann hinter dem Terrassenfenster verschwunden war, setzte Kilian erneut an.

«Ich konnte nicht verstehen, wieso du Papa verlassen hast und …»

Katharina ließ ihn nicht aussprechen und legte ihm den Finger auf den Mund.

«Ich habe deinen Vater nicht verlassen. Bitte, glaub mir das. Es kam ein Punkt, an dem ich mich entscheiden musste.»

«Für den da?», schoss es Kilian spontan heraus.

«Nein, nicht für ihn. Bernhard hatte mit der ganzen Sache nichts zu tun. Ich musste mich einfach entscheiden, ob der Mann, den ich damals geheiratet hatte, noch der Mann war, den ich liebte. Glaub mir, das war keine leichte Sache für mich.»

«Aber du hast ihn verlassen.»

«Dein Vater hat mich weit früher verlassen als ich ihn. Er hatte sich längst eine neue Frau gesucht – seine Touren. Sein Drang hinaus war es, der uns zerstörte. Ich spürte, und er spürte, dass es ihm bei uns zu eng geworden war. Er suchte nach etwas, das ich ihm nicht geben konnte. Es war etwas, das außerhalb der Welt lag, die ich ihm bieten konnte. Er suchte es in der Türkei, in Griechenland, Norwegen. Überall dort, wo ich nicht war. Überall dort, wo ich nie sein konnte. Verstehst du das?»

Kilian wollte ihr ins Gesicht schreien, dass sie sich mehr hätte anstrengen sollen. Es hatte doch bestimmt einen Grund gegeben.

«Wieso hast du ihn nicht gezwungen, seinen Job aufzugeben? Wieso nicht?»

Katharina schwieg. Kilian spürte, dass er sie getroffen hatte. Er wusste nicht, wo und wie, aber er hatte sie getroffen. Tränen traten in ihre Augen. Sie griff nach einem Papiertaschentuch.

«Glaub mir, Johannes», sagte sie, «ich weiß nicht, wie oft ich ihn gebeten hatte, seine Arbeit aufzugeben. Angefleht hatte ich ihn. Aber es war nicht mit ihm zu reden. Er dachte, dass alles in Ordnung war, so wie es lief. Ich habe ihm die Koffer vor die Tür gestellt, damit er endlich kapiert, dass es mir ernst war. Ich habe die LKW-Schlüssel versteckt, damit er nicht mehr wegfahren konnte. Ich habe mit seinem Chef gesprochen, ob er ihm nicht einen Job im Büro geben könne. Er sei für die Straße geboren und nicht für den Schreibtisch, sagte er, nahm seine Schlüssel und war für die nächsten zwei Wochen verschwunden. Als er weg war, verstand ich, was er damit meinte. Sein Zuhause war da draußen. Irgendwo da draußen. Nicht bei uns.»

«Und das hat ihn umgebracht», brauste Kilian auf. «Das war es doch, oder? Er konnte dann nicht mehr nach Hause zu uns.»

Katharina schwieg und schaute weg. Kilians Puls pochte vor Wut auf seine Mutter. Sie hatte ihn vertrieben, sie hatte ihn getötet. Irgendwo auf einem dreckigen LKW-Parkplatz in Jugoslawien hatten sie ihn gefunden. Ausgeraubt, erschlagen und verblutet lag er im Gebüsch.

«Ich weiß es nicht», sagte Katharina unter Tränen. «Ich wollte doch auch, dass er bei uns bleibt. Nichts anderes. Aber ich konnte ihn nicht halten.»

Kilian stand auf, ging an den Rand der Terrasse und schaute hinunter auf die Stadt. Er zwang sich zur Ruhe. Es fiel ihm nicht leicht. Was sollte er ihr noch sagen? Er wusste es nicht, und es reichte ihm auch für heute. Es war genug, und es war passiert. Nichts konnte seinen Vater wieder lebendig machen. Nicht seine Vorwürfe und nicht die Tränen seiner Mutter.

Katharina trat an ihn heran und umarmte ihn.

«Es tut mir Leid, Johannes. Ich wünschte, es wäre nicht passiert.»

Kilian löste sich abrupt aus den Armen seiner Mutter. Er wollte ihr jetzt nicht nah sein, er musste erst darüber nachdenken, was sie ihm gesagt hatte.

«Tut mit Leid, Mutter, aber es geht jetzt nicht. Vielleicht später.»

Er drehte sich um und ging.

# 17

Freitag.

*13.05 Uhr. Ein Streifenwagen kommt vor die Polizeidirektion gefahren. Zwei Polizeibeamte und ein Mann steigen aus. Sie führen ihn ins Obergeschoss. Dort erwarten ihn der Leitende Polizeidirektor, seine Sekretärin Uschi und der Phantomzeichner Balling. Oberhammer konfrontiert den Mann mit seiner Aussage.*

*Dieser bestätigt: Er wohne an der Ludwigsbrücke, über dem Lokal ‹Die Pille›, und habe in der betreffenden Nacht, nachdem er mehrmals aus seinem Schlaf gerissen worden war, die Polizei über die Ruhestörung informiert. Nachdem die Beamten wieder abgezogen waren und endlich Ruhe eingekehrt war, sei er wenig später erneut von zwei grölenden Männern aus dem Schlaf gerissen worden. Er sei ans Fenster gegangen und habe die beiden Schreihälse mehrfach ermahnt, die Nachtruhe einzuhalten. Nachdem er ihnen androhte, die Polizei zu rufen, seien die beiden Trunkenbolde in schallendes Gelächter verfallen und sollen ihm erwidert haben, dass die Polizei bereits eingetroffen sei. Einer der beiden habe dann etwas aus seiner Jacke gezogen, das nach einem Ausweis ausgesehen habe. Er sei von ihm aufgefordert worden, in sein Bett zurückzukehren. Ansonsten drohten sie ihm mit einer Personen- und Hauskontrolle.*

«Und wieso haben Sie sich auf diese Drohung eingelassen?», wollte Oberhammer wissen.

Der Mann druckste herum, wollte nicht mit dem wahren Grund herausrücken.

Schließlich setzte ihn Oberhammer unter Druck. «Wir können die Durchsuchung auch gleich nachholen, wenn Ihnen das lieber ist.»

Der Mann gab an, dass er sich bei seiner Pensionierung ein Hobby gesucht hätte, das Anlass zu Spekulationen geben könnte. Oberhammer ließ nicht locker. Der Mann erzählte von seiner Leidenschaft zur Astronomie und dass er zu diesem Zweck mehrere Fernrohre am Fenster postiert habe. Oberhammer konnte sich auf die Zurückhaltung des Mannes keinen Reim machen. Der Mann gab schließlich zu, dass er auch mit einer digitalen Kamera experimentiere, die er an sein Fernrohr anschließe. Und dass einige der Bilder, die damit mache, schnell missverstanden werden könnten.

Oberhammer verstand nicht, von welchen Bildern der Mann sprach.

Dieser gab daraufhin zögerlich an, dass er leidenschaftlich gerne Fenster in ihren verschiedenen Formen fotografiere und dass diese Bilder in seinem Zimmer hingen.

Uschi wandte sich vor Abscheu ab, Oberhammer und der Phantomzeichner versuchten sich nichts anmerken zu lassen.

«Wie auch immer», sagte Oberhammer, «das hat nichts mit dem zu tun, wieso Sie heute hier sind. Sie haben also die beiden Männer und ihr Tun auf der Brücke beobachtet?»

«Ja, habe ich. Mit meinem Nachtsichtgerät konnte ich alles erkennen. Sie sind auf der Brücke herumgetorkelt, lagen sich in den Armen und stützten sich gegenseitig. Dann hat der eine von ihnen versucht, auf einen der Sockel zu steigen, auf dem die Löwen angebracht waren. Das ist ihm erst mal nicht gelungen. Er ist nach hinten umgefallen. Der andere hatte ihn dabei aufgefangen und wollte ihn wegzerren. Doch der hat sich nichts einreden lassen und bestand darauf, dass er ihn hochhebt. Nun ja, irgendwann, vielleicht nach einer Viertelstunde, ist es ihm dann auch gelungen. Er hat sich an dem Löwen festgeklammert, ist aber wieder abgerutscht. Der andere ist dann auch auf den Sockel gestiegen und hat ihn von hinten gehalten.»

«Was dann?», fragte Oberhammer ungeduldig.

«Dann hatten die so einen Eimer dabei. Und einen Pinsel. Ich konnte nicht genau erkennen, was es war. Aber es muss ...»

«Jaja, ein Pinsel. Und weiter?»

«Dann hat der eine losgelegt. Das Zeugs spritzte überall umher. Der andere hat sich davor in Deckung gebracht. Auf dem Boden stand ein Glas, aus dem er getrunken hat. Was, weiß ich nicht. Während der eine immer wieder abgerutscht ist, hat ihn der andere unten wieder aufgefangen und nach oben gedrückt. Dann hat der andere wieder getrunken, bis der eine wieder runtergerutscht ist.»

«Mein Gott, haben die auch mal was anderes gemacht?», fuhr ihn Oberhammer an.

«Das ging dann die ganze Zeit so hin und her, bis sie dann fertig waren und zu dem anderen Löwen hingegangen, nein, hingetorkelt sind. Dabei haben sie die ganze Zeit gesungen.»

«Was?»

«Konnte ich nicht genau verstehen.»

«Was war dann auf der anderen Seite, bei dem zweiten Löwen?»

«Der eine hat versucht hochzusteigen ...»

«Welcher eine?»

«Na, der eine von vorhin. Der andere hat ihn dann von hinten wieder gestützt und ...»

«Es reicht», befahl Oberhammer. «In der ganzen Zeit haben Sie also die beiden Männer beobachtet und haben nicht die Polizei gerufen?»

«Wieso? Die sagten doch, dass sie von der Polizei sind.

Was weiß ich, was die da vorhatten? Vielleicht mussten die irgendeine Tarnung oder sonst etwas da machen.»

Oberhammer schüttelte ungehalten den Kopf. «Und die Gesichter der beiden haben Sie deutlich erkannt?»

«Klar. Mit dem Nachtsichtgerät sehen Sie taghell, selbst wenn es dunkle Nacht ist.»

Oberhammer frohlockte. «Dann fangen wir jetzt mal an. Sagen Sie dem Kollegen hier, wie die beiden ausgesehen haben. Beschreiben Sie einfach alles, woran Sie sich erinnern können.»

«So wie in den Filmen im Fernsehen?»

«Genau so.»

Der Mann gewann zunehmend an Sicherheit. Er spürte, dass er gebraucht wurde, dass es von ihm ganz allein abhing, ob dieses Verbrechen aufgelöst werden konnte.

Oberhammer blieb während den Beschreibungen des Mannes ruhig sitzen, ohne ihn zu unterbrechen. Je mehr er erzählte, desto deutlicher wurde das Bild, das auf dem Zeichenblock entstand.

*

«Wo ist der Kilian?», fragte Heinlein Sabine, als er ins Zimmer kam.

«Ist er nicht bei dir gewesen?»

«Nein. Hätte er?»

«Er sagte, dass er zur Fundstelle rausfahren würde, um zu sehen, wie weit du mit der Leiche bist.»

«Bei mir war er auf jeden Fall nicht.»

Heinlein setzte sich an seinen Schreibtisch und schaute auf das Chaos, das dort herrschte. Oberhammers Aufräumaktion hatte sein System kräftig durcheinander gewirbelt. Er nahm dreißig Zentimeter Akten von oben und begann, sie neu zu ordnen. Dabei wählte er ein nur ihm vertrautes System. In die linke obere Ecke seines Schreibtisches kamen die Fälle, die bisher jeder Aufklärung trotzten. Nach rechts, in abfallender Reihenfolge, gruppierten sich Akten, die mehr Hinweise beinhalteten als die vorangegangenen. Von rechts beginnend, eine Lage tiefer, folgten in Gegenrichtung Fälle, bei denen Zeugenaussagen vorlagen, die nach einer bestimmten Zeit nochmals geprüft wurden. In Schlangenlinien ging es dann weiter, bis die Akten ‹Tiepolo› und ‹Schädel› das Ende bildeten. Die Akte ‹Soko Löwen› war nicht dabei. Aufgeregt suchte Heinlein unter den verbliebenen fünfzig Zentimeter Akten, die noch nicht eingegliedert waren. Als er nichts fand, ging er zu Sabine und fragte sie: «Sag mal, ich kann die Akte ‹Löwen› nicht finden.»

«Kannst du auch nicht. Ich hab sie.»

Sie griff nach hinten, holte sie von einem Stapel herunter und gab sie ihm.

«Was machst du mit der Akte?»

«Uschi hatte angerufen und sich das Protokoll der Zeugenaussage faxen lassen.»

«Was?», fragte Heinlein entsetzt.

«Oberhammer wollte den Abschlussbericht erstellen und hatte es der Vollständigkeit halber …»

«Bist du verrückt?», schrie Heinlein. «Willst du mich um meinen Job bringen?»

Sabine wich zurück. So hatte sie den Schorsch noch nie schreien hören. Und schon gar nicht mit ihr. «Wieso sollte …?»

«Weil er diese verdammte Aussage nicht haben darf. Er hat bestimmt was anderes mit ihr vor.»

Heinlein lief wie angestochen in seinem Büro herum, bis er schließlich die Akte auf seinen Tisch warf. Es musste ihm was einfallen. Dringend, bevor es zu spät war.

Oberhammer hatte die Zeugenaussage, das war klar. Nur, was machte er mit ihr? Sie lesen. Auch klar. Und dann? Er blieb stehen, blickte im Zimmer umher, als läge die Antwort auf einem Stuhl oder klebte am Schrank. Sein Blick verfing sich in einem Spiegel. Er sah sich. Dann kam die Antwort mit aller Wucht. Oberhammer würde mit dem Zeugen sprechen wollen und … eine Täterbeschreibung erfragen.

Heinlein schlug die Akte ‹Löwen› auf und nahm die Zeugenaussage zur Hand. Dann griff er zum Telefonhörer und wählte die angegebene Nummer. Doch plötzlich schoss es ihm glasklar durch den Kopf, dass ihn der Zeuge erkennen könnte. Sofort knallte er den Hörer zurück auf die Gabel und ging mit der Akte zu Sabine.

«Ruf an und schau, ob der Typ noch da ist, der Zeuge. Los, beeil dich.»

Sabine wählte die Nummer und ließ es klingeln. Dreimal, viermal. Niemand antwortete. Sabine zuckte mit den Schultern.

«Nimmt keiner ab», sagte sie trocken.

«So ein verdammter Mist», fluchte Heinlein und schlug mit der Faust gegen den Schrank.

«Was ist denn so wichtig an dem Typen? Hat der was mit dem Video zu tun?»

«Welches Video?», fragte er entsetzt.

«Na, das Video, das im Fernsehen gelaufen ist.»

«Das gibt's doch gar nicht mehr.»

«Aber der Kilian hatte es doch noch vor Oberhammer gerettet, als er sich's anschauen wollte.»

«Wie kann …»

«Einer der Techniker hat sich eine Kopie vom Doku-Band des Senders ziehen lassen. Die sind verpflichtet, alles, was sie ausstrahlen, für ein paar Wochen zu dokumentieren.»

Heinlein schlug sich an die Stirn. Verdammt, wie hatte er das nur übersehen können? «Und was ist auf dem Band drauf gewesen?», fragte er scheinheilig.

«Das weißt du ganz genau», sagte Sabine und schaute ihn wissend an.

Heinlein war es sichtlich peinlich, dass ihn jemand durchschaut hatte. Er wandte sich ab, kam aber nochmal zurück.

«Tu mir einen Gefallen, Sabine-Maus», begann er.

«Das klingt gut, Schorsch. Mach weiter.» Sabine genoss es, dass sie etwas bei Heinlein gut hatte. Wer wusste, wann sie es mal brauchte.

«Ruf mal bei der Uschi an und ...»

«Kein Stück!», kam die prompte Absage.

«Jetzt stell dich nicht so an. Ruf nur mal an und versuch rauszufinden, ob da was läuft.»

«Du meinst, ob der Zeuge dort ist?»

«Du bist ein helles Köpfchen, mein Schatz. Ich wusste, dass ich mich auf dich verlassen kann.»

Heinlein ließ kein weiteres Nein zu.

Sabine haderte mit sich. «Diese Schnepfe soll ich anrufen? Kanaille, Miststück, Lackdiebin, krummbeinige Eule.»

Sie wählte dann doch Uschis Nummer und wartete. Dabei fielen ihr noch weitere Bezeichnungen für ihre Intimfeindin ein. Ihr Mund formte Worte, die sie ihrem ärgsten Feind nicht wünschte. Bis auf Uschi.

«Hallo, Uschi», hauchte sie ins Telefon, «was ich heute Morgen vergessen habe ... Ich wollte mich nochmal bei dir erkundigen, woher du dieses tolle Kostüm hast. Es sitzt so gut, wie wenn du es eigens für dich hast anfertigen lassen ...»

Mehr hörte Heinlein nicht, denn plötzlich läutete sein Telefon. Zum zweiten Klingeln kam es nicht mehr.

«Ja», sagte er hastig.

«Pia hier.»

«Tut mir Leid, Pia. Ich hab jetzt überhaupt keine Zeit für dich. Ich warte auf eine dringende Information. Ich melde mich wieder. Mach's ...»

«Jetzt halt mal die Luft an», unterbrach sie ihn. «Nicht

dass ich nicht etwas Wichtigeres zu tun hätte, auch nicht, dass mir langweilig ist …»

«Pia!», ermahnte sie Heinlein.

«Sag mal, wollt ihr mich verarschen, oder macht ihr wieder ein paar Testspielchen mit mir?»

Heinlein verstand nicht, was sie meinte. «Was redest du da? Was für Testspielchen?»

«Na, die Feder.»

«Welche Feder?»

«Verdammt, jetzt reicht's mir aber langsam mit eurem Haufen. Du oder wer auch immer hat mir die gleiche Feder, die ich erst vorgestern auf die Tatwaffe hin untersucht habe, nochmal geschickt. Ihr glaubt vielleicht, dass ich so was nicht schnalle? Aber so schlau wie ihr bin ich allemal.»

Pia war sauer. Man durfte einiges mit ihr anstellen, aber sie für dumm verkaufen, das war sehr unklug.

«Tut mir Leid, Pia. Ich hab dir keine zweite Feder geschickt. Auch die erste nicht. Die kam vom Kilian. Ich vermute, dass ihm dabei ein Fehler unterlaufen ist. Tut mir echt Leid. War keine Absicht.»

«Das will ich euch auch geraten haben.»

Pia beruhigte sich wieder. «Ich schick sie dir gleich zurück.»

«Danke, Pia.»

«Ach ja, bevor ich's vergesse. Stephan steht kurz vor Fertigstellung unseres Schädels. Du kommst am besten in einer Stunde vorbei, wenn du dein Gesicht haben willst.»

«Abgemacht. Prima. Und, Pia … Danke.»

Pia legte auf, und Heinlein atmete erst mal tief durch. Sabine kam hinzu und baute sich vor ihm auf. «Schorsch, das wird dich einiges kosten.»

«Was, Sabine?», fragte er genervt.

«Jetzt maul mich auch noch an. Ich leg mich für dich ins Zeug …»

«Ja, schon gut. Entschuldige. Ich bin etwas nervös.»

«Da hast du auch allen Grund dazu. Dieses hinterfotzige Luder hat natürlich keinen Piep dazu gesagt, ob sie den Typen aus der Sanderau in der Mangel haben. Aber ...»

«Was aber?»

«Sie haben ihn.»

«Woher willst du das wissen? Ich dachte ...»

«Ich kenn das Luder. Wenn die mir zuckersüß kommt und mir erzählt, wie toll mein neuer Nagellack ...»

«Sabine!», schrie Heinlein, der sich nicht mehr beherrschen konnte. «Jetzt red endlich!»

«Die Tussi hat das Gespräch von Oberhammers Apparat aus angenommen. Ich hab's auf meinem Display gesehen. Auf jeden Fall hab ich ihn im Hintergrund gehört, wie er jemanden fragte, ob er den Namen desjenigen verstanden habe, der auf dem Löwen saß.»

«Ich bin verloren», sagte Heinlein und vergrub sein Gesicht in seinen Händen. «Ende, aus, alles vorbei. *Arrivederci,* Pension, *au revoir,* Claudia.»

«Was hat Claudia damit zu tun?»

«Meinst du, sie gibt sich nach all den Jahren mit einem Mann zufrieden, der zurück zum Streifendienst beordert wird?»

«Wenn sie dich liebt, dann wird sie an deiner Seite bleiben, bis ...»

«Sabine! Du schaust zu viel von diesen Seifenopern. Als ich Kommissar geworden bin, ist auch sie befördert worden. Beim Friseur, beim Metzger, in der Bäckerei. Sogar ihre Mutter nennt sie nur noch ‹Meine Tochter, die Frau Kommissarin›. Verstehst du, was ich meine? Für sie wird das genauso schlimm.»

«Das wird schon wieder», tröstete sie ihn, musste ihn aber allein lassen, als in ihrem Zimmer das Telefon klingelte.

Heinlein ließ seinen Oberkörper kraftlos auf den

Schreibtisch fallen. Er breitete die Arme aus, als hinge er bereits am Kreuz.

«Zwanzig Jahre hab ich geschuftet, und dann so was. Dieser verflixte Caipirinha ... Und, wer ist an allem schuld? Unser Superbulle hat mir das eingebrockt. Wäre er nicht gewesen, dann wär ich nie in dieses Lokal, hätte nichts getrunken, hätte nicht getanzt, hätte ...»

Das Telefon unterbrach sein Gejammere. Das war bestimmt Oberhammer. Heinlein würde ihm, der ihn jetzt wahrscheinlich feuern wollte, in aller Ruhe erzählen, wer hinter der dummen Aktion mit den Löwen eigentlich stand.

«Heinlein», sagte er ruhig und bestimmt.

Als er seinen Kollegen Günther vom KDD hörte, war er beinahe enttäuscht.

Günther erzählte ihm, dass bei der Befragung in der Nachbarschaft die Frauenleiche aus dem Husarenwäldchen identifiziert worden war. Es war eine Hausmeisterin gewesen, angeblich nicht gerade ein Sonnenschein. Einer der Mieter hatte sie auf dem Foto erkannt.

«Wo wohnt sie?», fragte Heinlein eher beiläufig. Er war mit den Gedanken noch bei Oberhammer.

«Rennweger Ring 1a.»

Moment mal, die Straße war doch in den Akten irgendwo aufgetaucht. Er sagte Günther, dass er in einer halben Stunde vor Ort sein würde, und verabschiedete ihn.

«Rennweger Ring 1a. Wo hab ich das nur gelesen?»

Heinlein schob eine Akte nach der anderen von einer Ecke in die andere, bis er die Akte ‹Tiepolo› in den Händen hielt und sich sicher war, dass der Straßenname darin aufgetaucht war. Er blätterte alle Aussagen durch, suchte nach Namen und Adressen und wurde fündig.

«Na also. Rennweger Ring 1a. Ronald Furtwanger.»

Heinlein sprang auf, gab Sabine Bescheid und machte

sich auf den Weg zu Furtwangers Adresse, wo auch die tote Hausmeisterin gewohnt hatte.

Als er vor dem Haus angekommen war, hatte sich ein kleiner Pulk aus Nachbarn, Neugierigen und Spaziergängern gebildet. Heinlein bahnte sich einen Weg durch die Menge und traf im Erdgeschoss auf die Kollegen, die die Tür zur Wohnung bereits geöffnet hatten. Der Erkennungsdienst sicherte mögliche Spuren, suchte nach Hinweisen und überprüfte Tür und Fenster nach Gewalteinwirkung. Heinlein schaute sich derweil im Zimmer um.

«Schau mal, Schorsch, das könnte was sein», sagte Günther. Er hatte in der Schreibtischschublade ein Fernglas und einen Packen Papiere gefunden. Vorsichtig nahm er die Aufzeichnungen heraus und breitete sie auf dem Schreibtisch aus.

Die Seiten waren wie ein Protokoll geführt. Links fanden sich Zahlen, die auf Uhrzeiten hinwiesen. Daneben stand, jeweils mit einem *F.* beginnend, wann betreffender F. nach Hause gekommen war, wann er ging, welchen Besuch er bekommen und wer in den Morgenstunden das Haus verlassen hatte.

Heinlein blätterte zurück. Die Aufzeichnungen begannen vor rund drei Wochen mit «*F. heute eingezogen. Hat mehrere große Koffer dabei. Scheint ein Schauspieler oder Künstler zu sein. Einer von der anderen Sorte war auch dabei. Hat ihm beim Ausladen geholfen. F. im Auge behalten.*»

Heinlein entdeckte am oberen Rand den Eintrag *II/li.3*. Das musste die Wohnungsbezeichnung sein. Er steckte die Aufzeichnungen in eine Plastiktüte und gab sie einem Kollegen vom Erkennungsdienst.

«Nehmt euch das hier gleich als Erstes vor. Wenn ihr damit fertig seid, dann gebt's mir rüber.»

Heinlein verließ die Wohnung, ging zwei Stockwerke hoch und klingelte an der dritten Tür auf der linken Seite.

Ein Namensschild konnte er nicht finden. Er wartete, dass ihm geöffnet wurde. Ergebnislos. Auch ein Klopfen und die Aufforderung an Furtwanger, die Tür aufzumachen, verliefen im Nichts. Heinlein ging zurück ins Erdgeschoss.

«Habt ihr alle Mieter schon interviewt?», fragte er einen Kollegen.

«Alle bis auf drei.»

«Dann kriegt raus, wo sie arbeiten, und fragt sie unverzüglich, ob sie was gesehen oder gehört haben. Habt ihr den Furtwanger aus dem zweiten Stock erwischt?»

«Nein.»

«Der jobbt im Chase. Geht hin und befragt ihn.»

Heinlein machte sich auf den Weg ins Kommissariat, hier gab es nichts mehr für ihn zu tun. Er hatte ein mulmiges Gefühl. Nicht nur wegen der Löwensache, sondern auch wegen Furtwanger. Der Kerl war bei der Befragung im Chase ohnehin schon seltsam, hatte Kontakt zu dieser Pelligrini, und schließlich lag seine Hausmeisterin ermordet im Husarenwäldchen. Er beschloss, sich gleich einen Durchsuchungsbefehl für die Wohnung zu besorgen, sofern die Kollegen ihn nicht ausfindig machen konnten.

Als er auf die Veitshöchheimer Straße einbog, wurde er aus der Einsatzzentrale gerufen. Sabine richtete ihm aus, dass Pia auf ihn warte.

«Sie sagte, sie hätten das Puzzle gelöst», sagte sie. «Was auch immer das heißt.»

Pia hatte er völlig vergessen. Heinlein wendete den Wagen. «Übrigens: Ist der Kilian schon da?»

«Nein. Noch nicht eingetroffen.»

«Mit dem werd ich ein Hühnchen rupfen. Der glaubt wohl, ich mach die ganze Arbeit alleine.»

«Du hast es halt einfach drauf», scherzte sie.

«Setz dich bitte mit der Staatsanwaltschaft in Verbindung. Ich brauch vorsorglich einen Durchsuchungsbefehl für die Wohnung von Furtwanger. Die Adresse findest du in der Akte auf meinem Schreibtisch.»

«Da soll ich was finden?»

«Die Akte ‹Tiepolo›. Du schaffst das schon.»

«Und mit welcher Begründung soll die Wohnung durchsucht werden?»

«Verdacht auf Verdunkelung. Oder sonst irgendwas. Dir fällt bestimmt was ein. Und ich fahre jetzt zu Pia.»

Sabine legte soeben den Telefonhörer auf, als Kilian das Büro betrat.

«Da bist du ja endlich. Wo hast du nur die ganze Zeit gesteckt? Der Schorsch sucht dich.»

«Und was will er?»

«Du musst einen Antrag auf Durchsuchung einer Wohnung unterschreiben.»

«Und welche soll es sein?»

«Die von einem gewissen Furtwanger.»

Kilian merkte auf. «Von wem?»

«Furtwanger, hat der Schorsch gesagt. Die Adresse …»

«Schon gut. Und wieso?»

«Verdunkelung.»

«Was soll der denn verdunkeln?»

«Keine Ahnung. Frag den Schorsch.»

«Wo steckt der?»

«Bei Pia.»

«Und wo finde ich die?»

«In der Rechtsmedizin ist sie nicht. Privatadresse hab ich nicht.»

«Und ich soll einfach einen Durchsuchungsbefehl beantragen, ohne dass ein ausreichender Verdacht besteht?»

«Wenn der Schorsch nicht sicher wäre, dann würde er das nicht machen. Da kannst du ihm vertrauen.»

Sabine holte die Akte ‹Tiepolo›, spannte den Vordruck in

die alte Triumph und setzte die Adresse und als Begründung *Verdunkelung* ein. Anschließend legte sie das Dokument Kilian zur Unterschrift vor.

«Los, mach schon», ermutigte sie ihn.

«Wenn da was schief läuft, dann …», sagte er und unterschrieb. «Sonst irgendwelche Neuigkeiten?.»

«Oberhammer hat den Augenzeugen von der Löwenbrücke in der Mangel und lässt gerade ein Phantombild erstellen.»

«Auch das noch.» Kilian warf den Kugelschreiber aus der Hand. «Wie kam er denn an die Akte und Adresse?»

Sabine machte auf unschuldig. «Weiß nicht. Muss er sich geholt haben, als ich gerade nicht im Zimmer war.»

«Dabei hatte der Tag so gut begonnen.»

Sabine verschwand vorsorglich in ihr Zimmer.

«Hat sich eine Frau Pelligrini gemeldet?», rief Kilian.

«Nein. Hat sie dich etwa versetzt?»

So würde Kilian das nicht ausdrücken. Wahrscheinlich hatte sie alle Hände voll zu tun. Bis heute Abend mussten alle Arbeiten abgeschlossen sein, wenn morgen die große Eröffnung stattfinden sollte. Er beschloss, nicht länger auf ihren Anruf zu warten.

«Wenn der Schorsch sich meldet, ich bin in der Residenz.»

«Bei *bella Giovanna*?» Sabine konnte sich ein Lächeln nicht verkneifen.

Kilian überquerte den Zebrastreifen am Eingang zum Hofgarten. Die Orchesterbühne war fertig aufgebaut. Musiker fanden sich ein, um ein letztes Mal vor dem großen Ereignis das bevorstehende Programm zu proben. Sie schienen gut gelaunt.

Kilian fand Giovanna vor dem Weißen Saal. Sie unterhielt sich mit einem Wachmann. Er schien nicht sonderlich von dem begeistert zu sein, was sie ihm sagte. Kilian musste lächeln. Giovanna wusste, wie man die Arbeiter auf seine Seite bekommen konnte. Wahrscheinlich sollte er ihr in den letzten entscheidenden Stunden noch beim Aufräumen helfen, was ja eigentlich nicht zu ihrem Tätigkeitsfeld gehörte. Der Wachmann nickte schließlich und ging an ihm vorbei die Treppe hinunter.

«Wo hast du denn die ganze Zeit gesteckt?», fragte Giovanna.

«Das Gleiche wollte ich dich gerade auch fragen.»

«Ich habe gearbeitet. Du erinnerst dich? Ich habe einen Job zu erledigen.»

«Und, alles geschafft?»

«Im Moment fertig geworden», sagte sie und wies, beide Arme ausgestreckt, auf das weite Rund über ihren Köpfen.

«Aber die Bühne hängt doch noch oben.»

«Das ist aber noch das Einzige. Die kommt morgen weg, nachdem ich die Messungen gemacht habe.»

«Dann kann man dir also jetzt gratulieren?»

«Kann man und solltest du auch. Hier und heute habe ich mein Lebenswerk geschaffen. Alles, was danach kommt, ist Routine.»

«Heißt das, dass du das Angebot Don Enriques für Barcelona nicht annehmen willst?»

«Natürlich werde ich das. All die Jahre, in denen ich für einen Hungerlohn geschuftet habe, sind mit dem heutigen Tag Vergangenheit. Das Fresko, also meine Arbeit, wird neue Wege aufzeigen. Die Geschichte der Deckenmalerei wird durch mich neu geschrieben.»

«Du bist ja sehr von dir überzeugt.»

«Du nicht?»

«So wie's ausschaut, kann ich noch von dir lernen. Zumindest, was dein Selbstbewusstsein angeht.»

«Dann beginnen wir gleich heute damit. Du bist eingeladen.»

«Wozu, wenn ich fragen darf?»

«Komm um neun Uhr in den Hofgarten. Ich habe eine Überraschung für dich. Ein Wachmann wird dir öffnen.»

*

Es war zum Haareraufen. Irgendwie wollte der Computer die letzten Werte nicht in die dreidimensionale Grafik übernehmen. Stephan hatte alles ausprobiert. Ging jeden einzelnen Parameter nochmal durch. Aber die Schädelfragmente wollten sich einfach nicht so ineinander fügen, dass sie passten. Pia überprüfte bestimmt zum zehnten Mal das Obduktionsprotokoll. Schädelteile, Kieferknochen, Gewebe, Haarreste, schließlich auch die Anomalie, die der Zahnstatus aufzeigte. Sie legte die einzelnen Knochenteile auf dem Tisch so aneinander, wie sie ihrer Meinung nach gehörten. Doch letztlich fehlte immer ein Stück auf der einen oder anderen Seite. Enttäuscht ging sie mit einem Wisch über die zusammengefügten Teile und begann das Puzzle neu zu legen.

Heinlein war müde. Er hatte acht Stunden Dienst hinter sich, ohne einen Bissen zu sich genommen zu haben. Sein Magen knurrte.

«Meint ihr, dass das heute noch was wird?», fragte er unbedacht.

Die beiden straften ihn mit einem vernichtenden Blick.

«Schon gut», sagte er und hob beschwichtigend die Hände. «Ich dachte, ich sprech's mal an.»

«Schorsch, du nervst», zischte ihn Pia an. «Wenn du kein Interesse an deiner Arbeit hast, dann geh doch einfach nach Hause. Ich ruf dich an.»

Keine schlechte Idee, aber er wusste, dass Pia ihm das nachtragen würde. «Nein, nein. Ich weiß, dass ihr es schaffen werdet», antwortete er.

«Hör zu, Schorsch», sagte Pia, «Geh ruhig nach Hause. Wenn wir was haben, dann rufen wir dich an.»

«Schade», heuchelte er. «Gerade jetzt, kurz vor dem Durchbruch, wäre ich gerne dabei gewesen. Aber wenn du darauf bestehst …»

✷

«So, besser krieg ich's nicht hin», sagte der Phantomzeichner und zeigte dem Mann das Ergebnis seiner Arbeit.

Der Fensterknipser schaute sich die Zeichnung der beiden Löwenschänder gründlich an, wies überflüssigerweise darauf hin, dass dem einen noch das niederträchtige Lachen fehlte, dem anderen ein mehr oder minder hilfloser Gesichtsausdruck. Ansonsten waren das die zwei Kerle, die er beobachtet hatte.

Oberhammer nahm die Zeichnungen, schaute in aller Ruhe auf die abgebildeten Männer und setzte sich zufrieden hinter seinen Schreibtisch in den Sessel.

Dem Mann dankte er ungewöhnlich freundlich für seine Mühe und dem Phantomzeichner für die gute Arbeit. Er wies ihnen die Tür. Als er alleine im Raum war, grollte er: «Schmoren werdet ihr, heulen, bitten und betteln.»

Auf seinem Schreibtisch lagen die Ebenbilder der Beamten Kilian und Heinlein.

# 18

Freitag.

*20.25 Uhr. Kriminalhauptkommissar Kilian bereitet sich auf den bevorstehenden Abend mit Giovanna Pelligrini vor. Ein Page des Hotels klopft an die Tür und händigt ihm einen Anzug aus, den er in die Reinigung gegeben hatte.*

*Kriminaloberkommissar Heinlein sitzt im Kreise seiner Familie beim Abendbrot. Ein Streit entzündet sich, da Thomas nicht beim Auftritt seiner Schwester Vera im Hofgarten anwesend sein will.*

*Der Leitende Polizeidirektor Oberhammer brütet über einer Vergeltungsmaßnahme für seine beiden Kommissare. Er sitzt bei einem Weißbier auf seiner Terrasse mit Blick auf das Maintal. Seine Frau beschwichtigt ihn, nicht zu streng mit ihnen umzugehen, und erinnert ihn an seine eigenen Fehltritte in alkoholisiertem Zustand. Oberhammer widerspricht, dass das überhaupt nicht miteinander zu vergleichen sei.*

Der Abend war zu schön, um nur eine Minute in einem geschlossenen Raum zu verbringen. Die Sonne senkte sich über dem Käppelesberg und ließ die Festung Marienberg und das Käppele im fürstlichen Glanz erscheinen. Die Straßen vom Main hinauf zur Residenz waren nahezu unbefahren. Wer zu dieser Zeit noch unterwegs war, suchte sich einen Platz bei einem kühlen Bier oder einem trockenen Schoppen auf den Höfen über der Stadt, um den Anbruch des – wie der Wetterbericht versprochen hatte – heißen Wochenendes zu feiern.

Kilian ließ die Hofstraße hinter sich und überquerte die Straße zum Residenzplatz. Am Frankonia-Brunnen posierten Japaner zum Gruppenbild. Im Hintergrund brach sich das Sonnenlicht golden in den Fensterscheiben des Hauptportals und verwehrte den Blick in die Eingangshalle. Das Spiegelbild zeigte das Neumünster und die Turmspitzen des Domes.

Er durchschritt das Oegg'sche Tor am Rennweg und fand sich am Eingang zum Hofgarten vor verschlossenen Toren wieder. Durch die Gitter sah er, wie sich vor dem Gartensaal nach Beendigung der Pause die Symphoniker zur Fortsetzung der Probe sammelten. Kilian erblickte neben der Bühne einen Wachmann und rief ihm zu, ans Tor zu kommen.

«Sind Sie der Herr Kilian?», fragte der Wachmann.

Kilian bejahte. Er öffnete ihm und verschloss das Tor wieder, nachdem Kilian eingetreten war.

«Frau Pelligrini erwartet Sie dort drüben», sagte er und deutete auf die Rasenfläche hinter dem kleinen Teich. Er lag vis-à-vis der Bühne und des Gartensaales. Auf ihm schwammen weiße und rote Seeanemonen und kleine Teller mit Kerzen, deren Flammen von der Wasseroberfläche reflektiert wurden.

Kilian ging auf den Teich zu, hinter dem ein Tisch stand, der mit Tellern und Gläsern eingedeckt war. Um ihn herum flackerten kleine Fackeln, die bis zum Wegesrand reichten. Als er den Tisch erreicht hatte, schaute er sich nach Giovanna um, konnte sie aber nirgends erblicken. Er setzte sich auf einen der beiden Stühle und beschloss zu warten.

Die Gartenfront der Residenz war von den Balkonen aus beleuchtet. Das Licht betonte die Schönheit der barocken Fassade und machte sie herrschaftlicher als bei Tag. Aus dem Kaisersaal drang das warme karamellfarbene Licht der Lüster durch die hohen Fenster und Oberlichter herüber. Kilian bekam eine Vorstellung davon, in welche Stimmung die Besucher des Mozartfestes kommen mussten, wenn der Nachthimmel sich über sie erstreckte.

Das dreimalige Klopfen des Taktstockes beendete das Gemurmel der Musiker und rief sie zur Konzentration auf. Stille kehrte ein. Der Dirigent hob die Arme, verharrte für eine Sekunde in der Bewegung und gab schwungvoll den Einsatz zum Allegro der ‹Kleinen Nachtmusik›.

Majestätische Klänge breiteten sich nach allen Seiten aus und tauchten das Areal in eine feierliche und verzauberte Bühne für eine Frau, die aus dem Gartensaal heraustrat und erhabenen Schrittes auf Kilian zuging. In ihr erkannte er Giovanna.

Sie trug ein rubinfarbenes schimmerndes Kleid, das sich von der Taille an, einem Kegel gleich, bis auf den Boden erstreckte und das so lang war, dass sie es ein wenig anheben musste, um nicht auf den Saum zu treten. Von der Taille aufwärts öffnete sich ein geschnürtes Dekolleté zu den Schultern hin.

Ein dünner weißer Seidenschal wand sich um ihren Hals und wurde, während sie näher kam, von einem Windhauch angehoben. Unter dem Seidenschal lagen funkelnde grüne Saphire, an einer Kette aufgereiht.

Kilian staunte nicht schlecht, als er die abwechselnd weißen und roten Federn sah, die am Rand des Ausschnitts befestigt waren. Sie waren am Brustansatz noch klein, wurden aber zu den Schultern hin immer länger und ausladender. Dort bauschten sie sich nach außen auf und folgten dem rhythmischen Gang ihrer Schritte.

Giovanna strahlte ihn mit einem makellosen Lächeln an. «Gefalle ich dir?»

«Ich bin überwältigt», sagte Kilian, noch immer gebannt von ihrer Erscheinung.

«Es ist schön, dass du meiner Einladung gefolgt bist. Mit niemand anderem hätte ich mir vorstellen können, heute und hier zu feiern.»

«Das ist ein Traum. Die Musik, das Ambiente … und du.»

«Es ist ein Rahmen, der mir dem Werk angemessen scheint.»

«Schon wieder das Werk.»

«Meine Arbeit. Sie ist vollendet und verdient eine entsprechende Würdigung.» Sie blickte an ihm vorbei und gab jemandem im Hintergrund ein Zeichen.

Der Wachmann, der Kilian Zutritt zum Hofgarten verschafft hatte, kam mit einem Schiebewagen an seine Seite und servierte italienische Vorspeisen und Champagner. «Ich wünsche einen guten Appetit», sagte er und verschwand genauso still und unerwartet, wie er gekommen war.

Giovanna nahm ihr Glas. «Stoßen wir an auf das, was hinter uns liegt, auf die heutige Nacht und auf eine Zukunft, die uns beide zu einem macht.»

Kilian hatte dem nichts hinzuzufügen. Es war alles gänzlich perfekt.

✱

Heinlein saß in Badelatschen und Sporthose auf der blau lackierten Holzbank in seinem Vorgarten. Er hatte ein Glas Bier in der Hand. Vor ihm beendete Claudia ihre Arbeit an zwei Reihen Tomatenstauden, die sie in aufmerksamster Kleinarbeit neben dem kleinen Tümpel gepflanzt hatte und dementsprechend versorgte. Im Tümpel schwammen drei kleine orangefarbene Zierfische zwischen Schilf und moosbewachsenen Steinen. Aus dem geöffneten Fenster im ersten Stock drangen schrille, dann wieder dumpfe Laute nach draußen. Dazwischen Anfeuerungsrufe von Thomas, der gegen ein Heer Aliens angetreten war und ihnen mit Laserkanonen den Garaus zu machen suchte.

Heinlein nahm einen Schluck und blickte zwischen zwei gegenüberliegenden Anliegerhäuschen hindurch. Die Sonne führte ein rotgoldenes Licht mit sich und war bereits zu einem Viertel hinter dem Käppelesberg verschwunden. Er genoss diese Zeit vor dem Sonnenuntergang. Sie verschaffte ihm innere Ruhe und Ausgeglichenheit. Lärm und Arbeit fielen von ihm ab. Er schloss die Augen, atmete tief ein und nahm die Sonnenstrahlen mit auf seine Reise.

Als er sie wieder öffnete, schaute er in tausend kleine Diamanten, die am Himmel funkelten. Die Sichel lag schief in ihrem Bett und warf ein unschuldiges Licht auf das große weite Wasser vor ihm. Die Reste eines Floßes lagen zerschmettert an den Felsen.

Hinter ihm knackten Scheite im Feuer. Aus einer mit Palmwedeln und Bambusrohr gebauten Hütte am Strand trat eine junge Frau hervor – die Scham mit spärlichem Blattwerk verdeckt, die Brüste ruhten fest hinter langem blondem Haar. Barfuß kam sie durch den warmen Wüstensand auf ihn zu, zwei Hälften einer Kokosnuss in den Händen. Sie kniete nieder, führte ihre Hand unter seinen Kopf und hob ihn vorsichtig an.

Georges dürstete nach dem Saft, der ihm Genuss verschaffen sollte. Die Milch floss über seine vertrockneten Lippen und brannte bittersüß in der Kehle. Er richtete sich auf, doch ein beißender Schmerz zwang ihn zurück. Sie deutete ihm, sich nicht zu bewegen, und besiegelte es mit einem zärtlichen Kuss.

«*Mon petit Georges*», flüsterte sie, «endlich 'ast du zu mir gefunden. So lange 'abe ich auf dir gewartet.»

«Alle Winde und Wasser musste ich bezwingen, Schiff und Mannschaft verlieren, um dem Ruf deines Feuers zu folgen», presste Georges heraus, noch immer gegen die Elemente kämpfend. «Kein Weg geht nun mehr zurück, ich bin am Ziel angekommen. Halt mich und lass mich stärken an deiner Brust, bis deine süße Kraft mich wieder zum Manne macht.»

«*O oui, mon prince.*» Ihre Worte klangen süß, wurden stärker und riefen seinen Namen, immerzu. «Georges, Georges …»

«Schorsch, verdammt nochmal», schrie ihn Claudia an, «bist du jetzt völlig taub geworden?»

Heinlein riss die Augen auf. Er lag zusammengekauert auf der Bank, das Glas Bier in Scherben auf dem Boden verteilt. Langsam richtete er sich auf und suchte Verbindung zu dieser Welt herzustellen. Sein Rücken schmerzte wie Feuer.

«Was ist?», fragte er und blickte sich orientierungslos im Garten um. Es war bereits dunkel. Nur ein paar Teelichter, die Claudia zwischen den Blumen und im Tümpel platziert hatte, erleuchteten das kleine Vorstadtparadies.

«Telefon», sagte sie, während sie in den Flur zurückging.

Heinlein schlappte ihr gebeugt hinterher, als klaffte eine Wunde an seinem Rücken.

«Ja, Heinlein», raunzte er in den Hörer.

«Pia hier», kam es euphorisch zurück. «Schieb deinen Hintern her, wir haben's geschafft.»

«Was?»

«Na was wohl? Wir haben ein Bild deiner Waldleiche.»

«Schick's mir rein. Ich seh mir's am Montag an», antwortete er beiläufig.

«Bist du nicht ganz dicht? Wir reißen uns hier den Arsch auf, und der gnädige Herr hat nichts Besseres zu sagen, als …»

«Jaja, schon gut», beruhigte er sie. «Kannst du mir einen Ausdruck machen?»

«Schon geschehen», sagte Pia beleidigt.

«Meine Faxnummer hast du doch, oder? Ich schau es mir dann sofort an.»

«Die ganze Arbeit ...»

«Es ist gut, Pia», schrie er in den Hörer. Dann wieder versöhnlich: «Tut mir Leid, ich war nur gerade ganz woanders.»

Pia versprach, das Fax gleich loszuschicken, und legte auf. Muffig stapfte Heinlein die Stufen zu seinem kleinen Arbeitszimmer hoch. Sein Schreibtisch stand unterhalb einer Gaube, von der er über die Dächer hinweg auf die Gleise und auf die beleuchtete Stadt blicken konnte. Als er ins Zimmer trat, spuckte das Faxgerät das Bild bereits aus. Er nahm es, schaltete die Schreibtischlampe ein und hielt es darunter. Auf einen Schlag war er hellwach.

«Das gibt's doch nicht», sagte er und rannte aus dem Zimmer die Stufen hinunter ans Telefon. Hastig wählte er die Nummer des KDD.

«Heinlein hier», schoss es aus ihm heraus. «Lauf schnell rüber in Sabines Büro und schau nach, ob ein Fax für mich angekommen ist. Los, beeil dich.»

Heinlein tappte nervös von einem Fuß auf den anderen. «Wo bleibt der denn? Das kann doch nicht so lange dauern.»

«Also, ich hab hier ein Fax. Kann ich aber nicht lesen», sagte der Kollege.

«Wieso nicht?»

«Ist italienisch, glaub ich.»

«Noch was?»

«Und der Durchsuchungsbefehl für die Wohnung eines Furtwanger ist vorhin abgegeben worden.»

«Setz dich in Bewegung. Wir treffen uns vor der Wohnung.»

Heinlein warf den Hörer auf die Gabel, rannte die Treppe ins Schlafzimmer hoch und zog sich Hemd und Hose über.

«So eine Scheiße», brabbelte er, ergriff hastig seine Waffe und rannte an Claudia vorbei die Treppe hinunter.

«Wo willst du denn mitten in der Nacht hin?», rief sie ihm hinterher.

Aber die Tür war schon ins Schloss gefallen.

✷

Die Champagnerflasche lag leer im Kübel, die Teller waren bereits abgeräumt, und in den Gläsern perlte ein kalter Rosé.

Giovanna wirkte im flackernden Licht der Fackeln noch geheimnisvoller und anziehender als zuvor. Kilian hatte bisher keine vergleichbare Frau gesehen, geschweige denn getroffen. Ihre ganze Erscheinung war ein Kunstwerk. Kilian lehnte sich über den Tisch, nahm ihre Hände und küsste sie zärtlich. Giovanna genoss seine Aufmerksamkeit. Der Zeitpunkt war gekommen.

«Ich denke, es ist so weit», sagte sie und stand auf.

«Wofür?»

«Für uns beide», erwiderte sie und reichte ihm die Hand. Kilian erfasste sie und wartete, was als Nächstes geschehen würde.

«*Maestro*», rief sie dem Dirigenten zu. «*La gazza, per favore.*»

Der Dirigent nickte, gab den Musikern das Zeichen, und sie setzten an zur Ouvertüre. Ein Trommelwirbel ertönte und verstummte. Stille. Kein Ton. Hatte der Schlagzeuger zu früh begonnen? Kilian schmunzelte ob des vermeintlichen Fehlers.

Giovanna war konzentriert und hielt inne. Sie wandte sich Kilian zu. «*Andiamo.*»

Wieder ein Wirbel, der unmerklich begann, dann anschwoll, bis das achtzigköpfige Orchester voller Wucht zum Auftakt der *La gazza ladra* einsetzte. Dann schritten Kilian und Giovanna los, gleich Durchlauchten, die sich in ihre Gemächer zurückzogen. Für Kilian klang es wie ein Marsch, der in aller Pracht und Herrlichkeit den Hofgarten einnahm.

Eigentlich viel zu theatralisch. Doch für Giovanna war es das angemessene Vorspiel auf das, was sie noch im Schilde führte. Darüber war sich Kilian nach wenigen Schritten im Klaren, und er war vollständig damit einverstanden. Sie zeigte keine Regung, ließ ihren Blick nicht von den geöffneten Türen des Gartensaals und des darüber liegenden Kaisersaals. Sie durchschritten eine Gasse, die das Orchester gebildet hatte, und traten hinein. Er war erfüllt von den Klängen der Streicher und Bläser. Das forsche Anfangsthema hatte sich zu einem Wechselspiel von Oboen, Klarinetten und Querflöten gewandelt. Es klang jetzt verspielter, fast wie ein Walzer. Die Musik fing sich in den kahlen Wänden und kam mit einer Kraft zurück, die Kilian Ehrfurcht einflößte – Ehrfurcht vor den Werken der Meister. Über ihnen fingen sich Licht und Musik im *Mahl der Götter*. Faune, liebestrunkene Männer, entblößte und üppige Frauen waren in festlicher Laune und schienen für alle Ewigkeit in den Himmel gebannt.

Giovannas Blick war nach vorne gerichtet. Das eigentliche Ziel schien noch nicht erreicht. Sie kamen in die Eingangshalle, nahmen jede einzelne Stufe mit *grandezza*. Kilian spürte, dass die Frau an seiner Seite es ernst meinte. Normalerweise hätte er sich über derartige Theatralik amüsiert, doch hier und jetzt war das anders. Der Auftritt hatte Stil und Eleganz. Als Giovanna und er auf der Treppenumkehr angekommen waren, wechselte erneut das Thema der Ouvertüre. Kilian schaute nach oben und erkannte in der linken Ecke Tiepolos Selbstbild. Schüchtern, verhalten und ehrfürchtig blickte er noch immer hinüber zu Europa, die auf Zeus in Gestalt eines Stieres ruhte. Die Verführung im falschen Gewand. Kilian musste schmunzeln. War eine gute Idee des alten Zeus.

Giovanna führte ihn durch den Weißen Saal in den Kaisersaal. Die Fenster waren weit geöffnet, die Flöten und

Streicher fanden auch hier ihre Entsprechungen im Deckenfresko, in dem Apoll Königin Beatrix ihrem Herrn und Kaiser Barbarossa zuführte. Kilian hatte soeben dasselbe Gefühl. Er wurde an der Hand der wunderschönen Giovanna einer Vermählung zugeführt. Giovanna machte inmitten des Saales Halt, drehte sich zu ihm um und breitete die Hände aus.

«Was ist?», fragte er amüsiert und unsicher.

«Lass uns tanzen.»

Er nahm sie in den Arm, und beide tanzten im weiten Rund des Saals. Giovannas Kleid und die ausladenden Federn folgten jeder ihrer Drehungen und zeigten eine wunderschöne Frau, deren Erhabenheit sich in Hingabe wandelte. Um sie herum verschwammen Farben und Struktur. Alles konzentrierte sich auf ihren Tanz und verschmolz mit ihm. Giovanna schwebte in Kilians Händen über den kühlen Marmor. Sie schien keine Bindung mehr zu der Welt um sie herum zu haben. Alles löste sich im Takt der Musik auf.

Giovanna warf den Kopf nach hinten und gab sich seiner Führung hin. Das Crescendo erfasste sie und ließ sie Teil eines Wirbels werden, eines Strudels aus Musik, Bewegung und Leichtigkeit. Kilian schwanden die Sinne. Er verlor das Gefühl für Zeit und Raum.

Giovanna richtete sich wieder auf und sah ihm in die Augen. Es war so weit. Sie löste sich und lief mit wallendem Kleid auf die offen stehende Tür des Kaiserinnen-Traktes zu. Kilian folgte ihr. Federn lösten sich aus ihrem Kleid und schwebten taumelnd zu Boden. Er sah sie im Gang der acht Zimmer verschwinden. Erst durch das Vorzimmer der Kaiserin, dann das Audienzzimmer, das Rote Kabinett und das grün damastene Zimmer, bis er sie im Schlafzimmer der Kaiserin, auf dem Bett liegend, vorfand. Der Raum war stimmungsvoll mit Kerzen beleuchtet. Ihr Licht brach sich tausendfach in den Lüstern aus edlem Glas. Weitere ragten auf mannshohen Kerzenständern empor und warfen ihr Licht die Wände entlang an die Decke. Giovanna fasste eine der beiden Schnüre, die ihr Dekolleté zusammenhielten, und zog es langsam auf. Sie lächelte Kilian auffordernd zu. Er trat ans Bett, legte sich zu ihr und küsste sie. Ihre Hand fuhr ihm durchs Haar, dann auf die Schulter. Sie drehte ihn auf den Rücken, voller Kraft und Entschiedenheit tat sie das. Dann setzte sie sich auf ihn, nahm sein Gesicht in beide Hände und küsste ihn abermals. Ihr Dekolleté war bis zur Mitte geöffnet, aber der weiße Seidenschal verbarg noch, wonach Kilian die Hände ausstreckte. Giovanna warf ihren Kopf herum und erwartete sehnsüchtig seine Berührung.

✷

Das stählerne Stemmeisen öffnete das Schloss mit einem kurzen und bestimmten Ruck. Das Einsatzkommando drückte die Tür auf und stürmte in die dunkle Wohnung.

Wenig später kam die Entwarnung. «Alles sauber. Der Vogel scheint ausgeflogen.»

Jemand betätigte den Lichtschalter, und eine nackte Glühbirne warf ein grelles Licht in den Korridor. Heinlein trat ein. Mehrere Kleiderständer waren den Korridor entlang aufgereiht. Am Ende war ein kleines Fenster zu sehen, das auf den Hinterhof führte. Er ging hin, öffnete es und schaute hinaus. Bis zum ersten Stock führte eine Feuerwehrleiter, die am Mauerwerk fest verankert war, hinab. Er wandte sich ab und ging an den Kleiderständern vorbei zurück. Sie waren mit Kostümen, Röcken und Blusen prall beladen.

«Sind ja alles Frauenklamotten», sagte ein Kollege. «Ich dachte, hier wohnt ein Typ.»

Heinlein ging, ohne zu antworten, in eines der beiden vom Flur abgehenden Zimmer. Er fand ein tristes Schlafzimmer vor, das ein verknautschtes Bett beherbergte. Die Wände waren mit zahllosen Fetzen Papier zugepflastert, die seltsame Gestalten mit Speeren, Krokodilen und breitnasigen Kindern zeigten, die sich um ein Lagerfeuer scharten. Heinlein ging an der Wand entlang, betrachtete flüchtig die Zeichnungen, bis er schließlich auf eine Kommode mit Spiegel stieß. Auf ihr standen und lagen in einem unübersichtlichen Chaos lauter Schminksachen. Am Rande des Spiegels waren Fotos unter den Holzrahmen gesteckt. Er schaltete eine kleine Tischlampe an und beugte sich herunter, um die Fotos genauer zu betrachten.

Aufnahmen zweier Kinder in einem Boot waren zu erkennen. Sie ähnelten sich wie Zwillinge. Eine andere Aufnahme zeigte einen attraktiven jungen Mann, vielleicht sechzehn Jahre alt. Er stand in der Mitte einer Gruppe, sämtlich ältere Herren, die stolz neben ihm posierten. Im Hintergrund war eine Basilika zu sehen, wie sie Heinlein schon in vielen Reisemagazinen aus Italien oder Spanien gesehen hatte. Darüber ein weiteres Bild der Zwillinge, jetzt vielleicht Mitte zwanzig, Arm in Arm in farbverschmierten Kitteln auf einer Bühne sitzend, gleich unterhalb einer kunstvoll bemalten Decke.

Eine Frau, zirka Mitte dreißig, in einem Kostüm, mit einem vornehmen Herrn an ihrer Seite schmückte ein Bild, das sofort Heinleins Aufmerksamkeit hervorrief. Die beiden standen auf einem Platz, auf dem Tausende Tauben alles um sie herum in ein Meer aus Flügeln verwandelten. Er kramte in seiner Jacke nach dem Fax, das Pia ihm geschickt hatte, entfaltete es und hielt es neben das Foto.

«Das ist sie.»

«Nee, das ist er», verbesserte ihn ein Kollege, der neben Heinlein stand und auf ein Foto eines jungen Mannes deutete, das ganz unten im Rahmen steckte. Heinlein hielt es dagegen und verglich die Gesichter.

«Siehste, das isser», bekräftigte der Kollege sein Urteil.

Ein zweites Mal verglich Heinlein die beiden Aufnahmen mit seiner Vorlage.

«Verdammt, wer ist da wer?», rätselte der vormals so überzeugte Kollege.

Heinlein rief nach Schneider. «Hast du das Fax von vorhin dabei?»

«Das italienische?», antwortete Schneider.

Heinlein war ungeduldig. «Ja, das italienische. Hast du's?»

Schneider zog es hervor und reichte es ihm.

«Wer soll denn das lesen können?»

Schneider ging auf den Gang hinaus und bat einen Kollegen hinzu. «Franz, du bist doch öfters in Italien …»

«*Sì, commissario*», flachste er.

«Dann kannst du das doch bestimmt entziffern?»

Franz las konzentriert und runzelte mehrmals angestrengt die Stirn.

«Ja, was ist jetzt?», drängte Heinlein. «Was steht da?»

«Das scheint die Antwort einer italienischen Versicherung auf eine Anfrage ihrer deutschen Filiale zu sein.»

«Ja, und?»

«In dem von Ihnen erstellten Zahnschema, das einige Besonderheiten aufweist und … die uns gut bekannt sind … können wir die Person als Contessa Giovanna Antonella Maria Pelligrini erkennen. Wohnhaft am Campo Sant' Angelo, Venezia.»

Heinlein starrte auf die Bilder im Spiegelrahmen. Pelligrini und Furtwanger sahen sich zum Verwechseln ähnlich, sodass sie kaum auseinander gehalten werden konnten.

«Schau dir das mal an», sagte ein Kollege, der den Schrank untersucht hatte und Heinlein ein Bündel Schreiben in die Hand drückte. Er nahm sie und blätterte sie durch. Sie waren in verschiedenen Sprachen verfasst, hatten aber alle Briefköpfe, die auf die Kirche als Absender hinwiesen. Er fand ein Schreiben, das in Deutsch ausgestellt war:

«*Sehr geehrter Herr Furtwanger, wir bedauern, Ihnen*

*mitteilen zu müssen, dass wir Ihre Dienste nicht mehr länger in Anspruch nehmen und Sie mit sofortiger Wirkung von den Ihnen vertrauensvoll in die Hände gegebenen Arbeiten entbinden müssen. Des Weiteren teile ich Ihnen mit, dass ich den Kardinal und die örtliche Polizei von Ihren unerhörten und gotteslästerlichen Schandtaten an unseren einmaligen und unersetzbaren Fresken in Kenntnis gesetzt habe. Unterzeichnet, Bischof Karl August.»*

Heinlein blätterte weiter und fand ein Schreiben von der Bayerischen Seen- und Schlösserverwaltung.

*«Sehr geehrter Herr Furtwanger, lieber Ronnie, leider war es mir nicht möglich, meine Auftraggeber von einem Engagement deiner Person an den Restaurierungs- und Aufzeichnungsarbeiten an Tiepolos Fresken in der Würzburger Residenz zu überreden. Ich weiß, wie viel es dir bedeutet hätte, deinem über alle Maßen geschätzten und bewunderten Vorbild und Meister Tiepolo nahe zu sein. Aber dein Ruf ist dir leider wieder vorausgeeilt und hat jede Chance auf einen Einsatz deiner, zweifellos unbestrittenen, Fähigkeiten im Keim erstickt. Es tut mir Leid für dich, mein geliebter Cousin.»*

Heinlein versuchte, die Unterschrift zu entziffern. Er war sich nicht sicher und zeigte sie Franz. Er schaute sie sich eingehend an.

«Giovanna», sagte er schließlich, «da steht Giovanna.»

Heinlein hatte diese Antwort befürchtet. Er rieb sich nervös die Stirn und überlegte, was zu tun sei.

«Weiß jemand, wo diese Giovanna … Furtwanger oder wie auch immer der oder die heißt, sich jetzt aufhält?», fragte er in die Runde der Kollegen, die sich mittlerweile um ihn geschart hatten. Ahnungsloses Schulterzucken und ratlose Blicke waren die Antwort.

«Weiß dann jemand, wo der Kilian steckt?»

«Wenn der der Pelligrini noch immer nachschwänzelt,

dann wird er bald eine böse Überraschung erleben», sagte einer.

«Ralf», befahl Heinlein «du checkst das Maritim. Franz, gib 'ne Meldung raus. Dann machst du dich auf die Suche nach dem Kilian und der Pelligrini.»

«Wo soll ich sie finden?»

«Was weiß ich. In der Stadt wahrscheinlich.»

«Hast du das nicht genauer?»

«Nein!», schrie Heinlein. «Hol dir noch ein paar Leute von der Polizeiinspektion und legt los.»

«Und was machst du?»

Heinlein hatte keine Zeit für eine Antwort. Er machte sich auf den Weg dorthin, wo er die beiden vermutete. Mit der Waffe in der Hand rannte er den Rennweg hinunter, bis er am Hofgartentor angekommen war. Das Orchester spielte noch immer. Er rüttelte am schmiedeeisernen, sechs Meter hohen Gestänge, das beängstigende Spitzen und Haken aufwies. Es gab nicht nach. Er war rund einhundert Meter von der Bühne entfernt und schrie, was seine Kehle hergab. Gegen Pauken und Trompeten hatte er keine Chance.

«So ein Mist», fluchte er und steckte die Waffe in den Haltegürtel. Dann stieg er hoch.

✳

Kilian sah nicht viel im schwachen Schein der Kerzen.

Sanft schob er den Stoff von ihren Schultern. Giovanna stöhnte auf, während das Kerzenlicht aufgeregt flackerte und das Orchester zum Finale ansetzte. Seine Lippen fuhren über Kehle, Hals und Brust. Dann wich er zurück, suchte zu erkennen, was seine Lippen nicht fanden.

«Was ist? Wieso hörst du auf?», fragte sie.

«Irgendwas stimmt nicht.» Kilian stand auf und verschaffte sich Klarheit mit einer Kerze.

Eine entblößte Giovanna rutschte zur anderen Bettkante

weg, wie ein Stück Wild, das im Scheinwerferlicht flüchtet. Hastig zog sie das Kleid über die Schultern zurück.

«Was ist los mit dir?», fragte sie.

«Du … du bist keine Frau.»

«Ist doch egal, wer oder was ich bin.»

«Nein, ist es nicht. Du bist ein Kerl», sagte Kilian voller Verachtung. Er ging ums Bett herum und musterte sie. Dann fiel es ihm wie Schuppen von den Augen.

«Du bist Furtwanger!», stieß er ungläubig hervor. «Wie konnte ich nur so blöd sein?»

«Schau mich nicht so entsetzt an», sagte Ronald Furtwanger mit einer weitaus tieferen Stimme als der von Giovanna.

«Verdammt, ich hätte früher genauer hinschauen müssen, dann wär mir das erspart geblieben. Es gibt gar keine Giovanna.»

Furtwanger warf sich Kilian an den Hals. «Wichtig ist doch nur, dass wir uns lieben.»

Doch Kilian befreite sich aus der Umarmung und warf Furtwanger aufs Bett zurück.

«Du bist ein Mann. Ich bin ein Mann. Verstehst du das nicht? Ich bin keine gottverdammte Schwuchtel, du vielleicht, aber ich nicht!»

Furtwanger kniete vor ihm auf dem Bett. «Aber ist das nicht egal, wenn man sich …»

«Vergiss es. Ich hab mit Männern nichts am Hut. Ich steh auf Frauen. Blond, braun, rot, schwarz. Was weiß ich. Meinetwegen können sie auch Fehler haben. Aber das ist nicht entscheidend, weil sie nämlich alles Frauen sind und bleiben. Aber du? Du bist eine …»

Kilian sprach es nicht aus. Er ekelte sich vor sich selbst.

Diese Frau, diesen Mann hatte er noch vor fünf Minuten bewundert, angebetet, begehrt. Jetzt stellte sich alles als Farce heraus, als ein tuntiges Abenteuer. Dieser schmierige kleine Stricher hatte ihn verladen, vorgeführt, belogen und sich wahrscheinlich hinter seinem Rücken auch noch köstlich über ihn amüsiert.

Furtwanger saß bewegungslos vor ihm. Er hatte sein Gesicht nach unten geneigt und weinte. Die Abscheu, die Kilian plötzlich für ihn empfand, schien ihn zu erdrücken. Er wischte sich die Tränen aus dem Gesicht.

«Es tut mir Leid, wenn ich dich enttäuscht habe. Ich habe dich nicht wirklich belogen. Bis auf etwas, was für dich offensichtlich sehr wichtig zu sein scheint. Für mich ist es das nicht. Für mich ist es egal, ob du Mann oder Frau bist. Wichtig, wirklich wichtig ist, dass ich mich in dich und nur in dich verliebt habe. Ich bedauere, dass ich dich verletzt habe. Das wollte ich nicht. Das wollte ich zu keiner Zeit. Ich dachte, dass es dir egal wäre, dass ich ein Mann … Aber das ist jetzt unwichtig geworden.»

Er wollte Kilian umarmen, aber Kilian stieß ihn weg.

«Lass das. Du kotzt mich an.»

Furtwanger fiel zu Boden. Er brauchte eine Sekunde, um sich zu sammeln, die Abweisung und den Schlag zu verstehen. Dann stand er auf, lächelte Kilian noch einmal zu und verließ, um Haltung bemüht, den Raum.

Ein widersprüchliches Gefühl regte sich in Kilian. Er kam sich beschmutzt und hintergangen vor, aber auch hart und mitleidslos, wie er sie oder ihn, diesen Menschen behandelt hatte. Dennoch, da gab es nichts, wofür er sich schämen musste, weswegen er sich Vorwürfe zu machen hatte. Sie, nein, er war es, der ihn verladen hatte, und nicht umgekehrt.

Was sollte er jetzt tun? Die Sache abhaken, als wäre nichts passiert? Aber es war etwas passiert. Etwas ganz Entscheidendes. Kilian lief los. Im Kaisersaal holte er ihn ein.

«Bleib stehen. Verdammt nochmal. Warte.»

«Was willst du noch?», fragte er kühl.

«Ich wollte dir nur sagen, dass ich …»

«Ja?»

«Es wird … es kann keine Beziehung zwischen uns geben. Das ist ausgeschlossen.»

«Ist das alles?»

«So was ist mir noch nie passiert. Ich weiß gar nicht, wie ich mich … wie ich das ausdrücken soll.»

«Was meinst du?»

«Noch vor fünf Minuten hatte ich die begehrenswerteste Frau, die ich mir vorstellen kann, in den Armen, hab mir Wunder was ausgedacht, wie die Zukunft mit uns beiden ausschauen kann, und dann … innerhalb von einer Minute, peng, alles vorbei.»

«Du hast es beendet, nicht ich.»

«Ich bin nicht wie du, ich kann nicht mit Männern. Ich habe kein Interesse an ihnen.»

«Du kannst nur Liebe für eine Frau entwickeln?»

«Es kommt mir alles so verlogen vor, als wäre nichts real gewesen. Alles ein Traum, eine Illusion. Nichts Echtes.»

«Nein, Kilian. Ich bin real. Keine Spur von einer Illusion. Fass mich an, und du spürst dieselbe Person wie noch vor fünf Minuten. Schau mir in die Augen, und du siehst dieselben als zuvor. Sprich mit mir, und dieselbe Person wird dir antworten. Ich habe mich nicht verändert. Du hast es.»

Kilian schwieg. Er hatte sie bewundert, begehrt und sich … Nein, das konnte er sich nicht eingestehen. Denn da war noch ein anderer, ein Mann, den er nicht übergehen konnte. Und mit ihm wollte er nichts zu tun haben. Er wollte sie. Nur sie. Nicht ihn.

«Ich weiß nicht, wie ich es dir sagen kann», begann er, «ich weiß noch nicht einmal, wem ich es sage, aber eines ist gewiss, die Giovanna, die ich kennen gelernt habe und in die ich … in die ich mich …»

«Kilian!», hallte es durch den Saal.

Furtwanger und er fuhren herum. Es war Heinlein, der sich an der Treppe entlang in den Weißen Saal schleppte. Sein

Ausflug über das Tor war nicht spurlos an ihm vorübergegangen. Er hielt sich die Seite. Das Hemd hatte sich rot verfärbt.

«Ich bin hier», rief Kilian in den Weißen Saal.

«Sag es», drängte Ronald.

«Ist der Furtwanger bei dir?», rief Heinlein.

«Komm, sag es, bevor es zu spät ist», flehte er ihn an. «Was empfindest du für mich?»

Kilian erblickte Heinlein in der Tür, der sich, nach vorne gebeugt, am Türrahmen abstützte, um dann erschöpft in die Knie zu gehen.

«Sag es … bitte», bedrängte er ihn mit Tränen in den Augen.

Kilian schwand der Mut im Beisein Heinleins. Es schnürte ihm die Kehle zu.

Ronald erkannte, dass er ihn verloren hatte. Er würde es nicht sagen, er konnte es sich nicht eingestehen. Niemals. Er umarmte Kilian und blickte über seine Schulter ins weite Rund über ihnen. Dort führte Apoll die schöne Beatrix ihrem Kaiser zu. In seiner Hand hielt er eine Statuette, die für ein günstiges Schicksal stand. Engel und Hymen säumten seinen Weg. Darunter Venus und Amor. Neben ihnen Fama, Verkünderin des Ruhmes.

«Lebe wohl», flüsterte er ihm ins Ohr.

Dann ging er an Heinlein vorbei ins Treppenhaus. Heinlein griff noch nach ihm, fasste aber nur Stoff, der durch seine Finger glitt.

«Ist dir was passiert?», fragte Kilian.

«Geh ihm nach. Los!»

«Lass ihn. Es ist nur Furtwanger.»

«Er ist unser Mann. Er ist der Mörder!»

«Nein, Schorsch, er ist …»

«Verdammt nochmal, hör nur einmal auf mich. Er ist es. Zweifelsfrei.»

Kilian lief ins Treppenhaus. Hoch oben an der Decke sah er, wie die Verschalung weggerissen wurde und nach unten fiel. Dort war Furtwanger, auf der wackligen Leiter stehend. Er entfernte die Plastikfolien rund um die Bühne und das Deckenfresko.

«Weg damit. Es ist Zeit. Es sollen alle sehen, was ich geschaffen habe. Ich, Ronald Furtwanger, der größte, schnellste und begnadetste Freskenmaler aller Zeiten.»

Wer auch immer da oben der Welt etwas beweisen wollte, Giovanna oder Furtwanger, Kilian erkannte in ihnen einen außer sich geratenen, wahnsinnigen Künstler, der sich selbst und sein Werk feierte.

Der bisher verdeckte Teil des Freskos zeigte Aborigines mit langen Speeren, kleine Kinder, die ums Lagerfeuer knieten, eine Frau, die Würmer in der Hand hielt. Drum herum Dschungel, der bis ans Meer reichte. Darin schwammen Haie und Wale. In der Mitte des Bildnisses saß eine Frau auf einer riesigen Schlange und lehnte gegen einen roten Felsen, den Ayers Rock. Erhaben wies sie auf Tiepolo. Sie, die Königin des vergessenen, unterschätzten fünften Kontinents Australien, hatte die Augen und das Gesicht Giovannas. Sie lächelte, wie nur sie lächeln konnte. Sie trug ein rubinrotes Kleid, und in ihrem schwarzbraunen Haar prangten weiße und rote Federn, die sie zu einer Königin machten. In der Hand hielt sie eine Feder, eine weiße lange Feder, die nur sie so meisterhaft führen konnte.

Furtwanger baumelte mit der Leiter, die vom Gerüst bis nah an die Balustrade heranreichte, gefährlich auf und ab. Noch eine unvorsichtige Bewegung, und sie würde in der Mitte brechen.

«Gio… Furtwanger, kommen Sie da runter», befahl Kilian. «Los, kommen Sie.»

Doch Furtwanger hörte nicht, was Kilian sagte. Er war im Bann seines Werkes, triumphierte über seine Kritiker, genoss seinen Erfolg. «Seht ihr das? Seht ihr, was ich geschaffen habe und was die Zeit überdauern wird?»

Er kletterte die wacklige Leiter höher und kam auf der Bühne zum Sitzen.

«Ich bin der neue Maestro, der lebendige, der einzige. Ich, der von ihnen hinausgejagt, verspottet, belogen und betrogen wurde. Aber jetzt werden sie verstummen. Sie werden anerkennen, was ich geschaffen habe, in nur zwei Wochen. Alles, wozu meine dilettantische, hochnäsige Cousine nicht taugte, habe ich geschafft. Ich. Ich bin der Beste. Und deshalb musste sie verschwinden, damit ich in ihre Rolle schlüpfen konnte. Und sie war die Rolle meines Lebens, nie wollte ich aufhören, Giovanna zu sein.»

Kilian überlegte, wie er Furtwanger von dort oben herunterbringen würde, ohne dass er sich etwas antat.

«Giovanna! Hörst du mich?», rief ihm Kilian entgegen.

Furtwanger wandte sich ihm zu. «Giovanna? Du nennst mich ...»

«Ja, Giovanna. Du bist doch Giovanna. Komm herunter. Die Bühne kann jederzeit unter dir zusammenbrechen.»

«Die Bühne», rief Furtwanger, «die Bühne ist der einzige Platz, an dem ich etwas tauge. Ohne sie bin ich nichts und kann nichts. Wenn ich sie verlasse, bin ich tot. Verstehst du? Hast du vergessen, wie du mich genannt hast? Eine Illusion. Ein Nichts.»

Kilian befürchtete, dass sie Recht hatte. Er musste etwas unternehmen, bevor es zu spät war.

«Ich komme jetzt hoch und hole dich runter.»

Er stieg auf die Balustrade und hangelte nach der schmalen Leiter. Mit den Fingerspitzen konnte er eine Sprosse greifen und zog sie ein Stück zu sich heran. Er hatte sie fest im Griff, war aber beileibe noch längst nicht sicher auf ihr.

«Du wirst dir wehtun. Lass es lieber. Es ist zu spät», sagte Furtwanger traurig und beobachtete ihn.

Doch Kilian gab nicht auf. Er zog die Leiter zu sich her, sodass er seinen Fuß auf sie stellen konnte. Sie schnappte zurück. Er ließ nicht los, wurde mitgerissen und fand sich freischwebend über der Tiefe des Treppenaufgangs. Rund zwanzig Meter trennten ihn vor dem Aufschlag.

«Ich hab dir doch gesagt, dass du das sein lassen sollst», schallte es von der Bühne herunter. Furtwanger beobachtete Kilians Versuche, sich an der Leiter hochzuziehen, damit sein Fuß Tritt auf ihr finden konnte.

Er rutschte vom glatten Metall ab und musste sich erneut hochziehen. Schließlich gelang es ihm mit letzter Kraft.

«*Bravo, caro mio*», lobte Furtwanger ihn. «Du bist stärker, als ich geglaubt habe.»

«Halt die Klappe», schrie Kilian, der Stufe um Stufe weiter nach oben stieg, bis er zur Bühne kam. Furtwanger kniete vor ihm und beugte sich vor. Kilian hielt den Holm fest umgriffen und legte erschöpft seinen Kopf auf die Bühne.

Furtwanger fuhr ihm zärtlich übers Haar.

«Du bist zu mir gekommen. Es ist schön, dass du den Mut aufgebracht hast. Doch ich fürchte, es ist zu spät. Du bist nur gekommen, um mich einzusperren. Ich kann das nicht zulassen. Das weißt du. Aber das ist jetzt unwichtig, weil es vollbracht ist. Alles, was jetzt noch kommt, ist …»

«Routine», sagte Kilian.

«Du hast es verstanden, du hast mich verstanden. Das ist gut so. Ich tauge nicht dafür. Nur eines ist schade. Wir beide … wir beide zusammen hätten alles erreicht. Verstehst du? Alles!»

Kilian hob den Kopf und schaute in seine Augen. Nein, in die wunderschönen rehbraunen Augen Giovannas. Er lächelte und streichelte ihr über die Wange.

«*Grazie*», sagte sie.

Dann schloss sie die Augen und sprang.

# 19

Die Sonne stand hoch über dem Galgenberg. In den Grüngürteln der Stadt fanden sich die ersten Besucher mit Fresskörben, Kühlboxen und Campingstühlen ein. Man traf sich zum Gespräch und tauschte die neuesten Informationen aus. Das Gerücht ging um, dass sich in der vorangegangenen Nacht, während der Probe des Orchesters, ein neuer Zwischenfall ereignet hatte, bei dem jemand zu Tode gekommen war. Wer, wie, warum, wusste man nicht. Die Erklärungen reichten von Auftragsmord bis zum tragischen Sturz über ein unsachgemäß verlegtes Stromkabel.

Unter dem Deckenfresko herrschte bei den eilends herbeigerufenen Fachleuten und Stadtvätern Ratlosigkeit und Unverständnis. Das, was sie sahen, war unfassbar, dekadent, nicht vorstellbar. Es war schlichtweg ein Skandal, den es zu verdecken galt. Die Experten kamen überein, dass in der kurzen Zeit bis zur Eröffnung des Mozartfestes keine Möglichkeit bestand, den Schandfleck zu entfernen. So entschied man sich für das Abhängen mit bemaltem Papier, das farbig zum Umfeld der ursprünglichen Parzelle passte. Das wäre weniger auffällig, und man könnte auf noch andauernde Restaurierungsarbeiten verweisen.

Die Löwen auf der Ludwigsbrücke waren inzwischen von der Farbe befreit und nahezu in ihren Ursprungszustand zurückversetzt worden. Was ihnen noch fehlte, war das typische Blaugrün der Oxidation. Niemand sollte sich an einen Vorfall erinnern können, den es eigentlich gar nicht gegeben hatte. Eine Presseerklärung hatte verlautbaren lassen, dass ein Pilz, der die Statuen befallen hatte, mit einem rosafarbenen Antipilzanstrich behandelt worden war. Dieser sei mittlerweile wieder entfernt und hätte dem Befall erfolgreich ein Ende gesetzt.

Oberhammer saß nun entspannt auf der Brücke, genauer gesagt, unter einem Sonnenschirm, den er eigens mitgebracht hatte. Genüsslich trank er ein Weißbier. Vor ihm lagen die Phantomzeichnungen seiner beiden Beamten. Er schaute sie sich genüsslich an, trank einen Schluck und kontrollierte die Arbeiten mit einem wachen Auge.

Heinlein lag der Länge nach auf dem Rücken eines Löwen und hielt sich verkrampft an dessen Ohr fest. In der anderen Hand führte er einen Pinsel, der blaugrüne Farbe aufbrachte. Von seiner Verletzung, die er sich beim Übersteigen des Hofgartentores zugezogen hatte und die noch die Nacht zuvor behandelt worden war, ließ sich Oberhammer nicht beeindrucken. Er hatte Kilian und Heinlein in den Morgenstunden persönlich mit einer Streife abholen lassen und sie vor die Wahl gestellt, sich einem Verfahren wegen Vandalismus zu stellen oder die Fronarbeit zu leisten. Letzteres hätte für die beiden den Vorteil, so Oberhammer, dass sie sich ihrer Tat bewusst würden und über Blut, Schweiß und Tränen erfahren könnten, was es heißt, sich an königlichem Eigentum zu vergreifen.

Kilian war es egal. Er stellte die Farbdose ab, stieg vom Sockel herab und lehnte sich an den Brückensims. Er schaute nach vorne und verfolgte den Lauf des Mains. Das Sonnenlicht spiegelte sich in kleinen, glitzernden Sternen. Ein Ruderboot legte ein Stück weiter oben an der Böschung ab und ließ sich treiben.

Oberhammers lautstarke Ermahnungen, an die Arbeit zurückzukehren, erreichten ihn nicht. Sie verklangen ungehört.

Kilian zog sein Hemd aus, entledigte sich der Schuhe, Hose und Unterwäsche und stieg splitterfasernackt auf den Brückensims. Er holte kurz Schwung und sprang. Als er wieder auftauchte, legte er sich auf den Rücken, breitete Arme und Beine auseinander, schloss die Augen und ließ sich von der Strömung mainabwärts treiben. Er wollte nichts mehr denken, nichts mehr hören oder sehen.

Oberhammer schrie ihm nach. Er drohte ihm mit einem Verfahren und Entlassung. Heinlein rutschte vom Löwen herunter, setzte sich auf den Brückensims und schaute Kilian verloren nach. Mehrmals hatte er ihn nach dem Ablauf des gestrigen Abends befragt, doch Kilian hatte beharrlich geschwiegen. Kein Wort hatte er preisgegeben.

✷

Der Andrang war immens. Vor den verglasten Verkaufshäuschen standen die Leute mit Körben, Kerzen, Wein- und Sektflaschen unter den Armen und hatten das Geld abgezählt bereit. Das war wichtig, denn je schneller man an das Tor kam, desto größer war die Chance auf einen der begehrten Rasenplätze. Die Stimmung unter den Besuchern der ersten ‹Kleinen Nachtmusik› in diesem Jahrhundertsommer war ausgelassen und hoffnungsfroh. Das Wetter war wie gemacht für zwei Stunden leichter, klassischer Musik in den Lustgärten der Fürstbischöfe. Die Sonne stand wie festgenagelt zwischen den Türmen des Domes und gab der Stadt ein toskanisches Flair.

Das Sicherheitspersonal hatte Mühe, dem Ansturm gerecht zu werden. Eintrittskarten mussten entwertet werden, während gleichzeitig die Menge von hinten nach vorne drängte, alle wollten auf Platzjagd gehen. Dabei gingen manche Flaschen zu Bruch, frisch Gebackenes wurde zerdrückt, die Vorfreude auf einen schönen Abend bei vielen auf eine harte Belastungsprobe gestellt.

Auf der anderen Seite der Residenz, am Gesandtentor, ging es weitaus gediegener zu. Hier wurde nicht gedrängelt, geschoben und vermaledeit, hier stand man geduldig im kleinen Schwarzen und im leichten Sommeranzug in der Gruppe zusammen und begrüßte die Honoratioren der Stadt.

Unter den ehrenwerten Gästen befand sich auch Oberhammer nebst Gattin und zwei Staatssekretären aus München, ebenfalls mit Anhang. Oberhammer legte viel Wert darauf, dass die Irritationen der letzten Tage ein für alle Mal aus der Welt geschafft worden waren. Uschi bemühte sich indes, den Ehefrauen Ratschläge für einen nächtlichen Schoppen nach dem Konzert zu geben. Sie nahmen es zur Kenntnis. «Würzburg, mal sehen, schlimmer als Fürstenfeldbruck kann es nicht sein», merkte eine Dame an.

Claudia und Schorsch kamen sich zwischen den illustren Gästen verloren vor. Das war eine andere Welt, die sie nicht kannten und heute Abend auch nicht kennen lernen wollten. Denn heute Abend standen nicht alle diese Leute hier im Vordergrund, sondern Vera. Ihre Tochter und niemand anderes.

Claudia hatte ihren Schorsch in einen hellen Sommeranzug gesteckt, der ihm die Aura eines Freigeistes, eines Bon Vivant verlieh. Er drehte sich in der locker aufgestellten Warteschlange mehrmals um und hoffte Kilian zu sehen. Seitdem er in den Main gesprungen war, hatte niemand mehr etwas von ihm gehört. Keine Meldung, dass ein unbekleideter Mann aus dem Main gestiegen oder am Straßenrand gesichtet worden war, war bei der PI eingegangen. Kilian schien wie vom Main verschluckt.

«Ich mach mir Sorgen», sagte Heinlein zu Claudia.

«Keine Bange, sie hat ausreichend geübt. Sie wird alle begeistern», antwortete sie.

«Ich mein den Kilian.»

«Wenn er nur die Hälfte von dem ist, wie du ihn mir beschrieben hast, dann sitzt der längst im Flugzeug nach Rom oder Madrid.»

«Ich weiß nicht. Ich hab ein blödes Gefühl. Ich hab Angst, dass er …»

Heinlein brach ab. An den spitzförmigen Eiben am Brunnen glaubte er jemanden gesehen zu haben, der so aussah wie Kilian.

«Geh du schon mal vor», sagte er zu Claudia und drängte sich an den anstehenden Besuchern und dem Personal vorbei. Der, den er für Kilian hielt, setzte sich auf eine Bank und schaute dem Wasserspiel des Brunnens zu. Heinlein kam näher und erkannte ihn nun. Es war tatsächlich Kilian. Er setzte sich neben ihn auf die Bank. Sie begrüßten sich wortlos mit einem aufmunternden Lächeln. Zusammen betrachteten sie das Wasserspiel. Kilian brach schließlich das Schweigen.

«Weißt du, genau wie dieser Wasserstrahl komm ich mir vor.»

«Du meinst aufgesogen und ausgespuckt. Immer und immer wieder.»

Kilian nickte.

«Was wirst du jetzt machen?», fragte Heinlein.

Kilian zündete ein Zigarillo an und nahm einen tiefen Zug.

«Keine Ahnung», sagte er. «Einen saufen gehen, abhauen?»

«Wie wär's mit abwarten?», sagte Heinlein.

«Was abwarten?»

«Na, das, was dich bedrückt. Einfach nur abwarten, dass es vorbeigeht.»

Kilian hielt inne und dachte über Heinleins Worte nach. *Abwarten. Vorbeigehen. Es.* Was für ein hässliches und dummes Wort das war. *Es.*

Der Gong ertönte und rief die Besucher auf, ihre Plätze

einzunehmen. Heinlein klopfte Kilian aufmunternd auf die Schulter und stand auf.

«Ich muss rüber. Kommst du?»

«Ich bleib noch. Ein bisschen abspannen. Okay?»

Heinlein stimmte zu und ging los. Auf halbem Weg machte er jedoch kehrt und fragte Kilian: «Was mir nicht aus dem Kopf geht ... du hast es die ganze Zeit gewusst.»

Kilian verstand die Frage nicht: «Was meinst du?»

«Dass diese Pelligrini hinter allem steckt. Während ich wie ein Schulbub sämtliche Spuren abgeklappert habe, hast du von Anfang an gewusst, dass sie unser Mann ist. Was hat dich auf ihre Fährte gebracht?»

Kilian blieb die Antwort im Halse stecken. Er schüttelte den Kopf und setzte zu ein paar klärenden Worten an, doch der zweite Gong ließ ihn abbrechen. Er stand auf, legte seinen Arm brüderlich um Heinlein, und zusammen gingen sie zu den reservierten Plätzen, die an dem kleinen Teich lagen, nicht weit von der Bühne, von denen man einen herrlichen Blick auf das Orchester und den Kaisersaal hatte.

«Weißt du, mein Freund», sagte Kilian, «wenn ich nur die Hälfte der Fettnäpfe auslassen könnte, die auf meinem Weg liegen, dann müsstest du diese Frage nicht stellen, und ich brauchte nicht nach einer Antwort zu suchen, die ich nicht habe. Nicht ich war auf der richtigen Spur, sondern du. Wenn du nicht gewesen wärest, dann ...» Kilian stockte. Ja, was wäre gewesen, was hätte er ihr gesagt?

«Dann?», fragte Heinlein ungeduldig.

Kilian zuckte mit den Schultern und setzte sich auf seinen Platz, gleich neben Heinlein und Claudia.

Das Orchester kam aus dem Gartensaal und wurde von über achttausend Gästen willkommen geheißen. Die Musiker nahmen ihre Plätze ein. Vera den ihren, links vom Dirigenten, inmitten der Streicher. Heinlein stupste Kilian an und deutete auf sie.

«Meine Tochter», flüsterte er.

Der Dirigent gab mit dem Taktstock den bevorstehenden Einsatz. Andächtige Stille legte sich über den Hofgarten und seine Gäste. Dann gab er den Einsatz, und die Streicher stimmten das Allegro der ‹Kleinen Nachtmusik› von Wolfgang Amadeus Mozart an.

Kilian drehte sich um und sah zu den voll besetzten Rängen hinauf, wo die Kerzen entlang der Balustraden flackerten und wo man sich ganz den Klängen Mozarts hingab. Hinter ihm zeigte sich auf den Rasenflächen das gleiche Bild. Auf mitgebrachten Decken hatte man es sich bequem gemacht, Fackeln brannten, und Gläser luden zum Anstoßen ein. Es herrschte eine feierliche, fast friedfertige Stimmung, die ihn beim Blick hinauf in den Kaisersaal versöhnlich stimmte. Er schloss die Augen und nahm jeden einzelnen Ton in sich auf.

Das metallische Klacken des schweren schmiedeeisernen Tors am Eingang ließ ihn hinüberblicken. Ein Platzanweiser zeigte einer hoch gewachsenen, gertenschlanken Frau mit schwarzem kurz geschnittenem Haar den Weg zu ihrem Platz. Sie hatte eine dunkle Hautfarbe und trug ein sündhaft dekolletiertes Abendkleid. Er konnte sie auf die Entfernung nicht sofort erkennen, doch als in ihrer Gefolgschaft zwei Hünen in dunklen Anzügen auftauchten, war er sich sicher. Das war sie. Und sie kam genau auf ihn zu. Galina.

## Hinweis

Der Roman ist frei erfunden. Ähnlichkeiten mit lebenden oder verstorbenen Personen wären zufällig und sind nicht beabsichtigt. Die verwendeten Ortsnamen, Werke, Gruppierungen und alle sonstigen Bezeichnungen stehen in keinem tatsächlichen Zusammenhang mit dem Roman.

## Danksagung

Die vielen Freunde und Familienangehörigen, die mich unterstützt haben. Darüber hinaus Dank an das Institut für Rechtsmedizin Würzburg, Vertreter der Kommissariate K1 und K4 und schließlich an meine Mutter, ohne deren unergründliche Stille, Präsenz und Zuversicht ich schon längst alles hingeschmissen hätte.

ro
ro
ro
1 MILLION €